Einaudi. Stile Libero Big

Dello stesso autore nel catalogo Einaudi

Il caso Bramard

Le bestie giovani

Una rabbia semplice

L'uomo verticale

Davide Longo

La vita paga il sabato

Einaudi

www.einaudi.it

ISBN 978-88-06-25278-6

La vita paga il sabato

La stranezza è la forma che prende il bello
quando il bello è disperato.

ANTOINE VOLODINE

1.

La testa sul cuscino, il corpo rannicchiato in una sepoltura primitiva, Arcadipane fissa il telefono illuminare per la terza volta negli ultimi cinque minuti la base dell'abat-jour, la fondina dell'arma, quattro sucai, le chiavi e un cerchio scuro marchiato sul comodino da una tazza o un bicchiere molto molto caldi.

Gli basterebbe allungare una mano per spegnere o rispondere, ma sa chi lo chiama a quest'ora e perché, quindi fa l'unica cosa che un uomo della sua età, con il suo lavoro e la sua attuale posizione orizzontale può fare: prendere tempo. Trent'anni di polizia gli hanno insegnato che i secondi di notte sono come monete antiche, il numero scritto sopra non dice niente del loro effettivo valore.

La debole fluorescenza del telefono cessa lasciando intatti il buio e il silenzio. È un quartiere bene quello dove sta dormendo, niente marmitte forate, gente che grida uscendo da brutti locali, tossici, ubriachi o papponi. Solo qualche travestito di vecchia scuola: orari di lavoro dalle ventitre alle due, settimana corta alla tedesca, angoli assegnati per decreto regio e ammezzato di proprietà. Professioniste che fanno la vita da quando gli è spuntata la prima barba, subito estirpata, e sanno tenere a bada maniaci, spiritosi e sorci in cerca di spicci. Un paio di forbici, una chiave inglese e una bomboletta di peperoncino del resto costano meno di un protettore e, quando ne hai bisogno, arrivano prima.

Il telefono ricomincia.

Arcadipane si concede cinque, quattro, tre, due secondi, quindi lo prende, scende dal letto e si dirige con calma verso il bagno. L'altra cosa che sa è che dall'altro capo lasceranno squillare tutto il tempo che serve. L'ultimo pensiero da uomo in borghese è che per essere un coglione costretto a uscire dal letto alle cinque e ventisei, sa davvero un sacco di cose, quindi entra in bagno, chiude la porta e prende servizio.

– Dimmi tutto.

– Sono Pedrelli, commissario.

– Speravo Edwige Fenech, – dice, sedendo sul water senza alzare il coperchio, – ma la stronza mi tiene sulle spine. Allora?

– Ha ragione, commissario, la Fenech è sempre...

– Pedrelli! Sono le cinque e mezza, andiamo al sodo.

– Certo, commissario. C'è stato un morto.

– Ma va'?

– Non sarebbe di nostra competenza, ma il dirigente generale ha chiamato per chiedere espressamente che sia lei a occuparsene. Si è raccomandato di non parlarne al telefono. Se vuole scendere, io sono sotto casa sua con l'auto di servizio.

Arcadipane allunga una mano verso i vestiti che lascia appesi alla maniglia della finestra per evenienze come questa. Fruga nella tasca del giaccone di pecora che gli hanno regalato gli ex suoceri finché non riconosce sotto le dita gli spigoli smussati del piccolo parallelepipedo che sta cercando. Ne gode la consistenza gommosa e ruvida, la natura aerea di qualche pelucco del fondo tasca che non toglierà, quindi pinza il sucai e lo mette in bocca.

– Una cosa fuori provincia, – dice, masticando.

– Fuori provincia.

– Non di nostra competenza, ma il dirigente generale…

– Ha chiamato di persona un'ora fa raccomandando di recarsi subito sul posto.

– E Botta e Lavezzi…

– Sono già partiti, commissario.

– Con l'Alfa.

– Con l'Alfa, – abbassa la voce Pedrelli, intuendo la traiettoria del discorso.

– Mentre tu sei sotto casa mia.

– Da una ventina di minuti, ma non rispondev…

– Con…?

Pedrelli tace.

– Due Alfa nuove, Pedrelli! Ci hanno dato due Alfa nuove dopo anni di suppliche e tu continui a prendere quella cazzo di Peugeot. No, ma dillo, dillo che mi vuoi male! Gli diamo qualche martellata, se preferisci, oppure le facciamo usare per un mese da quelli della celere, cosí ti passa la fobia di rigarle!

– Ma no, commissario, è che con tutta quella tecnologia…

Mentre ascolta la mesta giustificazione del vice, Arcadipane scruta la faccia che lo specchio sopra il lavandino gli restituisce: la striscia di capelli sdruciti attorno al cranio calvo, la barba di due giorni già rampicante, gli occhi infossati, la fronte paleolitica, la pelle fosca nella luce dei lampioni che la finestra lascia passare. Roba che Lombroso…

– Commissario?

– Eh!

– Ha sentito?

Arcadipane si mette in piedi e alza il coperchio, poi si ricorda dov'è e si risiede.

– Ho sentito, ho sentito. Porta quella cazzo di Peugeot in largo Duca degli Abruzzi, va'!

– Ma io veramente…

– Sei sotto casa mia, lo so, – Arcadipane si pulisce con la carta, una conquista recente agevolata dalla posizione, – ma ti sto dicendo di venire in largo Duca degli Abruzzi, – schiaccia il telefono fra orecchio e spalla, e comincia a vestirsi. – Non importa che unisci i puntini adesso, ok? – infila i pantaloni. – Ci pensi mentre vieni, – abbottona la camicia. – Muoviti adesso perché io sono già bello che lavato, pettinato e vestito!

– Certo, commissario, si metta qualcosa di pesante, in centrale ho preso le galosce per tutti e due.

Arcadipane ferma a metà la cerniera della patta.

– Le galosce? Dove cazzo andiamo, Pedrelli? Nell'Ottocento?

– In montagna, commissario… però io non gliel'ho detto.

– Ma di che hai paura? Che la Cia ci spia?

– È una canzone.

– Cosa?

– La Cia ci spia, è una canzone di Eugenio Finardi.

– Ma che mi frega di Eugenio Fidenco, muoviti! E tieni il motore acceso, non fare il pezzente per far risparmiare due soldi allo Stato.

Arcadipane chiude la telefonata, apre il rubinetto, lava le mani e se le passa bagnate sulla faccia, trovandola rovente e bitorzoluta come un tubero cresciuto in un terreno di sassi. Il giaccone ce l'ha nell'ingresso. Le calze e le scarpe ai piedi del letto.

Esce dal bagno e con circospezione le raggiunge, siede sul bordo e si mette al lavoro. Le coperte alle sue spalle si muovono.

– Sei sveglia?

– Uh, uh.

Infila i mocassini e va al comodino dove raccoglie le sue

cose. Una spanna sopra la testa avverte le corde che percorrono il soffitto dell'appartamento come fili del tram.

– È arrivata una chiamata, – divide i quattro sucai nelle due tasche, – devo andare.

– Uh, uh.

– Puoi tenere Trepet fino al pomeriggio?

– Uh, uh.

Raggiunge la poltrona accanto alla quale il cane dorme e si china sulla sua sagoma amorfa.

– Tu non fare casini, capito? – sussurra, ma non troppo, perché vuole che lei senta.

Trepet emette un ringhio notturno pieno di fastidio, poi il *plat plat* di quando si lecca i testicoli.

– Ok, – dice Arcadipane rialzandosi, – ti chiamo per recuperarlo quando sto rientrando. Dormi adesso.

– Uh, uh.

Indossato il giaccone esce sul pianerottolo tirandosi dietro la porta. Ha un mazzo di chiavi in tasca, ma non sono di quella serratura e nemmeno dell'altra casa in cui ogni tanto, quand'è sovrappensiero, gli viene da tornare. Ecco come sta messo, si dice, mentre scende le scale.

In strada lo aspetta la Torino fredda e deserta che precede l'alba. L'annusa riconoscendo l'odore che l'ha tenuto a balia pur non avendolo messo al mondo. Un odore selvatico e senza complimenti, di fango, pietra, ferro, piombo e sottobosco. Passando da un quartiere all'altro possono cambiare di ordine e intensità: piú ferro a Borgo Dora, piombo a Mirafiori, pietra in centro, fango sul Po e sottobosco dai Cappuccini in su, ma la pelle di Torino è la mescola di queste cinque note. E lui lo sa. Perché quell'odore è la sua prima poppata, qualcosa che non si ricorda, eppure non si dimentica mai.

Alla vista del semaforo che segnala il largo, Arcadipane

allunga il passo. Avrebbe potuto dare a Pedrelli l'indirizzo, del resto se vuoi tenere un segreto puoi portarlo nella tomba o consegnarlo a un piemontese, che poi è un po' la stessa cosa, ma non è quello il punto. Il punto è che...

Un cane bianco sbuca dall'angolo dell'isolato, salvandolo da un ragionamento che non avrebbe saputo finire. È un pitbull o qualcosa di simile, compatto, trenta chili, e caracolla sul marciapiede nella sua direzione.

«Ma che cazzo...», fa in tempo a pensare, che una donna svolta lo stesso angolo.

– Slash, Slash! – urla, inseguendolo.

Il cane, che era in stallo ad annusare un lampione, si volta a guardare la donna e riprende a trotterellare con l'andatura euforica dei giovani che non sanno dove vanno, ma ci vanno contenti.

– Lo fermi! – grida la donna. – Lo fermi!

Arcadipane si abbassa sulle gambe e tende la mano. Il cane fa gli ultimi metri ciondolando indeciso se prendersi la carezza o andare oltre. Ha un bel pelo bianco con macchie color caffelatte e nessun collare. Quando è a tiro, Arcadipane gli posa la mano sulla testa. Il cane gli gira intorno agitato, lo snuffia, lo spinge, gioca.

La donna li ha raggiunti.

– Lo tenga per favore! – ansima, appoggiandosi stravolta al portone.

Arcadipane guarda la sua faccia color Vuitton, la vestaglia, il medaglione esoterico al collo e i capelli soppalcati tra cui si intravede il cranio pallido. Nel complesso sembra evasa da un concorso di bellezza degli anni Sessanta attraverso uno scarico che ci ha messo cinquant'anni a percorrere.

– Non ha il guinzaglio? – le chiede.

– No, che non ce l'ho! – dice lei tastandosi la fronte.

– Quando ha preso la porta son morta di paura, me lo vedevo già sotto una macchina e io che dovevo telefonare a mio figlio, – la mano adesso è sul petto, – me l'ha lasciato qualche giorno, ma… Santa misericordia, che cane, – ora sulla pancia. – Non lo lasci, per carità, che non lo prendo piú.

Arcadipane abbraccia il cane che a parte cercare di baciarlo, non si ribella.

– Allora venga a tenerlo, io devo andare.

La donna fa un passo e il cane cerca di sgusciare via. Arcadipane lo blocca stringendo la presa.

– Vede! – pigola la donna, che se avesse dei liquidi al suo interno probabilmente piangerebbe anche. – Fa tutto come vuole e c'ha una forza! Mi aiuti lei!

Arcadipane guarda verso lo slargo dove gli sembra di riconoscere la Peugeot amaranto di Pedrelli.

– Dove abita?

– Dietro l'angolo, in via Colombo, guardi, non ho avuto neppure il tempo di mettere…

Arcadipane non ha nessuna voglia di vedere cosa la donna non ha avuto tempo di mettere. Sa solo che miss cartapecora spirituale non ce la farà in nessun modo da sola, che il dirigente generale non chiama mai di persona e che una somma di errori a volte comporta che una cosa stupida è l'unica da fare. Cosí la fa.

Il cane, non appena sente il terreno mancargli sotto le zampe, si abbandona contro il petto di Arcadipane che, a quel punto, con uno strappo deciso se lo colloca in spalla.

– Allora? – fa cenno alla donna che lo sta fissando a bocca socchiusa.

– Venga, venga, – si riscuote lei.

L'autista di un pullman che passa in quel momento sul corso volta la testa e osserva la tizia in vestaglia che cammina seguita dall'uomo che trasporta il cane, ma la processione probabilmente non è tra le dieci cose piú strane che gli è capitato di vedere, perché torna a guardare la strada, senza rallentare.

L'angolo è a una ventina di metri. Arcadipane sente il peso dell'animale aderire placido alle sue spalle, la pancia rosa e calda contro il collo, il battito infantile del cuore ancora cucciolo nell'orecchio destro. Si rivede vent'anni prima, disteso su una spiaggia calabrese, nella sonnolenza marina delle sei di sera, una mano dietro la testa e l'altra appoggiata sulla schiena di Loredana che a quattro mesi dorme distesa sulla sua pancia; e poi qualche tempo dopo, di ritorno da una partita persa, consolare Giovanni che piange a sei anni sul sedile posteriore di un'auto non loro fino ad addormentarsi con la testa sulle sue gambe, le lacrime che continuano a bagnargli i pantaloni, il palmo posato su quella piccola zucca tiepida di rabbia e di sonno.

Arcadipane, che ha socchiuso gli occhi nel ricordo, sente un calore scivolargli lungo la schiena. Poco, ma senza dubbio liquido.

– Ma porca... – dice senza fermarsi, mentre il cane, con fare riconoscente, sistema meglio il cranio sulla sua spalla.

La donna che finora aveva fatto strada scrutando penitente il marciapiede, si volta.

– Lo fa, – annuisce, – lo fa, – dopodiché gira l'angolo e procede fino al portoncino che apre per far intendere che il lavoro finisce al piano.

Dieci minuti dopo Arcadipane sta uscendo da quello stesso portoncino. La maggior parte del tempo l'ha trascorsa nell'appartamento della donna, rifiutando i dieci euro con cui voleva a tutti i costi ricompensarlo e, con piú fermezza ancora, la canottiera e la camicia del marito buonanima che gli proponeva dopo una «lavatina» che poteva darsi in bagno, anche solo di sopra.

Pedrelli aspetta dove concordato, con la Peugeot amaranto, a motore spento.

– Buongiorno commissario, ho appena spento il motore, visto che tardava…

– Parti, – dice Arcadipane, allacciandosi la cintura.

Pedrelli controlla che nessuno sopraggiunga e si immette sul corso. È vestito di una giacca a vento monocroma, aperta sul solito completo grigio topo con camicia azzurrina e cravatta granata. I capelli sempre corti, sempre composti, sempre perfettamente scriminati sulla testa a fiammifero.

– Adesso me lo puoi dire dove andiamo o no?

– A Clot, commissario, – annuisce Pedrelli, gli occhi che perlustrano prudenti la strada.

– E dove cazzo sta?

– Nella valle di Alve.

– Che a sua volta…?

– Nel Cuneese, commissario, il computer mi dava un'ora e mezza di viaggio.

– Botta e Lavezzi con l'Alfa ci mettono un'ora e mezza. Noi se va bene arriviamo per pranzo. Possiamo almeno accendere il riscaldamento o è una tua pratica yoga contro l'invecchiamento?

– Lei scherza sempre, commissario!

– Alle sei di mattina viene spontaneo.

Pedrelli ruota la levetta rossa sul cinque. Il massimo sarebbe sei, ma *esageroma nen*, quindi riporta la seconda mano sul volante in rigorosa posizione 9 e 15.

– Che sappiamo del morto?

– Niente. Il dirigente generale ha detto che saremo aggiornati sul posto.

Arcadipane avvicina i piedi alle bocchette sotto il cruscotto da cui comincia a uscire del calore: – Addirittura.

– Credo sia per la questione della donna scomparsa.

– Perché? C'è pure una donna scomparsa?

– La moglie del morto. Anche su questo però ci aggiornano…

– … sul posto.

Pedrelli sposta il muso verso il parabrezza e annusa.

– Le dispiace se abbasso il riscaldamento? Un gatto deve aver fatto pipí sul cofano. Sentono il calore del motore, poi però non ti levi piú la puzza…

– Spegni, spegni, – dice Arcadipane, voltando la testa per annusarsi. – Io recupero un po' di sonno.

– Certo, commissario, la sveglio io quando stiamo per arrivare.

– Bravo, svegliami sul posto cosí ci aggiornano, – conferma Arcadipane mentre lascia scivolare con nonchalance la mano destra verso la manovella del finestrino. Giusto un filo.

2.

Svegliato sulla circonvallazione di Cuneo da un incerto sorpasso ai danni di un'Apecar, negli ultimi tre quarti d'ora Arcadipane ha nell'ordine: alzato il finestrino, inviato un messaggio a Mariangela per rimandare la consegna mensile degli alimenti prevista per quella mattina, un secondo messaggio a Loredana dal contenuto: «Com'è andato l'esame? + faccina che esulta», risposta «È dopodomani + faccina arrabbiata», mangiato quattro sucai e ricordato con la nostalgia di un mercenario svizzero il tepore del letto e di quel corpo caldo che ancora non sa se…

– Dovremmo quasi esserci, – dice Pedrelli per la terza volta, continuando a issare la Peugeot sui tornanti con furiosi prima-seconda. La sola traccia di civiltà è una condotta idrica che di tanto in tanto sottopassano, abbassando per riflesso la testa. Per il resto erba ingiallita, pini e roccia sono tutto ciò che vedono da quando si sono lasciati alle spalle l'ultimo paese normodotato di un municipio, una piazza, un monumento ai caduti e un paio di bar.

– Eccolo! – indica il cartello Pedrelli.

Qualche svolta e si trovano al cospetto di Clot: un grumo di case piú vecchie che antiche, una piazzetta, un albergo e un edificio che potrebbe essere la scuola o un mattatoio. A separarli da quel ben di Dio, un tizio in giubbotto catarifrangente fa segnali con una di quelle bandierine per le corse ciclistiche.

Arcadipane si solleva dal sedile che l'ha inghiottito e abbassa il vetro.

– Siete della polizia? – fa il tizio che ha la faccia di Chuck Norris e il corpo di un asceta.

– Siamo della polizia, dove andiamo?

L'uomo si china per guardare chi guida.

– Salite verso Chiossi, – e fa vedere la direzione, – lí trovate la sterrata per Gias Vej. La riconoscete perché ci sono i colleghi della forestale con le transenne.

Arcadipane spia l'imbuto sopra la valle dove il cielo azzurro invita in un suo modo perverso a salire.

– Quanto ci vuole?

– Con questa? – fa l'uomo appoggiando il gomito al tettuccio.

Arcadipane lo fissa. L'uomo toglie il gomito.

– Una ventina di minuti, – dice, e poi, messosi a distanza di sicurezza, – se non rompete la coppa alla prima buca.

Pedrelli porta l'auto attraverso lo slargo fino a una delle due stradine che spezzano la continuità degli edifici. Case di pietra e intonaco smangiato, qualche balcone in ferro, un po' di legno a vista, ma senza ruffianeria. L'albergo, frutto insieme alla scuola o quel che è degli anni Sessanta, manifesta l'insana infatuazione del geometra per il vetrocemento. Le lettere sulla facciata recitano *Sosta del pellegrino*, ma non c'è chiesa sulla piazza o campanile che svetti nel borgo.

– È proprio un posto isolato, – dice Pedrelli, come fossero una coppia in cerca di seconda casa.

Quella imboccata si rivela dopo pochi minuti una strada militare, lo si capisce dalla pazienza con cui asseconda il fianco della montagna, un misto d'ingegneria fina, megalomania e manovalanza a costo zero. La luce, malgrado le otto di fine ottobre, tocca ogni cosa in maniera livida e già invernale.

Il fuoristrada è fermo accanto a un paio di transenne. Due uomini della forestale scendono dal mezzo. Il piú giovane, sui trentacinque, ha gli occhi di chi bazzica discoteche perse tra il mais, quello di dieci anni piú vecchio invece pare essersi appena struccato. Tutti e due un tempo probabilmente erano magri.

– Commissario Vincenzo Arcadipane, – mostra il tesserino, – e questo è il mio vice.

Il nottambulo avvicina la faccia al documento e annuisce, ma invece di andare a spostare le transenne, mette le mani in tasca.

– Dev'essere successo un bel pasticcio lassú, eh?

Arcadipane guarda prima lui, poi il collega.

– Voi che ne sapete?

– Meno di zero, – fa l'altro, che struccarsi non sembra averlo rilassato. – Ci geliamo il culo qui da quattro ore e ci dicono un bel niente!

Dall'accento sono tutti e due materiale locale, ma il vecchio è del tipo che si fa tenere dal bar i giornali per accendere la stufa, mentre il giovane uno sguardo alla cronaca e allo sport ogni tanto glielo dà, giusto per stare al passo e sapersi un po' comportare...

– Quel ch'è sicuro, – dice, – è che state portando su una bella cavalleria! Visto che a parte voi autorizzati non sale nessuno, forse potremmo...

– Spostare le transenne e fare quel che vi hanno detto?

Il forestale si gratta la testa sotto il cappellino, probabilmente per dare alla mano qualcosa di innocuo da fare. L'altro, essendo lui stesso prova vivente che un carattere di merda non migliora con qualche punto di sutura, si è già avviato alle transenne. Arcadipane ha tolto il cellulare di tasca.

– Niente campo qui?

– No, dal paese in su non prende niente, – dice il giovane, tirando fuori il tono pericoloso di quando in discoteca sono le due passate, il tasso alcolico degli uomini è alto e il parco femmine ridotto a pochi esemplari.

– Ci sono i carabinieri su? – domanda Arcadipane che adesso sa di avere la sua completa attenzione.

– Sí, sono stati i primi ad arrivare.

– Se sono del posto, immagino abbiano i satellitari.

– Noi e loro li abbiamo.

– Fortunelli! – sorride Arcadipane, a cui adesso il giovane comincia persino a piacere. – Ci sarà da sgobbare per tutto il giorno, fatevi dare il cambio o portare del caffè caldo.

– Grazie, – dice il ragazzo, – stiamo bene cosí.

Arcadipane annuisce, risolleva il finestrino e fa cenno a Pedrelli di partire. La Peugeot sfila tra le transenne aperte, proprio mentre il forestale piú vecchio sta casualmente guardando da un'altra parte.

– Non dire niente, – fa Arcadipane.

Pedrelli obbedisce, concentrandosi sulle buche da evitare.

– Ci sto lavorando.

– Non si scoraggi, commissario, servono tempo e pazienza per cambiare postura emotiva. Per convertire la rabbia e autorizzare il nostro bambino interiore a…

– Ho detto che ci sto lavorando, Pedrelli, guida.

– Certo, commissario.

Clot scompare e riappare sotto di loro: le case per metà illuminate dal sole e per l'altra oscurate dalla diga che si alza un paio di chilometri a monte come la mano di un padre che ha bevuto. La chiesa che non si vedeva ora si vede, discosta e legata al paese soltanto dalla traccia di un sentiero. Dietro, un quadrato d'erba curata che fa da cimitero.

– Ecco Lavezzi! – dice Pedrelli, dirigendo l'auto verso la china su cui l'uomo li aspetta.

Lavezzi, pantaloni di velluto attillati, giaccone di pelle e scarponcini Timberland, fa loro segno di parcheggiare nel prato in leggera pendenza, a fianco al Forester dei carabinieri, dell'Alfa che avrebbero potuto usare e di una manciata di altri veicoli, tra i quali un furgone. Ha la solita faccia neutra di quando entra in centrale al mattino o ne esce dopo dieci ore di turno. Zigomi spigolosi, naso con qualcosa di femminile e mento da boxeur.

Arcadipane ce l'ha in squadra da una quindicina d'anni, eppure di lui sa solo che abita in un monolocale sopra la panetteria dei suoi, che sentimentalmente preferisce affetti brevi e pagati in contanti, piuttosto che con mutuo a tasso variabile, e che un tempo collezionava statuine dei Puffi poi vendute per tremiladuecento euro a un bancario di Ivrea. Un ottimo poliziotto quando si tratta di stare addosso a qualcuno, mentre è da sei e mezzo negli interrogatori, cinque e mezzo se tra testimoni o sospettati ci sono donne tra i sedici e i cinquantacinque anni.

– Buongiorno, commissario, – lo saluta Lavezzi, – ha visto che carnevale?

Arcadipane guarda la Jaguar ferma al centro del prato con la portiera del conducente e il baule aperti. Attorno alla macchina sono stati allestiti tre quadrati concentrici di passerelle, sollevate da terra di una ventina di centimetri e distanziate di un metro. I nastri biancorossi delimitano un perimetro piú ampio, che prima dell'alba doveva essere illuminato dai due grandi riflettori collegati al gruppo elettrogeno sul furgone. Su tutta l'area si aggirano una decina di persone tra quelli della sua squadra, della questura di Cuneo e della scientifica. Arcadipane riconosce con sollievo le chiappe flosce di Amedeo Sarace, per metà infilato nell'auto a repertare.

– Chi è il fortunato? – domanda.

– Terenzio Fuci, – legge Lavezzi, – ottantasette anni, residente in via del Babuino a Roma, titolare della casa di produzione cinematografica Veronica Film.

– Mai sentito, – dice Arcadipane, cominciando a scendere verso l'auto che ha attirato lí come un magnete tutta quella roba, lui compreso. – Cos'era, una specie di star del cinema?

– Non proprio, – dice Lavezzi, – il fratello era Amilcare Fuci.

– Chi? Il politico?

Lavezzi sfoglia il taccuino.

– Ministro per due volte tra il '64 e il '73, ed eminenza grigia della Democrazia cristiana fino alla morte nel 1988.

– Ok, adesso almeno sappiamo perché il dirigente generale ha alzato il telefono alle quattro di notte. Altro?

– L'appuntato Labarbuta, – e Lavezzi indica un carabiniere che li sta osservando da una ventina di metri, – è stato il primo ad arrivare, in seguito a telefonata anonima pervenuta alla stazione di Alve alle 23.46 che segnalava un morto in questo posto che si chiama... – sfoglia il taccuino, – Gias Vej, ma non so se si dice cosí.

– Prendiamolo per buono. Quindi?

– I due carabinieri sono arrivati verso l'una, hanno visto la macchina ferma dov'è adesso e...

– Che mezzo è? – chiede Arcadipane, chinandosi per passare sotto il nastro. – Che hai Pedrelli? Ce la fai o ti dobbiamo prendere in braccio?

– Una Jaguar XJ40 dell'89, 3600 di cilindrata. Questa oltretutto è un'edizione limitata, sedili caffelatte in pelle, strumentazione solo in inglese, una di quelle macchine che non perdono mai di valore.

– I carabinieri hanno trovato portiera e baule aperti?

– No, tutto chiuso, fari e motore spenti, l'unica cosa

accesa era la luce di cortesia. Data la segnalazione, il tipo di auto e il luogo insoliti, l'appuntato e il sottoposto si sono avvicinati e hanno notato le mani dell'uomo legate al volante, quindi hanno aperto la portiera e constatato il decesso. Il portafoglio era nella tasca interna del cappotto, sul sedile posteriore. Dentro, seicentotrenta euro in contanti, tre carte di credito, una di debito, due bancomat e i documenti. Botta sta cercando di sbloccare l'iPhone che era nell'altra tasca. Della moglie invece nessuna traccia e nessun oggetto personale.

Stanno percorrendo in fila indiana uno dei camminamenti, Pedrelli ultimo e stranamente rallentato. Nell'auto a una decina di metri Arcadipane può vedere la vittima seduta al posto di guida. Sarace gli sta sollevando la testa per controllare il collo. Sapendo che è un momento in cui non vuole gente tra i piedi, si ferma.

– Siamo sicuri che la moglie era con lui?

– Sicuri no, ma, – Lavezzi sfoglia, – sono arrivati ieri a Clot verso le diciassette, dove avevano prenotato una camera. Hanno cenato al ristorante dell'hotel e poi, verso le nove e trenta, l'albergatore li ha visti uscire, entrare in auto e lasciare la piazza, prendendo la strada che sale in questa direzione. La moglie sedeva sul sedile passeggero.

– A questo proposito, commissario... – prova a dire Pedrelli, ma Sarace tira fuori la testa dall'abitacolo, li vede e fa segno di avvicinarsi.

– Dopo, Pedrelli, – dice Arcadipane avviandosi. – Ma cos'è? Hai patito l'auto? Sei bianco come un cencio.

Una volta raggiunta la macchina, aspetta che Sarace sfili i guanti di lattice.

– Ciao Amedeo, come stai? – si dànno la mano.

– Sto a centocinquanta chilometri da casa. Lo sai che c'è gente che fa il mio mestiere piú vicina a questo posto?

– È il vantaggio di essersi fatti un nome.

– Come no! Mariangela come va?

– Ottimamente, da quando non mi ha piú tra i coglioni.

– Faceva parte dei consigli che come medico mi sono sentito di darle. Si è già trovata un fidanzato?

– Qualcosa di piú.

– È la cosa migliore in questi casi, quindi sono sicuro che tu non ci hai pensato. Meglio cosí, c'è sempre tempo per scontrarsi con la dura realtà della decadenza. Salutamela e dille che se non fosse stato contrario alla deontologia, mi sarei proposto io.

– Sarà fatto, parliamo di lavoro?

Sarace si sistema i capelli cotonati che il tettuccio dell'auto gli ha ribassato: è brutto come ai tempi in cui essere brutti poteva persino diventare un grimaldello. I tempi di Nicola di Bari, per intenderci. Non a caso da venticinque anni si esibisce ogni venerdí e sabato sera come voce solista di un complesso che batte i locali over sessanta della provincia: Dik Dik, Pettenati, Camaleonti, Ricky Shayne, Rokes, Fred Bongusto, Don Backy, Califano. Completo azzurro e camicia a sbuffo sotto il cappotto dicono che la telefonata della sera prima non gli ha lasciato neanche il tempo di passare da casa per cambiarsi.

– L'uomo è morto, – dice dopo aver fatto una cosa che solo chi è sull'orlo della pensione nel suo mestiere può fare, ossia accendersi una sigaretta sulla scena del crimine, – ma se vuoi un secondo parere puoi chiamare un bambino di sei anni. Per il resto posso dirti che è trapassato per asfissia dovuta a strangolamento, orario tra le ventuno e l'una di notte, per adesso non posso essere piú preciso. Quello che posso dirti però, – e indica il collo dell'uomo, visibile ora che gli ha sollevato la testa, – è che per strozzarlo è stato utilizzato quasi certamente un filo elettrico come quello con cui gli hanno legato le mani. Vedi il doppio segno rosso-livido sul collo? Le chiamavano piattine, i due conduttori correvano affiancati in quelle guaine di forma piatta. Si è usata fino agli anni Settanta, poi è andata fuori norma. Per una ragione complicata che non capiresti e che non provo nemmeno a spiegarti, potrei giurare che i polsi siano stati legati al volante post-mortem. Il che vuol dire che quel filo, – e accenna alla piattina bianco sporco che serra le mani dell'uomo, – potrebbe essere l'arma del delitto.

Arcadipane guarda Terenzio Fuci: vecchio, rigido, la bocca spalancata e i capelli grigi folti e fluenti. Delle quattro cose gliene invidia una soltanto, considerato che il completo di lana su misura che il morto ha indosso non è il suo genere. I piedi nelle scarpe di camoscio sono puntati con forza contro i pedali, le gambe tese in quello che dev'essere stato l'ultimo sforzo.

– Chi l'ha ucciso era sul sedile di dietro?

– Di sicuro e, cosa interessante, non ha incrociato il filo. – Sarace sposta con forza in avanti il tronco dell'uomo ormai rigido. – Come vedi, niente segni sulla nuca, il solco è marcato solo sulla parte anteriore del collo. Con trent'anni di meno magari sarebbe riuscito a divincolarsi, ma l'età, il panico, l'aria che manca… fa parte del meccanismo animale abbandonarsi alla signora che tutti ci attende, proprio come ribellarsi. È questione di secondi, non si può mai dire cosa faremmo in una situazione come quella.

– Amen.

– Puoi ben dirlo.

– Altro?

– Non ci avevo fatto caso prima, ma senti questo odore? Forse si è orinato addosso durante il trapasso. Capita.

– Altro ancora? – chiede Arcadipane, scostandosi.

– Un po' di sangue, ma poco, sul sedile della moglie, lo vuoi vedere?

– Di già che abbiamo fatto questa levataccia...

Girano intorno all'auto tenendosi su uno dei camminamenti. Sarace indossa un guanto di lattice che ha nel cappotto e apre la portiera del passeggero. Fa un passo indietro per lasciare ad Arcadipane il piacere del fai da te. La macchia è piccola, ma ben visibile al centro della seduta di pelle.

– Sicuro che sia sangue?

Sarace si limita a togliere di tasca la scatolina portacicche per lasciarci cadere un po' di cenere della sigaretta.

– E non è del morto?

– Non è ancora stato analizzato, ma Terenzio Fuci non ha ferite o escoriazioni, né residui ematici all'interno di bocca, naso, orecchie quindi, a meno che non sia una macchia vecchia, cosa di cui dubito... In ogni caso tra un paio d'ore sapremo se è sangue di Fuci, della moglie o dell'assassino. Io scommetterei sulla moglie.

– Che stiamo cercando, no, Lavezzi?

– Per ora abbiamo controllato i dintorni e una parte del bosco, ma niente. La Protezione civile e i carabinieri stanno organizzando delle squadre per allargare l'area e a minuti dovrebbero arrivare i cani da ricerca.

Arcadipane mette in bocca un sucai e lo mastica scansionando l'interno dell'auto, il cappotto di cammello sul sedile posteriore, le quattro monete nel vano sotto la leva del freno a mano, il biglietto di un parcheggio, il tondino giallo-rosso con la lupa che penzola dalle chiavi nel quadro, il parasole sganciato da un lato, forse nel tentativo dell'uomo di liberarsi, un opuscolo con il programma del Teatro dell'Opera di Roma caduto sul tappetino, il posacenere pieno da cui sporge un mozzicone di sigaretta: una di quelle sottili di chi non vuole aver l'aria di fumare come tutti gli altri. E quella macchia di sangue delle dimensioni di una tazzina da caffè.

È il momento in cui sa di dover pensare come Corso Bramard, visto che non può averlo lí. Corso Bramard, suo ex capo, mentore, amico e, dopo tanti anni, ancora oggetto misterioso.

Corso Bramard che arrivava sulla scena del crimine e si metteva in disparte. Bramard che chiedeva, ma non troppo. Che non faceva ipotesi e non pensava ad alta voce. Che non saltava alle conclusioni neppure se lí accanto a loro c'era un reo confesso sporco di sangue e il coltello già repertato in una busta. Guardare, pensare e tenersi le carte in mano. Resistere alla tentazione di rispondere alla domanda per cui sei lí, che siano lo stipendio o un'ossessione, come nel loro caso, ad averti portato. Ossia: «Chi è stato?» È sempre una domanda sbagliata da porsi per prima. Perché acceca quanto fissare il sole: finisci per non vederlo e, quando distogli lo sguardo, ti sfugge anche il resto. Questo gli ha insegnato Corso negli anni in cui hanno lavorato insieme o per meglio dire lui l'ha visto lavorare. Che c'è sempre una domanda piú piccola e modesta da cui è utile partire. Una domanda che in questo caso è: cosa ci facevano Fuci e la moglie in questo posto, di notte, su una Jaguar targata Roma?

Ecco cosa si chiederebbe Corso Bramard se fosse lí, e cosa si chiede Arcadipane mentre mastica il suo sucai.

Pensa a Bramard che non sente da mesi. Vivo deve essere vivo, si dice, altrimenti in qualche modo l'avrebbe saputo, ma come stia… In fondo è sempre stato cosí per loro. Persino le volte che, finito il lavoro, si ritrovavano davanti al bancone di un bar a notte fonda, sapevano entrambi che non c'era proprio niente che valeva la pena di dirsi. Farlo avrebbe distrutto la ragione per cui erano lí insieme, a quell'ora: costruire un cuscinetto di tempo prima di tornare a casa. Per questo i cortili dei posti dove si maneggiano la morte e la cattiveria sono sempre pieni di gente che ha finito il turno. Il punto è che parlare in quei casi vuol dire aprire la gabbia alla stupidità di quando sei stanco, a chi ne ha viste di piú, al tentativo di convincersi che non fa piú nessun effetto, al cinismo, alla malinconia senza guinzaglio, allo scoramento, alla cattiveria. Quindi meglio bere in silenzio accanto a un amico o un collega. Anche questo in fondo non è il caso di chiederselo.

– Commissario?

Arcadipane si volta verso Pedrelli.

– È Vera Ladich!

– Vera Ladich, chi?

– La moglie di Terenzio Fuci è Vera Ladich! – dice Pedrelli. – Sono dieci minuti che provo a dirglielo, cazzo!

Arcadipane guarda il sottoposto che non dice una parolaccia dal 13 maggio del '92, poi la Jaguar, i camminamenti, i riflettori e il furgone delle unità cinofile che si è appena fermato accanto alla Peugeot.

– Ma Vera Ladich l'...

Un elicottero dell'Arma passa sopra di loro, divorando l'altra metà della domanda.

Lo guardano calare sull'invaso che un chilometro piú in basso preme contro l'esile barriera della diga, disegnare un'ellissi sull'acqua dentro cui le pendici della valle scivolano senza fretta, e risalire a perlustrare il versante piú a nord.

– Com'è già che la chiamavano? – domanda Sarace, dando un ultimo tiro alla sigaretta.

– Mademoiselle le look, – sussurra Pedrelli.

– Mademoiselle le look, – annuisce il medico, quindi spegne il mozzicone e rimette in tasca la scatoletta portacicche, come a dire che il suo l'ha fatto, adesso sono tutti cazzi di Arcadipane.

3.

La stanza è un rettangolo tre per quattro arredato con mobili dalle linee essenziali che fanno pensare piú a una casa sull'oceano che a un tre stelle di montagna. Legno locale d'abete, ma niente rosoni o fronzoli da tavernetta. Il letto è matrimoniale, l'armadio, dove sono appesi un piumino Moncler e un poncho d'alpaca, a due ante. Sulla cassettiera poggiano due valigie formato standard 55×20×4 e nel bagno, senza doccia ma con vasca, ci sono un mobiletto vuoto e due mensole su cui Terenzio Fuci e Vera Ladich avevano sistemato i rispettivi beauty.

– Volevo poi parlarle un attimo, – dice Pedrelli, avvicinando Arcadipane che chino sul letto sta esaminando quanto Botta ha selezionato. Il ragazzo sta ora trafficando in bagno.

– È urgente o inerente?

– Nessuno dei due, commissario.

– Allora rimandiamo. Notizie dalle squadre di ricerca?

– Niente.

Arcadipane guarda l'orologio. Sono passate tredici ore. Un tempo non insensato per trovare la pista di un assassino, ma preoccupante per una donna rapita, ferita o persa nei boschi. Catastrofico se quella donna è Vera Ladich.

– Novità da Lavezzi?

– È ancora sulla scena, stanno controllando orme e tracce di pneumatici. Provo a chiamarlo.

Pedrelli lascia la stanza. Come tutti i piemontesi preferirebbe farsi operare di emorroidi in pubblico, piuttosto che parlare al telefono davanti a qualcuno.

– Niente di rilevante, commissario, – dice Botta uscendo dal bagno, – solo farmaci generici e prodotti per l'igiene, ma se vuole dare un'occhiata lei...

– No, no, vediamo piuttosto la roba che hai messo qui.

Botta si avvicina al letto dove ha disposto una decina di oggetti presi da valigie, comodini e cassetti. È alto una spanna piú di Arcadipane, quindi di statura normale, affilato, sempre ben vestito e mai elegante. Ha trentadue anni, ma sarebbe lo stesso se ne avesse cinquanta perché è di quegli individui che per qualche ragione rimangono bloccati nella foto della cresima. Crescono, mettono su barba, cravatta, studi, esperienze, erezioni e tredicesima; alcuni come Botta si occupano persino di sporcizia umana, fanno rafting, hanno il patentino nautico, una fidanzata e una pistola, ma rimangono comunque il bambino di dodici anni in piedi tra gli altri della stessa età sugli scalini davanti all'altare. Niente di grave: è un ragazzo d'oro e con il tempo si farà anche un buon poliziotto. E poi in squadra i tipi «procedurali» come lui, puliti e senza grosse sfumature, sono manna dal cielo.

Alla fine tutti siamo rimasti incagliati in qualche spigolo della vita. Nel caso di Arcadipane un quinto in quell'albergo di Andora nel 1975, un altro quinto in un appartamento della Torino bene dove fecero irruzione con la buoncostume, un quinto nei momenti passati al lavoro con Bramard, un altro su un marciapiede vicino a una donna mai vista che muore e l'ultimo se lo divide tutto il resto. Detta cosí è impressionante quanto le persone che ami, con cui spartisci casa, letto, anni, preoccupazioni...

– Commissario?

Quelli della cresima come Botta comunque sono una categoria a parte: almeno la metà della persona che sono è rimasta in quella foto. Come per i criminali. Nessuno diventa criminale se una sua metà non è intrappolata in quell'istante che non doveva vivere: un'umiliazione, una violenza fatta, vista o subita, una sottrazione, un'invidia, un piacere illecito, una felicità sentita come immeritata. Capisci quell'istante, capisci il criminale. Tutte cose che ha messo a fuoco in...

– Commissario?

– Eh!

– Il libretto di assegni ha tutte le matrici con le spese annotate, ma a parte il fatto che Fuci doveva essere un tipo accurato, non vedo diciture che ci aiutino molto.

– Diciture.

– Ci sono poi un paio di romanzi, credo della moglie, biglietti da visita di un oculista, un ristorante, una galleria d'arte, un laboratorio che rifodera sofà e poltrone, tutti a Roma. Vitamine, un sonnifero omeopatico. Questo faldone con alcune vecchie riviste francesi. Chiavi, immagino del loro appartamento. Nessun device, però.

– È grave?

– Nel cappotto di Terenzio Fuci abbiamo trovato un iPhone, segno che aveva dimestichezza con la tecnologia, ma in camera non ci sono computer, tablet o agende elettroniche. L'albergatore ha detto che quando sono usciti la moglie aveva una normale borsa da donna, nient'altro. Forse le persone di questo livello avranno collaboratori che si occupano di tutto. Non lo so. Non conosco persone di questo livello.

– No, neanch'io. Il telefono l'hanno sbloccato?

– Sí, messaggi di lavoro soprattutto, o di amici. Stiamo verificando alcuni contatti, ma in nessuna conversazione Fuci accenna a questo posto o a un viaggio. Il bagaglio leggero fa pensare che intendevano assentarsi da Roma al massimo due o tre giorni. Resta comunque il fatto che non sappiamo perché erano qui.

Arcadipane annuisce.

– Cosa sono quelle riviste francesi che dicevi?

Botta apre il faldone rigido con le sue mani da dodicenne, lunghe, bianche e prive di malizia.

– Sono diciannove numeri di «Le milieu du siècle», credo sia uno di quei fogli dove pubblicavano i romanzi a puntate. I fascicoli sono tutti del sabato, dal novembre del 1852 al marzo dell'anno dopo. Credo compongano questo romanzo...

Botta sfoglia il primo dei giornali. Sono fatti di poche pagine, non grandi, tipo volantino delle offerte di un centro commerciale, ma senza colori e prezzi. La carta non è nemmeno cosí ingiallita per avere centocinquant'anni.

– *L'histoire d'une jeune femme pas du tout désolée.*

– Che vuol dire?

– Per quel che so di francese: Storia di una giovane donna che non si è desolata, scritto da... Philippe Rouen.

– È roba di valore?

– Non lo so. Un amico di mio padre ha un negozio di libri antichi. Posso informarmi.

– Senti l'amico di tuo padre. Ma che fa Pedrelli con 'sto telefono. Pedrelli!

Passi nel corridoio. L'albergo ha pavimenti e scale di legno. Le pareti sono bianche, con quadri non belli e non brutti, quasi tutti disegni a china. Alcune piccole sculture in castagno riempiono gli angoli ciechi. Niente teste di cervo o bestiole impagliate, almeno. Niente lampadari, solo applique con paralumi di stoffa rossi.

Pedrelli si affaccia alla porta, ha in mano il satellitare.

– Ho parlato con Lavezzi, forse è meglio che lo senta direttamente.

Arcadipane allunga la mano verso il telefono che ricorda i primi cordless.

– Dentro l'albergo il satellitare non prende, commissario.

Aprono la porta del piccolo balcone che dà sul retro. Arcadipane abbottona il giaccone. Il sole è ancora alto, ma cala sulla valle rassegnato.

– Lavezzi? Mi senti? Ok, dimmi.

Pedrelli vede il volto del superiore rabbuiarsi man mano che ascolta.

– Ma che storia è?

Arcadipane scuote la testa alla volta del vice, che avendo sviluppato in vent'anni di convivenza neuroni a specchio grossi come nutrie, fa lo stesso e si abbatte dentro.

– Ma ci hanno lavorato bene, sicuro? – silenzio. – D'accordo, però prima di sbaraccare voglio un'altra verifica. E richiama i cani. Che ripartano da lí. Non vorrei che tra capre, mucche, scoiattoli e tutto il resto si siano impazziti. Aggiornami, hai capito? Ogni mezz'ora, e per le due ti voglio giú, dobbiamo rivoltare questo posto.

Arcadipane riconsegna il telefono a Pedrelli e appoggia i palmi sul corrimano. A una decina di metri dal balcone cominciano le case, umili e tutte uguali. I tetti di pietra. Nessun intervento recente, poche grondaie. Un tempo il paese doveva ospitare una comunità che a naso poteva essere di duecento, duecentocinquanta persone. I viottoli lo rendono accessibile solo a piedi.

– Sono cazzi amari, – dice.

Pedrelli tace e aspetta.

– Attorno all'auto e su tutto il prato non c'è una sola impronta di scarpa, a parte quelle dell'appuntato e del suo collega. E gli unici segni di pneumatici sono della Jaguar e del Forester dei carabinieri.

– E l'assassino?

– Alato.

– Da che lato?

– Alato, Pedrelli! Aveva le ali!

Pedrelli lo fissa e ridacchia. Arcadipane già teme.

– Allora dovevano essere belle grosse per portarsi via la Ladich.

Arcadipane guarda quell'omino che ha piú o meno la sua statura, ma metà della sua massa e dei suoi problemi. Dopo cinquant'anni a Torino non si è ancora rassegnato al fatto che l'umorismo nei piemontesi, come nelle vecchie stufe elettriche, ha solo due modalità: spento o acceso. Niente termostato. E Pedrelli non è la stufa che vorresti quando c'è meno venti gradi.

– Senta commissario, visto che abbiamo un minuto...

– Certo che abbiamo un minuto, Pedrelli, e pure un morto ammazzato che faceva colazione al Quirinale, un'attrice scomparsa che ha fatto innamorare mezzo mondo, una scena del crimine coperta di fango, ma senza un'orma; sei cani addestrati dal Mossad che non annusano la traccia di Vera Ladich a due metri dalla macchina, un elicottero che gira a vuoto, io che puzzo di piscio e il direttore generale che chiama ogni ora... Figurati se non abbiamo un minuto, Pedrelli, se vuoi tirare fuori il Sudoku, chiamiamo pure Botta che è quasi commercialista!

Pedrelli guarda la diga, mentre fa scivolare il grosso telefono nella tasca della giacca a vento.

– Mi dispiace per il suo problema...

– Quale problema?

– So che passati i cinquanta capita... Comunque ci sono dei rimedi naturali. Posso chiedere al mio erborista, senza fare nomi ovviamente. Faccio scrivere tutto come fosse per me.

Quando Arcadipane ci arriva, si passa una mano sulla testa che sente rovente.

– Senti, Pedrelli, come se avessi accettato, eh! Il proprietario è di sotto?

– Certo, l'aspetta al bancone.

– Allora scendo a parlarci e tu vieni con me.

– Volentieri, commissario.

– Non ti rallegrare, Pedrelli, potrebbe farti male alla pelle. Mentre ci parlo, tu esci e ti informi se in questa cacata d'aquila di paese c'è un posto dove vendono vestiti o cose simili, va bene?

– Le serve un cappello? Nella Peugeot c'è…

– Mi serve quel che so io, possiamo andare adesso?

Il proprietario dell'hotel si chiama Ottavio Claro, ha cinquant'anni ed è bello. La moglie Marta ne ha quarantanove ed è bella anche lei. Arcadipane l'ha notato entrando, mentre si facevano dare senza troppe spiegazioni le chiavi della camera: la perquisizione aveva la precedenza, dal momento che speravano di trovare qualche elemento che chiarisse l'omicidio e la scomparsa.

Quindi, arrivando al bancone, Arcadipane è convinto che la bellezza dell'uomo sia faccenda ormai passata in giudicato, e invece no. Ottavio Claro ha la barba di un padre fondatore americano e la pelle cotta degli alpinisti, occhi tersi e sorgivi. La moglie compare sulla porta della cucina a rincarare la dose. Nessuna cura, nessuna cosmesi, i capelli persino in disordine, eppure…

– Avete bisogno anche di me? – chiede con una voce che non è né femminile né dura, solo pienamente sua. – La strada è bloccata e ho la bambina a casa da scuola.

Arcadipane guarda quei due corpi alti, belli, allenati e visibilmente funzionanti. Corpi che una volta saltavano fuori uno su mezzo milione e adesso un po' di piú, ma comunque non cosí spontanei e schietti. Due corpi che in questo caso si sono pure accoppiati. La bambina, toccherà prenotarle una teca al Louvre.

– Sí, signora, l'abbiamo chiusa noi. Era necessario. Parlo con suo marito, lei rimanga a disposizione. Grazie.

Marta Claro annuisce senza sorridere perché le circostanze non lo richiedono e non ne ha bisogno. Ottavio Claro appoggia sul bancone gli avambracci che gli escono dalla camicia a quadri, né muscolosi né magri, giusti come il resto.

– Mi dica, – fa, per deformazione professionale.

– È lei che ha registrato Terenzio Fuci e Vera Ladich ieri? Se sí, a che ora?

– Appena arrivati... – Ottavio Claro estrae da sotto il bancone una mensolina con tastiera, digita, guarda nello schermo del computer – erano le 17.18.

– Se ha fatto una copia dei documenti, me la può mostrare?

L'uomo apre il cassetto ed esegue. Arcadipane controlla i dati, che corrispondono, soffermandosi sulla carta di identità di Vera Ladich, nata a Basovizza nel 1944, cittadina italiana, residente a Roma in via del Babuino eccetera. Professione: spazio bianco e due trattini. La foto, solo di qualche anno prima, rende nell'espressione seria e i grandi occhi tutta la giustizia che deve.

– Sapeva chi erano? Soprattutto la signora?

– In che senso? – la voce di Ottavio Claro è appena piú maschia e meno neutra di quella della moglie. Ogni sillaba un chiodo.

– Se sapeva chi fossero e cosa facessero nella vita.

– No.

– Non le ha fatto specie che venissero da Roma in questa stagione?

– Non abbiamo molti clienti, ma è pur sempre un albergo. Chi ne ha bisogno di solito viene da fuori.

– Giusto, e le hanno detto il motivo della permanenza? Oppure avete un modulo di quelli opzionali dove lo chiedete?

– Non l'hanno detto e non lo chiediamo.

Arcadipane guarda il pacchetto di tabacco che sbuca dalla tasca dei jeans un po' western dell'uomo.

– Ha detto al mio collega che la stanza era stata prenotata.

Ottavio Claro prende un quaderno e passa all'analogico. Sfoglia a capo chino, i capelli che accennano appena uno sfoltimento sulla sommità della testa. Se Arcadipane fosse piú alto potrebbe forse vedere la piazzola e trovargli persino un difetto.

– Un paio di settimane fa, il 13 ottobre, ha telefonato la signorina Brocani per fermare sei camere a nome Veronica Film di Roma. Due notti.

– Come, sei? Quante ne avete in tutto?

– Sei. Voleva opzionare l'intero albergo e il ristorante. Ha pagato per la pensione completa di ventidue persone che è la nostra capienza massima, il giorno dopo è arrivato il bonifico e io ho bloccato camere e ristorante.

– E non si è stupito quando si sono presentati soltanto in due?

– Ho chiesto se gli altri sarebbero arrivati. Il signor Fuci ha detto di no, che nel cinema sono cose che succedono. Non ha fatto cenno al rimborso e io comunque non avrei potuto farlo.

– E poi?

– Poi gli ho mostrato la camera, la signora ha detto che andava bene e hanno chiesto cosa c'era per cena. Ho proposto dei piatti locali, hanno detto che andavano bene anche quelli e li ho rivisti a tavola verso le otto.

Pedrelli entra dalla porta che ha un piccolo campanaccio non fastidioso. Arcadipane gli fa gli occhi di starsene buono e aspettare. Alla sinistra del bancone e delle scale si apre la sala da pranzo con una decina di tavoli, tutti apparecchiati.

– Ci sono turisti in questo periodo?

– Non molti, ma può sempre capitare qualcuno che viene per gli affreschi della chiesa, studiosi d'arte o studenti che fanno la tesi sul Maestro di Clot, se vuole qui c'è un dépliant.

Arcadipane lo guarda appena.

– Poi ci sono i tecnici della società della diga. Salgono una volta a settimana per la manutenzione dell'impianto, una volta al mese per la pulizia e la revisione delle turbine e una volta l'anno per la manutenzione straordinaria e l'ispezione. L'albergo è stato costruito nel '59 per ospitare il personale che ha creato l'invaso, quindi siamo convenzionati. Mio padre lo prese in gestione e noi abbiamo rinnovato l'accordo con la società subentrante.

– Una cosa complicata.

L'uomo toglie di tasca il tabacco e comincia a prepararsi una sigaretta.

– Non tanto. Chi viene per la diga ha una tariffa ridotta del venti per cento e gli altri no. Tutto qui.

Arcadipane assiste in silenzio al confezionamento del manufatto. Sa che anche Pedrelli alle sue spalle non toglie gli occhi da quelle dita armoniche. Per fortuna la sigaretta non viene proprio perfetta, ma la maniera in cui se la mette provvisoriamente nel taschino… ah quella!

– Quindi, – riparte Arcadipane, – avrà avuto modo di osservare bene i due ospiti durante la cena.

– Sí, li ho serviti io. Mia moglie si occupa della cucina.

– Spero almeno che cucinerà male.

L'uomo non coglie. Del resto è vicino alla Francia, ma pur sempre in Piemonte. Manopola della stufa su spento pure lui. Qualcosa gli dice che in paese su questo aspetto ci sarà poco da star caldi.

– Come le sono sembrati? Parlavano? Non parlavano? Complici, annoiati, rancorosi, indifferenti, qualche screzio? Uno sbalzo d'umore, un gesto che ha notato? Ne avrà osservate di coppie in questo lavoro. Da come si comportano a tavola si capiscono un sacco di cose, no?

Ottavio Claro toglie la sigaretta dal taschino, ne umetta tra le labbra un'estremità e la rimette a posto.

– Non sono un grande osservatore, – conclude, – mi sono sembrati normali. Lui mi ha fatto un paio di battute...

– Che battute?

– Non ricordo di preciso.

– Immaginavo.

– Comunque parlava di piú. Lei era gentile, ma riservata. Lui aveva piú appetito, la signora invece non ha preso il secondo. Alla fine tutti e due hanno fatto i complimenti a mia moglie.

– L'hanno chiamata al tavolo?

– No, sono saliti in camera e, quando sono tornati di sotto, hanno preso un caffè al banco, lei americano decaffeinato. Mia moglie si è sporta dalla cucina e le hanno detto di aver mangiato bene, poi sono usciti.

Arcadipane si accorge che dalla porta della cucina qualcuno li osserva. È una bambina, capelli rossi. Sette o otto anni. Molto bella, ma si aspettava di piú.

– Lei è nostra figlia Ester.

– Ciao, Ester.

– Hai la pistola?

– Hai bisogno di qualcosa, Ester? – la intercetta il padre. – Altrimenti vai in cucina dalla mamma.

– Ma no, la lasci. Ho avuto dei figli piccoli anch'io, anche se adesso non ne sono piú cosí sicuro.

– Ottavio ha il fucile, – dice Ester.

– Ah sí? E chi è questo Ottavio?

La bambina indica l'uomo con cui Arcadipane sta parlando.

– Ah! Gli servirà per la caccia agli orsi! – dice, poi, rivolto al padre. – Sveglia, eh! Bella pure questa cosa di chiamare il papà per nome, moderna!

– È perché sono adottata, – dice Ester, – e agli orsi non si spara. Erano qui prima di noi. Bisogna avere rispetto.

Arcadipane, sotto gli occhi verdi della bambina che lo scrutano senza giudizio, ma senza pietà, fruga in tasca alla ricerca di un sucai che non trova. Si accontenta di passarsi sul labbro il dito che ha raccolto un po' di zucchero e un velo di sapore.

– Vai a dire alla mamma che prepari le camere per i signori, – dice Ottavio Claro, poi al commissario: – Pranzo, mi ha detto il suo collega, – e accenna a Pedrelli sempre fermo sulla porta, – di fare dei panini perché mangerete andando.

– Certo, certo, i panini vanno bene. Un'ultima cosa, mentre mi fa un caffè. Per il mio collega niente, è macrobiotico.

– Magari un tè, – arriva la vocina di Pedrelli.

– Un tè, allora, ma lo lasci poco in infusione.

Ottavio Claro si volta mostrando il triangolo pitagorico della schiena. Sbatte, carica, aziona.

– Quando Terenzio Fuci e Vera Ladich sono usciti ieri sera, com'erano vestiti?

– L'ho detto al suo collega prima.

– Lo so, ma lo ridica a me, – dice secco Arcadipane. – Sa, tra noi non è che ci piacciamo molto.

L'uomo avverte il cambio di tono. Lo si capisce dalle spalle che si alzano appena, ma non si volta. C'è un minuto buono di silenzio giustificato dalla procedura del tè. Pedrelli ne approfitta per avvicinarsi al bancone. Ottavio Claro appoggia la tazzina e la teiera. Pedrelli può scegliere tra verde, nero e breakfast.

– Il signore anziano aveva un cappotto elegante e un completo giacca e pantaloni sul verde. Lei una giacca che forse era di renna, comunque di pelle, un cappello di lana e un foulard salmone. I pantaloni erano a quadretti.

– Di che colore?

– Marroni e rossi, mi sembra.

– Scozzese, e le scarpe?

L'uomo si versa un bicchiere d'acqua, accenna se ne vogliono. Arcadipane fa segno un dito.

– Lui delle scarpe basse da città. Credo costose. Lei sempre scarpe basse, con un tacco largo. Non tanto alto, ma largo. Un po' curiose, se vai in montagna. Avevano una fibbia quadrata di metallo.

Arcadipane beve il caffè in due sorsi. Ottavio Claro lo guarda in maniera diversa. Né bene né male, ma diversa. Ottima cosa. Pedrelli sta aspettando che il suo tè verde dia il meglio di sé.

– Il sindaco arriva in municipio tra una decina di minuti, – dice. – Era fuori per un corso di aggiornamento. Ha chiesto di vedere lei e l'appuntato.

– C'è un sindaco?

– Clot fa comune, – dice Ottavio Claro.

Arcadipane guarda la piazzetta oltre la porta a vetri. Da quella prospettiva, con la valle che si apre, la luce del mezzogiorno e le montagne verdi da sfondo, è quasi un bel vedere. D'altra parte anche a Torino ci sono palazzi che non si possono guardare da fuori tanto sono brutti, ma una volta che sei dentro la vista è magnifica. Quello in cui è cresciuto, in cui la sua ex moglie e sua figlia ancora abitano, in fondo è uno di quelli. Anche se la vista, a parte dalla finestra del bagno, non è poi granché. Quindi in effetti non è uno di quelli.

– Davvero non sapeva chi fosse Vera Ladich? – domanda.

– No, – dice l'uomo togliendo la tazzina. – Mi hanno detto che lavorava nel cinema, ma il cinema qui non c'è e io sinceramente non sono interessato.

Arcadipane annuisce.

– Niente cinema, però avete un sindaco. Quanti abitanti siete?

– Trentasette.

Arcadipane guarda l'ora. Quattordici ore e mezzo che Vera Ladich non si trova.

– Uno dei trentasette vende i sucai?

4.

Arcadipane lancia un'occhiata all'orologio sopra la porta dietro cui la donna è sparita cinque minuti fa. Quasi le tredici.

Ciondola punta tacco-tacco punta per sciogliere le caviglie. Ha le gambe intorpidite, le reni a pezzi, la testa gonfia. È andato a dormire a mezzanotte, si è addormentato alle due ed è in piedi dalle cinque. Sempre meglio di Vera Ladich che da sedici ore è morta, ferita o prigioniera. Controlla il cellulare, nessuna chiamata, nessun messaggio dai suoi.

La proprietaria torna reggendo una torre di cinque scatole che posa sul bancone. Mentre spacchetta, Arcadipane le osserva le gambe senza calze sotto la gonna al ginocchio. Polpacci lunghi e niente di frollo. Anche la pelle del viso è soda per una che deve aver passato i settanta. I capelli luminosi e lisci sono di un grigio che ricorda i sassi di fiume. Non la donna che ti aspetteresti in una merceria come quella, che invece è la merceria che ti aspetteresti in un paese come quello: scaffalature per lo piú vuote, poster di indossatrici che adesso sono nonne e, nell'unica vetrina, pigiami che sarebbero vietati anche in un ospizio pubblico di Oslo.

– Camicie ho queste, – dice lei, che ha già dato prova di sintesi prima della fuga nel retrobottega.

Una è bianca, una azzurra e l'altra di un improbabile color salmone. Negli altri due pacchi ci sono canottiere a costine che possono andare bene tutte.

– Le misure sono giuste? – chiede Arcadipane.

– Non so, lei che misura vuole?

Arcadipane fissa il dente scheggiato che la donna lascia intravedere tra le labbra socchiuse. La verità è che dopo la separazione e il relativo trasloco ha continuato ad attingere al fondo mutande, canottiere, camicie e calzini che Mariangela aveva accumulato per lui nei vent'anni e passa di matrimonio. Tenuto conto delle scatole sopra il suo armadio, si era fatto l'idea di essere servito fino alla tumulazione. Completo tombale incluso.

– È che di solito mia moglie... – bascula – ... e ho davvero molta fretta.

La donna valuta con quattro rapidi movimenti oculari collo, spalle, pancia e fede che non porta.

– A occhio l'unica che le va bene è questa, – dice.

Attraversa la piazza con un movimento a U per evitare i sei uomini della Protezione civile e i quattro del soccorso alpino, piú alcuni volontari, raccolti attorno alla cartina aperta sul cofano di un Defender. Il coordinatore è un tizio salito da Torino che Botta dice di conoscere per via di certe uscite speleologiche nel Carso. Data l'inaccessibilità dell'intesa tra gente che prova piacere a calarsi in sifoni duecento metri sotto terra, stringendo le chiappe nella speranza che non si riempiano d'acqua, Arcadipane ha affidato al sottoposto il compito di tenere i contatti e fargli rapporto ogni mezz'ora, cosa che Botta sbriga alzando il pollice. Dodici anni, la foto della cresima, appunto. Quasi sicuro che non si è fatto mancare nemmeno qualche anno di scautismo.

Pedrelli attende davanti alla porta di quello che pensavano fosse la scuola o un mattatoio, invece è il municipio.

– Il sindaco è arrivato, – lo rendiconta, mentre percorrono il breve corridoio che porta alle scale, – ci sono anche l'appuntato e un tizio da Milano.

– Che tizio?

– Un avvocato.

– Ci mancava pure l'avvocato, che cavolo vu... – Arcadipane nota sul pianerottolo la porta dei servizi: – Di' che tra due minuti arrivo.

Sceglie il bagno dei disabili perché gli serve spazio. Leva giaccone, camicia e canottiera, e li appoggia al maniglione accanto al wc. L'acqua fredda sotto le ascelle gli provoca un parziale blocco muscolare, ma si contorce comunque cercando di lavarsi la schiena mentre con l'altra mano prova a intercettare le gocce prima che gli si infilino fra le chiappe. Asciuga il tutto con le salviette di carta, indossa canottiera e camicia pulite, accartoccia quelle pisciate nel sacchetto della merceria, rimette il giaccone ed esce.

La sala consiliare ha un tavolo ovale al centro e dieci sedie. Nessuna bandiera o addobbo istituzionale, il che dà ai quattro uomini che Arcadipane trova radunati nella stanza l'aria di un consiglio di amministrazione miserabile o di gente presa in ostaggio. Quando riconosce la carta topografica allargata sul piano, pensa invece ad amici che non si vedono dalle medie, hanno preso strade diverse e deciso di ritrovarsi chissà perché per una battuta di caccia dove quello grasso finirà per beccarsi un colpo.

Con la mano libera dal sacchetto stringe quella dell'appuntato Labarbuta, che ha conosciuto qualche ora prima a Gias Vej, dove il carabiniere gli aveva confermato quanto già riferito da Lavezzi: la telefonata anonima, il ritrovamento del corpo, l'assenza della donna, orari, circostanze e le indagini in corso per rintracciare l'apparecchio da cui è partita la chiamata. Per essere un carabiniere cinquantenne al confino tra quei monti, gli ha dato l'impressione di un uomo sul pezzo e collaborativo.

È lui a presentargli il sindaco Beppe Dro, mentre l'uomo in doppiopetto antracite fa da solo.

– Sono l'avvocato Alberto Spurio. La signorina Brocani mi ha contattato stanotte mettendomi al corrente e, dal momento che ero a Milano, ho ritenuto di venire di persona. Alla signorina Brocani ho consigliato invece di restare in ufficio a Roma per eventuali chiamate. Spero di aver fatto bene. Ovviamente la signorina è disponibile a prendere il primo volo se lo ritenete necessario.

Arcadipane poggia la busta sul tavolo, ma notando la vicinanza del sindaco, la fa poi scivolare sul pavimento.

– La signorina Brocani è la segretaria che ha prenotato le camere dell'albergo? – domanda.

– Sí, la segretaria personale del dottor Fuci da quarant'anni e quindi anche di Vera.

– Mentre lei invece?

– Ufficialmente il rappresentante legale della Veronica Film, ma lavoro per il dottore e Vera da oltre dieci anni. Prima di me, era lo studio di mio padre a seguire la casa di produzione e la famiglia Fuci, quindi può immaginare cosa significhi per noi...

– Certo, certo. Chi ha convocato la riunione?

– Sono stato io, – dice il sindaco che ha meno di sessant'anni, ma si nasconde fin da ragazzo sotto quei cinquanta chili di troppo, – mi sembrava doveroso, anzi mi dispiace non averlo fatto prima, ero fuori per un corso di gestione delle aree montane.

– Ok, ora siamo qui... – fa Arcadipane, allargando le braccia a tutto ciò che di utile può venire.

Il sindaco Dro ribadisce con la mano sinistra la spartizione dei capelli che gli scendono ai due lati della grossa testa. Fossero abbastanza puliti potrebbe persino sembrare un gesto lezioso.

– Ecco, – dice, – ci sono alcune informazioni che mi sembrava utile condividere, ma... avendomi l'avvocato fatto presente delle... limitazioni... lascerei a lui...

L'avvocato Alberto Spurio posa sul tavolo la valigetta che tenuto conto del suo completo ci si aspetterebbe nera, invece è alluminio, con gli angoli di pelle.

– Grazie, sindaco, – apre la ventiquattrore e ne estrae una serie di fascicoli tutti uguali.

– Prima che il sindaco vi metta a parte di quanto giudica utile, mi sento in dovere, nell'interesse dei miei assistiti Terenzio Fuci e Vera Ladich, di sottoporvi questo accordo di riservatezza. L'accordo pertiene a tutto ciò che verrà comunicato dal sindaco ed eventualmente da me in questa sede, e che verbalizzerò in seguito negli appositi spazi lasciati in bianco a pagina 3. Va detto che l'accordo è da ritenersi vincolante sia che la signora Ladich torni sana e salva tra noi, come tutti speriamo, sia che venga ritrovata senza vita o mai piú ritrovata. Per essere chiari, quindi, qualunque sia l'esito degli eventi, nulla di quello che ci diremo in questa stanza potrà essere comunicato a terzi. L'accordo di riservatezza prevede penali economiche e di legge, ed è obbligante per trentacinque anni a partire dalla data di morte del dottor Fuci, ossia oggi.

Nel silenzio che si crea nella sala, la stufa manda un piccolo sibilo, uno sfiato gassoso del legno che ricorda ad Arcadipane i problemi intestinali di Trepet.

Sorride e si allunga a prendere uno dei fascicoli. Lo sfoglia.

– Ci avrà messo un po' a scrivere quattordici pagine!

– I miei assistiti avevano depositato una bozza, ma in effetti le integrazioni dovute alla circostanza sono il motivo per cui sono arrivato un'ora fa e non prima. Ovviamente potete prendervi tutto il tempo necessario per leggere il testo.

– Ovviamente. Tu Pedrelli che dici, firmiamo? Lei sindaco ha già firmato, essendosi consultato con l'avvocato?

Il sindaco dà un altro giro all'agenda che tiene in verticale davanti a sé e ruota, alternando il lato in basso. Il parka imbottito non riesce a nascondere i sorrisi di sudore che la camicia azzurra ha assorbito sotto i pettorali molli.

– Facciamo cosí, – dice Arcadipane, – mentre voi leggete le quattordici pagine, io avvio le pratiche di un mandato a nome suo e dell'avvocato per intralcio alla giustizia, omissione di soccorso, favoreggiamento in omicidio di primo grado, occultamento di cadavere, soppressione, distruzione e contraffazione di informazioni atte al ritrovamento di persona scomparsa e volontaria negligenza nel ruolo istituzionale.

Beppe Dro ferma l'agenda sull'appoggio del lato corto.

– Non si faccia impressionare, – dice l'avvocato, – la maggior parte di questi reati neanche esiste.

– Quanti non esistono? – chiede Arcadipane, senza smettere di fissare il sindaco.

Alberto Spurio chiude la valigetta e la poggia a terra, perfettamente in linea con il sacchetto di indumenti pisciati. Ma nessuno dei rispettivi proprietari lo sa.

– Dovrebbe ripetermeli, ammesso che ne sia capace, ma cosí a naso almeno tre.

– Ne rimangono altri quattro, sindaco, abbastanza per una montagna di problemi. E se Vera Ladich dovesse essere ritrovata troppo tardi e la morte giudicata evitabile con un intervento piú tempestivo, diventerebbero cinque o sei, per non dire che io a quel punto… – Pedrelli gli posa una mano sul braccio.

Beppe Dro riprende a ruotare l'agendina nera su cui è appiccicato l'adesivo di un rally. Gli occhi non si staccano dalla camicia salmone di quel commissario che probabilmente non avrebbe mai pensato o voluto trovarsi davanti, tantomeno con quella camicia. La stufa ha perso calore e cominciato a diffondere nella stanza un odore organico, come succede quando il fuoco trova una lingua di bue, un fungo di pollo, una grifola o qualche altro...

– Vera Ladich è nata Anna Mattalia, – dice il sindaco, – qui a Clot, nel 1946.

Arcadipane sente la mano di Pedrelli scivolare dal suo gomito al tavolo, come si fosse d'improvviso sfibrata. Guarda l'avvocato Alberto Spurio calmo e compito sulla sedia di legno rustico da polenteria. È uno di quegli uomini che possono rendere sgradevole persino il fuoco di un camino, un bicchiere di rosso e l'ingresso in una vasca di acqua calda. E quel che è peggio per Arcadipane è che non ha assolutamente nulla a che fare con l'omicidio di Fuci e la scomparsa di Vera Ladich. Uomini cosí non sono mai criminali, né piccoli né grandi. Altrimenti sarebbe troppo facile. E la polizia non avrebbe mai avuto bisogno di gente come lui e Bramard.

– Vuole continuare lei? – gli chiede Arcadipane.

Spurio si allunga a ritirare i fascicoli, li pareggia con due colpi secchi sul tavolo e deposita alla sua sinistra.

– Perché, no? – dice. – Le storie d'amore in fondo piacciono a tutti.

– Sí, – dice Pedrelli, chissà perché.

Spurio slaccia due bottoni al doppiopetto e appoggia i gomiti sul tavolo.

– Nel '58, quando sono iniziati i lavori della diga, l'Italia era in pieno boom economico. Aveva bisogno di elettricità, molta elettricità, per sostenere la produzione e i consumi, ma non avendo il Paese né petrolio, né carbone, la strada intrapresa con lungimiranza era stata quella dell'idroelettrico. Le nostre montagne infatti...

– Riesce a raccontarlo in meno di quattordici pagine, per favore? – lo interrompe Arcadipane.

L'avvocato sorride male.

– Amilcare Fuci, il fratello del dottor Terenzio, era uno di quegli uomini che credevano nello sviluppo del Paese, ma a differenza di molti politici, anche nel suo partito, lui era in grado di realizzarlo. Per questo si spese per creare la Ica, una società statale per la costruzione di nuove centrali idroelettriche. Tra i quindici siti su cui erano state avviate le perizie, questo risultò il piú indicato da tutti i punti di vista, e dunque quella di Clot fu la prima diga che la Ica costruí e mise a regime. La tragedia e gli errori commessi con il Vajont cambiarono in seguito la percezione dell'idroelettrico da parte dell'opinione pubblica. Molti progetti vennero abbandonati, ma questa come altre dighe costruite in quegli anni è sicura. Prova ne è che da allora non si è mai verificato un incidente o un allarme.

Arcadipane avverte la leggera vibrazione di un messaggio nella tasca. Controlla. È Botta che relaziona: «Le nuove squadre stanno allargando l'area di ricerca. Nessuna novità dai cani. Elicottero rientrato per rifornimento. Al blocco stradale sotto il paese si sono radunati alcuni curiosi e qualche giornalista locale. Per ora il blocco è stato giustificato da smottamento, come concordato. È bene aspettarsi però che anche la stampa grande e le televisioni tra poco comincino a interessarsi alla cosa».

Arcadipane digita in fretta «Ok».

– Scusi, – e fa segno a Spurio di andare avanti.

– A pochi mesi dall'inaugurazione dell'impianto Amilcare Fuci chiese al fratello di accompagnarlo a vedere i lavori. Il dottor Terenzio all'epoca era già titolare della Veronica Film e si stava costruendo una posizione tra i produttori del cinema italiano e internazionale. Si fermarono in paese cinque giorni, nell'albergo costruito dalla Ica. I tecnici mostrarono loro l'invaso e la centrale, ma il dottor Terenzio, sempre alla ricerca di volti per lo schermo, fu impressionato soprattutto dalla fisionomia degli abitanti di Clot. Tra questi lo colpí in particolare quello di una giovane.

– Quanto giovane?

Spurio risistema la pila delle cartelline che non si erano comunque mosse granché.

– Sedici anni.

– Mentre il signor dottor Terenzio Fuci ne aveva all'epoca...

– Trentasei.

– A uno che non sa di matematica sembra piú del doppio. Quindi il dottor Terenzio Fuci si invaghisce di questa sedicenne che adesso sappiamo si chiamava?

– Anna Mattalia, – resuscita dal suo torpore il sindaco.

– Scusate, vorrei chiarire, – puntualizza Alberto Spurio, – Vera Ladich non è un nome d'arte, ma la nuova identità che Vera aveva scelto e nella quale si riconosceva pienamente. Anna Mattalia per lei non esisteva piú, quindi preferirei che tutti noi continuassimo a riferirci a lei come Vera Ladich. Eviteremo fraintendimenti che potrebbero distrarci dall'unico obiettivo che è ritrovarla.

Arcadipane chiude la giacca di pecora regalatagli dagli ex suoceri, un po' perché la stufa è quasi spenta, un po' perché il sindaco continua a fissarla come ipnotizzato.

– Quindi il dottor Fuci di anni trentasei viene in visita alla diga che il fratello sta costruendo e una volta sul posto si innamora della futura Vera Ladich, di anni sedici.

Se la porta a casa, le fa cambiare nome e la trasforma nel giro di un paio di anni in una diva del cinema.

Per la prima volta sul volto di Alberto Spurio si disegna una smorfia non del tutto professionale.

– Sto sbagliando qualcosa? – chiede Arcadipane.

– Sta banalizzando in maniera offensiva l'inizio di una relazione che è durata cinquant'anni. E che ha legato due persone fuori dal comune.

– Quindi non se la portò via?

– Il dottor Fuci era scapolo e senza legami. Non portò via nessuno: Vera corrispose il suo sentimento e decise di seguirlo.

– E di cambiare nome aggiungendosi due anni all'anagrafe. Una cosa strana per una donna e piú strana ancora per un'attrice.

– Vera Ladich in quel momento non era un'attrice. La decisione di anticipare la data di nascita venne presa di comune accordo perché metteva entrambi al riparo da inutili pettegolezzi. La famiglia Fuci, visto il ruolo politico del fratello, era al centro di molte attenzioni. Che non si trattasse di un'infatuazione passeggera del resto mi pare...

– Ho capito, ho capito, un grande amore, per carità! – Arcadipane si alza dalla sedia e comincia a camminare intorno al tavolo. – La cosa quindi non aveva a che vedere con la legge che impediva a una sedicenne di contrarre matrimonio senza il consenso scritto dei genitori? Perché io non me li vedo papà e mamma Mattalia, nati a Clot all'alba del Novecento, firmare il foglio che permetteva alla loro figlia di sedici anni di andarsene a Roma con un produttore di cinema conosciuto il giorno prima e con il doppio degli anni.

– Invece è proprio quello che fecero, – dice Spurio. – Firmarono l'autorizzazione. Anche se non mi pare abbia a che vedere con quanto sta accadendo, posso ovviamente fornirle copia del documento.

– Quello che ha a che vedere o meno lo stiamo valutando. Lei che dice, sindaco? Come la presero qui? Davvero attaccarono i barattoli alla macchina e tirarono il riso?

Il sindaco gira la testa per localizzare Arcadipane, fermo alle sue spalle.

– Io avevo una decina d'anni, ma non ricordo nessuno «scandalo». Le polemiche c'erano state per la costruzione della diga, semmai. Alcune famiglie erano emigrate in Francia o si erano trasferite a valle. Su Anna Mattalia la comunità avrà avuto le sue opinioni, ma si trattava in ogni caso di una vicenda privata.

Squilla un telefono. C'è quello scambio di sguardi che dura una frazione di secondo in cui tutti pensano possa essere il proprio, quindi l'appuntato si alza, si scusa ed esce dalla sala. Il sindaco ne approfitta per liberare la seduta, sottraendosi al movimento a tenaglia con cui Arcadipane si era portato alle sue spalle. Va alla stufa, prende un ciocco dal cestone e lo deposita sopra i tizzoni ancora incandescenti. Chiude e apre il tiraggio dell'aria un paio di volte per dare ossigeno alla fiamma.

– Era mai tornata in paese? – domanda Arcadipane.

– Non che io sappia, – dice il sindaco.

Nel suo metro e novanta di parka, pantaloni in fustagno e Clarks, Arcadipane non può non riconoscere l'adolescente impacciato che tutti d'un tratto hanno cominciato a definire «pezzo d'uomo» senza che lui capisse bene perché.

– Quindi è plausibile che il proprietario dell'albergo e la moglie non l'abbiano riconosciuta?

– Quando Anna Mattalia se n'è andata, credo fossero appena nati. Io stesso, che ho visto alcuni suoi film, quando il suo collega mi ha mostrato una fotografia recente ho stentato a riconoscerla.

– Da quanto si era ritirata a vita privata, avvocato?

– L'ultimo suo film è del '73. Da allora non ha piú fatto apparizioni pubbliche.

Anche l'inscalfibile avvocato Spurio mostra ora qualche segno di stanchezza. La notte passata a redigere quell'accordo di riservatezza che adesso potrebbe usare per ravvivare il fuoco...

– Immagino che lei possa dirci perché Vera Ladich e Terenzio Fuci ieri fossero qui, vero? – gli domanda Arcadipane.

– No, né io né la signorina Brocani abbiamo la minima idea.

– Possibile?

– È la prima cosa che ho chiesto alla signorina, non essendo informato di questo viaggio. Mi ha risposto di aver prenotato l'intero hotel per due notti, come Fuci le aveva chiesto, senza addurre motivazioni.

– La signorina conosceva il significato di Clot per Fuci e la Ladich?

– Non abbiamo mai affrontato l'argomento, ma ritengo di sí. Credo abbia pensato ciò che ho pensato io: la morte del fratello di Vera qualche mese fa, ricoverato da anni in una clinica fuori Roma, potrebbe aver acceso in lei il desiderio di rivedere il paese natale. Immagino Vera abbia chiesto al dottor Fuci di tornare nel luogo dove si erano conosciuti. Il fatto che né lei né il dottore ne abbiano fatto parola con qualcuno mi conferma il valore sentimentale e privatissimo di questo viaggio. Anche venire in auto, cosa bizzarra vista la distanza, mi dice che se non fosse successo quello che malauguratamente è successo, magari nessuno di noi avrebbe mai saputo di questa loro «fuga».

Arcadipane, che da quando l'avvocato ha cominciato a parlare cammina intorno all'ovale del tavolo, si ritrova accanto a una delle due finestre che dànno sulla piazza dove l'appuntato sta parlando con un carabiniere arrivato su una Punto d'ordinanza. Il sottoposto sta reggendo una valigetta con tracolla. L'appuntato vi ripone le cuffie che fino a poco prima indossava, prende la valigetta e si avvia verso la porta del municipio.

Arcadipane aspetta che sia rientrato nella sala, quindi si avvicina al tavolo e mette il dito su Clot, a cui la cartina aperta sul piano fa onore con una scala molto generosa.

– Ascolti anche lei, per favore, – dice in direzione dell'appuntato. – La strada per adesso resta chiusa. Da lei, sindaco, mi aspetto che faccia capire ai suoi trentasei cittadini che qualsiasi spostamento deve essere motivato e autorizzato. Se hanno invitato dei parenti, rimandano. Se devono comprare qualcosa di indispensabile, lo ordinano, il personale al posto di blocco lo ritira e glielo fa avere. La situazione per intenderci è il classico: nessuno esce dalla classe fino a che non salta fuori chi ha preso il compasso del compagno o qualcuno disposto a farne il nome.

Il sindaco ascolta accanto all'appuntato. Nessuno dei due si è riseduto.

– Voglio che indichi a noi e ai carabinieri capanni, ruderi o qualsiasi buco nel terreno non riportato su questa cartina. Quel prato, Gias Vej, ha un significato particolare? È di qualcuno o ci viene fatta qualche attività di cui dobbiamo sapere?

– È terreno demaniale. Ha vista panoramica sul lago, quindi nella bella stagione ci salgono i turisti per un picnic o una passeggiata. E le mucche, quando i camion le portano all'alpeggio. Arrivano fino al termine della strada, le scaricano e tornano a riprenderle a fine settembre.

Da quel momento le tre grange che ancora praticano rimangono vuote.

– Le abbiamo controllate, commissario, – dice Pedrelli.

– Bene, quanto abbiamo di luce?

Il sindaco controlla una patacca elettronica al polso e preme un paio di piccoli tasti con le dita da tagliaboschi.

– Il sole tramonta alle 18.23, ma la luce calerà almeno mezz'ora prima.

– Ok, abbiamo qualche ora. Salga con Pedrelli al prato. Voglio che si guardi intorno e mi dica se vede qualcosa di diverso da come lo ricorda o dovrebbe essere: una pietra spostata, un ramo tagliato, una cacata d'uccello o di vacca. Non si preoccupi se le sembra importante o no, lei dica. Ok?

– Certo.

– Andate.

Pedrelli scatta in piedi, come svegliandosi da un vigile torpore. Fa strada verso la porta e nella stanza rimangono in tre. Arcadipane siede a fianco all'avvocato, le gambe rivolte verso di lui. Le ginocchia quasi a contatto con le sue cosce.

– Non importa se le sto antipatico, – dice Arcadipane, – mi ascolti molto bene.

– Non mi sta antipatico. Anch'io fuori servizio non sono insopportabile come sembro.

– Ha scelto l'esempio sbagliato, perché io invece lo sono. Infatti mia moglie mi ha lasciato, i miei figli hanno scelto di sopportarmi e l'unico amico che ho forse sta morendo, ma non me lo direbbe. Quindi...

– Sta dicendo che ho preso un biglietto per la sua stessa località?

– Non so, non mi frega e non posso comunque farci niente. Pensa che l'abbiano rapita? Non risponda. Riformulo la domanda: pensa che possano averlo ucciso, per rapirla?

– No.
– Quindi secondo lei non dobbiamo aspettarci una richiesta di riscatto?
– Indirizzata a chi? Non ci sono figli né eredi diretti. A parte l'appartamento e quel che si trova sui conti, tutto è intestato alla società e sarebbe molto complicato sbloccarlo.
– Lei potrebbe?
– Potrei, ma vista la complessità dell'operazione e i tempi, i rapitori dovrebbero essere o sprovveduti o molto pazienti.
– La ringrazio per la sincerità.
– Non è sincerità, è un parere professionale.
– È il motivo per cui mia moglie mi ha lasciato.
– Quale?
– Non riusciva piú a distinguere tra sincerità e parere professionale.
L'avvocato Spurio lo guarda, si alza, raccoglie le sue cose ed esce da quella stanza dove a tutti loro sembra di essere entrati quando avevano una decina di anni di meno. La stufa è un lumicino da loculo. La temperatura da loculo pure.
– Mi faccia sentire, – dice Arcadipane.
L'appuntato toglie il pc dalla borsa, l'accende e cerca il file. Arcadipane ascolta, tenendo gli occhi sulla cartina, il lago, la sua forma animale e dormiente.
«Carabinieri di Alve», dice la voce di chi era al centralino quella sera. Silenzio, appena un respiro, non affannoso. «Carabinieri, dica». Lungo silenzio, nessun respiro udibile. «C'è un morto a Gias Vej». *Clic*.
– Me lo faccia risentire.
L'appuntato esegue. Arcadipane riascolta la telefonata e pensa che ha un morto ingombrante, una diva scomparsa, un paese di montagna chiuso come un'ostrica e tutti quel-

li con cui ha parlato, anche i piú odiosi, ostili e riluttanti, che hanno detto la verità. Neppure quella voce mente, neppure quelle sei parole dette da un uomo non giovane, che copre la bocca con una sciarpa o un fazzoletto. Nessun accento evidente.

Questo è un problema.

La gente pensa che le informazioni, i fatti assodati siano quelli che ti fanno risolvere un caso e invece le menzogne o le mezze verità sono l'unico terreno malleabile dove scavare. E qui al momento c'è solo pietra dura.

L'appuntato è andato alla finestra da dove gli fa segno di avvicinarsi.

Arcadipane prende il suo sacchetto di roba pisciata e lo raggiunge.

– Ha chiamato da lí, – dice l'appuntato, indicando l'orecchia azzurra del telefono pubblico tra il negozio di alimentari e la merceria. – Strano pensare che alle 23.46 di ieri sera l'uomo che cerchiamo era sotto quel lampione che telefonava, no?

5.

Parcheggiano in un cortile interno. È buio, quasi le otto. Alcuni infermieri che hanno smontato decomprimono fumando un'ultima sigaretta tra simili, prima di buttarsi nel mondo oltre il cancello. La stessa cosa che fanno i poliziotti, le guardie carcerarie, i missionari, le maestre e quelli che stanno qualche centimetro piú vicini degli altri al male e al dolore privi di risposte. Arcadipane ci pensava poco prima e ora eccolo lí a passarci in mezzo, Pedrelli che lo segue.

Si dirigono alla piccola porta di servizio che è stata loro indicata. Servirebbe un pass magnetico, ma pare non funzioni da un paio di settimane, quindi «spingete ed entrate», gli è stato detto. E cosí fanno.

Il corridoio sotterraneo potrebbe essere quello di uno stadio o di un palazzetto dello sport. Gli ospedali sono anche questo nell'interrato: tubi, caldaie, depositi, sgabuzzini, scarichi e persino un cesso dove finalmente Arcadipane può fare la seconda pipí della giornata.

Si ritrovano ai lavandini, lo sciacquone alle spalle che ancora butta. Durante il viaggio in auto Arcadipane è stato costantemente al telefono: questore, corpo forestale, sindaco, pm e alla fine direttore generale. Ha riassunto, ricapitolato, riconsiderato e cercato di rivestire il niente che hanno con l'oro zecchino delle potenzialità. La sintesi che gli arrivava dall'altro capo della cornetta: non perdere tempo, trovare Vera Ladich, tenere lontana la stampa e, anche se non avete firmato quel cazzo di accordo di riservatezza, fate come se l'aveste tatuato sulla schiena.

– Non ci siamo fermati un secondo oggi, eh, commissario?

– No.

– È anche il bello di questo lavoro, no?

– No. Andiamo che siamo in ritardo.

Salgono le scale. Nessuno dei due è mai stato in quell'ospedale, ma le indicazioni si rivelano precise e dopo un paio di svolte sono di fronte alla doppia porta che cercavano. Suonano il campanello di quella che sembra la lavanderia. Nell'attesa Arcadipane sprofonda il dito nell'angolo della tasca dei pantaloni alla ricerca di qualche granello di zucchero un tempo tutt'uno con un sucai. Il buco che scopre è la prova che non rimane che chiudere quella giornata degna di sepoltura. Indugia per un po' sui peli della coscia, quindi la porta scatta e sono dentro.

– Venite, – dice un'ombra lunga e curva dal fondo del corridoio, e poi se ne va.

La ritrovano davanti a una seconda porta.

– Sono Battantier, – dice l'uomo che in realtà è un ragazzo, – l'anatomopatologo incaricato.

– Quanto sei alto?

– Due metri e zero tre, seguitemi prego.

La sala non ha niente a che vedere con la medicina, il progresso e la necroscopia. È una stanza dei giochi con poster di giocatori di basket, un canestro con la scritta «Se sei capace», un cartello autostradale chiaramente rubato, musica elettronica a basso volume e gagliardetti di college americani. Il corpo di Terenzio Fuci, produttore romano di ottantasette anni, marito di Vera Ladich, fratello di Amilcare Fuci, uomo del Vaticano all'interno della Dc e della Dc all'interno del Vaticano, se ne sta disteso su una lettiga al centro di tutto questo, con un lenzuolo che lo copre fino ai capezzoli, la folta chioma a fargli da cuscino e un foglio A4 sul petto con scritto a penna «PRIAMO: gli dèi filarono questo per i mortali infelici».

– Come cazzo te lo permettono? – domanda Arcadipane.

– Ricevo offerte di lavoro dagli Stati Uniti. Un paio al giorno. Sedetevi, mi lavo le mani.

Lo guardano portare al lavabo la sua figura da pterodattilo con le Air Jordan e darsi una rinfrescata senza sapone. Il camice che indossa è da magazziniere. Il cranio affusolato mostra un paio di bozzi grossi come nespole. Roba ossea. Le dita lunghissime e magre non si muovono, fluttuano.

– Che ci fai ancora a Cuneo, allora? – domanda Arcadipane dal divano di pelle rossa dove si è accomodato, accanto al bracciolo per lasciare spazio tra sé e Pedrelli.

– Ho una madre invalida. Finché resta in vita, Cuneo is my own town.

Battantier viene a sedersi tra loro sul divano. Da lí possono vedere la sagoma del corpo sotto il lenzuolo e il profilo di Fuci, non bello, ma neppure banale.

– Il signor Terenzio è stato strangolato con il filo con cui gli hanno legato le mani una volta spirato. Non un filo simile, proprio quello. So che Sarace ve l'aveva anticipato, tra l'altro salutatemelo, indimenticabili le sue lezioni, ma io ci metto sopra il sigillo del dogma. La cosa interessante tuttavia è che si è trattato di uno strangolamento «lento».

– Che significa?

– È una tecnica del bondage e di certe pratiche erotiche, che in questo caso tuttavia ci fanno solo da cartina di tornasole.

– Non capisco.

– La gola, gli occhi e altri indicatori sono molto simili a quelli che si riscontrano nelle persone che hanno protratto oltre il limite pratiche di bondage, erotiche e sadomasochistiche. Questo significa che chi ha strangolato il signor Terenzio alternava momenti di trazione che provocavano asfissia a momenti di allentamento che potevano dare al soggetto «un attimo di respiro», mai come in questo caso immagine fu piú azzeccata.

Arcadipane sente Pedrelli fremere sull'altro lato del divano. Non lo può vedere perché Battantier, che in piedi sembrava un fil di ferro, tutto sommato ha una sua consistenza. Le ginocchia da sole, cartilagini e ossa, potrebbero pesare come il cuore di un bovino adulto.

– Non me lo vedo proprio a fare una cosa del genere, – dice Arcadipane.

– Infatti non la stava facendo e nemmeno la persona che l'ha ucciso. I casi sono quindi due. O si trattava di una persona con poca forza, malata, ferita, morente, inabile, un bambino che non poteva tenere la tensione per troppo tempo, ma lo escludo perché la regolarità dell'azione trazione-rilascio e il fatto che il filo non abbia mai cambiato posizione sul collo sarebbero frutto di una casualità davvero eccezionale.

– Oppure?

– Oppure si tratta di qualcuno che voleva esattamente ottenere quell'effetto, ossia prolungare l'agonia del signor Terenzio, concedendogli attimi di speranza, seguiti da nuova disperazione. Non gli bastava ucciderlo, aveva bisogno che lui sapesse di essere ucciso. Non è una cosa bella, vista dal nostro punto di vista, ma porta a compimento il reale desiderio di ogni carnefice. Il distillato dell'omicidio, il desiderio segreto di ogni killer, come la schiacciata lo è di ogni giocatore di basket.

– Giocavi a basket?

– No, mai, sport grottesco.

Il ragazzo toglie dalla tasca del camice una scatolina di caramelle alla lavanda. La apre e ne prende un sucai.

– Conosci Bramard?

– È vivo o morto?

– Credo vivo.

– Allora no. Avete altre domande? Se no procedo io.

– Procedi.

– Il campione di sangue sul sedile appartiene a Vera Ladich, è fuori di dubbio. Il filo elettrico, la piattina, invece è di una ditta italiana che ne ha prodotti centinaia di chilometri, per una quindicina di anni, dal 1952 al '64.

– Pensavo ti occupassi solo del corpo.

– È per questo che mi vogliono in America. Pensiero laterale. La piattina è stata prelevata da qualche impianto, nel senso che non è nuova. Però non è mai stata esposta alle intemperie, pioggia o neve per intenderci, quindi il luogo dov'era è coperto. È tutto.

– Tutto.

– In verità ci sarebbero un paio di cose, ma siccome non mi hanno autorizzato ad aprire il signor Terenzio non dovrei saperle.

– Non ti hanno autorizzato? Perché?

– Domattina parte per Roma dall'aeroporto di Levaldigi, vogliono fare tutto nella Capitale, a me hanno chiesto solo i rilievi che il passare delle ore poteva alterate. Ed è quello che ho fatto. Ufficialmente.

Il ragazzo si inclina all'indietro per rimettere in tasca la scatolina. Il cigolio del divano dà ad Arcadipane un'idea di cosa voglia dire muovere un corpo simile.

– Posso avere un sucai?

– Capisco il problema.

– Ne prendo due allora, grazie. E non ufficialmente cos'è che ci puoi dire?

– Non ha assunto droghe, pochissimo alcol, due bicchieri di vino, era in salute, non ha mai fatto lavori di fatica e nello stomaco aveva castagne, ortiche, funghi, aglio e orzo, quindi a cena aveva mangiato quella che in valle chiamano zuppa antica. E poi viagra. Non ieri sera o nei giorni precedenti, ma ogni tanto lo prendeva.

– Come l'hai capito senza aprirlo?

– Anni fa ho imparato a fare un giochetto con due lunghe bacchette… Meglio che non sappiate. Adesso dovrei andare, ho una madre invalida, come vi dicevo. Altrimenti sarei in America.

Il cortile adesso è sgombro di auto e infermieri, solo due medici che lamentano i turni. Raggiungono la Peugeot che nell'area lungodegenti di un ospedale potrebbe avere la sua esatta collocazione. Il traffico di Cuneo è intenso a quell'ora, ossia non c'è nessuno in giro. Arcadipane sta consultando il cellulare, Pedrelli guida.

– Ho fatto preparare dall'albergo quattro camere: per lei, Lavezzi, Botta e io. Le nostre sono al secondo piano. Gli altri li ho liberati, torneranno su domattina presto. Non ci sono stanze per tutti e, per quanto elastici con gli orari, sono comunque iscritti a un sindacato.

– Hai fatto bene. Accosta un attimo, per favore.

L'auto conclude un tratto della grande rotonda e si ferma a due spanne dal marciapiede. Arcadipane con un movimento ferino afferra la busta della roba pisciata, apre la maniglia ed è fuori.

– Che fa, commissario? – si accuccia quasi sul sedile passeggero Pedrelli.

– Torno a Torino. Ho un treno tra cinque minuti.

– Ma dall'alto si sono raccomandati di…

– Devo sistemare il cane. Tengo il telefono acceso e domattina presto sono in paese.

– Ma io pensavo di approfittare del viaggio… è tutto il giorno che volevo parlarle…

Arcadipane guarda l'ora sulla facciata della grande stazione.

– Dài, ho cinque minuti!

– Ma no, niente… Mi volevo scusare con lei per aver perso la calma.

– Hai perso la calma.

– Con la stima e il rispetto che ho di lei… Farmi scappare quella brutta parola… Non per sminuire l'errore, ma è che quando ho capito… Posso confidarle un segreto?

– Se dura meno di due minuti.

– A Paola non l'ho mai detto perché non è bello fare paragoni, nemmeno quando sono lusinghieri come…

– Pedrelli? Il treno.

– Quando ho conosciuto Paola mi colpí perché assomigliava a Vera Ladich, che mi piaceva tanto. Avevo visto i film, non dico che fossi proprio innamorato, ma… Ecco perché sapevo che era sposata con Terenzio Fuci.

Arcadipane guarda Pedrelli, cercando nell'angolo della bocca uno dei sucai conquistati sul campo. Ha visto la moglie Paola quattro o cinque volte e neppure a vent'anni può immaginare che somigliasse a Vera Ladich. A dire il vero neanche, Dio non voglia, a una Vera Ladich cadavere da venti ore nel bagagliaio di un'auto o sotto un metro di terra.

– Molto romantico, Pedrelli, ci vediamo domani, chiamami per qualsiasi cosa.

Attraversa l'atrio a passo sostenuto, la biglietteria è chiusa, ci sono quelle elettroniche, ma ci metterebbe un secolo, lo farà a bordo. Il treno giace al binario dove deve essere. Le porte aperte, molto colorato. Arcadipane ci si tuffa dentro, posa la sacchetta sul sedile di fronte e si affloscia sul proprio. Il vagone è vuoto.

È la prima volta dalla mattina che si siede senza nessuno davanti con cui parlare o da ascoltare, senza qualcosa a cui pensare o da guardare con attenzione. Ha fame, ha bisogno di una doccia, ma prima vorrebbe dormire. Invece ha già di nuovo il telefono in mano.

– Prima che mi dimentichi… – si scusa con sé stesso.

Cerca in rubrica e compone il numero. Mentre sente che dall'altra parte sta squillando, sul vagone salgono due ragazzi di colore, quindici anni. Hanno la tuta e la borsa della società di calcio di un paese vicino.

– Amedeo? Sono Vincenzo.

– Immaginavo mi avresti chiamato. Hai visto Battantier?

– Sí, l'ho trovato un po'… ma sei sicuro che c'è da fidarsi?

– Vuoi dargli le chiavi di casa per bagnarti le piante?

– Non ne ho di piante.

– Allora come anatomopatologo è un genio. Lo chiamano ogni due giorni dall'America per chiedergli di lavorare con l'Fbi. Non ci va solo perché ha la madre invalida.

– Che ha?

– La madre? Non lo so.

– E invece, in testa?

– Che testa?

– Quei bozzi….

– Quali bozzi?

– Grossi come kiwi… Sul cranio, si vedono a dieci metri, cazzo!

– Ah, sí, sono cose che si inietta sotto pelle. Una volta è venuto in classe con il gozzo, un'altra con l'orchite, ci abbiamo creduto tutti, anche noi docenti, ma il giorno dopo non ce li aveva piú. L'anno successivo ha pubblicato uno studio in inglese sull'assorbimento di certe sostanze da parte del corpo. Quando l'hanno letto in Americ…

– Lo chiamano un giorno sí e uno no, ho capito, comunque è una cosa schifosa!

– Be', tu l'hai visto per quanto, dieci minuti? Immagina la fidanzata…

– Non ha una fidanzata.

– Ti sbagli.

– Non ce l'ha.

– Ne ha a bizzeffe, lo chiamano ogni giorno…

– Vaffanculo, Amedeo.

– Volentieri, ma temo mi chiameresti anche laggiú. Riposati.

6.

La stazione del Lingotto sta a quella di Porta Nuova come le prime esplorazioni genitali autogestite al sesso: è periferica, relativamente pulita, poco affollata, anticipa qualcosa che desideri e ti segnala che se non ci saranno ritardi o guasti sulla linea, puoi cominciare a preparare i bagagli perché la destinazione non è lontana.

Per questo Arcadipane osserva con un filo di tristezza le persone che scendono, avviandosi al sottopassaggio. Quasi una rinuncia.

Suo padre ha lavorato sei anni nella fabbrica del Lingotto, per poi tornare a Mirafiori e produrre fino alla pensione in un'azienda metalmeccanica della cintura, sempre roba Fiat, ma che ci metteva qualche viaggio in piú prima di finire montata su un'autovettura con quel marchio. All'epoca quello su cui ora viaggia era il treno del turno di notte. Centinaia di uomini e donne che le Ferrovie dello Stato risucchiavano dal tappeto di Langhe, Roero e provincia *granda* per poi vuotare il sacchetto dell'aspirapolvere negli stabilimenti che non dormivano mai.

I turni del padre in quegli anni gli pagavano il diploma di ragioniere, nella speranza che, come Vittorio Valletta, da diplomato serale sui numeri si ritrovasse al timone di qualcosa. E invece eccolo: cinquant'anni, polizia e della piú sporca, un regionale con i sedili blu e un sacchetto di indumenti pisciati che dovrà lavarsi da solo.

Attraverso il finestrino guarda sfilare la vecchia fabbrica trasformata in centro congressi e galleria di negozi. Man mano che il treno accelera, ma senza esagerare perché il centro città è ormai vicino, riconosce la torre del Cto e l'alone di luce aranciata delle Molinette che non ha padiglioni sopra i quattro piani. Prende il telefono e sfoglia la rubrica fino a «Bramard». Una pressione sul tasto verde e in una di quelle stanze a un paio di chilometri in linea d'aria forse si illuminerebbe uno schermo. Sempre che sia lí. Sempre che sia vivo.

Mentre entrano in stazione, il telefono gli vibra tra le mani, facendolo sobbalzare. Legge il nome sul display e alza gli occhi al cielo.

– Ho davanti l'orologio del binario, Pedrelli, ci siamo lasciati cinquantacinque minuti fa.

– Mi dispiace disturbarla, commissario, volevo darle un ragguaglio sui risultati delle impronte nell'auto e sulla carrozzeria. Quelle rilevate sono della Ladich, di Fuci o della loro segretaria, la signorina Brocani.

– Male.

– Stesso discorso il telefono pubblico. Niente impronte se non roba vecchia e parziale, quindi chi ha fatto la telefonata ha usato i guanti o ripulito.

– Malissimo.

– Per completezza, Botta e Lavezzi, che sono qui al tavolo con me… – «Lavezzi e Botta» si sente dire da Lavezzi, – hanno perquisito le case e interrogato gli abitanti del paese, con particolare attenzione a chi abita sulla piazza. Nessuno ha visto movimento intorno al telefono pubblico a quell'ora. Quasi tutti a dire il vero hanno dichiarato che dormivano.

– Con quello che c'è da fare lassú!

– Lavezzi e Botta… Su, ragazzi, piantatela… si sono

fatti aprire la chiesa e hanno dato un'occhiata anche lí, ma niente. Le squadre e i cani per oggi sono rientrate. Non perdiamoci d'animo, commissario. Ci vediamo domattina?

Il treno si arresta con un doppio scrollone. Arcadipane annuisce, come se Pedrelli potesse vederlo, e chiude la telefonata. Dopo il sibilo elettronico qualche testa comincia a sfilare oltre il finestrino, rigato di pioggia.

La stazione è un labirinto di pannelli Osb: la lunga mano della milanesizzazione che viene a monetizzare le volte ottocentesche e i grandi spazi inutili che accoglievano gli arrivi. L'ultimo respiro prima di entrare nella città che compra e lavora, strozzato anche quello: tra qualche mese toccherà passare in rassegna negozi, caffetterie, tramezzinerie, librerie, vestiti, occhiali, valigie, medicinali ed elettrodomestici. Niente piú cessi gratis e deposito bagagli, che erano già troppa distrazione.

Oltre i portici di piazza Carlo Felice come previsto piove. Meglio, pensa Arcadipane, perché se c'è una città bella e modesta quando piove è Torino. Non come Parigi, che alle prime gocce, se non te lo sei portato da casa, devi subito cercarti un amore, e si sa che a Parigi è tutto caro e coperto di *crème fraîche*. Torino quando piove resta la città che è, solo bagnata: i normali tempi tecnici perché il monossido precipiti, glassando il lastricato, e le pietre degli edifici ritrovano per qualche ora l'aria tersa delle montagne da cui provengono. È sempre bello vedere qualcosa che torna a casa. Qualunque cosa.

Arcadipane percorre il primo tratto sotto i portici di corso Vittorio, ma poi preferisce svoltare in San Secondo. Ha in testa una mappa di posti dove puoi cenare da solo alle dieci di sera, specie quando piove. E non cinesi, kebabbari, thailandesi o siberiani, ma trattorie e ristoranti sopravvissuti nascondendosi sotto insegne da autorimessa, tende plissettate e bacheche dove i menu non cambiano perché la chiave è andata persa.

Ma non gli va.

Cosí cammina venti minuti, con i piedi che fanno male nei mocassini, la pioggia che gli bagna la spalla lontana dal muro e il sacchetto. Poca gente in giro, perlopiú con ombrello e/o cane. Tra quelli con ombrello un paio di prostitute che lo salutano con un cenno del mento: un poliziotto in servizio da trent'anni è come un matto che gira urlando per la città, chi non lo conosce almeno di vista?

Passa accanto alla sua Alfa 33 Quadrifoglio, parcheggiata dalla sera prima nel viale. Ovviamente gli sono toccate tre multe che la pioggia ha già rilegato in un libretto rosa.

Suona il citofono e aspetta. Di solito nemmeno tanto, tenuto conto... Infatti il portone si apre. L'androne è pulito, corretto, l'ascensore dei primi Novecento, in ferro battuto. Mentre lo attende soppesa la busta di plastica che si è portato in giro tutta la giornata, poi la camicia salmone che indossa: due cose brutte sopra la media, e la media che non è già granché. Torna sui suoi passi, accosta la porta in modo che non si agganci, raggiunge il primo bidone e ne elimina una.

Al pianerottolo del terzo l'uscio è socchiuso.

– Sono io, – dice, mentre si sfila le scarpe usando la punta del piede opposto, quindi toglie il giaccone bagnato e l'appende a una delle grucce che dondolano dalle corde in corridoio.

Lei è in soggiorno, seduta di spalle sul divano color tabacco. Scrive al portatile sotto la sola luce della lampada a stelo. Dallo schienale sbuca la testa di capelli raccolti e fermati con una brugola, la nuca che potrebbe stare nella mano di un ragazzino. Tutto come la prima volta che entrando nel suo studio l'ha vista. A parte che sedeva su una poltrona, non aveva la brugola e non scriveva al computer, ma vista la giornata di merda, Arcadipane non giudica utile rovinare il momento con particolari insignificanti.

– Bella camicia, – dice lei senza voltarsi.

Forse era meglio buttare quella e tenere il sacchetto, pensa lui, mentre cerca con lo sguardo Trepet, ossia la ragione per cui ufficialmente si trova lí. Il cane in giro però non si vede. Sicuro è in camera, ormai tutt'uno con il tappeto.

– Ti ha dato fastidio?

Ariel si gira, appoggiando il braccio sui cuscini.

– A parte l'ironia di una psicoterapeuta storpia che va in giro con il cane a tre zampe di un ex paziente, intendi? No, anzi, se non fosse che agli animali preferisco gli herpes, mi avresti quasi convinto.

Arcadipane la guarda. Cinque anni fa, guidato dal caso e dalla disperazione, è entrato per la prima volta nel suo studio. Sei mesi fa, forse per le stesse ragioni, lei l'ha fatto entrare nel suo letto. In sostanza la conosce da cinque anni e ancora non sa se una psicoterapeuta, una psicologa o qualunque altra cosa lo sia davvero.

– Mi dispiace, – dice. – Quante volte ti ha fatto scendere?

– Due, ma la prima l'ho fatto portare da un paziente ossessionato dai rimproveri di estranei, cui ho dimenticato di dare i sacchetti, e la seconda da una cinquantenne ninfomane che l'avrà usato per adescare qualcuno attorno all'isolato. Trepet credo sia rimasto illibato, dopo due anni di sedute abbiamo ottenuto che non cacci piú sotto l'uno e quaranta. C'è stato un esposto dell'associazione nani per discriminazione, ma è tutto nelle mani del Tar. Hai fame?

– No.

– Per fortuna.

– Tu hai mangiato?

Ariel alza il cartone della pizza vuoto.

– Dopo la consegna dovresti chiuderla la porta, però, – dice Arcadipane, accennando all'ingresso.

– Perché? Non vedo l'ora che tu mi sorprenda mentre faccio sesso. Sai il sesso, quella cosa che ogni tanto mi capita di fare anche quando ci sei tu.

– Non è per quello...

– Allora spunto la casella «acconsente». Hai fame?

– Me l'hai già chiesto.

– Magari nel frattempo ti era venuta. C'è un quarto di pizza in frigo. Non l'ho mangiata perché a un certo punto mi sono accorta che assomigliava al vice di Obama.

Arcadipane guarda verso la cucina. Non ci sono porte tra le stanze. L'unica è quella del bagno. Le aperture sono piú larghe di mezzo metro. Le finestre non hanno tende, i pavimenti sono di legno, le lampade tutte da terra.

– Prendo Trepet e vado, – dice. – Domattina devo alzarmi presto. Non ne posso parlare, ma siamo nella merda.

– In effetti, – annuisce lei mentre digita qualcosa sul pc che ha riaperto, – gli astronomi non riescono a trovare il novanta per cento della materia dell'universo, ma anche voi con Vera Ladich...

Arcadipane guarda il portatile che ha sollevato: troppo lontano per leggere il titolo, ma la foto basta.

Raggiunge il divano, sposta le stampelle e siede con la testa tra le mani.

– Hai cento euro nel portafogli?

– No, e comunque non posso piú essere tuo paziente.

– Solo perché mi fai quelle cose? Credi che valgano cento euro all'ora? Se la pensi cosí, ti comunico che mi devi novantotto e settanta per ogni volta che credi di aver saldato una seduta.

Arcadipane gira lo schermo che Ariel ha riappoggiato alle gambe. Legge il pezzo scritto male e impreciso, ma almeno quello che l'accordo di riservatezza dovrebbe coprire non c'è: per adesso a sapere che Vera Ladich è Anna Mattalia sono solo loro.

– Vedi? – indica lei la terza riga dell'articolo, – «È un affare riservato», scrivono. Dev'essere vero perché lo confermano anche gli altri siti. Secondo me comunque è meglio verificare se lo dicono anche il Tg della notte e i giornali di domani. Non vorrei illudermi che fosse riservato per poi scoprire che non lo era.

– Ma come cazzo fanno…

– Quanta gente c'è che la sta cercando?

– Tra polizia, carabinieri, Protezione civile, vigili del fuoco, soccorso alpino e volontari?

– Niente caschi blu dell'Onu? In compenso il paese sembra carino, come si chiama?

– Clot.

– Ecco, guarda questa foto… Viene subito voglia di prenotare un week-end e regalarlo a qualcuno che ti ha abusato.

Arcadipane lascia andare la schiena contro i grossi cuscini e la nuca sulle mani intrecciate. Percorre con lo sguardo le corde che vanno in direzione della cucina, della portafinestra, della camera, dell'ingresso e dello stereo.

– Tu li hai visti i suoi film? – chiede.

– Perché, tu no?

– Forse, ma non mi ricordo. Perché la chiamavano cosí?

Ariel non risponde e digita. È qualcosa a cui Arcadipane è abituato quando se ne stanno lí sul divano. Lui guarda le corde e lei scrive, legge, naviga, vede un film o ascolta musica, interrompendosi solo per dirgli qualche cattiveria che lo fa sanguinare, guarire e rimanere. Non capita spesso, comunque, che stiano insieme sul divano o a tavola. Quando succede è in quell'appartamento. Il suo è al sesto piano senza ascensore. Questo non spiega però perché non sono mai nemmeno andati a cena fuori, al cinema, a fare una gita o la spesa.

– Vuoi guardare oppure continui a stuzzicare il bonobo che è in te?

Senza cambiare posizione Arcadipane inclina gli occhi verso lo schermo. Non ha la minima idea di cos'è un bonobo e lei lo sa. Ariel allarga e fa partire uno dei video che YouTube ha incolonnato sulla destra.

– Questo è uno spezzone di *Sofia, venticinque anni*, del '65. Credo sia il suo secondo film, quello che l'ha fatta diventare un caso.

Arcadipane guarda quella che per tutti è Vera Ladich, nata nel 1944 nella contesa terra di Basovizza, camminare lungo il marciapiede poco affollato di una strada di città. Lui ora sa che quella ragazza di anni invece in quel momento ne ha diciannove, ha appena smesso di chiamarsi Anna Mattalia ed è nata in quel buco di culo che era e resta Clot. Cosa che lo riguarderebbe fino a un certo punto se a Clot non avesse deciso di tornare e farsi rapire, lasciandosi dietro un marito morto e una macchia di sangue.

Sullo schermo un'auto affianca la protagonista, vestita con un paio di pantaloni, un maglione e una giacca blu aperta da capitano norvegese. I capelli neri si fermano alle spalle, spettinati. L'auto continua a seguire Vera Ladich che prosegue e non si gira. Sa che chi guida quella macchina sportiva è disposto a tenerla al suo passo per tutto il tempo che serve pur di avere un suo sguardo. Lo sa Vera Ladich come doveva saperlo Anna Mattalia sin da quando, ragazzina, camminava nella piazza di Clot.

«Dove vai, Sofia? – dice l'uomo alla guida dell'auto, sporgendosi dal finestrino aperto. – Fermati per favore!»

Qualcuno sul marciapiede si volta verso di lui, ma lei no. Lei continua a passeggiare, l'espressione di chi deve raggiungere un luogo cosí lontano che è proprio inutile pensarci adesso.

– Vedi com'è fatta? – indica Ariel. – Seno piccolo, fianchi stretti, alta, gambe lunghe, spalle minute, collo da ragazzino? In Francia cominciavano a vedersi donne simili, ma qui andavano ancora le attrici da bellezza a mano armata come le Mangano, le Loren o le Cardinale. Gente che entra con il mitra, mette tutti contro il muro e fa saltare la cassaforte, mi spiego?

– Per niente.

– Rumore, spari, fumo, sangue, mentre invece guardala… Piú borseggiatrice, no? Di quelle che il giorno dopo vai a comprare un altro orologio e prendi lo stesso pullman sperando di incontrarla. E poi si vede che lo fa per vocazione e non per necessità. Quasi per noia. Guarda adesso, guarda che fa!

Una bicicletta sorpassa l'auto suonando il campanello. L'uomo al volante sta diventando lo zimbello di tutta la strada, ma non demorde. Sono a Roma. In un quartiere che non dev'essere centro pieno.

«Hai ragione ad essere arrabbiata, Sofia, – dice l'uomo, il tono adesso è di supplica, – ho sbagliato, dovevo parlartene».

«Dovevi», dice lei, aprendo bocca per la prima volta, ma senza girarsi.

Poi finalmente si ferma.

Anche l'auto si blocca. E con lei la macchina da presa.

L'uomo scende, la raggiunge, si vede che vorrebbe abbracciarla, ma un barlume di autoconservazione residuo lo tiene a un metro di distanza. E lei delle spine invisibili tutto intorno.

«Sofia, – dice, – io davvero non volevo…»

Sofia si volta e lo fissa, dopodiché sposta impercettibilmente gli occhi verso la camera, diventando Vera Ladich: «Allora il male non mi potrà far danno», dice. Una frazione di secondo e Sofia, Vera Ladich e Anna Mattalia riprendono a camminare, lasciando l'uomo e chi da quarant'anni assiste a quella scena con l'indissolubile, catastrofica certezza che non rivedranno mai piú quegli occhi. Che quello era l'ultimo sguardo.

– Capito perché la chiamavano Mademoiselle le look?

Arcadipane ha capito quel che può capire uno che per qualche momento non ha capito piú niente.

– Lo faceva in ogni film, – dice Ariel, – in mezzo a un discorso, una scena qualsiasi, guardava in camera e diceva una manciata di parole, con quegli occhi. Fu Godard a chiamarla Mademoiselle le look in un'intervista dove le proponeva, dato che i film erano una brutta copia dei suoi, di lavorare con chi quel tipo di cinema l'aveva inventato.

– Lei andò?

– No.

– Come le sai queste cose? Non eri manco nata!

– Non girare il dito nella tua piaga. E comunque fino a diciannove anni uscivo poco perché mi vergognavo.

– Capisco, – cerca di sembrare contrito Arcadipane.

– Avevo molti brufoli e mio padre i Vhs di tutti i suoi film. Credo che dovesse a lei e agli assegni per gli alimenti di mia madre gran parte della muscolatura della sua mano destra.

Ariel si allunga verso la corda sopra il divano e si mette in piedi.

– Fine della lezione di cinema. Se fossi interessato a quello sconto di un euro e trenta, mi trovi a letto.

Mentre si allontana, Arcadipane guarda il dondolare del suo corpo, le gambe arcuate e magre, le piccole natiche sotto le tasche posteriori dei pantaloni da adolescente che compra sui siti teen. La schiena magra e le braccia nervose che la reggono.

«Se non hai letto Kipling, Saramago o *L'Uomo ragno* non puoi capire», gli aveva detto a proposito di quelle corde, la prima volta che aveva messo piede in casa sua. Siccome sa a malapena chi è l'Uomo ragno, da allora si limita a osservarla muoversi a forza di braccia per quelle stanze che sono la sua Notre-Dame, il suo palcoscenico, il suo amico immaginario, la sua patente di storpia e la sua vittoria. Come quelle scarpe ortopediche nere che si ostina a indossare sotto le braghe cachi e il maglione usato.

Ariel è arrivata alla porta. Una mano sullo stipite, mentre le gambe reggono per qualche secondo il peso, ed è già aggrappata alla corda nella camera.

Arcadipane la fissa dal divano. Lei raggiunge il letto, si sbottona i pantaloni e li abbassa con una mano fino alle caviglie. Sfilato il maglione, resta in canottiera e slip. La pelle priva di imperfezioni tesa sulle anche diseguali. La curva lieve degli addominali. I rilievi delle costole sotto il tessuto azzurrino. I tendini dentro cui sprofondano le ascelle.

Arcadipane si alza e spegne la lampada a stelo.

Varcata la soglia della camera guarda Trepet che dorme a pancia in su sul tappeto. Le guance cadenti che vibrano scosse dal respiro. Briciole attaccate al labbro. La sfericità rosa del ventre interrotta dai testicoli bicolori.

– Un giorno forse dovremmo parlarne, – dice.

– Di cosa? – alza le spalle Ariel. – Del fatto che io sono una modella strafiga di «Vogue», ma hanno stropicciato il foglio, e tu un poliziotto brutto con uno dei cazzi piú armonici mai visti?

Con la sua tecnica da soldato ferito che si trascina verso le proprie linee senza perdere di vista il nemico, Ariel arriva al cuscino, si mette sotto le coperte e spegne l'abat-jour.

Arcadipane è in piedi nel buio, ascoltando il mantice del respiro di Trepet. Un secondo o due, poi comincia a sbottonarsi la camicia salmone.

– Domattina devo alzarmi prestissimo.

– Uh, uh.

7.

– Ci eravamo raccomandati, senza dubbio, ma è anche vero che con tutta quella gente… uno dei volontari lo dice alla moglie, la moglie in confidenza alla sorella… No, i colleghi dell'Arma non credo… il posto di blocco lo confermiamo… No, nessuna rimostranza in paese… Collaborativi? Il sindaco abbastanza, ma a parte lui… Basta dire che non uno si è offerto per le squadre di ricerca. Certo sono quasi tutti vecchi… Sí, li abbiamo sentiti tutti e trentasette, certamente… Dormivano, e quel che è peggio è che potrebbe anche essere vero… Sul telefono non ci sono impronte e l'analisi della voce non ha portato a niente, troppo alterata… Quella è la cosa davvero strana, le impronte digitali si possono pulire, ma le orme e le tracce di pneumatici su un terreno come quello… e portare via una persona, anche se svenuta, narcotizzata o… Certo, non parliamone neanche… Sí, anch'io avevo una nonna al ricovero… Nel frigo le metteva, davvero? E noi cercheremo nel frigo, nell'equivalente insomma… Nel paese piú a valle c'è la telecamera di un bancomat che prende un pezzo di provinciale: le auto negli orari interessati sono una decina, ma nessuno dei proprietari ha dato riscontri… Io credo che Vera Ladich in un modo o nell'altro non sia lontana… Certo, speriamo tutti in quel modo e non nell'altro… Incontro ora i miei e l'appuntato… Una buona collaborazione, sí, nel limite delle differenze di specie… Facciamo il punto ogni due o tre ore e intanto ci muoviamo su tutti i fronti... Il rapimento, se vuole una mia opinione, è l'ipotesi meno plausibile, ma se si trattasse di qualcuno che sa quello che fa, ha ragione lei, potrebbe anche aspettare qualche giorno prima di avanzare una richiesta... Sí, abbiamo pensato alla pista del fanatico, ma la Ladich non compare in pubblico né rilascia interviste da quarant'anni... Mina... Certo, ma mi pare che canta ancora, no? Inutile fare paragoni infatti, non ci porta avanti... Il Dna domani o dopodomani... No, il tempo è buono, freddo, ma buono, del resto siamo a millesettecento e qualcosa... Nel pomeriggio, o io o Pedrelli... certo, un filo diretto. A presto.

Arcadipane attacca il telefono e guarda il semaforo volgere al giallo e poi inevitabilmente al rosso. Controlla l'orologio magnetico sul cruscotto, quindi si chiede quali prostrazioni possono affliggere gli occupanti delle auto già in coda davanti a lui alle 6.42 nella non centrale via Cigna. Lui le sue le conosce bene, nome e cognome, e alcune sono di lungo corso, come quella che sbava sul sedile posteriore.

Il semaforo scatta e la colonna infame avanza. Appena può, svolta sul Lungo Dora Firenze per sottrarsi al collo di bottiglia dell'incrocio con corso Emilia. Procede a passo sostenuto, l'Alfa che ha nella terza la sua marcia regina e la Dora che gli scorre a fianco inaffidabile e spelacchiata alla maniera di un gatto randagio. Vuoi vedere Torino bardata per la prima uscita insieme? Guarda il Po. Vuoi farti un'idea di come sarà dopo vent'anni, qualche saliscendi economico e due o tre liti mal cicatrizzate? La Dora.

Sulle ali di questo pensiero arriva, non a caso, sotto la casa che è stata della sua infanzia, poi del suo matrimonio, dei suoi figli piccoli e poi grandi, e di cui adesso è rimasto l'unico a non avere le chiavi, progenie, ex coniuge e un cazzo di estraneo inclusi. Parcheggia di fronte al bar che sta aprendo proprio adesso. Ogni tanto ci passa, quando è stufo di criminali veri. Lo solleva che lí sia tutta chincaglieria di piccoli furti, qualche occupazione abusiva, raggiri agli anziani, cellulari clonati e traffici di schede contraffatte per vedere le partite di Serie A. Delinquenti che fuori dell'esercizio delle loro funzioni, sono persino brave persone con un fardello di guai personali e familiari non indifferente. C'è chi fa chilometri per intenerirsi davanti al cucciolo di un rinoceronte albino, a lui per commuoversi basta un ladruncolo abbracciato a un vecchio televisore catodico appena rubato in un ammezzato.

– Chi è? – chiede la voce di Mariangela dal citofono.

– Vincenzo.

– Mah… Che ci fai? Vieni.

Androne brutto, ma pulito. Tinteggiatura da rinfrescare. Scale in marmo finto bello e ascensore in plastica finta lacca. Gli anni Sessanta: *egalité*, *modernité* e facciamo come se. Però al piano l'ascensore lo porta come lo portava da bambino, con grande orgoglio della madre, che l'unica ascensione cui aveva assistito prima di arrivare a Torino era quella della Vergine in paese.

Mariangela è sulla porta, già vestita per la scuola e anche mezza truccata. Solo in ciabatte.

– Entra, stavo facendo il caffè. Non togliere le scarpe che tanto oggi viene la signora.

Arcadipane varca l'uscio ritrovandosi immerso nell'odore di caffè, panni, scarpe, cera per pavimenti e cose cucinate in sessant'anni di arrosti e vapori per cene a cui lui non sempre c'era. Raggiunge Mariangela in cucina dove lei ha preso una seconda tazzina dallo stipetto. Ha addosso qualche etto in piú, forse, nei posti che già mostravano disponibilità all'accoglienza, ma sempre bella, niente da dire.

Arcadipane toglie dalla tasca interna la busta che si trascina dietro da un paio di giorni. Prima di posarla sul tavolo l'avvicina distrattamente al naso, come volesse darsi una grattatina sopra il labbro. Puzza solo di pecora, per fortuna, come qualunque cosa stia in quella tasca per piú di due ore.

– Te lo ripeto? – scuote la testa lei.

– Se no mica vado via soddisfatto.

Mariangela gli avvicina il caffè che ha già zuccherato con due cucchiaini.

– Esistono i…

– … bonifici…

– … periodici e…

– … non ho bisogno di un motivo per passare da casa. È sufficiente fare uno squillo prima.

– Che anche stavolta non hai fatto!

Arcadipane annuisce gravemente e beve il caffè. C'è qualcosa di diverso… forse le tende, ma magari è la luce floscia che a quest'ora rimbalza sul palazzo blu di fronte. Comunque non è un mistero che lo smantellamento sia in corso: via il copritavolo, il vaso da frutta con i fauni, il portafiori di cristallo, la cassetta per le riviste, il lampadario in ferro battuto. Sostituiti? Magari! Al loro posto il vuoto! O nel caso del lampadario una palla di carta. Roba che se gli amici gliel'avessero regalata al matrimonio l'avrebbero scambiata per uno scherzo di cattivo gusto come il piatto con il cetriolo. Persino il puzzle dell'Isola Bella fatto dai ragazzi durante la clausura del morbillo è stato sacrificato un anno fa al manifesto di una mostra sugli Etruschi. Manifesti di mostre su tutte le pareti. Firenze, Bologna,

Padova, il Forte di Bard, Alba, Ferrara, Genova, Brescia, Trieste, Venezia. Posti dove lei e Giampiero sono stati nei week-end e nel giorno libero che, guarda un po', cade per entrambi il lunedí, visto che lui è professore di storia dell'arte, vicepreside e capo della commissione orario.

– Vincenzo?

E dove la portava lui invece? A parte la settimana fissa a Bergeggi e qualche fuga esotica a Policoro e Marina di Camerota? Al mercato del pesce di Porta Palazzo, la portava! Il sabato alle diciotto, quando smobilitano dando via gamberi, orate e pesce spada al prezzo della carne da polpette. Ecco dove!

– Vincenzo?

– Eh!

– Che pensi?

– Niente, come sta Loredana?

– Bene. Mi ha detto di svegliarla alle sette, ma la lascio dormire ancora un po'. Ha studiato fino a tardi e lunedí ha l'esame. Anzi, se hai cinque minuti, già che sei passato, siediti, ci sono due o tre cose di cui volevo parlarti.

Arcadipane cerca l'orologio sopra la cappa. Tolto. Guarda l'ora al polso.

– Io veramente non dovrei nemmeno essere a Torino! Sono proprio di corsa, ma se è urgente mi metto in macchina e ti chiamo. È qualcosa dei ragazzi?

– Se non hai tempo, non hai tempo. Ne parliamo un'altra volta. Immagino sarete presi dalla faccenda della Ladich.

– Come lo sai?

– Non lo so, te lo sto chiedendo!

– Non era una domanda. Non sono professore di liceo, ma so riconoscere una domanda. Le faccio per lavoro da quarant'anni! Hanno il punto curvo al fondo. E perché dovrei essere io a occuparmi di quei due?

– Che ne so? Vieni qui alle sette del mattino, non ti puoi fermare un momento per parlare, sei irascibile... Ho sentito alla radio la notizia e ho pensato che fossi sotto pres...

– Perché se non ci sono la Ladich e il marito morto io non faccio niente. Non sono sotto pressione. Mi sveglio, mi faccio il caffè e mi metto davanti alla tv!

– Hai la tv?

– No che non ce l'ho, che c'entra.

– Almeno una moka.

– Certo che ce l'ho la moka, ma che credi che vivo al dormitorio pubblico!

Mariangela ritira la tazza di Arcadipane, un piccolo sorriso sulle labbra che non gliene frega nulla di nascondere. Non è mai stata una che si offende o si arrabbia, perché dovrebbe esserlo ora che non è piú tenuta a mediare, a tenere insieme, a ricucire. Adesso che è esattamente quello che voleva essere quando gli ha detto: «Ti ho amato, ma...», ossia una donna sopravvissuta a quegli anni, che ha tirato su due figli non bellissimi, ma solidi come pentole di una volta, e poi ha detto: «Ho dato, signori! Quel che avanza è per me!»

– Allora?

– Allora che?

– Sei passato solo per salutare Loredana?

– No. Starò fuori Torino per questa faccenda della Ladich. Volevo lasciarvi Trepet.

– Va bene, a Loredana farà piacere. Dov'è?

– Non lo so, la stiamo cercando!

– Trepet!

– Trepet, cosa?

– Dove hai lasciato il cane, Vincenzo?

Arcadipane pensa.

– In macchina! – dice, ostentando tranquillità. – Era

inutile portarlo su se non potevate tenerlo, no? Adesso vado a prenderlo.

– Vai, vai, che stamattina mi sembri davvero… – e Mariangela scuote la testa per dire l'intensità e l'estensione di quel davvero.

Arcadipane raggiunge la porta e con nonchalance la apre.

– Te lo mando su con l'ascensore! – dice ad alta voce. – Salutami Loredana.

Chiuso il portoncino si precipita giú per le scale due gradini alla volta, provando ad atterrare sulle punte per non far salire il rumore al piano. L'atrio è ingombro di attrezzature dell'impresa di pulizie, ma per fortuna il pavimento non ancora lavato. Scavalca il secchio con le scope ed è sul marciapiede. L'auto è lí davanti al bar, ma i tre avventori che la circondano con la tazza del caffè in mano non annunciano niente di buono.

– Quello stronzo!

Ha i piedi sulla striscia di mezzeria del corso che già riconosce alcune ciocche di gommapiuma sulla plancia posteriore.

– Bastardo.

Apre la porta di dietro e afferra Trepet, aggrappato con i denti al poggiatesta per metà ormai divelto. Lo scolla e lo tira, ma il cane penzola senza staccarsi.

– Una merda, sei!

Il cane lo fissa con occhio sbieco. Sembra che rida, ma è la mandibola bloccata. I tre del bar sono rientrati, ma seguono la faccenda al caldo da dietro il vetro.

Trepet alla fine cede.

Arcadipane attraversa la strada reggendolo davanti a sé, come un ordigno inesploso.

– Scusate, – dice attraversando l'atrio dove una donna e un ragazzo hanno iniziato a lavare il pavimento.

Apre l'ascensore, ci butta dentro il cane, schiaccia il tasto del piano ed esce.

– Lo stai mandando su? – urla Mariangela dal quarto, – Vincenzo? Vincenzo?

8.

Quando Arcadipane gira la chiave nel quadro, l'Alfa è attraversata da un ultimo singhiozzo, quasi un'apnea, quindi si spegne lasciando in eredità solo il dondolio dell'Arbre Magique.

Raccoglie il sacchetto da otto etti di sucai dal sedile, lo infila nella borsa da viaggio e scende, trovando Pedrelli a venti centimetri dalla portiera, pressante come un parcheggiatore abusivo.

– Buongiorno, commissario.

– Come no, – risponde Arcadipane, posando la borsa per infilarsi la giacca.

Pedrelli lancia un'occhiata al poggiatesta avvolto nel nastro americano, poi all'orologio.

– Ho dovuto passare a prendere i vestiti, sistemare il cane e per strada è pieno di gente che il sabato lascia un appartamento caldo per venire in posti freddi dove il cellulare non prende e le attrici scompaiono, – dice Arcadipane, – quindi non dire niente e portami da questa.

– Gemma Lunel, la segretaria comunale, – fa Pedrelli indicando la direzione verso cui è opportuno avviarsi.

– Che si accorge solo adesso di avere una cosa importante da riferire?

– Era a un corso di formazion…

– Pure lei! Sono un sindaco e una segretaria per trentacinque persone, che cazzo si devono formare! Novità da tutto il resto?

– Purtroppo no.

Arcadipane fruga nella tasca e mette in bocca svelto un sucai. Ha trascurato di dire che, dopo aver constatato la serranda inspiegabilmente calata alle sette di mattina dell'alimentari di via Aosta, è stato costretto a infilare ogni merdoso paesino dall'uscita dell'autostrada a lí, nella speranza di entrare, alzare gli occhi e riconoscere l'ampolla opaca dei suoi preferiti: sfusi e adagiati su un secolare strato di zucchero sforforato dai loro antenati. Cosa che è avvenuta solo al quarto negozio, in un paese di cui non ricorda il nome, talmente era obnubilato dall'astinenza. Certo, tutto evitabile comprando quelli confezionati in un bar o al supermercato, se uno è disposto a far passare come ripiego una sconfitta morale.

– Sa cos'ho notato, commissario?

– Vera Ladich al bar?

– Magari, eh?

– Eh, eh… In che ufficio dobbiamo andare? Sono trentasette e hanno un comune con dieci uffici.

– Venga, commissario, faccio strada io. Sono entrato nel negozietto sulla piazza per vedere se trovavo una teiera e ho notato che hanno quelle caramelle che mangia lei. Le vendono a peso, sa?

– Non è igienico, Pedrelli. E poi non sono qui per le caramelle. È questo l'ufficio?

– Sí, commissario, l'anagrafe!

– Mi immagino i faldoni.

– Prego.

Oltre la porta una stanza dotata di scrivania di ferro, tre sedie da aula scolastica, due raccoglitori in metallo e una scaffalatura dove sono impilati vecchi registri. Una stufa a pellet e un lampadario spento, perché le due finestre che dànno sul retro del Comune e sulla diga, per il momento bastano. Come un estraneo, su un tavolino contro la parete, un computer collegato alla stampante.

Alla scrivania è seduta una donna che ha appena passato i cinquanta, il viso duro, i capelli neri. Da giovanissima probabilmente era meno bella, ma ora gli occhi le si sono un po' addolciti, la bocca distesa. È sempre una di quelle persone che sono state arrabbiate in gioventú e, pur avendo superato la cosa, rimbombano ancora dell'eco di quei temporali. Il che non mette nessuno a proprio agio nei loro paraggi.

Il sindaco Beppe Dro, infatti, se ne sta in piedi accanto al tavolo sul quale c'è solo un'agenda chiusa. È chiaro che sono lí per loro. D'altra parte anche Pedrelli e Arcadipane sono lí per loro, quindi non dovrebbe essere difficile arrivare al punto.

– Lei è Gemma Lunel, la nostra segretaria, – dice il sindaco, ingombrante come il giorno prima.

– Certo, – dice Arcadipane che ha lasciato la porta aperta, per segnalare premura, – siamo qui.

La donna si sistema una ciocca di capelli dietro l'orecchio. Porta gli occhiali di solito ed è abituata a incastrarla dietro la stanghetta. Ora però non li ha, e la ciocca ricade.

– Il sindaco vi avrà detto che ero…

– Certo, certo, il corso di formazione.

– Ieri sera, rientrando ho consultato l'agenda e mi sono accorta che stamattina avrei avuto un appuntamento con la signora Ladich e il marito.

– Ah, sí? – fa un passo avanti Arcadipane.

La donna apre l'agenda e mostra la pagina, che però tiene rivolta verso di sé.

– Alle dieci, – dice.

– Per?

– L'acquisto di tre lotti tombali.

– Tre lotti tombali. E com'è che ce lo dice solo adesso?

La donna sull'orlo delle lacrime fissa Arcadipane, poi la scrivania, come volesse scusarsi di tutti gli anni in cui l'ha usata senza nemmeno un grazie. Beppe Dro le posa una mano sulla spalla. Un gesto di conforto, ma pur sempre quattro chili buoni di zampa.

– Dovete capire, – dice l'uomo – che non siamo abituati in paese a situazioni di questo tipo. Ho avvertito io la signorina che ha subito lasciato Firenze.

– Il corso di formazione era a Firenze?

– Sí, – conferma la donna, – quando il sindaco mi ha chiamato per raccontarmi cos'era successo, mi sono ricordata dell'appuntamento, ma nella confusione e nella fretta di ritornare non ho realizzato che poteva essere utile riferirlo. Sono davvero mortificata.

– Da chi è stato preso e quando, questo appuntamento?

Gemma Lunel riapre l'agenda, dentro la quale aveva lasciato il dito a segnare la pagina.

– Dalla signora, credo. Tre settimane fa.

– Crede?

– La persona che ha telefonato si è presentata come signora Fuci. Ha chiesto informazioni sulla disponibilità dei lotti, la procedura per l'acquisto, le pratiche…

– Lei l'ha riconosciuta?

– No.

– Non ha pensato che la signora Fuci potesse essere Vera Ladich?

– No.

– Però, come tutti qui, sapeva che Vera Ladich era Anna Mattalia, nata a Clot e sposata in Fuci.

– Certo, anche se all'epoca ero una bambina, è una storia che qui a Clot circolava. Però non ho associato il cognome Fuci a…

– Solo qui a Clot? – domanda Arcadipane.

– Cosa intende? – sbotta il sindaco, che ha tolto la mano dalla spalla della dipendente per riportarla nella tasca del parka che adesso sembra ospitare una marmotta.

– Abbiamo preso mille precauzioni per mantenere l'omicidio e la scomparsa riservati, e dopo poche ore la notizia era già trapelata. Invece sulla storia di Anna Mattalia che diventa Vera Ladich in cinquant'anni neanche uno spiffero. Nessuno che scende in valle una sera, beve troppo e si lascia scappare che quell'attrice famosa è nata qui. Nessuno che fa una telefonata a un parente che sta altrove e accenna alla cosa. Quanti abitanti aveva Clot nel 1962?

Il sindaco guarda Gemma Lunel.

– Un centinaio, credo, ma se vuole posso controllare.

– Cento persone nel 1962, poi figli e nipoti, ma il segreto non esce da Clot.

– Le persone qui potranno sembrarle indifferenti, – prova a spiegare il sindaco, – ma quando una famiglia vive una sofferenza, sappiamo andare in aiuto. Nel caso della famiglia Mattalia significava mantenere la cosa riservata e cosí è stato fatto.

Arcadipane fa qualche passo in direzione della finestra. La linea della diga taglia il cielo azzurro collegando i due versanti della valle. Fredda, asettica, imponente pur nelle sue dimensioni non eccezionali.

– Vediamo questi lotti tombali.

Attraversano il paese dove la maggior parte delle case è disabitata o abitata da qualcuno che ama il silenzio e sbirciare dagli scuri. Gli edifici sono simili nella struttura, nei materiali e nei due soli piani. Sui balconi di tutti colpisce l'assenza di ciò che viaggia parallelo alla vita: vasi, stendini, scarpe, bacinelle, giocattoli, panchette, posacenere, stracci, innaffiatoi e scope di varia stagionatura.

Il sindaco fa strada. Prendono una strettoia che presto si apre in un prato. Lo taglia un sentiero. Un centinaio di metri e la traccia comincia a inerpicarsi sul fianco della montagna per raggiungere la chiesa che sorveglia Clot dall'alto: antica e grigia. Senza slanci e senza campanile.

– Con i funerali come fate? – domanda Arcadipane.

– La cassa va su a spalle, – annuisce il sindaco. – Come una volta.

Arcadipane segue Dro e la Lunel attraverso il prato, a sua volta pedinato da Pedrelli che con i suoi scarponcini di pelo e la giacca a vento dopolavoristica sembra un esploratore dell'Ottocento adottato da una bocciofila. Il clima è lo stesso da due giorni: cielo azzurro, poche nuvole, ma i raggi arrivano al paese tiepidi e stanchi. Il che lascia campo al vento tagliente e allo sconforto delle cose nate fredde.

Attaccano il primo dei tre tornanti, retti da muri a secco tra le cui pietre hanno attecchito muffe e piante grasse. La Lunel indossa pantaloni in tessuto elasticizzato nei quali non sfigura affatto. Un'ordinanza comunale deve vietare sciarpe, cappelli e guanti perché Arcadipane non ha visto nessuno indossarli. Pedrelli, con la sua vena anarchica, disobbedisce sfoggiando uno sciarpino rosso e un berretto da sci. Arcadipane invece si attiene perché non dispone dei capi in questione.

Al termine della salita si ritrovano di fronte alla chiesa che è bassa e tozza come sembrava. Il grigio della facciata è rotto da due fasce di pietra bluastra su cui si notano, disposti in maniera asimmetrica, piccoli volti in rilievo dagli occhi ciechi.

– È del Duecento, – spiega il sindaco, – ma le ricerche

hanno rivelato una costruzione sottostante che risale a prima dell'anno Mille.

– Il cimitero?

– È sul retro.

– Andiamo.

Costeggiano il lato della chiesa che ha soltanto tre piccole finestre. Arcadipane nota lí altri bassorilievi. Due volti, un animale a quattro zampe, un albero, uno stemma. Non piú grandi di un foglio da disegno e ormai levigati dalle intemperie. Il camposanto è simile a quelli che ha visto nei film inglesi. Un prato delle dimensioni di un campo da calcetto, recintato da un muro basso, erba, tombe, lapidi, qualche tumulazione coperta dal marmo.

– Quali sono i lotti?

La Lunel li porta fino all'angolo piú lontano, da cui si può vedere la valle aperta sotto di loro, ma non la diga che risulta nascosta dall'edificio e da una costa del monte.

– Questi, – dice, – indicando un tratto di prato lontano dalle altre sepolture.

– Ce n'erano altri disponibili?

Lei si guarda attorno, come a dire un po' ovunque.

– Ma quando le ho mandato la planimetria con gli spazi disponibili, lei ha detto di essere interessata a questi tre.

– Ha specificato per chi?

– Non si è tenuti a farlo. Di solito si comprano i lotti che rimangono a disposizione della famiglia. Non si può mai sapere…

– Certo, certo! Lei oggi però che idea si è fatta? Dato che si trattava di Vera Ladich avrà ipotizzato…

Gemma Lunel pensa, e se pensa non tiene gli occhi fermi.

– Visto che qualche mese fa è morto il fratello, potrebbe avere avuto intenzione di riportarlo in paese.

– E uno! Gli altri due?

– Non lo so, forse lei e il marito, in futuro. Ma detto adesso…

– Quindi lei punta su fratello, Vera e marito.

La Lunel si guarda attorno smarrita.

– La signorina ha detto che la Ladich non aveva specificato nulla, – interviene il sindaco che fino ad allora se ne è stato in disparte come un sarcofago. – Per quel che ne sappiamo la loro visita poteva essere a scopo puramente esplorativo, per curiosità!

– Per curiosità! Da Roma, in auto, a vedere dei lotti al cimitero di Clot!

– Non so che dirle, e credo nemmeno la signorina. Sono due notti che non dormo e il telefono non smette di squillare. Poi ci sono quelli della Protezione civile, le squadre, portagli anche qualcosa da mangiare, qualcosa di caldo… Insomma, io capisco che lei deve fare le sue indagini, ma lo vede che siamo in piena emergenza. Questa vicenda ha stravolto…

– Certo, certo, mi dica ancora una cosa, poi la lascio andare ad approvvigionare… dove sono sepolti i genitori di Anna Mattalia?

L'uomo guarda la segretaria, sfinito.

– Credo laggiú, – indica verso la chiesa.

Lo seguono fino a un gruppo di tombe né vecchie né nuove.

– Sono queste, vede? Chiaffredo Mattalia e Costanza Dro in Mattalia.

– Sua parente, la mamma?

– Non diretta, ma i cognomi in paese sono sette, quindi in qualche modo…

– Certo, in qualche modo… Il papà è morto nel '97 e la mamma dieci anni dopo. Anna Mattalia non è tornata neanche per il loro funerale?

– Non mi risulta, – dice il sindaco, – quando c'è un decesso è tradizione che tutti partecipino alla sepoltura.

– Dunque lei c'era a questi funerali?

– Certamente!

– E non l'ha vista?

– No, e tenuto conto che un estraneo non sarebbe passato inosservato, mi sento di concludere che non ci fosse. Ora però dovrei proprio andare.

– Certo, certo, ancora una cosa, signorina... Ci sarebbero stati dei lotti piú vicini ai genitori?

La Lunel infila le mani nelle tasche dell'orsetto blu che indossa. Col passare dei minuti sembra invecchiata di qualche anno, anche se il freddo dovrebbe mantenere.

– Non ho con me la pianta, – alza le spalle, – ma credo di sí. Anche perché quelli che le ho mostrato sono in realtà i piú lontani.

– E già! Vedo. La chiesa è chiusa?

– L'apriamo solo su richiesta, – il sindaco ha già le punte dei piedi verso l'uscita. – Durante le visite però dobbiamo essere presenti o io o la signorina o il messo. Dopo il lavoro di recupero degli affreschi abbiamo inserito l'allarme e facciamo pagare una piccola quota per la visita: otto euro a persona.

– Quindi nessuno ci dice messa?

– No, non si celebra all'interno da molti anni. Del resto Clot non ha un prete.

– Non si va a messa?

– Ad Alve. La parrocchia ha fatto predisporre una navetta per il sabato pomeriggio e la domenica mattina, oltre che per le feste. Gratuita.

– Una bella comodità. Ora vi libero, tanto so di trovarla in municipio, giusto? Anche lei, signorina, non si allontani. Sospenda eventuali corsi di formazione.

Il sindaco e la donna si avviano, lui un passo avanti, lei a seguire. Una volta usciti dal cimitero si affiancano e scambiano qualche parola imboccando la discesa, probabilmente su quanto quel commissario sia ottuso e rompicoglioni. Roba che all'inizio della carriera poteva anche dargli un dispiacere, che negli anni d'oro lo rendeva orgoglioso e adesso ha il peso di una caccola di calzino tra le dita dei piedi: una cosa non bella, ma inevitabile, quindi rimuoverla e non darci troppo peso.

Pedrelli è pallido, imbacuccato e pensieroso, e solo l'ultima è una novità.

– Che c'è, Pedrelli?

– Niente, commissario.

– Hai detto cazzo una volta, *ego ti absolvo*, ti ho già detto. Vai in pace.

– Non è per quello.

– E allora cosa? – sospira.

– Si ricorda *Moliendo Café*? – dice Pedrelli e la canticchia, – «Cuando la tarde languidece renacen las sombras. En la quietud los cafetales...»

– No.

– Nel 1962 Rita Pavone l'ha interpretata al Festival degli sconosciuti di Ariccia. Aveva diciassette anni. Solo uno in piú di Anna Mattalia.

– Chiama il giudice, – si chiude il colletto Arcadipane, – facciamo emettere subito il mandato.

– Ma no, commissario, che dice... Pensavo solo che l'organizzatore di quel festival era Teddy Reno. Fu in quell'occasione che si conobbero. E Teddy Reno aveva trentasei anni, come Terenzio Fuci.

– Allora di mandati tocca farne emettere due. Ci sono altri sospettati?

Il vice alza le spalle e comincia a impastare una mano nell'altra.

– Il sindaco ha detto che Vera Ladich non è venuta al funerale dei suoi, quindi penso che i genitori non avranno partecipato nemmeno al suo matrimonio. Anche il padre della Pavone, quando Rita e Teddy si sono sposati in Svizzera, non è andato alla cerimonia per via della differenza d'età e perché Teddy Reno era stato già stato sposato. Eppure, a distanza di cinquant'anni, quei due sono ancora insieme, – si passa il dorso della mano sotto il naso, – proprio come Terenzio Fuci e la Ladich, prima che lui morisse. Tutto quello che si costruiva all'epoca era piú solido: gli elettrodomestici, le case, le automobili… Anche gli amori no, commissario?

Arcadipane mette le mani nelle tasche.

– Ti stai separando, Pedrelli?

– Ma no, che dice, commissario, alla nostra età… Non per… ognuno poi ha il suo caso… No, è mia figlia…

– Era sistemata con quel compagno dell'università, no? D'amore e d'accordo…

– Sí, però…

– Che ha combinato? S'è messa con un altro vecchio?

– No, vecchio no, però… Ci dà dei pensieri. Sembra che non trovi mai il suo.

– A me sembra che ne trovi, e piú d'uno, di suoi.

– Sí, però, – fa Pedrelli che per fortuna non coglie, – un genitore alla fine ha piacere di vederli un po' stabilizzati. Adesso sembra che frequenti uno che vende i bitcoin.

– Cosa vende?

– Le criptovalute.

– Ah, le criptovalute.

Mentre cerca qualcosa attorno a cui aggrapparsi per cambiare discorso, giusto per non assecondare la voglia di avviarsi verso il paese e basta, Arcadipane coglie un movimento sulla piazza. È Lavezzi che li ha visti e gesticola di portare il cellulare all'orecchio.

Arcadipane toglie il suo di tasca. Niente campo.

– Il tuo prende?

Pedrelli controlla.

– No, il sindaco ha detto che l'unico punto buono sono il paese e la diga.

Caracollano nella discesa, rischiando in qualche punto di finire culo a terra, e sono al prato. Man mano che si avvicinano alle case il cellulare di Arcadipane manda i *blin blin* delle telefonate e dei messaggi persi. Controlla: tre chiamate e un messaggio in segreteria. Clicca per ascoltare il messaggio e mette il viva voce: «Buongiorno, sono il carabiniere scelto Nazareno della stazione di Pregliasco. Ho provato a chiamarla, ma il suo telefono risulta sempre non raggiungibile. Mi chiami appena può, per favore. Grazie».

Arcadipane continua a camminare, aspettando che le tacche diventino almeno due.

– Ma dove cazzo è Pregliasco? – si aggiorna mentre hanno quasi raggiunto l'imbocco del paese, dove Lavezzi li aspetta.

– Non conosce le mele di Pregliasco, commissario? – dice Pedrelli. – È una qualità molto partic…

– Certo, Pedrelli. Guarda, c'è lí Lavezzi che è proprio appassionato di mele e di Rita Pavone… Io devo fare 'sta chiamata, ma mi aggiornate bene dopo, eh!

9.

L'auto dei carabinieri li aspetta a lato della rotonda che hanno concordato come ritrovo. Accostano alla Punto la Giulietta che Arcadipane ha costretto Pedrelli a prendere. Mentre il vice guidava, lui ha mangiato il pranzo al sacco che Marta Claro sta preparando da due giorni per le squadre impegnate nelle ricerche. Tre panini senza economie: affettato, formaggio e frittata; una fetta di torta, acqua e mezza di vino, che lui non ha bevuto, malgrado la tentazione. Tutto buono, ma resta il fatto che da trentasei ore non ingerisce qualcosa di caldo e anche dormire…

Il finestrino della Punto si abbassa. Alla guida un carabiniere giovane, viso pulito e siciliano che, Arcadipane ci scommetterebbe, la prima barba se l'è fatta già al Nord.

– Buongiorno, commissario, – saluta con quell'accento che si trasmette in famiglia come certe rose dei capelli. – Sono cinque minuti, mi seguite?

Pedrelli pedina l'auto blu scuro fino all'imbocco di una carrareccia dove si ferma a guardarla precedere tra i sobbalzi.

– Non si rovina, Pedrelli, e se si rovina non la devi pagare tu, vai, per favore!

Sono circa quattrocento metri di scossoni, cautele, soste e sudori freddi, quindi si ritrovano al centro di campi messi a kiwi, pere, ma soprattutto mele. La stagione della raccolta è finita o quasi: sugli alberi rimane qualche sfera rossa tocca o tardiva.

Il carabiniere scelto Nazareno ora che è sceso dall'auto rivela gambe corte e tozze, su cui hanno poggiato un busto di lunghezza non compatibile. Le altre parti sono tutte d'ordinanza. Scarpe pulite e ovvie da carabiniere, cappello e controspallina con il gallone rosso che dice il suo grado.

– L'appuntato si scusa che non è potuto venire, – dice, mentendo, – ma con la chiusura della raccolta c'è stato qualche attrito.

– Che attrito?

– Un'inchiesta televisiva sui contratti per gli stagionali. Qui sono tutti in regola, persone che vengono da anni, con un buon rapporto con la comunità, però quando si va a scavare sugli orari di lavoro, le tutele… Giustamente…

Arcadipane pensa ai quattro o cinque ciclisti di colore che hanno incrociato sulla strada. Ragazzi e uno piú vecchio, tutti con la pettorina catarifrangente arancione, anche perché le biciclette su cui erano i fanali non li avevano.

– Quindi ha mandato lei?

– Sí, – dice semplicemente il giovane, il che significa che l'appuntato, suo diretto superiore, gli ha detto che se voleva tirare fuori questa faccenda, che lo facesse, ma cazzi suoi e fuori orario.

– È quella l'auto?

– Sí, – ridice il carabiniere, avviandosi.

La Panda è ferma dove finisce la traccia per i trattori: azzurrina, solitaria e modesta. Un'auto di una quindicina d'anni, ben tenuta, gomme invernali già montate.

– L'hanno notata gli stagionali che raccoglievano qui attorno. Dopo un paio di giorni che la vedevano ferma, hanno riferito al loro responsabile che tre settimane fa ce l'ha segnalata.

Il carabiniere apre la macchina con la chiave che ha in tasca.

– La chiave era inserita nel quadro. L'auto aperta. Abbiamo controllato la targa e verificato che è intestata a Masimine Orusa di anni sessantotto, nubile, residente a Saluzzo. Non c'erano denunce di furto, quindi abbiamo cercato di rintracciarla, ma al telefono non rispondeva. Abbiamo contattato i colleghi della stazione di Saluzzo che sono andati all'abitazione di residenza, hanno suonato, ma niente, quindi sono entrati forzando la porta casomai fosse successo qualcosa, ma la casa era vuota, tutto in ordine.

Arcadipane sbircia dentro l'auto che è in ordine pure lei. Cruscotto pulito, sedili sgombri, niente di sospetto.

– Amici o parenti a cui chiedere informazioni?

– Parenti nessuno e i vicini di casa non la vedevano da qualche giorno. Ha fatto l'infermiera in ospedale a Savigliano, ma negli ultimi anni collaborava con un'associazione che segue i malati terminali a casa. Pare fosse molto benvoluta dai pazienti. Una donna tranquilla, senza vizi, pendenze, debiti… niente.

– Ex mariti o fidanzati in corso?

– Niente.

– E poi che avete fatto?

– Abbiamo inoltrato segnalazione e dopo i giorni stabiliti è entrata nel database delle persone scomparse, ma ci sono molti casi di gente che sparisce. Quasi mai dietro c'è qualcosa di perseguibile. Mi sono insospettito solo oggi quando ho letto sul giornale quello che è successo su a Clot.

– Perché la signora è nata anche lei a Clot.

– Sí, risulta nata a Clot e avere solo un anno in meno dell'attrice che state cercando. Cosí ho pensato che segnalarvelo fosse dovere.

– Ha fatto bene, – dice Arcadipane che gira attorno

all'auto, meditando che questa Orusa di anni ne aveva uno di piú e non uno di meno della Ladich. Apre la portiera del passeggero. La macchia è lí, non sulla seduta, ma contro lo schienale del sedile: piú che una macchia una colatura.

– Sangue sembra sangue, ma siete sicuri? – chiede.

– Sinceramente non me ne intendo.

– E non l'avete fatto analizzare?

– Non essendoci gli estremi, l'appuntato ha pensato che, anche fosse sangue, facendo la signora l'infermiera, magari poteva...

– Certo, certo. Effetti personali?

– L'auto era cosí come la vede: niente borse, documenti o altro, a parte il libretto di circolazione nel cassetto. Anche a casa niente documenti, ma il resto pare ci sia tutto: vestiti, il computer, qualche gioiello di poco valore e una scorta di medicinali che utilizzava per i pazienti. L'unica cosa che forse manca è la borsa rigida di tela arancione con cui si presentava alle visite. A casa non c'era e in auto nemmeno.

– Ho capito. Quindi quest'auto è qui da tre settimane.

– Qualcosa di piú. Quando ce l'hanno segnalata, gli stagionali la vedevano qui già da due o tre giorni. Non avendo la signora parenti, abbiamo inoltrato richiesta per l'affidamento al deposito giudiziario. È un po' che dovrebbero venire a prendersela, ma i tempi sono quelli che sono.

Arcadipane dà un'ultima occhiata a quell'interno ben tenuto, quindi mette le mani sulle reni e fa una panoramica sulla campagna intorno: mele, kiwi, mele, pere, kiwi, mele. Su tutto questo un cielo di nuvole basse indistinte che non sembrano da prendere troppo sul serio.

– Orusa Ma...?

– Masimine, un nome un po' francese. Nelle valli si usava cosí.

– Orusa Masimine, giusto. Mentre tu ti chiami?

– Nazareno Massimo.

– Bravo, Nazareno Massimo, adesso tu torni in stazione e riferisci all'appuntato che deve mandarci un rapporto molto preciso con date, orari e circostanze di ritrovamento dell'auto. Lo farà fare a te, per punizione, ma tu prendilo come un elogio. Mettici anche il nome del proprietario del campo e dei ragazzi che raccoglievano qui e l'hanno vista per primi, mi raccomando.

Nazareno annuisce e si gratta la barba che non ha.

– Quindi non vi ho fatto perdere tempo?

– Mi piacerebbe, ma ho paura di no. La cosa comunque adesso passa a noi, va bene? Dici all'appuntato che mandiamo uno dei nostri ad analizzare l'auto e quella macchia. Quando arriva voglio che ci sia tu ad aspettarlo. Nel frattempo faccio venire qualcun altro a controllare la casa di questa signora Orusa a Saluzzo.

– Avverto i colleghi della stazione che vi metterete in contatto, allora.

– Avvertili, ma voglio che tu ci sia durante il sopralluogo. Con l'appuntato mi metto d'accordo io, tanto lui ha da fare con quella faccenda del servizio della tv e non gli diamo altro lavoro. Il mio numero ce l'hai, mi chiami qualsiasi cosa ti viene in mente.

– Va bene, commissario.

– Ultima questione: può darsi che le persone che mando qui ti sembrano un po' strane. Non ci fare caso. Specie se viene una donna… Lei è mooolto strana, non ho bisogno di spiegarti come, lo vedrai. Fai quello che ti dice, impara, ma non starle troppo addosso, va bene? Non le piace. Gli ultimi due che ci hanno provato uno prende la mira senza bisogno di chiudere un occhio e l'altro deve ancora mettere il ghiaccio sui coglioni tutte le sere. Ah, lui è Pedrelli, il mio vice. Utile e innocuo.

– D'accordo.

Arcadipane si avvia verso la Giulietta, si gira, lo guarda e gli fa segno pollice su, per chiedere se ha capito tutto.

– Tutto chiaro, – dice il carabiniere che è mezzo contento e mezzo già concentrato sui guai che gli darà il suo appuntato.

Pedrelli è in auto quando Arcadipane si siede accanto a lui. Per tutta la carrareccia se ne stanno zitti, pensando ognuno alle sue cose che per Arcadipane vuol dire: Masimine Orusa di anni sessantotto, nata a Clot e, per Pedrelli: la coppa dell'olio e tutte quelle parti sofisticate che chissà perché oggi piazzano proprio sotto le macchine.

– È un'indagine in piú, è vero, – esprime il suo ottimismo Pedrelli una volta che le ruote hanno ritrovato l'asfalto, – ma potrebbe portare giovamento all'altra.

– Certo, come rompersi una gamba nella doccia dell'ospedale quando sei ricoverato per altro.

Un paio di chilometri di silenzio. Il motore che chiede la quarta senza trovare ascolto.

– Quando ha detto al carabiniere che potrebbe arrivare una donna pensava…

– Non lo so, ci devo pensare, appunto.

Rotonda, qualche curva, un chilometro a passo d'uomo dietro un trattore che grazie a Dio a un certo punto svolta in un campo, levandosi di mezzo da solo.

– Certo una come lei potrebbe essere…

– Ho detto che ci devo pensare, Pedrelli. Guida.

Passano un piccolo paese, di quelli che hanno sulla via che li attraversa la panetteria, il tabacchi, la trattoria, gli autovelox, la chiesa e un kebabbaro. Prima che Pedrelli torni a battere il tasto, Arcadipane toglie di tasca il cellulare e scorre la rubrica, ma poco, perché Amedeo è il quarto nome. Schiaccia il tasto di chiamata e aspetta. Tre, quattro, cinque squilli, poi dall'altra parte qualcuno stacca, ma rimane in silenzio.

– Sarace? Mi senti? C'è una macchina che mi devi vedere.

Silenzio.

– Sarace? Ma dove sei?

– Affanculo, dove speravo non mi avresti chiamato.

10.

Alle sette e dieci del mattino, l'unico raggio di sole che in quella domenica 27 ottobre toccherà in dote a Clot passa le montagne, la diga e gli scuri della finestra al secondo piano dell'albergo *Sosta del pellegrino*, per andare a cadere sul cuscino di sinistra del letto alla francese dove soltanto un paio d'ore prima Arcadipane è riuscito a prendere sonno.

A tormentare la notte sono stati la zuppa antica, l'agnello con le castagne, gli involtini di verza e il vino «fatto in casa che poi non si sente», ma soprattutto i pensieri che nel dormiveglia lo traghettavano senza posa da Terenzio Fuci al fratello Amilcare, da Vera Ladich a Rita Pavone, da Masimine Orusa ad Anna Mattalia, dal rapimento al riscatto, dalla chiamata anonima alla piattina elettrica, dalle macchie di sangue all'assenza di orme, dalla telefonata che vorrebbe fare a Bramard a quella che dovrebbe fare a Isa. Il tutto con la colonna sonora della canzone in spagnolo che Pedrelli...

Arcadipane si mette a sedere nel letto e si gratta la testa con le mani, come avesse perso il bottone di avvio e risparmiasse tempo premendo un po' alla cieca. Ha indosso una maglia misto lana pescata a caso nella borsa verso le tre di notte, quando gli è parso lecito rinunciare a sperare nei rumori di ricircolo d'acqua dell'unico termosifone.

Guarda l'orologio al polso: quasi cinquantotto ore dall'ultima volta che Vera Ladich è stata vista viva. E Masimine Orusa? Nate nello stesso buco a un anno di distanza, vite diverse, ma sparite nel giro di qualche settimana e di una ottantina di chilometri, tutte e due lasciando una macchia di sangue sul sedile. Una coincidenza? Sarebbe bello fosse cosí, ma due cose impari passati i cinquant'anni: le coincidenze sono meno di quelle che servono e le donne che valgono qualcosa dormono già con qualcun altro.

Nel bagno piccolo, ma perlinato, l'acqua si può scegliere fredda o rovente. Arcadipane prepara un cocktail temperato nel lavandino rispetto al quale però le parti basse non si rivelano all'altezza, in senso puramente altimetrico. Fa lo stesso nel bidè dove a quel punto si lava da sotto e, in ginocchio, anche le ascelle. Avrebbe potuto lavare le ascelle nel lavandino e poi… Pensa, mentre cambia mutande, calzini, canottiera e abbottona la camicia salmone tutto sommato ancora portabile. Pantaloni, scarpe, giaccone ed è sulle scale.

– Vuole un caffè o aspetta i colleghi? – domanda Marta Claro dalla porta della cucina. Ha in testa un fazzoletto da pirata da cui i capelli cadono sul collo appena mossi. Il viso è quello di chi è sveglio da parecchie ore, ma ci è abituato. Bello, inutile dirlo, e prudente, inutile sperare il contrario.

– Il caffè, grazie.

Il pavimento attorno e sotto i tavoli della sala è sporco di terra. Arcadipane si sposta alla finestra che affaccia sulla piazza e osserva gli uomini del soccorso e i volontari fumare dopo la colazione. Un giorno, massimo due, pensa, poi basta. I cani li ha già rimandati a casa la sera prima, quel che potevano fare l'hanno fatto. Al loro posto oggi arrivano i sommozzatori. Non crede nel lago come ultima tomba di Vera Ladich, ma meglio togliersi il dubbio.

– Gliene ho portati due, – dice Marta Claro, posando il vassoio sull'unico tavolo apparecchiato e intonso, – ho notato che ieri...

– Ha fatto bene, – l'anticipa Arcadipane e va a sedersi.

– Da mangiare? Il buffet... – e indica il tavolone contro la parete spazzolato dai quindici nella piazza, – yogurt, biscotti, croissant, pane con la nostra marmellata e il burro di qui? Altrimenti ho fatto un paio di torte con le mele e gli amaretti.

– Quelle. Una fetta e una fetta. E un bicchiere di acqua gasata.

La donna se ne va. Vista da dietro, i fianchi, le spalle, ha qualcosa di un uomo, però di un uomo bello come il marito. Arcadipane butta giú il primo caffè. Bruciacchiato e di sottomarca, ma gli piace che l'inizio giornata non corra il rischio di essere meglio del seguito. Mai sopportato la musichetta nella sala d'aspetto del dentista o negli ascensori degli avvocati divorzisti. Se merda deve essere, lo sia dall'antipasto.

Arrivano le due fette di torta. Marta Claro ha finito il suo budget di cinquanta parole, quindi posa e se ne va. Vista da dietro, i fianchi, le spalle, ha qualcosa di un uomo, ma... Arcadipane si accorge di averlo pensato un minuto prima. Il prossimo stadio sarà non accorgersene. L'ultimo, pensarlo, non accorgersene e dirlo a qualcuno tutte le volte che ti viene in mente. Al quarto speriamo che ci pensino altri.

I posti al tavolo sono apparecchiati ma vuoti. Pedrelli sarà in camera a fare il saluto al sole (a trovarlo), dopo aver parlato con le squadre, preso il tè verde e fatto una passeggiata. Se non ha mandato messaggi o bussato, inutile dire che non ci sono novità. Botta e Lavezzi prima delle otto è difficile vederli in ufficio, tranne su specifica richiesta, figuriamoci qui. D'altra parte lavorano quante ore al giorno e per quanto in busta? E gli straordinari non pagati? Recuperare quando? Sono sotto organico da venticinque anni.

Mentre mastica la torta all'amaretto, una donna entra nella sala con ramazza, sacco nero, secchio e spazzolone. Lo guarda poco, breve e neutro, quindi si dirige al banco del buffet dove comincia a riordinare, buttando indiscriminatamente dentro il sacco quello che rimane.

Arcadipane la studia: gonna scura, ciabatte nere, dolcevita maron e un gilè di lana grossa fatto a maglia, marroncino pure quello. I capelli grigi, ma non del tutto, raccolti in una crocchia. Sui sessanta, ma il seno ancora alto e qualcosa di giovane e forte nel muoversi che hanno tutti in paese.

– Vi abbiamo portato un bel movimento, eh? – dice Arcadipane.

La donna strappa un angolo del sacco nero e lo lega al pomo della sedia, che glielo regga. L'unico indizio che non sia del tutto sorda è stato una leggera alzata di spalle.

Arcadipane prende nel palmo la torta di mele e torna alla finestra. Le camionette se ne sono andate via con i quindici uomini. Lo spiazzo, a parte l'Alfa 33, la merdosa Peugeot amaranto e la Giulietta, è sgombro. L'unica luce accesa, tra le case che si affacciano, è quella dell'alimentari mentre la merceria ha la porta serrata dagli scuri. Tra i due negozi l'orecchia azzurrina del telefono pubblico da cui due sere prima l'uomo ha fatto la telefonata.

Perché? Si domanda. Se aveva appena ucciso Fuci e rapito Vera Ladich poteva aspettare che qualcuno trovasse l'auto. Avrebbe guadagnato ore, forse persino un giorno o due. A meno che quel tempo non gli servisse... No, i cani l'avrebbero trovata anche sotto tre metri di terra. L'ha visto con quell'uomo di Orbassano che il vicino di casa ha seppellito nell'orto che condividevano lungo la tangenziale. Certo, il lago...

Un pulmino da venti posti sbuca dalla china della strada, entra nella piazza e va ad arrestarsi di fronte alla palina della fermata, a pochi metri dal telefono. Il ragazzo alla guida, vent'anni circa e capelli lunghi, apre la porta, ma resta seduto e non spegne il motore. A bordo, a parte lui, non c'è nessuno.

Arcadipane si gira verso la donna che ha cominciato a ramazzare attorno al tavolone del buffet.

– Quante volte al giorno sale la corriera? – chiede.

– Due, – dice lei senza guardarlo, – ma quella è della parrocchia.

Arcadipane sta per domandare quanta gente di solito va a messa ad Alve, quando il cellulare nella tasca manda una vibrazione. Lo prende e controlla. Un sms di Sarace: «Il sangue sulla Panda è di Masimine Orusa. Niente altro da segnalare. Quando lo trovi salutami il rapitore (o serial killer) gerontofilo».

Cazzo vuol dire gerontofilo? Rimette in tasca il telefono. Sarà una roba di medicina.

– Posso chiederle come si chiama?

– Caterina Rubet, – dice lei, sempre senza alzare gli occhi dal lavoro di scopa.

– Sessant'anni?

– Sessantotto a dicembre.

– Ben portati, – annuisce Arcadipane mentre mangia un boccone di torta. – Quindi avrà conosciuto Anna Mattalia.

La donna finisce di spazzare attorno al buffet, si ferma e lo guarda.

Arcadipane è stato guardato migliaia di volte da gente che aveva cose da nascondere, negare, cancellare o attribuire ad altri, eppure in una sola occasione qualcuno gli ha recapitato a distanza di pochi minuti due sguardi identici e vuoti come quello.

Otto di mattina, un'ansa del Po appena fuori città, una ragazza ripescata dal fiume, ma strangolata prima di finirci dentro. In piedi accanto al corpo aveva fatto a Sarace le domande che doveva fare e avuto le risposte che gli spettavano. Il tutto sotto lo sguardo attento eppure assente della donna, già adagiata nel sacco nero. Quindi aveva risalito la riva, raggiunto la strada sterrata e cercato in tasca le chiavi dell'auto senza trovarle. Ripercorso il sentiero a ritroso per quelle dannate chiavi, si era ritrovato accanto a Sarace, ancora alle prese con il corpo, e aveva ricevuto in dote dalla ragazza lo stesso identico sguardo di prima: vuoto e attento. La vita era andata avanti, nella sua modestia, ma quello sguardo no. Uno dei cinque momenti da che è in polizia, in cui ha capito che il suo lavoro non riguarda, come pensa la gente, la fine di una vita, ma l'istante in cui qualcuno l'ha congelata per sempre. Qualcosa che ha piú a che vedere con l'eruzione del Vesuvio e Pompei che con… Arcadipane dà un morso alla torta che tiene in mano.

– Quindi la conosceva o no? – mastica.

– Il paese è questo, – alza le spalle la donna mentre riprende il lavoro. – Sua mamma restava cugina della mia.

– Quindi con Anna Mattalia eravate cugine.

– Di seconda…

– Cugine di secondo grado e un solo anno di differenza. Sarete state anche compagne di scuola. Ai tempi nei paesi piccoli come questo a volte c'era una sola classe dalla prima alla quinta. In Basilicata almeno era cosí.

– Non mi ricordo.

– Non si ricorda se eravate un'unica classe o non si ricorda di Anna Mattalia in classe con lei?

La donna posa la scopa, prende il Mocio e comincia a lavare sotto il tavolone. Una maniera bizzarra di procedere visto che la sala è piena di terra e briciole, pensa Arcadipane, che comunque non ha mai pulito un ristorante. E di rado anche casa sua.

– E dopo? – chiede.

– Dopo cosa?

– A quattordici, quindici anni. Vi sarete frequentate.

– Poco, – risponde lei. – A diciott'anni io ero già sposata.

– Ma Anna Mattalia ne aveva sedici quando è andata via da Clot e lei diciassette. A quell'età tra ragazze si parla, ci si confida, no?

– Io non avevo niente da confidare, a diciott'anni…

– Era già sposata, buon per lei. Vi parlavate o no?

La donna posa il Mocio, riprende la ramazza e si mette al lavoro tra i tavoli.

– No, e poi lei di giorno era a scuola a Cuneo, – dice.

– Quando? Finite le medie?

– L'anno dopo. Per la scuola infermiere prima bisognava fermarsi in collegio. Il padre non voleva. Quando poi si è potuto andare e tornare in giornata, l'ha lasciata.

– Prima però non voleva.

– Forse aveva già capito il tipo, – alza le spalle la donna, che è il suo modo di dire quasi tutto.

– Che tipo?

– Il tipo che ascoltare i dischi è meno fatica chc picgarc la schiena sulla terra o sui libri. Difatti dopo un anno era già di nuovo a casa. Si vede che la disciplina delle suore non le andava bene.

Arcadipane guarda fuori dove il ragazzo del pulmino sta giochicchiando con il cellulare. Ha una camicia a quadri aperta su una felpa con un disegno per bambini. Per ora nessuno è salito sul mezzo.

– Lei conosceva anche Masimine Orusa, immagino.

– Gli Orusa erano di qui, – annuisce la donna, – ma saranno quarant'anni che la figlia non la vedo.

– Fa l'infermiera vicino a Saluzzo. Si ricorda se all'epoca frequentava anche lei la scuola di Cuneo? Se fossero amiche con Anna Mattalia?

– Non ho idea.

– Sa com'è a quell'età, la tua amica si iscrive a una scuola e allora decidi di andarci anche tu. Poi si prendono strade diverse, ma si rimane in contatto...

La donna si interrompe e lo guarda per la terza volta in quel modo.

– Ha finito?

Arcadipane la fissa.

– La colazione? – dice la donna, indicando la tazzina di caffè ormai freddo sul tavolo. – Ha finito?

Arcadipane scuote la testa che gli piace bruciato, di sottomarca e freddo, quindi lo può lasciare lí. Per qualche minuto segue il lavoro della donna che si dedica a ramazzare il pavimento intorno e sotto i tavoli, a eccezione delle piastrelle vicine a lui.

– Lei non l'avrebbe fatto, mi pare di capire.

– Cosa? – chiede la donna riprendendo per la seconda volta il Mocio.

– Lasciare questo posto per seguire un uomo che amava. Eppure ammetterà che la maggior parte delle donne darebbe una mano per una vita come quella di Vera Ladich!

– Ognuno dà quello che vuole. Se si sposta, pulisco lí e poi ho finito.

Arcadipane scivola verso la finestra accanto. La donna attacca subito con il Mocio il punto in cui si trovava. Niente scopa.

– E del fratello Aldo, che mi dice? Si chiamava Aldo, suo cugino, no?

– Quella è natura e la natura comanda.

– Certo, comanda, ma è stata una bella disgrazia per la vostra famiglia.

– La famiglia finisce dove comincia la porta di casa. Sulla loro c'era scritto Mattalia e sulla nostra Rubet.

La donna elimina la traccia di uno scarpone dalle piastrelle proprio sotto la finestra. Qualcuno delle squadre che tra un caffè e il panino è andato a vedere come si metteva il tempo o a socchiudere per un tiro che proprio non riusciva a rimandare. Poi si drizza e lo guarda. Quarta volta. Sempre in quel modo.

– Crede che non lo so cosa vuole che le dico?

Arcadipane infila in bocca l'ultimo morso di torta di mele, senza preoccuparsi delle briciole.

– Cosa voglio che mi dice?

– Che li ha ammazzati qualcuno di qui. Magari io.

– Vera Ladich quindi è morta? Dica liberamente, non sto mica scrivendo il verbale.

La donna guarda verso il tavolo dove quel caffè proprio la indispone.

– Vera Ladich qui non è mai esistita. Può scriverlo nel verbale o dove vuole.

– E Anna Mattalia invece?

– È morta cinquant'anni fa quando è salita su quella macchina per Roma.

– Quindi non l'ha ammazzata lei? La giornata poteva mettersi bene, invece cosí mi tocca continuare a cercare.

– Cerchi pure, qui in paese non ne trova neanche uno che si sporca le mani per una cosa cosí.

La donna riprende a lavare. Arcadipane la guarda passare da un movimento avanti e indietro del Mocio a uno circolare.

– Doveva tornare per cagare un'altra merda, *'sta bagasa frusta*, – bofonchia lei a mezzo metro dai suoi piedi.

Uno sbuffo meccanico fa vibrare i vetri delle finestre.

Il ragazzo ha messo in moto il pullman vuoto. Un paio di manovre, un'accelerata e la sagoma sgraziata del mezzo scompare oltre la china dove la luce è piú intensa, lasciando a galleggiare sulla piazza una nuvola di gasolio tutta orizzontale.

Il tempo di vedere il paese digerire anche quella e Arcadipane prende il cellulare per fare le due telefonate che avrebbe dovuto fare ore prima. La tazzina con il caffè freddo è sparita. Attorno ai suoi piedi un'isola sporca e asciutta della grandezza di un pozzo.

11.

Le bische, i bordelli e gli ospedali sono gli ultimi posti dove un distintivo vale qualcosa. Ecco perché alle dieci e trentacinque Arcadipane può uscire dall'ascensore al secondo piano, seguire la linea gialla sul linoleum del corridoio e suonare alla porta del reparto chiuso alle visite fino alle undici.

L'infermiera che apre deve essere a fine turno perché si accontenta dell'intenzione di estrarre qualcosa di tasca. Oppure da sotto hanno avvertito.

– La quinta sulla sinistra, – dice, prima di girarsi e tornare alle sue faccende.

Arcadipane la pedina lungo il corridoio, anche se lei non sta facendo strada, e intanto conta le porte. Qualche passo prima della quinta si ferma e si gratta il naso, cercando di convincersi che l'odore degli ospedali non è piú fastidioso come quello di una volta.

Dentro ci sono tre letti: uno rifatto, uno occupato da un giovane senza capelli che dorme e nel terzo, vicino alla porta, c'è Bramard.

– Scommetto che da quando ti ho detto che venivo non hai smesso di fissare la porta, – dice Arcadipane.

– Nemmeno quando hanno cercato di distrarmi con il clistere.

Arcadipane lancia un'occhiata al letto vuoto sotto la finestra che, per ragioni inconfessabili, è la presenza piú inquietante. Poi al giovane nel letto centrale. Il viso sbuca dalle lenzuola, bello, appena gonfio, senza sopracciglia. Dalla sua bocca esce un russare sommesso che in un altro posto non si sentirebbe neanche, ma nel silenzio pneumatico della stanza...

– Cos'ha? – chiede Arcadipane a voce bassa.

– Dorme, – dice Bramard.

– Ah! – fa Arcadipane come avesse saputo proprio ciò che voleva.

Entra e si avvicina al letto di Corso, le mani indecise tra le tasche del giaccone, ma non è educazione; stare a penzoloni, ma non è al bar; o appoggiarsi da qualche parte, ma è pur sempre tutta roba d'ospedale... non si sa mai.

– E tu? – chiede, dopo avergli attribuito dieci chili in piú rispetto a quando si erano visti a marzo per il caso Shun, ma dieci in meno del Bramard che ha sempre conosciuto.

– Vuoi la versione lunga o andiamo al sodo?

– Fai tu, tanto lo sai che non mi interessa davvero.

Bramard si passa sulle guance una mano sotto la quale forse c'è un mezzo sorriso.

– Ad aprile ho deciso di fare il trapianto.

– Il mese prima non sembravi cosí dell'idea.

– Questo comporterebbe la versione lunga.

– Lascia perdere. Quella corta.

– La corta prevede due mesi di punture e trasfusioni prima del trapianto; due di isolamento in ospedale dopo. Un paio a casa a riso bianco e adesso sono qui da tre giorni per esami che diranno se le cose sono andate come dovevano o bisogna ricominciare da capo.

Arcadipane annuisce che per essere corta è stata corta, quindi sposta gli occhi sul comodino di acciaio su cui stanno la borraccia, un pacchetto di fazzoletti, due libri, gli occhiali, il cellulare, due matite e un taccuino. Se l'altra sera, mentre rientrava a Torino, avesse schiacciato il tasto verde quel telefono avrebbe squillato, interrompendo forse il rito delle mele cotte a fine pasto o il quiz alla televisione che adesso, spenta, riflette l'immagine deformata di tre letti e un coglione in piedi con le mani penzoloni.

– Non sono mai venuto a trovarti, – dice.

– Avrai avuto da fare, – chiude Corso, prima di prendere la borraccia, svitare con calma il tappo e bere un sorso.

Arcadipane guarda il collo magro dove la barba bianca di qualche giorno non riesce a coprire la pelle scabra, le vene in rilievo, i tendini. La breccia attraverso cui la vecchiaia ha cominciato a espugnare un giorno alla volta quel corpo apparentemente imprendibile. Per istinto va a cercare le spalle, ritrovandole come sperava squadrate e solide nella maglietta con la scritta «Salire sempre, o quasi»: roccaforti destinate a tenere a lungo, prima di cadere, ma per ultime.

– Ce la caviamo cosí? – domanda. – Alla vecchia maniera?

– Contavo di portarcela fino alla tomba. O è cambiato qualcosa?

– Se non è cambiato a te... – e guarda i macchinari sospesi sopra la testiera del letto. Allacci, pulsanti, fili e targhette di voltaggio e pericolo. Roba che fino a qualche anno fa era inimmaginabile. Eppure ancora tutto troppo greve, grigio, metalmeccanico. Meglio il piccolo monitor bianco sul treppiede. I numeri che oscillano verdi e rossi, il leggero ronzio riposante...

– Vincenzo?

– Eh.

– Procediamo?

– Procediamo. Cosa c'è adesso?

– Aggiornamento sulla famiglia, – dice Corso, poi controlla l'ora al suo Cyma da polso, – ma rapido perché tra un quarto d'ora arriva Elena. I tuoi ragazzi?

Arcadipane si concede finalmente le mani in tasca.

– Piú facile parlare con un boss al 41 bis, ma dai messaggi pare che Loredana deve dare l'ultimo esame della triennale, corre dietro a uno che non la vuole e cerca di dimagrire pedalando tre sere a settimana su una bici inchiodata in un seminterrato. Giovanni il prossimo anno potrebbe giocare in Serie B, ma dovrebbe andarsene da Modena dove la fidanzata che fa atletica, si allena. Consola che anche chi non è trapiantato o si è perso Vera Ladich non passa giornate serene, no?

– Un po'. Mariangela?

– Sempre con il professorino, sempre bella, sempre che alla fine ha ragione lei. Ultimamente la vedo strana però, non mi stupirei se un giorno si presentasse con le carte per il divorzio. Un giorno tipo oggi, visto che dopo la devo vedere. I tuoi figli acquisiti?

– Ani sguazza felice in terza liceo, Matei annaspa in prima alberghiero.

– Figlia fatta in proprio invece?

Bramard dà ancora un sorso e rimette la borraccia sul comodino.

– Martina è in Italia dal giorno dell'intervento, ufficialmente per starmi vicino, ma credo che le cose con il fidanzato tedesco non vadano granché. Elena sta bene e sarà qui tra, – controlla l'ora al suo Cyma, – dodici minuti, quindi dimmi.

Arcadipane pensa a quella donna che ha dato a Bramard una nuova famiglia e in parte una nuova vita. Bella, forte, dura e che non lo sopporta. Verifica svelto l'orologio anche lui: nove alle undici, ma soprattutto sessantadue ore che Vera Ladich non si trova, poi torna sul volto di quell'uomo che ha davanti e che nonostante la totale assenza di ambizione e l'insofferenza per la gerarchia, trentenne era già il commissario piú giovane d'Italia. L'uomo che per cinque anni ha risolto tutti i casi che gli sono stati affidati, come un matematico che sbriga un'equazione complessa senza scrivere un solo passaggio alla lavagna e senza che nessuno, a posteriori, possa dire come. Questo fino all'ultimo omicidio, quello che ha coinvolto le due persone che Bramard amava e che erano la sua prima vita, ma che sono diventate anche l'unico caso che non ha risolto. Non in tempo almeno. Di lí in avanti quello stesso uomo ha lasciato la polizia per diventare prima alcolista, poi insegnante di liceo, quindi compagno di Elena e in qualche modo nuovamente padre, sostituendo a poco a poco l'alcol con un modo piú cabalistico e solitario di morire. Modo a cui è sopravvissuto per vent'anni, sconfiggendo le leggi della gravità e della probabilità ogni volta che tornava dalle sue scalate notturne e senza sicurezze. Ecco chi è l'uomo disteso davanti a lui, con i capelli bianchi, corti e radi, ma sempre folti rispetto ai suoi. L'uomo che gli ha lasciato in eredità quel mestiere, l'ossessione per farlo e che da venticinque anni continua a insegnarglielo. Difficile crederlo, ma quell'uomo è stato tutto questo. Lui c'era e potrebbe mettere il dito su ognuna delle cuciture che tengono insieme quei momenti. È il motivo per cui è lí. Per cui Bramard accetta che sia lí. Per cui tra loro va bene anche: «Avevo molto da fare».

– Da dove parto? – chiede.

– Da quello che avete.

– Allora abbiamo già finito perché non ci sono orme di scarpe né tracce di pneumatici sulla scena. Niente impronte dentro l'auto e sul telefono da cui è partita la chiamata anonima. Niente Dna. Niente nella loro camera d'albergo. Niente dall'autopsia, se escludiamo la questione del soffocamento prolungato di cui ti dicevo al telefono. Niente dalle squadre di ricerca, né una pista dai cani. Niente sull'arma del delitto, che è un vecchio filo elettrico reperibile ovunque. In sostanza, a parte la questione dei lotti al cimitero che non sembra portare da nessuna parte, non sappiamo neppure perché Vera Ladich sia tornata a Clot dopo tanti anni e soprattutto perché lei e il marito siano saliti di notte fino a quell'alpeggio.

– E su Masimine Orusa?

– Nessuna relazione, nessun vizio, debito o doppio fondo. Vita tranquilla, tanto che nessuno ne aveva denunciato la scomparsa. Stiamo forzando la mano per capire se poteva essere implicata in qualche traffico di farmaci, ma parliamo di arrampicarsi su uno specchio che ti sei portato da casa. In sostanza, a parte la macchia di sangue sul sedile, il fatto che fosse nata a Clot e che da ragazzine lei e Anna Mattalia avevano frequentato qualche anno di scuola insieme, non abbiamo un cazzo.

– A casa sua ci sei andato?

– Non ancora.

– E da Vera Ladich?

– A Roma? Ci sono andati i colleghi della Capitale.

– E la casa di famiglia in paese?

– Ci sono stati Botta e Lavezzi. È chiusa da quando i genitori sono morti.

– Vacci comunque di persona o mandaci qualcuno che sappia trovare quello che non cerca. Sai di chi parlo, l'hai già chiamata?

– Non risponde.

– Risponderà. La gente di Clot che dice?

– A parte «lasciaci in pace, terrone»? La odiavano tutti, ma nessuno avrebbe un movente che non sia vecchio di cinquant'anni. Del resto la gente di montagna tu la conosci meglio di me. A proposito, fino a quando ti tengono qui?

– Dipende dagli esami, ma la risposta è no in ogni caso.

Arcadipane fissa quegli occhi di ardesia su cui ha visto abbattersi piú di un cataclisma e poi tornare ad attecchire il lichene. Non vera vegetazione e nemmeno qualcosa che metta fiori, ma comunque vita, seppure nella sua forma piú primitiva e tenace.

– Potresti almeno…

Bramard scuote la testa che no, non potrebbe almeno niente.

– In fondo è tranquillo, c'è aria buona e se devi mangiare leggero…

Il giovane uomo nel letto a fianco emette uno di quei versi che nei bambini alludono al risveglio. Qualcosa che equivale a tastare l'acqua con un piede per saggiarne la temperatura prima di decidere se farsi il bagno. L'acqua deve sembrargli troppo fredda perché, dopo uno schiocco di labbra, riprende a russare. Bramard nel frattempo si è voltato verso la grande finestra dietro la quale la luce in quella mezz'ora s'è mossa appena. Arcadipane guarda anche lui quella porzione di cielo e di città. Le nuvole di ottobre su Torino fanno pensare agli idrocarburi, alle culottes e alla parola abbandono, in entrambi i sensi.

– Tutto qui, allora?

– Tutto qui, cosa? – dice Bramard.

– Speravo in qualche consiglio. Hai indagato su persone scomparse, no?

– Intendi mia figlia che ho ritrovato dopo venticinque anni e non per merito mio?

– Gli altri casi.

– Sugli altri casi lo sai com'è andata, c'eri. I rapimenti si risolvono se qualcuno commette un errore e se quel qualcuno non sei tu. E poi questo non è un rapimento.

– No, eh?

– No, e lo sai, oppure non saresti qui.

Arcadipane scivola dal profilo di Bramard alle mani che se ne stanno adagiate sul letto, dello stesso colore terroso della coperta: due carri armati abbandonati nel deserto dopo una vecchia guerra. Ruggine, forza, oblio… roba che fa tenerezza pensare a quanto sia stata forte, ma che dà anche la pericolosa impressione che se qualcuno dovesse in qualche modo rimetterli in moto…

– Tu te la ricordavi questa Ladich? – domanda.

– Non ci pensavo tutti i giorni, ma me la ricordavo.

– E perché?

– Perché, cosa?

– Perché tutti se la ricordano? C'erano altre attrici belle.

– Avevo un maglione che mi piaceva molto. L'ho usato un paio di volte e poi chissà come è sparito. Mai piú visto. Avevo ventidue anni. È l'unico maglione che ho avuto di cui mi ricordo.

– È una parabola? Tipo quelle della Bibbia? Se è cosí, traduci perché non le ho mai capite.

– Le altre attrici sono invecchiate sullo schermo, sulle riviste e in televisione. Vera Ladich no. Si è ritirata al massimo della sua bellezza.

Arcadipane sfiora le rassicuranti sagome dei sucai che ha in tasca. Ne seleziona una che sta per estrarre, ma poi pensa che Bramard magari non può… Non puoi mangiare un sucai in faccia a uno che per questioni di salute non può… uno che piú di trent'anni fa ha perso un maglione e ancora ci pensa…

– Sei sicuro di non…

– Sono sicuro.

– Le ore passano, ma potresti comunque pensarci con cal…

– Ci ho già pensato.

– È per Elena, di' la verità!
– Certo che è per Elena.
– Hai paura che si incazzi.
– Non ho paura, ne sono sicuro.
– Se è cosí…
– È cosí.

Arcadipane ha già aperto la bocca per tentare un'altra strada quando avverte la sensazione di chi percepisce qualcosa in ritardo rispetto a quanto avrebbe dovuto. A volte capita con la pioggia. Non piove e non senti che pioverà, ma avverti il piccolo senso di colpa di chi avrebbe dovuto in qualche modo pensarci. Da giovani è una cosa elettrica, stordente e lisergica, come un quadro di Escher, potrebbe pensare Arcadipane se sapesse chi è Escher e se l'arte, per ragioni personali, da due o tre anni non fosse passata da questione estranea a cosa che sta sul cazzo. Da vecchi invece quella sensazione spiega perché ci siano tanti anziani in giro con l'ombrello anche se il cielo non minaccia.

Si volta.

– Oh, ciao, Elena!

La donna sta fissando Arcadipane senza obbligarsi a un sorriso. Nessuno dei due sa esattamente da quanto è appoggiata a quello stipite, ma probabilmente da troppo. Come tutte le donne slave il suo corpo è programmato per invecchiare di colpo passati i cinquantadue anni, ma per il momento restano intatti in lei la bellezza un po' dura, il tenue biondo dei capelli e la totale indisponibilità alla condivisione di ciò che sente suo. Ci sono decine di animali innocui nella cui tana nemmeno un grosso felino avrebbe la cattiva idea di infilarsi. D'altro canto Arcadipane non è né un grosso felino né uno che di solito non si infila nelle tane altrui, ma essendo passate sessantadue ore…

– Stai andando via o appena arrivato? – domanda lei.

– No, no, stavo salutando, c'è Mariangela che mi aspetta di sotto, – cosa vera per metà, ma l'idea che qualcuno che non è responsabile della brutta persona che sei ti stia aspettando è sempre una buona carta.

– Come l'hai trovato?

Arcadipane per deformazione professionale interpreta per qualche secondo la domanda in senso poliziesco, ma grazie a Dio si ravvede prima di rispondere.

– Bene! Un bel colorito e qualche chilo l'ha ripreso. Bene proprio... Certo sono cose lunghe, ma chi ben comincia... La prossima volta vi porto dei nodini che mi fa salire un amico da giú. Oggi ero di corsa e poi ho pensato che...

– Ti ha detto di no, spero, – lo interrompe lei, che ha in spalla una sacca e non la borsa.

– Subito, prima ancora che glielo chiedessi, – si affretta Arcadipane.

Lei sposta gli occhi su Corso, che Arcadipane da quando è arrivata non si è piú azzardato a guardare, e Corso probabilmente conferma con un cenno, perché Elena si stacca dalla porta e va verso uno dei tre armadietti sotto la televisione.

– Ciao Corso, allora, – dice a quel punto Arcadipane, approfittandone per un primo passo verso l'uscita della tana. – Se ti serve qualcosa... – si gira un'ultima volta verso Bramard che lo guarda serio e divertito. – Altrimenti con calma quando sei poi tranquillo a casa... Adesso vado e vi lascio alle vostre... – e varca la porta ottenendo l'immunità dalla fine di una frase che non aveva avuto tempo di allestire.

Una volta in salvo si puntella al primo metro di muro, toglie di tasca un sucai e lo mette in bocca, concedendosi di tirare fiato fino a quando lo zucchero avrà lasciato spazio alla liquerizia.

Dall'interno della stanza vengono i passi di Elena. Qualsiasi uomo che abbia convissuto per piú di tre mesi con una donna conosce quel tipo di passi. Ricordano la grandine sulle grondaie. Roba dura che sbatte contro roba dura, e la prima delle due che si rompe sono cazzi suoi.

– Vieni a sederti, – sente che le dice Bramard.

Immagina una di quelle sue mani, fatte metà per attaccarsi alla roccia e metà per girare le pagine di un libro, che si sollevano dal letto per lasciarle spazio.

– Metto a posto queste cose e poi vado, – dice lei con parole dure quanto i passi. – Matei torna all'una con il pullman.

– E gli hai lasciato il pranzo da scaldare, vieni qui un momento.

Arcadipane sente la porta del bagno che si apre, lei che va a posare qualcosa, poi torna nella stanza, raggiunge il letto. Il silenzio che segue è già una piccola resa: si è seduta. Anche quello avrebbe dovuto imparare da Bramard, e invece cosa avrebbe fatto lui? Accendere la televisione.

– L'ho sentito alla radio l'altro giorno, – dice Elena. – Lo sapevo che se il caso lo davano a lui…

– Anch'io lo sapevo.

– Non avrebbe senso, proprio adesso che ti stai riprendendo…

– Sono d'accordo.

– Sarebbe una cosa stupida.

– Stupidissima.

– E poi l'avevi promesso.

– L'ho promesso. Hai parlato con il dottore?

C'è un vuoto di suoni in cui Arcadipane immagina che lei sorride. Le donne quando sorridono è come se immettessero aria nella stanza. Quando ridono invece c'è quasi vento.

– I valori sono tutti buoni, – dice lei, – stanno aspettando il primario per firmare l'uscita.

Arcadipane capisce che si sono presi le mani e… il seguito per fortuna è già troppo lontano per intuirlo.

Raggiunge la porta in fondo al corridoio stringendosi nel giaccone di pecora. Il tempo di entrare in ascensore, buttare in bocca un altro sucai e schiacciare il pulsante con la T, che le porte chiudono il sipario su un uomo solo, nuragico e con una diva da trovare.

12.

Il traffico domenicale della città gli lascia il tempo per guidare e sbrigare le tre telefonate che gli toccano. Da Pedrelli nessuna novità a parte i sommozzatori che sono arrivati con un paio di gommoni e si sono messi al lavoro, poi forse c'è un'altra cosa... ma una stupidaggine, dice... dimmi dài, una stupidaggine è meglio del niente che abbiamo, no? Faccio qualche verifica e gliela mostro quando è qui, perché tanto è per strada, no?

Dal dirigente invece i soliti rimbrotti... vede o non vede cosa c'è sui giornali? Lui mente che vede e invece i giornali non li legge quando sopra ci finiscono i casi su cui sta lavorando... e poi le pressioni dall'alto, i Fuci che avevano ancora tanti vecchi amici in politica... Arcadipane cerca di rabbonirlo con le squadre dei sommozzatori... Pompieri, cani da ricerca e sommozzatori dànno sempre l'impressione che ti stai dando un gran da fare... Nessuno pensa che se trovano qualcosa al novanta per cento è qualcosa di morto... Stiamo impiegando tutte le risorse... balle che valgono per le prime ore, un giorno al massimo, da lí in avanti l'unica cosa che conta è la vecchia fanteria dei testimoni, i vicini di casa, analisi dei conti bancari, mezze frasi raccolte, mail, messaggi, un po' di scavo nelle vite private... Il problema in questo caso è che per rivoltare la vita di Fuci e della Ladich servono piú cautele e autorizzazioni che per togliere la Sindone dalla teca. E un morto e una scomparsa insieme sono sempre un casino dato che omicidio e rapimento richiedono strategie diverse. È come sfamare un figlio che deve ingrassare e l'altro che deve perdere peso: finisci per mettere in tavola qualcosa che non migliora e non peggiora nessuno dei due, che è quello che stanno facendo... anche se al dirigente generale mica può dirlo. Certo, dottore, abbiamo alcune piste, anche sull'altra donna... Quale altra donna? La Orusa, gliene ho parlato... Molte cose, certo, molti fili da tenere insieme, non vorrei essere nei suoi panni. Ci aggiorniamo stasera, senz'altro.

La terza telefonata la fa mentre cerca di parcheggiare l'Alfa 33 tra una macchina giapponese e una Passat. Per la terza volta dalla mattina il numero risulta irraggiungibile o il cellulare spento.

Chiude l'auto e di pessimo umore percorre uno dei lati della piazza ottagonale che ha scelto per trovarci un po' di varietà e confusione, dopo due giorni in quel sanatorio che è Clot, ma ha dimenticato che è domenica. Niente mercato, quindi, vestiti cinesi, pesce, verdure, strilli, spezie, scippi, macellai storici, carretti, campionari, celle frigorifere anni Quaranta, formaggiai. Porta Palazzo di domenica sembra Clot, ma sporca, senza diga e con qualche conforto di sole. Per il resto una manciata di turisti sprovveduti e un paio di barboni disposti alla terza revisione della spazzatura del mercato del sabato, e stiamo parlando di quella che s'infila nei tombini e negli anfratti.

L'appuntamento è davanti alla bottiglieria, che ovviamente è chiusa. Non sarebbe comunque il posto dove sedersi e bere qualcosa. Da Damarco si vende solo. E quando entri devi stare concentrato perché i camminamenti tra le bottiglie che fanno tappezzeria fino al soffitto sono tarati sulla larghezza delle spalle degli anni Sessanta: bassa statura e anche un po' di rachitismo. Come le porte delle vecchie case di montagna. E si torna a Clot.

Mariangela aspetta davanti alla serranda calata. Sta mandando un messaggio, il che è già fastidioso. Ma soprattutto si è portata Trepet che se ne sta buono buono ai suoi piedi con il suo guinzaglio a catenella. Il che è piú fastidioso ancora.

– Scusa il ritardo, – dice Arcadipane senza degnare il bastardo di un'attenzione.

– Non sei in ritardo, – finisce di digitare le ultime parole lei, poi lo guarda e sorride. Il suo viso è sempre riposato, anche quando lavora molto, perché quando dorme dorme e basta. Non pensa, non rielabora, non smonta e rimonta niente. I conti li chiude ogni sera prima di andare a letto e a lei tornano quasi sempre. Se avanza qualche cifretta finisce nella piccola ampolla dell'accumulo emotivo, una specie di fondo, quanto basta per dire: «Ah, la vita, che stravagante! Per fortuna ti fa sempre qualche sorpresa». E poi se ne va a letto senza un pensiero e nemmeno...

– Vincenzo?

– Eh, è tutto chiuso, lo so, non ho pensato che è domenica.

– Ho fatto un giro mentre aspettavo e...

– Quindi ero in ritardo.

– No che non eri in ritardo, ero io in anticipo. Nella galleria ho notato che hanno aperto un paio di locali... Tu devi mangiare?

– No, no, giusto un caffè e una cosa veloce, mi aspettano su.

Si avviano verso la galleria che è stato il primo ospedale di Torino, roba di preti ovviamente, poi sventrato e trasformato in qualcosa che la città utilizzava come vestibolo. L'anticamera dove si potevano ripulire i terroni che abitavano lungo la Dora prima di mettere piede in centro. Una cosa di educazione, buonsenso e di disciplina come la maggior parte delle cose che fanno Torino. Lo capisci solo dopo qualche anno, se vuoi capirlo, cosa pulsa sotto questa città di barbari. Se sei un poliziotto in realtà puoi capirlo anche dopo qualche mese. Ma bisogna essere in grado di distinguere criminalità e primitività. E soprattutto sapere che vuol dire la seconda. Cosa che nel caso di Arcadipane non...

– Questo va bene?

– Sí, sí, va bene, – dice Arcadipane senza guardare né il nome né che locale potrebbe essere.

All'interno un paio di coppie, una con due figli. Una vecchia che mangia e due ragazze giovani che smanettano sul computer. Studentesse che ci dànno dentro la domenica oppure che si sono ridotte all'ultimo prima di un esame... Da come sono conciate sembrano piú del secondo tipo. L'esercizio ha vecchi giocattoli appesi al muro. Su tutti i tavoli c'è un biglietto con scritto «Free wi-fi» e le password.

– Che vi porto? – dice la cameriera che non si sono ancora tolti la giacca.

– Ho visto che avete dei piatti, – appoggia alla sedia il suo finto pellicciotto Mariangela. – Cos'è che può arrivare un po' in fretta?

La donna ci pensa come si fosse nascosta nel locale mezz'ora prima per sfuggire a un molestatore, o per procurarselo. È sui cinquanta, ma non si rassegna. Molto colorata.

– Il cuscus devo solo scaldarglielo, – trova il bandolo, – mentre il *tajine* lo facciamo sul momento, altrimenti abbiamo della pasta al forno, l'hamburger di ceci e quinoa, del salmone norvegese, i *capunet* o due porzioni di *matam-*

bre, un piatto argentino a base di manzo e maiale. Siamo molto aperti alla contaminazione.

– Riferirò ai Nas allora, – brontola Arcadipane.

– Come dice?

– Io prendo il cuscus, – la distrae Mariangela, – ma vengo un'altra volta con piú calma per assaggiare. E un bicchiere di bianco fermo.

– Un cuscus, – ripete. – Per lei cosa prepariamo invece?

– Un caffè lungo e un toast.

– Non abbiamo il toast, ma posso farle un arrotolato Fuji.

– Come sarebbe?

– All'interno ci sono avocado, formaggio di capra, yogurt greco, cipolla caramellata e germogli, il tutto avvolto in una pita di kamut…

– C'è del prosciutto?

– No, è vegetariano?

– Si può mettere del prosciutto?

– Credo di sí.

– Un caffè e quella cosa lí con del prosciutto.

Durante il sermone sono riusciti a sedersi, le sedie sono di ferro battuto, modello cortile di bocciofila che vuole allontanare vecchi con le emorroidi. E poi fa freddo, non è mai bello mangiare al freddo.

– Tutto bene, Vincenzo?

– Ma sí, è che questa cosa di Vera Ladich!

– Intendevo la salute… non voglio farmi i fatti tuoi, ma sai di ospedale.

Altro che unità cinofile, pensa, potevo farle annusare un foulard della Ladich e liberarla per le montagne.

– No, no, ci sono stato per lavoro… Allora, cos'è che mi devi dire?

– Sono tre cose…

– Tre? Se sapevo ordinavo il bollito…

– Sono veloci, ma un po' delicate, quindi è importante che tu le prenda per il verso giusto.

Ci siamo, pensa Arcadipane, le carte del divorzio. Trepet ai piedi di Mariangela lo fissa con risentimento, esprimendo la sua chiara volontà in caso di divisione dei beni.

– La prima faccenda riguarda Loredana. Lei non sa che te ne sto parlando, quindi ti prego...

– Ma sí, sí, è tutto il giorno che mi raccomandano riserbo. Procediamo, dài.

Torna la donna con il bicchiere di vino e il caffè. Mariangela l'aiuta a sistemare le tovagliette del coperto e le due buste con le posate, manovra che per la donna sembra il varo del *Titanic* e che, se fosse lasciata sola, porterebbe quasi certamente allo stesso esito.

– Allora, – riprende Mariangela appena si allontana, – Loredana mi ha detto di averti visto con una persona e si è fatta l'idea sia la tua nuova compagna.

– Dove? – si lascia scappare Arcadipane, che poi si vergogna, ma non abbastanza per ritirare la domanda che solo lui sa cosa implica.

– In un bar, zona Crocetta.

Ci è stato attento, ma quella mattina scendevano insieme, aveva fame, il bar è nell'isolato di fronte... Ma che ci faceva Loredana lí alle otto del mattino che l'università è tutta dall'altra parte... e poi che può aver visto? Non è mica un diciassettenne che si mette a pomiciare al tavolino di fronte alla vetrata... anche perché lui quando mangia mangia. Va bene che adesso si mescolano prosciutto e kiwi, formaggio e marmellate, ma certi bisogni è meglio tenerli distinti. Ricorda benissimo quel caso dove lei era rimasta soffocata da un osso di pollo mentre con il marito facevano...

– Vincenzo?

– Sarà stata una testimone, qualcuno che incontravo per un'indagine, non mi ricordo sinceramente.

– Non è questo il punto, è solo per dirti che Loredana ha elaborato la nostra separazione ed è aperta a conoscere un'eventuale tua nuova partner, quando pensassi che sia il caso…

Arcadipane odia quando usa quei congiuntivi giusti eppure tutti sbagliati. Ma quanti sono che usano quei congiuntivi lí. È come giocare a rialzo e non scendere mai dal gradino. Infatti neanche quelli che li sanno li usano. Cosa giochi a rialzo se poi…

– Ora io non so chi sia questa persona, – continua lei sullo slancio del congiuntivo, – e non devi certo rendere conto a me! Ma se non si tratta di una di quelle cose occasionali che ti procuri on line…

– Ma quali cose? Chi si procura… Era lavoro, stavamo indagando su… e poi il problema è che ci ho trovato Loredana su quel sito! Ma tutto al contrario va? Il vino lo facciamo tornare acqua?

– Non ti inalberare!

Inalberare, ma chi dice inalberare, pensa Arcadipane che ha ancora sul gozzo «pensassi».

– So che hai capito cosa intendo.

– Ho capito, ho capito, possiamo passare oltre?

Come se avesse aspettato la fine della prima stazione del calvario, la cameriera arriva con le loro ordinazioni. Posiziona pericolosamente i piatti, dà il buon appetito e torna verso il bancone.

L'arrotolato di fronte ad Arcadipane ha il colore, la forma, ma per fortuna non le dimensioni, di un sacchetto dell'aspirapolvere da sostituire. Il caffè poi a quest'ora sarà pure freddo. Lo beve. Tiepido infatti.

– La seconda cosa, – dice Mariangela mentre mastica il

primo boccone di cuscus e fa la faccia a dire «niente male, proprio niente male questo cuscus», – riguarda Giovanni e Suade.

– Giovanni e Suade, – ripete Arcadipane che sta ancora studiando se l'arrotolato possa avere un davanti e un di dietro.

– Una decina di giorni fa sono passati a cena.

– Da Modena!

– Una scappata in giornata, credo che Giovanni dovesse vedere quel suo procuratore.

– La zecca! Poteva anche dirmelo che veniva a Torino.

– Credo che te l'abbia detto, controlla i messaggi, comunque sono venuti a cena, molto carini come sempre, hanno portato del vino.

– Perché? Bevono?

– Sono due sportivi professionisti, Vincenzo, non due monaci! Non mangi?

– Aspettavo si freddasse.

– Guarda che è freddo.

– Aspettavo si scaldasse. Quindi sono venuti a cena e…

– Venuti a cena, versiamo il vino e lei dice no, no, grazie.

– I mussulmani non bevono, – solleva il rotolone Arcadipane. Lo annusa: l'odore di canfora quasi gli risveglia la sciatica.

– Vincenzo!

– Oh?

– Suade non è musulmana, va bene? È un discorso che abbiamo già fatto… Non è nemmeno brasiliana o araba come hai avuto la delicatezza di dirle. È originaria della Costa d'Avorio, è stata adottata a cinque anni da una famiglia di Padova ed è una promessa della nazionale italiana di atletica, oltre a essere una ragazza deliziosa. Possiamo dare queste cose per assodate?

– Come no, – addenta il sacchetto Arcadipane, – e adesso sappiamo pure che non beve.

– Non è vero, in altre occasioni un po' di vino lo beveva. Comunque porto in tavola il prosciutto crudo, quello speciale che si sono messi a fare a Cuneo…

– Se permetti, non voglio sentire parlare di Cuneo.

– E lei dice «no, grazie».

– Quindi è diventata mussulmana.

Mariangela fa un paio di forchettate in silenzio, offesa come si può offendere una donna che ha passato vent'anni con l'uomo che ha di fronte. Quando hai guidato un bilico, qualsiasi cosa con il volante ti capiti dopo non può che sembrarti una Smart. Arcadipane ne approfitta per masticare la sua accozzaglia di sapori. La cosa peggiore, è costretto ad ammettere, è il prosciutto.

– Quindi?

– Quindi la stessa scena l'ha fatta con la carne cruda e le carote grattugiate, – dice Mariangela, – mentre si è mangiata senza fiatare un bel piatto di orecchiette e due fette di rolata con le patate. Io non ci faccio caso a essere sincera, ma quando se ne vanno Gian Pietro mi fa unire i puntini…

– Perché, c'era pure Giampiero alla cena?

– Non doveva esserci?

– Non lo so, io manco sapevo che erano venuti a Torino. Comunque, Giampiero ti aiuta tra le altre cose a unire i puntini e…

– Potrebbe trattarsi di una coincidenza, certo, ma non mi stupirei… Sarebbe un bel colpo per noi, no?

Arcadipane mastica fissandola.

– Che colpo?

Mariangela posa la forchetta e si guarda intorno, come cercasse aiuto. Beve un sorso.

– Sono passati un po' di anni, ma dovresti ricordati cosa vuol dire quando una donna non mangia prosciutto crudo, carne cruda, verdura cruda. E non beve vino.

Arcadipane fruga nei meandri della memoria inserendo nel motore di ricerca dieta, allergie, insofferenza al colore rosso-arancio nei cibi. Quando compare la scritta nessun risultato, clicca su «cerca ancora» e all'ultimo boccone del rotolone si illumina, per poi subito rabbuiarsi.

– Impossibile.

– Perché dici cosí?

– Non perdiamo tempo a parlarne. Non esiste… sono giovani… due sportivi… E poi lei non deve andare alle Olimpiadi? Gli farà mettere sei preservativi e li controllerà tutti prima con la pompa da bicicletta.

– Vincenzo! Ma che dici?

Mette in bocca l'ultimo morso di quello strano oggetto che in conclusione sapeva di pesce crudo, sebbene non ne contenesse affatto. Forse.

– Dico che è tardi, tardissimo! Che altro c'è?

Mariangela beve un sorsetto di bianco, si sistema meglio il tovagliolo sulle gambe.

– Preferirei parlartene con piú calma, ma siccome sei sempre di corsa…

– Nella prossima vita alla voce lavoro barro anch'io la casella diciotto ore a settimana.

– E non mi sembra nemmeno tu sia ben disposto…

– Nei prossimi giorni potrebbe essere peggio, ma se non è urgente…

– In realtà lo è.

– E allora?

– Riguarda la casa, volevo discutere con te dell'eventualità di venderla.

– Quale casa?

– L'unica che abbiamo e l'unica intestata a entrambi.

– Ma che dici? Perché dovremmo venderla?

– Perché è grande e le spese, soprattutto di riscaldamento, non sono piú sostenibili. Giovanni ha preso la sua strada. Loredana vorrebbe fare la specialistica a Bologna o a Padova. Tu sei in affitto e non penso vivresti solo o in coppia in una casa anni Sessanta di centoquaranta metri quadri, con tre camere da letto e tutte quelle ristrutturazioni da fare.

Arcadipane si pulisce nel tovagliolo le dita che si è già pulito.

– È da un po' che Gian Pietro e io parliamo di trasferirci piú vicini alla scuola. Ci basterebbe una casa piccola, con una stanza degli ospiti per i ragazzi quando vogliono venire. Se vendessimo l'appartamento, io potrei investire la mia parte in questo nuovo acquisto. Tu avresti l'altra metà e potresti comprarti qualcosa anche tu, ma queste sono scelte tue, ovviamente. In piú possiamo accantonare qualche soldino per i ragazzi. Giovanni non giocherà a calcio per sempre e Loredana ha ancora molti anni di studio prima di essere indipendente.

– No.

– Cosa no?

– No, non la vendiamo.

– Senti, Vincenzo, so che ci sono dietro tante cose... È la casa che i tuoi genitori si sono comprati...

– Con venticinque anni di mutuo.

– È dove tu sei cresciuto, certo, ma ormai le famiglie sono diverse. Intendo che anche se Giovanni e Loredana avessero dei figli, non è detto che vorrebbero vivere a Torino o in quella casa!

– La venderanno allora.

– Lo sai che i prezzi in quelle zone continueranno a scendere, se vogliamo realizzare qualcosa dobbiamo muoverci adesso. Io ho avuto una proposta...

– Una proposta.

– C'è una famiglia rumena, numerosa...

– Vuoi vendere la casa ai rumeni!

– Faccio finta di non aver sentito, Vincenzo.

– No!

Mariangela si guarda attorno, per verificare che gli altri avventori non li stiano guardando. Le piú curiose sono le due ragazze che a questo punto hanno una scusa per non studiare. Anche una delle coppie non disdegna la lite, mentre quella con i due figli che giocano al tablet scucchiaia la seconda porzione di tiramisú ottenebrata dall'entropia della domenica.

– Ne parliamo un'altra volta, – conclude salomonica Mariangela, relegando a un impercettibile scostamento dal tavolo il suo vero sentimento.

– Non ne parliamo per niente, per me il discorso è chiuso.

Mariangela lo squadra per qualche istante, quindi si alza e infila il pellicciotto corto, operazione che Arcadipane segue di sguincio, dal momento che sta fissando a braccia incrociate il pavimento sotto il tavolo. Dopodiché Mariangela prende la borsa e si avvia alla porta.

Arcadipane sente che la apre e solo allora i suoi occhi incrociano quelli di Trepet.

– Trepet! – si volta di scatto a segnalare.

Mariangela, un piede ancora all'interno, si blocca, ma non si tratta di un ripensamento né di un'esitazione, solo della sottolineatura di una scelta. Infatti dopo un istante porta fuori l'altro piede, lascia che la porta si chiuda alle sue spalle e se ne va senza voltarsi.

Sono i momenti in cui un uomo ha tre scelte, due disonorevoli e una disastrosa: inseguire subito, mandare un messaggio di morbide scuse oppure crogiolarsi nell'idea di avere ragione.

Arcadipane, avendo scelto il peggio, esce dal locale solo dopo dieci minuti e un altro paio di caffè.

Gli bastano pochi metri per rinunciare all'illusione di sembrare un uomo qualsiasi che passeggia di domenica con il cane al guinzaglio. Nessuno infatti passeggia trascinandosi un sacco di sabbia che oppone resistenza. Prova ancora per qualche metro, poi si rassegna a chinarsi e slacciare l'imbragatura.

Trepet lo guarda allontanarsi e, ristabiliti i due metri di distanza a cui lo segue, si mette in movimento.

Arcadipane controlla il telefono. Nessuna chiamata, nessun messaggio. Prova a comporre il numero che dalla mattina gli dà poche soddisfazioni. Miracolosamente suona e dopo tre squilli lei risponde.

– È domenica, che vuoi?

Arcadipane potrebbe partire dalla questione del tu dato a un superiore, ma ci ha già provato con il successo appena constatato. A dire il vero ha già provato un po' di tutto con Isa Mancini: cazziarla, darle corda, starle addosso, ignorarla, consigliarla, farle da padre, da zio, da amico, non fargliene passare una e fargliele passare tutte. Alla fine la scelta è comunque tra rodersi il fegato, ma avere in squadra il suo talento, oppure mordersi le mani e trasferirla. E cosí alla fine ha stabilito… Per il momento. Almeno fino a quando il collega a cui ha quasi cavato un occhio sta seduto nella scrivania davanti al suo ufficio, a ricordagli ogni giorno di cosa è capace quella testa di cazzo fatta poliziotta.

– È da stamattina che ti chiamo, – dice, – non avete la reperibilità voi della stradale?

– No, e comunque questo non è il telefono del lavoro.

– Quindi al telefono privato non rispondi?

– Non la domenica mattina o quando vedo un numero che non mi piace, e in questa circostanza entrambe. Che ti serve?

– Stiamo lavorando sul caso…

– Ladich.

– Sí, ma si è aperto un altro fronte di indagine…

– Masimine Orusa.

– Ma dove l'hanno scritto? Non l'abbiamo accertato nemmeno noi il collegamento!

– Non l'hanno scritto da nessuna parte. La sera faccio un giro nella locale e metto le cose interessanti in un sistema con un algoritmo che *matcha* i dati…

– Va bene, va bene, non cominciare. Voglio che vai in questo posto che si chiama Pregliasco. È dove hanno trovato la macchina della Orusa. C'è un carabiniere, giovane, in gamba, si chiama Nazareno. L'ho avvertito che arrivavi, ma prima fagli uno squillo. Ti fa vedere il campo dov'era la macchina e ti porta a casa della donna a Saluzzo. Controlla computer, appartamento, tutto quello che trovi. Lei e la Ladich non si vedevano da anni, dobbiamo capire se avevano qualche contatto, qualcosa in comune. È chiaro?

– Per essere chiaro è chiaro, ma manca qualcosa.

– Cosa manca?

– Quella cosa che suona come «mi daresti una mano, per favore?»

Arcadipane vede l'auto parcheggiata dove l'ha lasciata. La prima buona notizia da quando è in piedi.

– Non facciamola lunga, mi vuoi dare questa mano o no?

– No.

– Come no?

– Sono in mutua.

– Che hai? Per quanto?

– Qualche giorno. Quando rientro, se hai ancora bisogno, senti il mio superiore e mi fai distaccare. Magari poi faccio un salto.

– Qualche giorno... quando riesco... magari... Ma che cazzo avete tutti oggi?

– Una vita. Hai presente?

– No.

– Appunto. Bramard, c'è anche lui?

– No.

– Non l'hai sentito?

– Sí, ma si sta riprendendo dall'intervento. Non può.

Silenzio dall'altra parte.

– Quindi l'ha poi fatto? – chiede Isa e il tono è tutto un altro.

– No, si sta riprendendo da un intervento che non ha fatto. Certo che l'ha fatto. Ti mando un messaggio con nome e numero del carabiniere, ok? Sentilo, vacci e fammi sapere. Domani chiamo il tuo capo e ci parlo. Non lo disturbo di domenica.

– Perché, è domenica?

Arcadipane riattacca nel momento stesso in cui la chiave fa scattare la centralizzata dell'Alfa 33. Apre la portiera di dietro e aspetta che Trepet si avvicini con la faccia distratta con cui affronta quella pratica umiliante, dopodiché lo solleva e lo deposita sul sedile.

Il cane, lasciatosi alle spalle l'incresciosa circostanza, studia il poggiatesta rattoppato con il nastro americano.

– Non pensarci neanche, – sbatte la porta Arcadipane, quindi si siede alla guida e getta il guinzaglio sul tappetino del sedile a fianco. Si volta e guarda Trepet negli occhi, che ricambia malevolo.

– Montagna, freddo, orsi, lupi, – dice. – Adesso sono tutti cazzi tuoi.

Il tempo di girarsi e mettere in moto che da dietro gli arriva il *plat plat* che tristemente conosce.

Caccia in bocca un sucai, esce dal parcheggio e accelera, sollevando l'ultima cartaccia del mercato. L'orologio incastonato nella struttura in ferro del padiglione macelleria e formaggi gli dice: sessantaquattro ore.

13.

La sera li ha colti che uscivano dalle ultime case di Clot e imboccavano il vallone, costeggiando un greto sassoso troppo ampio per il corso d'acqua che lo percorre ora. Forse l'esuvia di qualche piena del fiume prima che la diga lo imbrigliasse oppure il risultato di svuotamenti programmati del lago. Arcadipane tuttavia ha troppi pensieri e troppo bisogno di concentrarsi su dove mette i piedi, per pensare al greto e alla manutenzione della diga. A differenza di Pedrelli, che invece sgamba su quei pietrini stondati come un granchio sui rompionde di un molo. Proprio vero che la ginnastica, la dieta e una moglie che non ti spaia i calzini... Anche lui però ha avuto i suoi periodi neri... quando la figlia s'era sbandata per quel vecchio industriale del gelato... Altro che sgambettare, povero Pedrelli, in quei mesi strisciava i piedi nel corridoio centrale che veniva voglia di regalargli delle pantofole di panno marroni con la cerniera.

– Ecco, commissario, dobbiamo salire di qui.

Arcadipane scruta la china coperta di piante e rovi alla sinistra del greto.

– Salire dove?

– Vede quella traccia? – indica Pedrelli un punto tra il fitto della vegetazione.

– Una traccia di che?

– Di sentiero. Il ragazzo della Protezione che mi ha

segnalato la cosa al bar, poi mi ha accompagnato su di qui... È solo un po' brutto all'inizio.

Arcadipane sospira e fa segno di andare avanti, cosa che Pedrelli purtroppo fa.

Dopo un paio di minuti stanno arrancando nel fitto del sottobosco, aggrappandosi a felci, radici e a qualche betulla di cui nell'ombra riconoscono il bianco del tronco. Arcadipane ne avrebbe anche fatto a meno, ma sa che prima di cena ci sarà la rituale telefonata con il dirigente generale e qualcosa di nuovo da mettere sul piatto, anche se guarnito a fantasia, deve trovarlo. I sommozzatori se li è giocati la mattina e novità da quel fronte, malgrado una prima ricognizione, non ce ne sono.

– Ecco il sentiero, – dice Pedrelli, posando i piedi su una striscia pulita e quasi pianeggiante.

Arcadipane lo raggiunge e prende fiato, il cuoio dei mocassini ormai tutt'uno con i piedi gonfi. Forse in città avrebbe dovuto procurarsi un paio di scarpe adatte. In cantina da Mariangela potrebbe avere ancora gli anfibi del corso ufficiali. Roba di una volta, che non va mai alla fine. Avrebbe voluto lasciarli a Giovanni, quegli anfibi, ma se li metteranno i rumeni, ecco chi se li metterà! Poco male. I rumeni gli sono sempre piaciuti. E poi cosa ragioni con una che vuole venderti la casa?

Guarda Pedrelli che si è già avviato lungo quella comoda traccia.

– Ma questo sentiero, – chiede, – da dove parte?

– Credo dalla chiesa.

– E allora perché non l'abbiamo preso dalla chiesa, invece di romperci le gambe?

– Penso di qui sia piú veloce.

– Chi te l'ha detto? Ah, il nuovo amico della Protezione civile che hai conosciuto al bar! Vai, avanti, vai... e poi non avevi portato una torcia? La tiri fuori o la tieni accesa in tasca per far schiudere le uova?

Pedrelli estrae la torcia, l'accende e riparte. Non hanno fatto molta strada che il fascio di luce illumina, a lato del camminamento, lo sbocco di una condotta grande quanto la ruota posteriore di un trattore. L'apertura è chiusa da una grata circolare fermata da lucchetto.

– Spero che dentro ci abbiano già guardato, – dice Arcadipane.

– Certo, commissario, gallerie, condutture, centraline idriche, tutto, però mi diceva Sergio...

– Sergio!

– Il ragazzo della Protezione civile diceva che la sua squadra ha trovato questo scarico di sfioro del lago.

– Scarico di sfioro.

– Non so se ha presente il lavello della cucina... quei buchi del troppo pieno.... Dovesse entrarci dell'acqua da qualche parte poi deve andare... è un meccanismo di sicurezza... questa è la conduttura da cui uscirebbe l'acqua nel caso in cui il livello del lago... non so se rendo l'idea...

– Come Piero Angela quando spiega gli antichi Romani, che ci hanno trovato dentro?

– Niente altrimenti ce l'avrebbero segnalato...

– Pedrelli, arrivo da una giornata dove tre persone ho incontrato e tre persone mi hanno fatto incazzare, quindi stai rischiando grosso.

– Ma no, commissario, io gliel'ho detto che non era niente. Però mi sembrava giusto farglielo vedere di persona.

Pedrelli sposta un cespuglio di felce e illumina una targa di bronzo incastonata nella roccia proprio accanto alla conduttura.

– Enrico Mangiaracina e... – Arcadipane si avvicina per leggere, – Domenica Cotti in Mangiaracina. Chi sono?

– Ho chiesto al sindaco e a qualche altro in paese. È una storia un po' lunga, se vuole gliela racconto tornando in albergo.

– Ma che tornando in albergo, si sta tanto bene qui! Non hai notato che per essere in un bosco sotto un lago alle sei di sera e in ottobre non c'è nemmeno un po' d'umido?

– Come vuole, commissario. Il sindaco dice che la costruzione della diga è durata quattro anni e non c'è stato nessun serio incidente sul lavoro, solo qualche normale infortunio. Una cosa abbastanza eccezionale vista l'entità dell'operazione. Le uniche vittime sono risultate l'ingegnere Mangiaracina e la moglie.

– La moglie dell'ingegnere! E che faceva lei nei lavori?

– Niente, era venuta a trovare il marito che era ispettore di collaudo. A quanto pare una notte lui l'ha portata a ispezionare questa condotta, un'imprudenza, una bravata romantica, sicuramente una fatalità... la galleria della condotta è crollata, uccidendoli entrambi.

Arcadipane distoglie gli occhi da Pedrelli. Tra gli alberi ormai tutti uguali la sagoma della diga si staglia nera contro il cielo che conserva l'ultimo cobalto.

– La moglie viene a trovarlo e lui la porta di notte in una galleria di scarico che crolla.

– Per quel che sono riuscito a capire, gli operai avevano lasciato delle mine di contorno con cui definire il foro il giorno dopo. I due hanno toccato o messo i piedi dove non dovevano e l'esplosivo è saltato facendo crollare la galleria.

– E l'ingegnere ispettore non sapeva delle mine? Che cazzo di ispettore era? Ci sarà un fascicolo su questa cosa, no?

– Mi sono permesso di ordinare alcune verifiche in centrale. La cosa fu gestita dai carabinieri della valle, se ci sono dei rapporti è comunque materiale cartaceo di cinquant'anni fa, chissà dov'è finito.

– La società costruttrice?

– A partecipazione statale, ma all'inizio degli anni Ottanta è stata rilevata da una società privata. Per controllare negli archivi bisognerebbe andare a Roma.

Arcadipane guarda la diga ormai dello stesso nero del cielo. La notte a Clot fotte senza preliminari.

– E qui in paese se la ricordano solo cosí la faccenda?

– Questo è quanto ho ricostruito mettendo insieme due parole di uno, tre dell'altro e il silenzio di un terzo. Sa come sono... In Comune poi materiale non ce n'è. Il sindaco dice che furono coinvolti abitanti del posto, magari, ma trattandosi di forestieri...

– Possono saltare in aria.

– Piú o meno...

– E noi approfondiamo, – dice Arcadipane. – Magari non c'entra con Fuci e la Ladich, ma...

– Forse no, commissario, – torna a illuminare la targa Pedrelli, – però se Fuci è stato ucciso la sera del 24 ottobre...

Arcadipane si china e rilegge, questa volta a voce alta.

ENRICO MANGIARACINA E DOMENICA COTTI IN MANGIARACINA
IN QUESTO LUOGO AL PROGRESSO E AL FUTURO DELL'ITALIA
E DI QUESTE VALLI DONARONO INGEGNO E VITA.
25 OTTOBRE 1962

Drizza la schiena sentendone le vertebre languire a una a una. Il bosco intorno si è riempito di piccoli rumori. Fruscii innocui, sgocciolii, il verso lontano di un uccello che entra in turno di notte.

– Sono cinquantuno anni esatti, – dice.

– Cinquantuno quasi esatti, commissario.

Prende un sucai e lo porta alle labbra dove lo trattiene. La presenza della diga, ora che non si scorge piú, si avverte piú placida, come ogni cancello che di giorno è prigione e di notte sicurezza.

– Certo potrebbe essere solo una coincidenza, – constata, lasciando scivolare in bocca il sucai.

– Probabile, – dice Pedrelli spostando la luce sul sentiero.

– Probabile, – dice Arcadipane mentre si avvia dietro di lui.

14.

Il raggio di sole delle sette e dieci trova Arcadipane sveglio e con la doccia mattutina già in curriculum. Doccia durata tredici minuti: dieci per regolare acqua calda e fredda, tre per lavarsi rapidamente non essendoci riuscito. Poi cambio di sotto, una nuova camicia che non sia salmone, nuovi pantaloni passando dal fustagno a un velluto a coste blu con una sola pence, una lustratina alle scarpe con l'asciugamano da sedere, che la gita nella boscaglia con Pedrelli ha lasciato postumi al mocassino, ed è pronto a scendere.

Non sono ancora le sette e mezza quando si affaccia alla sala da pranzo dove i quattro del reparto sommozzatori lo salutano con un «Buongiorno, commissario». Sono sistemati nelle due camere rimaste libere e la sera prima hanno fatto due parole, fumando nella piazza. Dicono che l'acqua del lago è straordinariamente fredda per essere un bacino a 1800 metri, probabilmente perché alimentato anche da acque sorgive. In ogni caso qualunque cosa ci finisca dentro in questa stagione, se non bardato, può durare in vita non piú di due o tre minuti. Sono uomini saggi e silenziosi, con il petto a due piazze dei sommozzatori, dei pallanuotisti e dei camalli. Gente con i capelli corti che il lavoro ha reso quasi francese pur essendo tutti nati in Italia e uno a Torino. Ci sono mestieri che ti spostano subito verso la Francia, è cosí. Infatti parlano poco e hanno sguardi alla Yves Montand, rari e letali. Vien quasi voglia di essere una donna, quando li fanno, anche perché come uomo c'è poco da competere.

Dopo aver salutato, i quattro chinano le teste sulla loro colazione. Arcadipane va al suo tavolo dove il posto di Pedrelli è stranamente ancora integro, mentre quello degli altri due è integro, ma non stranamente. Dalla cucina arriva Ottavio Claro che, da uomo che sa stare al mondo, alla comparsa dei sommozzatori, ha relegato la moglie Marta in cucina. Se si parlasse di bellezza non avrebbe rivali, ma qui si parla di sguardi alla Yves Montand. La Grande Muraglia in quanto a bellezza non si discute, ma non ha certo fermato Gengis Khan, che non a caso fa rima con Yves Montand e…

– Cosa porto? – chiede spiccio.

– Caffè doppio, acqua gasata e un toast prosciutto e formaggio.

– Niente toast, ma c'è la torta di zucca con la marmellata di more, se vuole.

– Comprata.

L'uomo va. Arcadipane si alza dal tavolo, per andare alla solita finestra. Quando ha un caso aperto, a parte mangiare, la macchina o andare al cesso, star seduto proprio non gli riesce. All'esterno niente da segnalare. Il cielo è coperto da un velo che lascia intuire l'azzurro.

La figlia dei Claro esce dalla cucina in giacca aperta, felpa e jeans, andando a sistemarsi vicino all'altra finestra, a qualche metro da lui. La bambina posa il vassoio sul tavolo, sistema la cartella su una delle sedie e ne tira fuori quaderno e portapenne. Sul vassoio ci sono una scodella di latte, la torta e un mandarino.

– Vai a scuola? – domanda Arcadipane che come tutti gli adulti ha una visione piuttosto limitata della vita di un bambino e di conseguenza un paio di domande soltanto con cui tormentarlo.

– Devo per forza, – delimita subito il campo lei.

– Chi ti porta?

– Il pullman.

– Lo stesso che porta a messa?

La bambina non capisce o forse intravede la natura insulsa della questione, quindi comincia a colorare una pagina del quaderno su cui ha già imbastito un disegno a matita a tratti forti.

– Disegni?

La bambina alza lo sguardo. Nei suoi occhi è chiaro il timore che in futuro gli incontri possano essere tutti cosí.

– Stella, vero?

– Ester.

– Bel nome.

– Di solito se lo ricordano, – dice, e posa il pennarello per intingere la torta nel latte. Ne mangia un boccone enorme. La luce appannata delle finestre sul rossiccio dei suoi capelli, il latte e il mercurio delle more ne fa una figura quasi in rilievo. Forse per questo Arcadipane muove qualche passo verso di lei come verso un fuoco notturno.

– Ti piace vivere qui?

«Cosí, cosí» fa lei con la mano perché ha la bocca piena e non vuol macchiare il foglio.

– Non ci sono bambini, – dice dopo aver deglutito. – Lui come si chiama? – accennando a quella cosa che razzola intorno al tavolo aspirando forte.

– Trepet.

Lei china la testa per guardarlo meglio leccare le briciole di torta e chissà che altro.

– Trepet! – dice. – Vieni qui Trepet, – poi ad Arcadipane: – Non è proprio un cane però.

– Cosa intendi?

Lei lo guarda di nuovo, tende la mano con cui teneva la torta, lui viene a leccarla.

– È incrociato con altri animali.

– Non lo so. Se l'ho preso, forse anche io sono incrociato con altri animali.

La bambina ridacchia e puccia un altro po' di torta con la mano leccata. Ha percepito che ora si fa sul serio. I bambini decollano per pianeti lontani e tornano solo quando capiscono che si fa sul serio. I bambini non hanno tempo da perdere.

– Che ora è? – chiede.

– Le sette e trentacinque.

– Tra cinque minuti arriva il pullman, lo vuoi un disegno? L'ho regalato anche al tuo amico.

– A Pedrelli?

Ester alza le spalle che chi lo sa se era Pedrelli o uno degli altri due. E poi, rientra nelle cose serie? Tira fuori dalla cartella un grosso righello e con la rapidità e la precisione di un rilegatore lo appoggia sul quaderno, ci preme sopra e strappa con l'altra mano la pagina.

Arcadipane prende il foglio che gli viene porto.

– Che bello, cos'è?

– Perché dici che bello se non sai cos'è?

– Mi sono lasciato trasportare, cos'è?

– Un orso.

– È bravo o devo avere paura?

– Non devi avere paura, – inizia a ritirare la sua roba lei, – perché tu sei incrociato con gli orsi.

– E da cosa si capisce?

– Sei pelato sulla testa, ma peloso.

Arcadipane torna a concentrarsi sull'opera.

– Che cosa fa? Prende il miele su un albero? – e le mostra l'albero.

Ester allunga il collo, controlla, lo guarda.

– Non è un albero, è un telefono, non vedi che ha le monetine per telefonare?

– Ah, eccole qui.

– Quella è la cacca che ha appena fatto.

– Anch'io telefono mentre faccio la cacca, siamo proprio parenti.

Ester si alza gongolando, sollevata soprattutto per lui che si è salvato all'ultimo, quindi prende lo zaino ed esce senza salutare.

Arcadipane torna al suo tavolo dove sta arrivando Ottavio Claro. Si siede mentre l'uomo distribuisce sopra la tovaglia quel che ha portato con il vassoio. Sbircia il disegno appoggiato sul tavolo.

– Cos'ha, otto anni? – accenna Arcadipane alla bambina che nella piazza sta salendo su un pulmino giallo da nove posti.

– Otto, ma con il ristorante, stando sempre in mezzo alla gente… Lui? Gli diamo qualcosa?

– Non si meriterebbe niente, ma se avete qualche avanzo… anche solo del pane duro.

– Dico a Marta di fare una ciotola.

Ottavio Claro se ne va, succinto come sempre. Arcadipane beve il caffè, piú cattivo di ieri.

– Non rompere ché tanto non ti do niente, – dice, sentendo gli occhi di Trepet sulla torta che sta portando alla bocca.

Cinque minuti dopo sono fuori. Lui fuma con la schiena poggiata al muro, il disegno di Ester Claro che gli esce dalla tasca arrotolato, mentre Trepet affonda il muso nella ciotola preparata da Marta Claro. Ogni tanto alza la faccia sporca di sugo, e guarda Arcadipane con sfida, come se sotto le zampe avesse un daino che si è procurato nel bosco.

– Sei ridicolo, – dice Arcadipane.

Per sottrarsi allo spettacolo e sgranchire le gambe si avvia nella piazza dove oltre alle loro auto è parcheggiato il furgone blu dei sommozzatori, con il carrello per i gommoni. La mattina ha già la luce della giornata e della giornata il freddo, il silenzio e la modestia. L'alimentari con la luce accesa. La merceria chiusa. Tutto come sempre. E tra loro il telefono.

Arcadipane fuma e si avvicina all'apparecchio. L'orecchia di plexiglass azzurro che lo copre e in parte racchiude ricordi di un'altra epoca, telefonate fatte dal mare, code con gettoni in mano e attese tormentate in casa per riceverle. Incredibile che anche lui abbia avuto quei palpiti per ragazze di cui adesso non ricorda il nome. Incredibile che a suo tempo persino un Bramard abbia fatto telefonate come quelle o le abbia attese. No, Bramard no, ha scelto l'esempio sbagliato. Bramard era sicuro di quelli che saltano sul primo treno e si presentano senza avvisare. Quei gesti che le ragazzine restano secche come pannocchie. Anche lui avrebbe potuto, ma non l'ha mai fatto. Avrebbe passato tutto il viaggio a pensare e se non la trovo, i soldi del biglietto buttati o se la trovo con un altro oppure dice ah, sei qui, mi fa piacere, ma si capisce che non le fa tanto piacere. E il viaggio sarebbe trascorso a cercare la combinazione del ritorno sul Pozzorario. Anzi, Bramard manco ci andava al mare, manco le rispondeva al telefono. Irraggiungibile, in montagna... cosí la ragazza lo pensava per tutto il tempo. Bramard proprio l'esempio sbagliato. Piú Pedrelli, magari...

Una donna neanche lei tanto giovane esce dall'alimentari con una borsa di stoffa che contiene la spesa.

– Buongiorno, – dice Arcadipane.

La donna fa un cenno forzato, gli passa quasi sui piedi e si dilegua nel primo viottolo.

Arcadipane torna allora al telefono. Ne studia la sagoma blu non cosí vintage, lo schermo con il display, i tasti numerici piú asterisco e cancelletto, la fessura per le tessere telefoniche, la scritta «NoiCom» piú bandierina e logo della Regione Piemonte, lo sportellino per la restituzione delle monete...

Si volta verso l'albergo e passa in rassegna le camere al primo piano cercando qualcosa che gli pare di aver notato nei giorni precedenti: nell'ultima a destra sono appesi al vetro alcuni appiccichini di animali. Toglie di tasca il foglio, lo srotola e guarda il disegno, poi il lampione sopra di lui.

Mentre a passo svelto attraversa la piazza incrocia Trepet che, terminato il pasto, lo stava raggiungendo. L'animale se lo vede sfilare di fianco, fa dietro front e gli caracolla dietro riuscendo a infilarsi nella porta prima che si richiuda.

Arcadipane preme il campanellino di chiamata sul bancone. Il *blin blin* fa alzare la testa ai quattro sommozzatori che forse, essendo per lavoro tenuti a non galleggiare, sono alla seconda omelette.

Ottavio Claro sbuca dalla cucina infastidito dal campanello che deve essere lí solo per figura, ma quando vede la faccia di Arcadipane si ferma, lasciando la sedia tra sé e il bancone.

– A che ora va a dormire di solito Ester?

– A che ora...

– Va a dormire, non è difficile, a che ora?

– In settimana verso le nove e mezza.

– E non in settimana?

– Il venerdí e il sabato sta qui con noi al ristorante fino a quando Marta chiude la cucina e la porta a letto, mentre io sistemo le ultime cose.

– Che ore sono?

– Dipende dalla gente in sala, le dieci e mezza, le undici.

– Le undici, poi in bagno, il pigiama, una storia... Seconda cosa: il telefono della piazza lo usa tanta gente?

– Non direi. L'abbiamo richiesto alla Regione nel 2000 per i turisti. Visto che i cellulari non prendevano, entravano da noi per usare quello a scatti...

– Rompendo i coglioni...

– L'ha detto lei, comunque nel 2008 hanno messo il ripetitore. Il segnale da allora è buono con tutti gli operatori. Sinceramente sono anni che non vedo piú nessuno usarlo.

– E le schede?

– Che schede?

– Le schede telefoniche. Voi le vendete?

– No.

– E chi le vende in paese?

– In paese nessuno, non so nemmeno se si trovino piú in città.

Arcadipane lo fissa per qualche secondo, poi si dirige verso le scale. Due gradini alla volta sale un piano, due, un tratto di corridoio ed è davanti alla porta di Pedrelli.

– Pedrelli! – bussa, – Pedrelli?

Da dentro silenzio, poi: – Entri, è aperto.

Qualcosa gli diceva che non avrebbe trovato un grande spettacolo, ma l'uomo in canottiera e mutande seduto a gambe incrociate su un tappetino orientale, evidentemente portato da casa è un'immagine che dovrebbe essere risparmiata a chiunque non sia responsabile almeno di una strage scolastica. Per non parlare della bacinella rosa smunto a terra e della teiera che Pedrelli si sta infilando in una narice.

– Cosa stai facendo? – chiede Arcadipane col tono di chi trova il figlio autolesionista chiuso in camera con un oggetto improprio.

Pedrelli scosta il beccuccio della teiera e si china a soffiare dall'altra narice l'acqua o quello che è dentro la tinozza.

– Jala Neti, commissario, serve a prevenire il raffreddore, la sinusite e le infiammazioni in genere. Solo acqua e un po' di sale. È una pratica yoga che chiunque ogni giorno dovrebbe...

– Non mi interessa, – lo blocca Arcadipane che l'ha lasciato arrivare fin lí solo per incredulità, – devi fare subito due cose.

– Certo, commissario, – si mette in piedi Pedrelli, non senza aver riposto con cura yogica la teiera sul tappetino.

– Prima cosa, – dice Arcadipane, – voglio la lista di chi in paese non ha né una linea fissa né un contratto per il cellulare. Anzi questa cosa la fai per seconda, perché non ci dirà granché.

– Certo, commissario, se mi dice la prima io quella la faccio per seconda.

– Ma che fai, Pedrelli, mi metti fretta? Un minuto fa avevi una teiera nel naso, e metti fretta a me che sono sveglio da due ore e mi sono già fatto le mie belle pensate?

– Mi scusi, commissario, – si rattrappisce a ragnetto, – non mi permetterei...

– E non ti rammaricare, Pedrelli, che fai perdere altro tempo!

– Certo, commissario, mi dica.

– La seconda cosa è che chiami la scientifica e gli dici che entro due ore li voglio tutti attorno a quel telefono in piazza...

– Ma le impronte le abbiamo già...

– Voglio le impronte sulle monete della cassetta. Non ce ne saranno tante, non lo usa nessuno, quindi cautela con quelle che ci sono, va bene? Non facciano cazzate!

– Sicuro, commissario, chiamo subito. Lei sa chi ha la chiave?

– Che chiave?

– Del cassettino.

– Ma che ne so io della chiave, chiedi al sindaco, chiama la compagnia telefonica e se non si trovano che rompano tutto, intanto però un'altra cosa.

– Certo.

– Mettiti qualcosa addosso, ché abbiamo già un morto e una scomparsa, poi tiri giú Botta e Lavezzi e li mandi a piantonare quel telefono, nessuno lo deve toccare, va bene?

– Ci vado io, commissario.

– Non ci vai tu, tu devi farmi le altre cose.

– È che… mi sono permesso…

– Che ti sei permesso? Parla Pedrelli, non tentennare! Ti sturi il naso con la teiera, vai nei boschi ad abbracciare gli alberi, in una palestra in zona Parri a fare i balli degli indiani d'America e adesso ti vergogni a parlare e mi tentenni!

– Ho mandato a casa Botta e Lavezzi.

Arcadipane mastica qualcosa che non è un sucai e nemmeno qualcos'altro.

– Ieri sera mi hanno chiesto di rientrare a Torino, – allarga le mani Pedrelli. – Ho pensato… sa anche per la famiglia…

– Ma che famiglia? Uno ha compagnia solo a pagamento e l'altro una fidanzata quindicinale come una rivista, che famiglia devono…

– Lo so, lo so, commissario, ma sono qui da quattro giorni, non ci sono piú straordinari da pagare… Sono bravi ragazzi, disponibili oltremodo, ma hanno anche una tessera del sindacato.

– Oltremodo…

– Come, commissario?

– Adesso oltremodo li chiami e gli dici oltremodo di muovere il culo perché li voglio oltremodo qui tra due ore, va bene?

– Certo, commissario, farò presente l'eccezionalità della...

Arcadipane alza una mano per zittirlo.

– Che c'è, commissario?

Arcadipane va alla finestra della camera e guarda di sotto. Il fugace pensiero che Pedrelli fesso fesso si è preso la stanza affacciata sulla piazza, rifilando a lui quella con belvedere sul muro della diga, e sta già scendendo i gradini a due a due. Trepet fermo sul pianerottolo in una sosta della salita, si accuccia appena in tempo per essere scavalcato e lo guarda rassegnato avviarsi verso l'uscita.

Una volta fuori, Arcadipane sente lo schiaffo del freddo sul viso accaldato dagli ultimi dieci minuti. Cerca nella tasca dove ormai sono piú la peluria e lo zucchero, trova l'ultimo sucai e lo mette in bocca. La vecchia Scenic RX4 color foglia passita sta cercando di disporsi nella piazza in modo da non essere d'intralcio. A chi? Mah.

Saluta con la mano sua figlia Martina, che ha appena spento il motore, e si porta con passo misurato sull'altro lato dell'auto, in tempo per mettere le mani in tasca e sembrare lí dall'alba.

– Lo sapevo che venivi, – dice appena la portiera si apre.

– Non credo proprio.

– Ah no?

– No, perché non lo sapevo neanch'io.

Arcadipane si volta verso la facciata dell'albergo dove dietro la finestra coglie la figura fantasmatica di Pedrelli ancora in mutande e canottiera. Trent'anni che lavorano insieme e non l'ha mai visto senza camicia e pantaloni. In fondo non ha neppure mai cercato un'attrice scomparsa, capito l'uomo a cui sta togliendo di mano lo zaino o ascoltato per piú di un secondo un testimone di Geova.

– Venite, – dice, – nel dubbio avevo fatto apparecchiare colazione per quattro.

15.

Da una decina di minuti se ne stanno a braccia conserte, le chiappe appoggiate al cofano dell'Alfa 33 parcheggiata nella parte alta del prato, a una ventina di metri dal punto in cui tre sere fa la Jaguar di Terenzio Fuci è diventata l'epicentro di quel terremoto.

Sulla scena restano i nastri che delimitano il perimetro. Auto, passerelle, luci: tutto rimosso.

Le perizie sono fatte, quello che doveva essere trovato, trovato: in questo caso niente. Una volta che spariranno anche quei nastri, il terreno tornerà a essere quello che è sempre stato: un prato in leggera pendenza al termine di una strada sterrata, con qualche grosso sasso piatto a spezzare la monotonia del verde e una bella vista sul lago al centro del quale in questo momento staziona il gommone dei sommozzatori.

Bramard osserva tutto questo in silenzio, dopo aver chiesto, dieci minuti prima, la posizione esatta della macchina e poco altro. Arcadipane fuma e lo lascia fare. Sa come lavora Bramard sulla scena del crimine. Ha imparato da lui anche quello. Ecco perché se ne sta in silenzio, limitandosi ogni tanto a richiamare Trepet che razzola in giro sedotto dall'odore di vecchie merde di vacca. Il cane alza il muso come se una mosca l'avesse sfiorato, scruta il panorama, riparte alla ricerca.

– Mi fai risentire la telefonata? – chiede Bramard.

Arcadipane tira fuori il cellulare e procede: «Carabinieri di Alve». Silenzio, un respiro, calmo. «Carabinieri, dica». Lungo silenzio e nessun respiro. «C'è un morto a Gias Vej» e la comunicazione che viene interrotta.

– Quindi? – chiede Arcadipane.

– È un uomo.

– Nel trapianto hanno pensato anche all'umorismo, vedo! Che dici delle monete nel telefono? Ci facciamo delle illusioni?

– Ha pulito la cornetta o usato i guanti, di conseguenza non è del tutto sprovveduto, ma non è un professionista secondo me. Stiamo a vedere le carte che escono.

– E quelle che abbiamo?

– Tipo?

– La telefonata, la piattina, l'assenza di segni, Fuci che si porta a Roma Anna Mattalia nel '62, la famiglia che taglia i ponti, la targa dell'incidente, il paese che l'avrebbe messa al rogo, Masimine Orusa e l'altra macchia di sangue sulla sua Panda...

– Buone, ma arrivano da giochi diversi.

– Che vuol dire?

– Vuol dire che se metti vicino un jack, un quattro di bastoni e un arcano non puoi capire granché.

– Infatti non capisco.

– Neanch'io, ma credo che questo delitto e la scomparsa della Ladich siano frutto di partite giocate in posti diversi, tempi diversi e con carte differenti, in fondo è per questo che sei venuto a cercarci, no?

– Sono venuto a cercare chi?

– Isa e il sottoscritto. Uno per la partita di Clot, una per quella della Orusa.

Arcadipane mette in bocca un sucai.

– Isa non so se viene.

– Viene.

– Se lo dici tu! E io?

Bramard toglie dalla tasca della giacca a quadrettoni verdi, rossi e maron due vaschette di mele cotte e un formaggino. Non ha cappello e sciarpa, e soltanto uno dei cinque bottoni è allacciato.

– Tu vai a Roma.

– A Roma? – si gira a guardarlo Arcadipane.

– Fuci e la Ladich hanno vissuto e lavorato a Roma per cinquant'anni. A Roma c'era Amilcare Fuci, la società che ha costruito la diga e anche la clinica dov'era ricoverato il fratello di Anna Mattalia, no?

Arcadipane soppesa le Clarks grigie e sformate che sbucano dai jeans di Corso. Non l'ha mai visto con scarpe da ginnastica, stivali o mocassini. Sandali Birkenstock da aprile a settembre, Clarks di sottomarca gli altri mesi dell'anno. Fine del discorso.

– Non puoi andarci tu a Roma?

– Sono un insegnante in pensione, io, – dice Bramard, scartando il formaggino, – che ci vado a fare a Roma?

– E Isa? Ha il distintivo e potrei...

– Isa? A Roma? Tre ore e si è già beccata due denunce e un foglio di rientro. E poi chi conosce Isa a Roma?

– Perché io chi conosco?

– La Pes.

– La Pes! Quella del caso Lanteri? Ma era vent'anni fa, sarà in pensione adesso!

– Anch'io sono in pensione, ma lei conosce Roma, sa dove bussare, cosa chiedere e a chi.

– Lo sapeva! Dài su! Sarà persino morta, buonanima!

– Come vuoi, non ci andare. Tanto non c'è fretta.

Arcadipane si gira a guardarlo per la prima volta da quando sono lí. La faccia calma e concentrata che ricordava ora è calma, concentrata e piú vecchia di qualche anno. Tutto qui. La pelle color caglio quasi intonata con il grigio poco luminoso delle montagne attorno.

– Non c'è fretta? – controlla l'orologio, – Vera Ladich è scomparsa quasi da novanta ore!

Bramard riduce la stagnola del formaggino a una pallina che mette in tasca.

– Se è morta abbiamo tempo perché è morta, – prende una delle vaschette di mele cotte sul cofano. – Se è viva e non hanno fretta di farcelo sapere, vuol dire che non abbiamo fretta neanche noi. La terranno viva.

Arcadipane lo osserva aprire la confezione, lo sguardo sulle spirali di un grosso uccello che volteggia sul bosco alla loro destra. Come i soldati imparano a montare il fucile al buio, chi si è fatto qualche mese di ospedale...

– Quindi che facciamo noi che non abbiamo fretta quando hai finito di mangiare le tue mele cotte?

Il coperchio, una volta aperto, si divide in due parti che Bramard riassembla a formare un cucchiaino non del tutto velleitario.

– Andiamo a dare un'occhiata alla casa dei Mattalia e a quella degli Orusa, ma prima voglio fare un salto all'anagrafe del paese. Tu immagino possa avere accesso a dei dati reddituali, no?

Arcadipane annuisce che queste sono le cose di Pedrelli, e intanto valuta quel cucchiaino che un secondo fa non esisteva. Ha provato la stessa sensazione di fronte allo sbucciamela manuale di Ariel con funzione leva torsolo e affettatrice a spirale. Idee semplici, ma geniali che potrebbero venire a chiunque, ma vengono a uno soltanto. Come *Nel blu dipinto di blu*.

– Non mi hai ancora detto come hai convinto Elena, – chiede.

Bramard sbircia Trepet che da quando ha sentito la carta del formaggino sta seduto ai suoi piedi.

– Martina, – dice, – deve controllare che non faccia strapazzi e riferire. Conditio sine qua non.

Arcadipane lo guarda mangiare un paio di cucchiai.

– Certo che siamo messi male, eh!

– Perché? Tu come sei messo?

– Sono messo che mi vuol vendere la casa!

– Consolati, – alza le spalle Corso, – a me non non ha bisogno di chiederlo, gliel'ho intestata.

Uno dei sommozzatori sta risalendo a bordo del canotto, mentre un secondo nuota in superficie. Il lago intorno a loro è fermo e teso come un panno da biliardo ricavato da un drappo funebre. Né amico, né ostile. Indifferente come ciò che rimanda a un grado piú alto.

– L'altra di mele la mangi? – domanda Arcadipane.

16.

Il sindaco infila la chiave nella toppa e apre la porta chiusa con tre mandate. La casa non ha piú allaccio elettrico ma, sebbene il sole sia soltanto una presenza dietro le montagne, la luce dall'uscio basta a rischiarare i due metri di ingresso che dànno alla scala. Arcadipane entra per primo. Bramard dietro di lui, mentre il sindaco e la Lunel, una volta fatto un passo oltre la soglia, rimangono incerti come quando il tecnico ripara la lavatrice in bagno e tu non sai se stare a presenziare o andare nell'altra stanza fingendo di fare le tue cose. Nel dubbio di solito si chiede se fa piacere un bicchiere d'acqua o un caffè. Cosa che i due ora non possono in nessun modo fare.

– Venite, – li leva d'impaccio Arcadipane.

La cucina è media in tutto: nella grandezza, nell'altezza del soffitto, nel pregio dei mobili anni Sessanta e nella polvere che li copre, nemmeno tanta per una casa vuota da sei anni. Bramard, mani nelle tasche del giaccone canadese, studia i pochi quadri alle pareti: paesaggi grossolani a parte un poster di erbe di montagna. Il vecchio telefono grigio sulla credenza, il tavolo con il piano di marmo, due sole sedie.

– Che tipo era il fratello di Anna? – chiede Corso.

Il sindaco e la Lunel stazionano sulla porta della cucina, la Lunel un passo dentro perché Beppe Dro ne riempie per intero il vano.

– Avevo una decina d'anni quando se n'è andato con la

sorella, – allarga un po' le mani il sindaco, – me lo ricordo alto, magro, capelli neri e molto strano. Non che facesse qualcosa di particolare, per lo piú girava intorno al paese… qualche volta anche con noi ragazzini. Gli piacevano gli uccelli. Andava sempre a cercare i nidi.

– Aveva vent'anni però, – nota Bramard. – Lavoro? Fidanzate?

– Lavoro no, penso che desse una mano ai suoi con il pollaio, poche cose. Fidanzate che io sappia neppure. Era bello, come tutti i Mattalia….

– Come tutti da queste parti, – lo interrompe Arcadipane.

– Be', io no! – ridacchia il sindaco, ma nessuno ride.

Bramard è vicino al divano: braccioli in legno e cuscini con grossi fiori. Non ci sono televisori o radio nella stanza.

– Diceva, di Aldo Mattalia?

– Di fidanzate io non ho mai sentito. Fin da ragazzino è sempre stato molto introverso, forse anche intelligente, ma strano, come ho detto. Aveva un difetto della parola, una balbuzie e alcune dita di una mano piú corte. Me lo ricordo perché noi bambini… Sa com'è in paese…

– Mai stato violento? Nemmeno quando veniva preso in giro?

– Aldo Mattalia? No, viveva nel suo mondo, quello che diceva la gente non credo lo sentisse, e poi la nostra era una comunità capace di gestire questo tipo di problemi. Non erano rari casi del genere nelle valli chiuse.

Bramard apre con forza un cassetto che opponeva resistenza: posate, attrezzi da cucina. In quello a fianco vecchie bollette e ricordini da morto. Tutto come se i Mattalia fossero usciti da qualche ora. Solo la polvere e il vecchio frigo semiaperto segnalano una lunga assenza.

– I genitori sono mai andati a trovarlo nella clinica a Roma?

– No, – dice la Lunel, – non credo abbiano mai lasciato Clot senza rientrare in giornata.

Bramard segue con lo sguardo le traiettorie su muro e soffitto dei fili a vista. Non recenti, bianchi, però arrotondati. Arcadipane lo guarda fare. Sa cosa sta cercando, ma aveva già chiesto a Botta e Lavezzi di controllare.

– All'epoca immagino avranno autorizzato il ricovero, – dice Bramard, continuando a cercare nella parte bassa dei muri, – altrimenti la sorella minorenne non avrebbe potuto portare via Aldo o metterlo in clinica.

– Ve l'ho detto erano vicende private della famiglia, – alza le spalle il sindaco. – Ci saranno dei documenti. Suppongo che della retta comunque si siano sempre occupati Fuci e Anna. I Mattalia non avrebbero mai potuto...

– Cinquantasettemila lire, – dice Arcadipane.

Il sindaco e la Lunel si zittiscono.

– È quello che nel '62 i Mattalia ricevevano ogni mese dalla Ica, al pari di tutte le famiglie di Clot. Una cifra che non poteva pagare la retta di una clinica come quella dove si trovava Aldo, ma corrispondeva in ogni caso allo stipendio di un operaio specializzato. Cifra che adesso, tra rivalutazione e passaggio all'euro è diventata...

Arcadipane tira fuori il taccuino, sfoglia le pagine prendendosi piú tempo di quanto pochi fogli richiederebbero.

– Milletrecentottantasei euro. È quanto spetta mensilmente anche a voi, immagino, oltre all'entrata da geometra e a quella da segretaria comunale della signorina.

– È corretto, – dice il sindaco, – ma per la carica di sindaco...

– Riceve solo un rimborso spese, lo so, le riconosco che è un bel gesto. Tornando tuttavia a quest'accordo tra Ica e residenti a Clot che prevedeva un vitalizio...

– La parola vitalizio è fuorviante, si tratta di un indennizzo per gli espropri, la sottrazione di pascolo, di bosco e l'indice di rischio.

– Indice di rischio.

– Il paese è due chilometri sotto la diga.

– Indennizzo che durerà fino a?

– L'accordo prevede fino a dieci anni dopo la dismissione e lo smantellamento della diga.

– Quindi finché la centrale rimane in attività e la diga in piedi.

– È l'accordo che venne proposto dalla Ica e quello che i residenti firmarono.

– Non tutti, – dice Bramard quasi parlasse alla statuina segnatempo che ha in mano. Il rosa della patina brillantata indica un cattivo tempo che fuori non c'è. Alla silice e al cloruro di cobalto evidentemente basta la perenne umidità della casa.

– I paesi di queste valli hanno vissuto lo spopolamento dopo la Seconda guerra mondiale quando molte famiglie sono emigrate in Francia o in bassa valle per lavorare. Clot invece in quel decennio non ha perso nemmeno un residente, mentre ne ha persi la metà in un solo anno: da 183 abitanti è passato a 98. Piú di venti famiglie se ne sono andate nel giro di sei mesi.

– Come ho detto al commissario durante il nostro primo incontro, la costruzione della diga spaccò la comunità in due. C'erano molti contrari, per le ragioni che potete immaginare, ma alla fine la maggioranza decise per concedere i terreni.

Bramard posa la statuina sul dorso di una cassapanca accucciata contro il muro come un animale bolso e con le gambe corte.

– La maggioranza bastava?

– No, infatti chi era contrario firmò un altro accordo.

– Che prevedeva?

Il sindaco guarda la Lunel, un po' per chiederle se ricorda la cifra precisa, un po' per rassicurarla che sono informazioni nelle carte, niente di segreto, ma soprattutto si interroga con lei sul motivo che ha spinto quel tale, che non si è qualificato e non sembra neppure in salute, a trascinarli in quel sopralluogo di una casa che sa di muffa e salnitro, quando avrebbero potuto parlare di tutto questo nella sala consiliare a portata di stufa. Uno scambio d'occhi di pochi secondi in realtà, ma le persone grasse hanno sguardi molto capienti.

– Sei milioni e ottocentoquarantamila lire per famiglia, – dice la Lunel, che oggi ha legato i capelli che le stanno bene e indossa un paio di scarpe da città.

– Piú l'acquisto della casa e delle proprietà, immagino, – conclude Arcadipane.

– Certo, chi rimaneva aveva la prelazione sui terreni e le case, ma in realtà, a parte la terra, comprò quasi tutto la Ica.

– Quindi la maggior parte delle case vuote in paese è della Ica?

– Della società che ne ha rilevato il portafoglio immobiliare, a dire la verità.

– E che oggi gestisce la diga. L'Adis, società privata.

– Esatto.

– Che continua a pagare gli indennizzi ai residenti con fondi pubblici in nome del vecchio accordo che cosí prevedeva.

– Certo.

– Tutto chiaro, – dice Bramard, – facciamo un giro di sopra.

– Dobbiamo venire anche noi?

– No, no, – Arcadipane passa tra il sindaco e la Lunel,

avviandosi alle scale, – se volete lasciare sul tavolo le chiavi, anche quelle di casa Orusa, ve le faccio riportare io in municipio. Potete andare, grazie.

Il piano di sopra è composto da due stanze: la camera matrimoniale dei genitori, il letto ancora con le coperte, e quella dove dormivano Anna Mattalia e il fratello, prima di trasferirsi a Roma, adesso occupata dallo scheletro di un unico letto singolo senza materasso. Per il resto armadi poveri, pavimenti in legno consumato e comodini che troveresti a venti euro in qualsiasi mercatino dell'usato.

Bramard osserva i fili elettrici, simili a quelli del primo piano.

– Ci abbiamo pensato, – dice Arcadipane, – ma sono tutti al loro posto.

Bramard cammina per la stanza, come all'interno di una crisalide che ha ospitato la vita, ma ne conserva ormai soltanto il freddo calco. Arcadipane lo segue con lo sguardo, il fugace pensiero di Trepet chiuso in macchina e dell'ultimo poggiatesta integro, finché non lo vede fermarsi a fissare qualcosa che si è accumulato sopra una panchetta a ridosso del muro. Un piccolo cumulo di granaglie, forse sporcizia. Arcadipane si avvicina.

– Cos'è?

– Coccinelle. Prima dell'inverno la pioniera trova un angolo riparato e luminoso per il letargo, rilascia dei feromoni di richiamo e le altre arrivano a raccogliersi.

– Per stare calde?

– Anche. Ma le coccinelle sono tossiche, specie il mantello colorato. Un agglomerato come questo è una sorta di boccone velenoso per scoraggiare i predatori.

Arcadipane ripensa a tutte le volte che le ha fatte salire sul dito per mostrarle ai figli, facendole poi passare sulle loro piccole mani. Manco servissero le coccinelle per mettere in dubbio la sua attendibilità di padre!

– Dov'è la casa degli Orusa? – lo riporta Bramard al puzzo di chiuso della stanza.

– Credo sia quella là, – Arcadipane indica oltre il vetro. – Qui sono tutte uguali, ma quella degli Orusa mi ricordo che aveva una fascia azzurra.

Bramard allunga una mano verso la maniglia della portafinestra, ma si blocca, come succede ogni volta che un pensiero improvviso lo attraversa, poi restituisce vita alla sua mano e gira la maniglia.

Il balconcino su cui escono è corto e stretto. La sera è piombata sul paese. Alcuni lampioni illuminano porzioni di muri, parti di tetto, finestre, tratti di viottoli e una fontana. In una di quelle bolle la casa degli Orusa.

Bramard si volta e ispeziona il muro esterno sopra il vano della portafinestra. Una lampadina è collocata in alto, ma non ha filo. A testimoniare che un filo però c'era sono alcuni chiodi ferma cavo e la traccia di vernice piú chiara che li unisce.

– Porca troia, – dice Arcadipane mentre si gira a valutare chi e in che modo poteva salire dall'esterno fino al balcone.

Proprio a lato della casa c'è uno dei vecchi forni il cui tetto raggiunge inclinato il poggiolo. Arcadipane ha cosí la risposta che ogni poliziotto detesta: «Chiunque».

17.

Che sia entrata nella sala lo capisce dal modo in cui i sommozzatori sollevano gli occhi dal pane che in maniera *très français* stanno spalmando di burro, per puntarli sull'ingresso.

Arcadipane, dopo essersene sincerato di persona, guarda Bramard che però sta guardando Martina che guarda il cellulare, mentre Pedrelli, Botta e Lavezzi, seduti ad altro tavolo, cosa guardano non si sa, non li vede. Nella sala stasera c'è parecchia confusione.

Rimosso nel pomeriggio il blocco stradale, infatti, i giornalisti si sono riversati nel paese e nelle sue appendici. I piú tenaci sono saliti a piedi fino al luogo del delitto, altri si sono sparpagliati nei boschi alla ricerca di una suggestione o un taglio d'inquadratura che desse l'idea del mistero; i piú fiduciosi addirittura di una traccia, un indizio, magari almeno un dito, se non tutto il corpo, caldo o freddo che fosse. Quasi tutti hanno cercato di parlare con i trentasette abitanti che si sono barricati in casa, senza forzare dunque troppo la loro quotidianità. Unica eccezione il sindaco che ha rilasciato dichiarazioni innocue che i giornalisti infiocchetteranno e va bene cosí.

Per fortuna inviati stampa e tv detestano il freddo, il silenzio e l'assenza di tacche sui cellulari, di conseguenza quelli rimasti a cena all'hotel *Sosta del pellegrino* sono soltanto una decina. Tra loro Ceste, una firma storica della cronaca di Torino che Arcadipane conosce per ovvie ragioni. Un patto di mutuo soccorso che fu Bramard a lasciargli in eredità. Di lí il pastis che Arcadipane, Bramard e Ceste hanno bevuto al bancone prima di sedersi a tavoli differenti. Cortesie tra vecchie megere e poche parole in merito ai fatti: uno scambio da cui ciascuno è uscito se non illibato, almeno con l'illusione di non averla data via proprio tutta. Un colloquio dal quale Arcadipane si è comunque portato a casa ciò che gli interessava: la stampa non ha ancora collegato la scomparsa di Vera Ladich a quella di Masimine Orusa, ossia alla ragione per cui Isa si trova in piedi all'ingresso di quella sala da pranzo, sotto gli sguardi Yves Montand dei sommozzatori.

I capelli sono quelli di qualche anno fa: lisci, neri, rasati di lato e lunghi altrove. Dall'ultima volta che l'ha vista sono ricomparsi anche gli anelli alle orecchie, il giubbotto di pelle nero, i jeans attillati neri e gli anfibi militari neri. Non pervenuti per il momento orecchino al naso e cucchiaino al lobo.

Isa li individua e si muove verso di loro, in spalla una sacca stile *Da qui all'eternità*. Passando accanto ai quattro sommozzatori li fissa quanto basta per piegarne gli sguardi come Uri Geller faceva con le posate.

– Ciao, Bramard.

– Ciao, Isa. Lei è mia figlia Martina. Arcadipane lo conosci.

Arcadipane fa un cenno minimo. Martina sorride e alza la mano in un ciao afono. Isa annuisce che va bene cosí, lascia cadere la borsa sul pavimento e siede nel posto libero.

– Stai bene? – le chiede Bramard.

– Bene, tu?

– Bene.

Nei secondi muti che seguono, il chiacchiericcio agli altri tavoli rimbomba come una gara di Formula 1.

– Anch'io sto bene, – rompe il silenzio Arcadipane. – A parte un po' di sciatica… dormite con i pantaloni, è il mio consiglio, le lenzuola le prendono da Picard. A proposito, chiedo a Pedrelli di sentire se c'è posto per te...

– La mia camera ha un letto singolo libero, – dice Martina. – Se per te va bene.

– Per me è ok, – alza le spalle Isa con il solito entusiasmo da adolescente che riceve un libro fotografico sulle vecchie imbarcazioni del Po.

Arriva al tavolo Ottavio Claro che, se la bellezza fosse una moto, guiderebbe una Husqvarna. Del resto se la bellezza fosse una motocicletta, quasi tutti a quel tavolo ne avrebbero una: Martina una Triumph con motore d'oggi ma linee anni Settanta; Isa una assemblata con pezzi rubati; Bramard una Bmw che ha fatto la Parigi-Dakar, ma qualche viaggio forse, con un po' di attenta manutenzione… Arcadipane sarebbe invece esattamente quello che è: uno che trentacinque anni fa ha avuto un Ciao e basta.

– Dal momento che stasera c'è un po' di traffico, – dice Ottavio Claro, – abbiamo preparato un menu. Per antipasto facciamo un piatto con cinque assaggi: carne cruda, trota affumicata, tomino di latte crudo, insalata russa e polentina con *brandacujun*.

– Nell'insalata russa la maionese com'è? – chiede Isa.

– Fatta in casa, uova nostre.

– Allora solo una porzione abbondante di polenta con *brandacujun*.

– Io tutto, – dice Arcadipane.

– Io anche, – dice Martina.

– Io salto l'antipasto.

Ottavio Claro annota.

– Poi abbiamo minestrone, fegato o bistecca al sangue con contorno.

Arcadipane e Martina bistecca al sangue. Isa e Bramard minestrone, Isa anche contorno. Vino solo Arcadipane. Ottavio Claro annota anche questo e se ne va.

Arcadipane guarda Isa che ha rotto un pezzo di pane e lo mastica con gli occhi rivolti a un punto in fondo alla sala.

– Ma come? – sghignazza, – ti mangiavi mezzo menu senza leggerlo e adesso niente questo e niente quello, che ti sei fatta vegana?

– Ho preso il merluzzo.

– Mussulmana allora, perché incinta non credo proprio!

Isa, mentre continua a fissare quel punto che ora sembra essersi fatto infinitamente lontano, apre il giubbotto, mostrando la lieve sporgenza sotto il maglione militare grigio.

Arcadipane blocca il bicchiere a pochi centimetri dalle labbra. Guarda Bramard che gli fa cenno con la testa che non è niente, di bere, cosa che Arcadipane fa senza riuscire a distogliere lo sguardo dalla convessità che Isa ha ora richiuso di nuovo sotto con il giubbotto.

– Di quanto sei? – chiede Martina.

– Diciassette settimane.

– Quindi nasce a marzo?

– Nasce a marzo; non so se è maschio o femmina; non abbiamo deciso un nome; il padre non è contento e nemmeno scontento perché l'ho fatto con il seme di un donatore; sí, sono lesbica; sí, è andato tutto bene al primo tentativo; costa come un'utilitaria, ma non si può pagare a rate, non la rivendi di seconda mano e non ci sono tanti colori tra cui scegliere; no, l'idea di lasciare la polizia non mi è mai passata per la mente; sí, ho una compagna; è piú vecchia di una quindicina d'anni e non è in polizia; fa sculture in ferro, zanzare di due metri molto apprezzate in Cina; sí, viaggia molto; sí, sono angosciata all'idea di dovermene occupare da sola; adesso qualcuno vuole sentire perché mi sono rotta il culo per salire fino a questo posto oppure sono davvero finita in un programma dell'ora di pranzo dove si cucina, si consiglia di bere molta acqua e «perché mai ricorrere alla fecondazione quando ci sono tutti quei bambini da adottare?»

Ottavio Claro, con un tempismo di cui tutti gli sono grati, arriva con i piatti. Arcadipane, dei cinque antipasti, attacca a occhi bassi il *brandacujun* che non sa cos'è, ma sente in qualche modo in assonanza con il suo attuale stato d'animo.

Isa mangia un po' di polenta, poi, accontentandosi del silenzio come risposta, sfila dal taschino del giubbotto un foglietto e lo posa al centro del tavolo.

Arcadipane lo scruta: ci sono stampate alcune righe scritte in piccolo che dànno chiaramente l'idea sia il retro di qualcosa. Allunga una mano per prenderlo.

– Prima dobbiamo fare un accordo, – dice Isa.

– Che accordo? – chiede Arcadipane, la mano sospesa sopra il cartoncino.

– Dopo la maternità voglio rientrare alla omicidi.

– Te l'ho proposto cinque mesi fa, dopo il caso Shun, – ritira la mano Arcadipane, – mi hai detto di no!

– Il merluzzo ha tanto fosforo, mangiane quindici porzioni e a fine cena, magari, al perché ci arrivi da solo.

Arcadipane lascia perdere la polenta e si dedica all'insalata russa. Bramard gira la minestra nel piatto per raffreddarla, ma tiene d'occhio il biglietto. Martina li guarda come si guarda giocare alla morra se non sai contare.

– Non dipende da me, – dice Arcadipane. – C'è un numero di effettivi stabilito e adesso siamo al completo.

– Mi va bene anche Milano.

– Perché a Milano secondo te fanno otto-diciassette? Pisapia gli ha detto che si può ammazzare solo in orario d'ufficio, – mastica l'insalata russa che è buona, ma c'è una verdura sott'aceto che... – Alla stradale puoi chiedere il turno di giorno, ma da noi che fai se chiamano la notte? Come allatti in mezzo a un pedinamento o una perquisizione? Lo sai gli orari che abbiamo, o te ne sei dimenticata?

– Quindi è un sí o un no?

– Monitoriamo la cosa e se si libera un posto, magari tra un paio d'anni... se sarai ancora dell'idea....

Isa posa con calma la forchetta a bordo piatto, prende il biglietto e lo rimette nel taschino.

– Ci sentiamo quando ho bisogno di qualche consiglio sull'allattamento, – sorride.

Il movimento brusco con cui scosta la sedia attira l'attenzione dei tavoli vicini, specie quelli dei giornalisti. Isa afferra la sacca e si avvia alla porta. I sommozzatori, mentre passa loro vicino, non ci provano neanche stavolta: a nessuno viene in mente di fermare con il palmo della mano un coltello che cade di punta. In realtà a molti sí, ma poi non lo raccontano.

Una volta sparita nell'ingresso il primo a spostare gli occhi sulla finestra è Bramard. Isa compare dietro il vetro, si infila tra due macchine parcheggiate e si allontana sotto la luce dei tre lampioni che coprono la piazza.

– Fa un po' di scena! – sorride Arcadipane, incontrando gli occhi di Martina. – Io e tuo padre la conosciamo!

Raggiunge un'auto che potrebbe essere un Pathfinder, evidentemente le zanzare di ferro in Cina rendono bene.

– Mi sa che si è proprio offesa, – constata Martina, quando le luci lampeggiano segnalando l'apertura della macchina.

– Ma no! – sbuffa Arcadipane. – Bisogna solo lasciarle un po' di lenza e vedrai che...

Isa sale. Sentono il rumore del grosso motore che si avvia.

– Meglio se vai, – dice Bramard prendendo un cucchiaio di minestra e portandolo alla bocca.

– Con permesso, – dice Arcadipane.

La camminata con cui raggiunge l'uscita vorrebbe essere di uno che non ha fretta, ma la gamba corta impone una frequenza che non aiuta la disinvoltura. Martina vede comparire anche lui dietro la finestra e sgambettare verso il Pathfinder.

– Ce la fa? – chiede.

Isa ha abbassato il finestrino, ascolta, ma non spegne il motore.

– Se quel foglio conta davvero, probabilmente sí, – dice Corso. – Altrimenti potrebbe preferire la soddisfazione. Come va tu con Thomas?

Martina prende con le dita un pezzo di tomino dal piatto e lo mette in bocca.

– Piú o meno in questo modo, ma l'esito è piú incerto.

Bramard annuisce.

– Quella in macchina sei tu o lui?

– Io.

– E lui corre.

– Corre, ma quando mi convince e rientriamo, non cambia molto.

– E siete alla?

– Terza o quarta volta.

Guardano Arcadipane che gesticola e parla. Isa tiene lo sguardo sul parabrezza.

– Volevo dirti, papà, che anche se Elena ha acconsentito, non credere che non sia arrabbiata.

– Lo so.

– Sta facendo i suoi bilanci.

– Lo so.

– Secondo me dovresti… – Martina si blocca vedendo Isa rientrare con Arcadipane che la tallona a un paio di metri. Si siedono, Isa tira fuori il biglietto e lo rimette al centro del tavolo, questa volta con il lato giusto in vista. È la ricevuta di una raccomandata postale.

– Sono stata a casa di Masimine Orusa insieme a quel carabiniere.

– Nazareno, – la interrompe Arcadipane, forse per dare l'idea che fuori abbiano parlato proprio di quello.

– I medicinali corrispondono alle ricette e sono compatibili con il suo lavoro di assistenza ai malati terminali. Se manca qualcosa si tratta di quantità che non possono comunque far pensare a un traffico illecito. Rispetto alla vita privata qualche cartolina di colleghe, lettere di pazienti o familiari di pazienti che la ringraziano. La casa era di sua proprietà, comprata nel 1971. Foto non ce ne sono. L'unica incorniciata all'ingresso è quella di un paesaggio in Scozia o in Irlanda, forse. Sul retro c'è l'anno di stampa, il 1973, ma non ci sono persone nell'immagine. Nei cassetti tutto in ordine, nessuno ha messo il naso, il che vuol dire che i carabinieri hanno fatto una perquisizione light oppure nessuna.

Prende il pane, lo spezza e lascia cadere qualche pezzo nella minestra. Ne lavora uno con il cucchiaio e lo mangia.

– Nel computer nessuna mail, documento o altro che faccia pensare a contatti con Vera Ladich, – dice con la bocca piena. – Ci sono un paio di film, ma sono commedie sentimentali degli anni Ottanta, quindi niente Ladich. Le piaceva la poesia, scriveva piccole cose ed era in contatto con un circoletto locale. Sono tutte in occitano o un dialetto simile.

– Quello invece? – accenna al biglietto Bramard.

– Caduto dietro il mobile dell'ingresso, – annuisce lei.

– Dove t'ho insegnato a guardare io, – dice Arcadipane, – dopo che Corso l'aveva insegnato a me.

Isa lo squadra.

– Che fai adesso? Mi dài l'anello della nonna che vi tramandate in famiglia?

– Posso vedere? – chiude la faccenda Bramard.

Isa prende il biglietto e glielo porge.

– È la ricevuta di una raccomandata, – dice, – inviata da Masimine Orusa quattro mesi fa a Lupita Lozano, infermiera professionale di origina messicana, quarantadue anni, emigrata prima in Germania e poi in Italia, dove risulta risiedere dal '98 a Roma. Ho pensato a una corrispondenza con una collega, qualcuno con cui Masimine Orusa poteva aver stretto amicizia sul posto di lavoro o durante qualche corso di formazione. Ho controllato: Lupita Lozano non ha mai lavorato per associazioni, enti o privati nel Nord Italia, mentre Masimine Orusa ha sempre avuto contratti in provincia di Cuneo. L'ultimo corso di formazione risale a sei anni fa e non ne ha mai fatti fuori regione.

– E allora chi cazzo è 'sta Lupita? – chiede Arcadipane.

Isa raccoglie con il cucchiaio quel che resta della polenta. Il merluzzo è sparito da tempo.

– Lupita Lozano, – dice, – lavora da sette anni a Villa Greppi, la clinica fuori Roma dove Aldo Mattalia, il fratello di Anna Mattalia, era ricoverato dal 1962 e dove è morto proprio quattro mesi fa, – lecca il dorso del cucchiaio. – Ecco chi cazzo è Lupita Lozano, per il momento.

18.

Il chiasso della sala, smorzato quando si sono chiusi alle spalle la porta dell'albergo, sparisce del tutto non appena lasciano la piazza per il primo viottolo. Bramard e Martina camminano uno a fianco all'altra, le maniche delle giacche che si sfiorano e solo il rumore dei passi. Poche finestre illuminate. Dall'interno suoni ovattati che potrebbero uscire da una tana molto profonda.

Due passi per digerire, questa la scusa con cui si sono alzati da tavola prima del dolce che Isa e Arcadipane hanno ordinato, ma Bramard è piú il silenzio che cerca, e Martina lo sa e non parla.

– A che pensi? – chiede Bramard.

– Che c'è un bell'odore di legna bruciata.

– E poi?

– Che se tutti sulla Terra ci scaldassimo a legna, nel giro di cinque anni le foreste sarebbero estinte e l'umanità intossicata dal monossido di carbonio. La poesia in fondo deve sempre sporgere sul disastro, no?

Sono al limite del paese da dove guardano la chiesa toccata a perpendicolo dalla luna quasi piena. Nessun'altra luce. Tengono le mani in tasca.

– Andiamo fin là?

– Va bene.

Attraversano il prato e prendono i tornanti che senza strappi li alzano sopra le case. Man mano che si allontanano, Clot mostra i suoi contorni di animale che dorme accucciato con la testa sui propri genitali. L'aria ha un suo equilibrio tra freddo e pulito, denso e leggero, presente e presente. Una coerenza che Bramard trova solo in montagna ed è il motivo per cui la montagna è il suo posto. In pochi minuti sono davanti alla facciata.

– Bella da fuori non è, – dice lei, – ma pare che gli affreschi dentro siano pazzeschi per un posto cosí piccolo.

– Li ha fatti Johannes Van Drift, un pittore olandese famoso all'inizio del Cinquecento in tutta Europa. Pare fosse in fuga dalla Francia per questioni di soldi o peggio e, passando il confine su sentieri dove non potessero acciuffarlo, si sia imbattuto nel paese. Ha chiesto ospitalità e gliel'hanno offerta. Probabilmente ha pensato fosse un buon posto per sparire nell'attesa di trovare un protettore in Italia. Nell'anno in cui si è fermato ha scritto molte lettere alle corti italiane e affrescato la chiesa. Per questo è conosciuto come il Maestro di Clot.

Martina studia il borgo minimo sotto di loro. Il sentiero che li ha portati fin lí.

– Tipo andare al pub una sera e trovarci gli U2 che dopo una birra decidono di suonare per venti persone?

– Una cosa del genere.

Guarda la facciata in cui una mano antica ha incastonato quei piccoli volti di pietra.

– Quella è una tradizione che arriva dai Celti, – spiega Bramard. – Rievoca le teste dei nemici conficcate all'ingresso del villaggio o appese agli usci per scoraggiare visite ostili e tenere lontani gli spiriti.

Camminano il lato della chiesa, una trentina di passi. La luna allunga le ombre dei bassorilievi zoomorfi dando loro un movimento.

– Gli animali invece…

– Piantala di fare il professore, – lo prende sottobraccio Martina, – tanto lo so che sei un poliziotto. Non hai mai smesso, vero?

– Per fortuna, altrimenti non saresti...

– Che c'è?

– La luna. Sui vetri della chiesa.

– Molto romantico, dovresti chiamare Elena e dirglielo, non posso fare da tramite anche per queste cose.

Bramard si allontana di qualche passo. Guarda la finestra della chiesa, poi nella direzione in cui, dietro uno sperone di roccia, sa essere il prato dove Terenzio Fuci è stato ritrovato e Vera Ladich no.

– Ti va di guidare una decina di minuti?

19.

– Senti... di già che siamo rimasti noi... Non vorrei che prima... Sono contento che... insomma... ci siamo capiti, no?

– No. E possiamo stare zitti mentre aspettiamo il dolce.

– Ok.

Isa torna a occuparsi del cellulare. Forse scrive alla fidanzata. Arcadipane l'ha vista una volta sola, questa Angela, ma non si dimentica facilmente qualcuno che vorrebbe staccarti la testa e seppellirla in un geranio. Si chiede come sarà come mamma, perché in questi casi... una sarà piú mamma e l'altra? Due mamme? Che incubo.

Isa alza la testa e lo scruta, come avesse captato il pensiero. Arcadipane abbassa gli occhi sul tavolo e cincischia una briciola.

– Commissario! – lo chiama Pedrelli.

Arcadipane si volta a cercarlo nella sala. Ha il telefono all'orecchio e gli sta facendo segno di avvicinarsi.

Arcadipane gli fa cenno di avvicinarsi lui semmai. Quando ordini il dolce non devi mai lasciare il tavolo. È il momento piú delicato. Il cameriere arriva, non ti vede e pensa che hai cambiato idea. Torni, glielo chiedi e il tuo dolce non c'è piú: l'ultima porzione è andata a uno che ha cambiato idea in senso inverso, prima non lo voleva, ma poi vedendolo passare...

– Ecco, commissario, – giunge Pedrelli trotterellando, – è il laboratorio, pare sia importante.

– Perché non chiamano direttamente me?

– Dicono che risulta irraggiungibile.

– Ma che cazzo! – prende il telefonino Arcadipane: sa di pino mugo. Pedrelli è l'unico al mondo che ciancica il cellulare per tutto il giorno, ci sputa sopra, lo strofina contro il grasso dell'orecchio, lo butta in tasca e in macchina e la sera quello gli sa di pino mugo!

– Sono Arcadipane, dimmi… Siete sicuri? Ok, dammi il nome, – fa segno a Pedrelli di passargli qualcosa su cui scrivere. – È un nome tedesco? – chiede mentre annota sul taccuino, poi batte sul tavolo per attirare l'attenzione di Isa, – no, il fascicolo giramelo via mail, lo controllo dopo, ora andiamo, – si mette in piedi e fa segno a Isa di muovere il culo, – mandamelo anche sul cellulare, adesso dammi solo l'indirizzo... – si rabbuia. – Come non c'è indirizzo? Ok, ci arrangiamo noi, tu manda tutto e senti anche i carabinieri… Ah, viene già tutto da loro… ok, poi li sento meglio io… ciao… Sí, sí, grazie.

– Che succede? – chiede Isa.

Arcadipane ha già infilato la giacca.

– Le monete, abbiamo un'impronta che corrisponde.

– Che monete? – chiede Isa.

– Te lo spiego andando… Pedrelli, chiama quei due e fagli posare l'amaro. Veloce!

I giornalisti dovrebbero osservare con interesse quei quattro sbirri che escono dalla sala senza degnare di uno sguardo i tiramisú e la crostata di mele che Ottavio Claro sta portando. Dovrebbero contemplare le ipotesi che stanno dietro a quella fuga repentina, se non addirittura seguirli, ma i giornalisti quando staccano staccano e quando staccano bevono. Poi fuori è freddo, il cellulare prende e non prende e in redazione non amano le notizie in chiusura di pagina.

Per non dire che ci sono tre tiramisú e una crostata senza padrone.

20.

Martina abbassa il finestrino e sporge la testa.

– Sei sicuro che possiamo?

I fari illuminano Corso che le fa segno di venire avanti. In mano il nastro di perimetrazione che ha tolto.

– Eh?

– Dico che non so se è una buona idea!

– Vieni, vieni, piano.

Martina ricaccia dentro la testa e fa scendere la Scenic a passo d'uomo all'interno di quel quadrato senza un lato, in leggera pendenza. Ha paura che le sfugga il freno, che l'auto prenda velocità e finisca nel nero del bosco e poi giú fino al lago. Paure assurde, ha guidato in Africa su strade che in confronto... e anche in Brasile, quando piove nelle Rocinha...

– Ancora un po'... di fianco a quella grossa pietra piatta.

– Ma tocco!

– Non tocchi, la Jaguar era piú bassa... ecco, mezzo metro... Stop, ferma lí.

– Spengo?

– Spegni motore e fari.

Martina esegue e accenna a scendere.

– Resta al volante, per favore, e accendi la luce di cortesia.

Martina fa come le viene detto. Attraverso il parabrezza su cui la luna si riflette, guarda il padre allontanarsi camminando all'indietro e zigzagando, come un rabdomante, senza mai perdere di vista la macchina.

21.

Niente campanello, come per tutte le case di 'sto merdoso paese, si dice Arcadipane prima di fare qualche passo indietro e guardare verso le tre finestre al secondo piano, due spente e una accesa.

– Sindaco! – chiama ad alta voce, – sindaco!

Niente. E al cellulare non risponde. Forse perché ne ha abbastanza dei giornalisti.

Lavezzi sta trafficando con la serratura. È bravo in queste cose, il perché è meglio non chiederselo. Infatti la apre. Salgono le scale, tutti e cinque, Pedrelli per ultimo. Di fronte alla sala consiliare dove si sono riuniti l'altro giorno, c'è la porta impiallacciata mogano di un appartamento. Bussano. Niente. Bussano di nuovo.

– Sindaco! – insiste.

La porta viene socchiusa e nella fessura di venti centimetri compare il faccione erbivoro di Beppe Dro.

– Che succede?

È in maglietta della salute. Di sotto non si capisce.

– Dobbiamo parlare, – fa Arcadipane.

– Entrate nella sala, è aperta, mi vesto e arrivo.

– Facciamo qui, nessuno si scandalizza.

Beppe Dro si scansa ed entrano. La stanza dove cucina e sala combaciano è meno che orribile e piú che banale. Qualche pezzo di arte povera, un divano, sedie di recupero, una cucina nuova di design, una tv a grande schermo, il tavolo in vetro. La console dei videogame abbandonata a terra di fronte al televisore piatto indirizza Arcadipane verso un intreccio patologico tra il sogno di un quindicenne e l'incubo di un uomo con un piede nella terza età.

– Chi è Ludwig Ubac? – domanda.

Il sindaco si è portato al centro della stanza, come dovesse dirigere un traffico che non c'è. Il fatto che indossi pantaloncini rossi da basket al ginocchio con il numero 32 non giova.

– Come chi è? È Ludwig!

– E perché non ce l'ha detto?

– Cosa?

– Dei precedenti?

– Mah, è che... – Beppe Dro si interrompe per pensare meglio, – son cose vecchie. E poi Ludwig non è del paese.

– Non è di Clot?

– Sí, ma sta fuori del comune. Sul colle. Mi ha detto che avete perlustrato tutto il versante, quindi qualcuno sarà passato anche da lui.

– Prenda la cartina e ci faccia vedere dove abita perché non risulta un indirizzo di questo tizio.

Beppe Dro scompare oltre la porta che dà sulla camera da letto. Arcadipane non ha mai sentito di un municipio con annesso appartamento del sindaco, ma non ha mai sentito di un sacco di cose a cui non è il momento di pensare. Dalla camera arrivano rumori di cassetti e qualcos'altro.

– Venga fuori anche lei! – fa Arcadipane ad alta voce. – Ho già detto che non ci scandalizziamo.

Beppe Dro esce dalla camera, cartina in mano, coprendo quasi per intero con la sua mole Gemma Lunel che, alle sue spalle, si sta chiudendo una vestaglia decisamente non sua, visto che le finisce sotto i piedi.

Arcadipane pensa che quella povera donna potrebbe sistemarsi un po' di roba nell'armadio tenuto conto che la storia andrà avanti da anni, ma sa anche che la gente che si mette orizzontale assieme gestisce i momenti di verticalità nelle maniere piú disparate. La sua fortuna è che con il tempo e il mestiere ha imparato a capire subito se queste maniere possono costituire reato, esserne il movente o il risultato. E non è questo il caso.

La neutralità in merito probabilmente gli si legge in faccia, perché Gemma Lunel senza chiedere nulla va all'acquaio e comincia a caricare una caffettiera da otto. Il sindaco ha srotolato sul tavolo la carta.

– Ecco, – posa il ditone, – Ludwig vive qui.

Sta indicando un punto a monte del lago, Arcadipane non saprebbe dire quanto a monte perché non capisce niente di cartine e di scale.

– Hanno ispezionato la zona? – fa segno a Pedrelli sulla carta.

– Sí, sí, non so chi se ne sia occupato, ma sono state controllate tutte le abitazioni e i ricoveri. Hanno guardato dappertutto. Quindi certamente anche a casa di questo Ubac.

Arcadipane pensa.

– Quant'è lontano dal paese? – chiede al sindaco.

– Sono una quarantina di minuti a piedi.

– E non a piedi?

– Non c'è strada, ci si arriva solo con il sentiero.

– E da Gias Vej? Quanto ci vuole a piedi.

– Una mezz'ora.

– Vive solo questo tizio?

– Sí, sempre vissuto solo.

– Telefono?

– No... È una persona... particolare.

– Particolare nel senso che ha un fucile dietro la porta

e due pistole nel cassetto in cucina? Non abbiamo avuto il tempo di approfondire, ma nei precedenti risulta il traffico d'armi.

– Ma no, è una vecchia faccenda quella... Esagerata. Non ha neanche un fucile da caccia.

Dalla zona cucina arriva il gorgogliare del caffè: piano a induzione, velocissimo.

– Quindi lei lo conosce bene.

– Lo conosco come si può conoscere un Ubac! – alza le spalle Beppe Dro. – Sono sempre stati una famiglia un po'...

– Particolare.

– Anche il padre era un tipo schivo, – annuisce, – la madre meno, ma comunque erano parecchio ritirati. I genitori sono morti quando Ludwig non aveva ancora trent'anni e di lí in avanti ha sempre vissuto solo. Viene in paese per le spese, due chiacchiere, il tabacco e poi torna a casa.

– Tanto ha il vitalizio.

– No, lui no. Ne aveva diritto, ma non l'ha mai ritirato.

– E come campa?

– Di poco, credo.

La Lunel lascia le tazzine sul tavolo, portandole due a due. Arcadipane la ringrazia con lo sguardo per aver fatto e non chiesto. Ne prendono tutti una, solo Pedrelli si scusa che lui il caffè a quest'ora... In realtà a qualunque ora.

Adesso che vede Isa e la Lunel vicine, Arcadipane intuisce non una somiglianza, ma un'affinità tipologica, direbbe se conoscesse il concetto e le parole per inchiodarlo, invece si limita a guardarle di sottecchi e bere il caffè, finché non posa la tazzina e torna al qui e ora.

– Perché ha detto che non fa parte del paese?

– È una vecchia faccenda. Il posto dove abita è sempre stato conteso tra il Comune di Clot e quello di Assiglio. Questioni antiche che si sono trascinate da un'epoca all'altra, insomma, oggi quei terreni pur essendo sul versante di Clot, tecnicamente sono a catasto nel Comune di Assiglio.

– Quindi sareste trentotto abitanti, con Ludwig Ubac.

– Sí, ma lui è nei registri del Comune di Assiglio. Sempre che ci sia.

– Perché è una persona un po' particolare.

Beppe Dro beve il suo caffè e annuisce.

– Potrebbe essere scambiato per un orso?

– Cosa intende? Come carattere?

– Non come carattere. Un bambino che lo vede di notte può scambiarlo per un orso?

Il sindaco guarda Arcadipane cercando di intuire il doppio fondo della domanda, non trovandolo sposta gli occhi su Gemma Lunel.

– È alto come Beppe, – dice (che tenerezza, pensa Arcadipane... Beppe!), – ma piú longilineo. E d'inverno in effetti porta quella giacca di pecora senza maniche.

– Pecora come questa? – fa vedere Arcadipane quella che ha indosso lui.

– No, non liscia... con il pelo delle pecore.

– Ok, sindaco, – batte le mani Arcadipane, – calzoni, scarpe e ci accompagna.

Otto minuti dopo sono nella piazza, tutti tranne la Lunel.

– Saliamo in auto a Gias Vej? – chiede Arcadipane.

– Da lassú bisogna passare nel bosco e il sentiero si perde... Di giorno non sarebbe un problema, ma adesso... – Dro guarda verso il disco bianco appena ammaccato su un lato. – C'è luna, ma sotto gli alberi... Conviene andare a piedi da qui, secondo me.

– Facciamo come dice lei. Tu Pedrelli, torni in albergo e senti il giudice per un decreto di perquisizione, se chiede gli fai presente che noi abbiamo anticipato per sospetta flagranza di reato, se non chiede, tieni la bocca chiusa.

Ci portiamo il satellitare e ci teniamo in contatto. Isa tu stai con Pedrelli.

– E allora che cazzo sono venuta a fare?

– Non operativa, si è raccomandato il tuo capo e ha ragione. Non ti porto in casa di questo tizio, succedesse mai qualcosa... Se non ti va prendi la macchina e vai, adesso non abbiamo tempo di discutere, – guarda l'orologio. – Se è lui quello che cerchiamo, ha Vera Ladich da novantasei ore e cinquanta minuti!

Si allontanano nella piazza, lasciandosi alle spalle Pedrelli e Isa diretti all'albergo. Il sindaco fa strada lungo un viottolo, poi un altro, poi un sentiero che sale e li obbliga a disporsi in fila indiana. Arcadipane, mentre tiene dietro a Beppe Dro, si studia i mocassini a cui dovrebbe fare un monumento, che tra un po' però potrebbe essere alla memoria. Cerca nella tasca della giacca un sucai, niente. Allora nei pantaloni, un paio. Uno lo infila lesto in bocca.

L'omone che gli cammina avanti apre l'aria, togliendogli della fatica. Peccato gli si rinfacci ogni tanto quell'insalata russa con quella verdurina sott'... Pazienza, i sucai sono digestivi, decide.

Guarda l'ora, le dieci e venti minuti. Che cazzo ci facevano già a letto il sindaco e la Lunel? I casi sono due, pensa, o molto ardore o già torpore.

Resta il fatto che nessuno dei due è reato.

22.

Bramard studia la Scenic ferma a cinquanta metri, il parabrezza un rettangolo bianco che riflette la luce della luna, Martina indistinguibile dietro quel velo.

Risale di altri due o tre metri, come sta facendo da una decina di minuti, tenendosi sul limitare della radura, si ferma di nuovo e guarda verso l'auto, scorgendo questa volta Martina attraverso il finestrino laterale. Mette una pietra a terra e procede cosí per altri dieci passi fino a che non segna il punto con un'altra pietra.

A occhio sono cinque o sei metri quelli da cui può vedere in maniera distinta Martina alla guida attraverso il finestrino laterale. Lo stesso accadrebbe sull'altro lato dell'auto, ma dall'altro lato il terreno cade a precipizio. In conclusione chi ha visto Fuci e ha chiamato era lí. Esattamente dove si trova Corso adesso, qualche passo piú su o piú in basso. Ma perché?

Torna all'auto e dice a Martina che può scendere.

– Abbiamo finito? Fa freddo!

– Quasi, prendi la torcia nel cassetto, per favore.

Raggiungono insieme il punto che Corso ha racchiuso tra le due pietre.

– Cosa cerchiamo?

– Non lo so.

Martina guarda a terra come vede fare a Corso, ma senza allontanarsi da lui. Passi lenti, discreti. Le impronte ci sono, ma su quel terreno hanno ormai camminato decine di persone.

Si addentrano nel bosco dove l'aria ha un'altra consistenza, come se qualcuno avesse chiuso un coperchio sopra di loro. In montagna avverti subito che gli alberi sono un'estensione della terra, un suo prolungamento. Stessa materia. Un'alleanza antica, tanto che quando la terra sembra schiantare il bosco o quello prendere il sopravvento, in verità stanno solo firmando un nuovo accordo. Sacrificano una parte per il bene del tutto. Gli uomini possono percepire questo legame, ma ne sono tagliati fuori. E di rado lo comprendono.

– Papà…

– Sí.

– Siamo in un bosco, al freddo, di notte e io avevo promesso a Elena di tenerti d'occhio. Praticamente stai già facendo tutto quel che non dovresti.

– Hai ragione, – dice Corso, continuando a cercare, – però ho mangiato la minestra!

– Ah, be'… che c'è? Che hai trovato?

Martina si avvicina.

– Cos'è?

Corso raccoglie due legnetti e glieli mostra.

– Sono bastoncini, – constata lei.

– Rotti da qualcuno, vedi?

– E allora?

– Quella fossetta, questi bastoncini erano sistemati qui e qui, come distanziatori, – e li conficca nel terreno. – Invece quest'altro pezzo, – le fa vedere un legnetto a Y, – stava a fare da ponticello, qui, – e lo pianta. – E poi c'erano di sicuro altri legnetti che saranno qui intorno.

– Cos'è? – chiede Martina. – Un disegno?

– Una trappola a laccio, serve per prendere piccoli uccelli. Chi l'ha costruita sa il fatto suo perché ha scelto un buon posto, qui al limitare della radura. Di sicuro aveva piazzato un'esca: lamponi, semi, more. E se c'è questa ce ne sono altre.

– Ma il laccio dov'è?

– Di solito è di metallo o di plastica. Quando ha distrutto la trappola l'ha portato via. Non ci teneva a fare sapere di essere stato qui.

– Ma chi? Quello che ha.... – Martina ferma le mani che stava sfregando una nell'altra per il freddo. – Cazzo, papà! Mi hai fatto stare in macchina al posto del morto?

– Dovevo capire da dove poteva vedere...

– Dovevi capire un cazzo, papà, scusa, ma siamo dove hanno ammazzato uno e rapito Vera Ladich e tu mi fai fare la cavia? Adesso ce ne andiamo subito. Lo dici ad Arcadipane e ci penseranno loro a...

– Sí, sí, vai alla macchina. Io do ancora un'occhiata in giro.

Bramard si allontana. Martina sbuffa e guarda l'auto, lontanissima e indifesa in mezzo al prato.

– Papà? – sussurra. – Dove sei?

– Sono qui, segui la torcia. Ne ho trovata un'altra.

23.

– Ma che cazzo è? – chiede Arcadipane. – Un container?

– Una specie...

– E come ce l'hanno portato un container quassú?

– È una storia lunga, – annuisce il sindaco. – Ve l'ho detto che era...

– Particolare, va bene, va bene.

Arcadipane torna a sollevare la testa per sbirciare oltre il masso dietro al quale sono nascosti. Il posto dove Ludwig Ubac vive piú che un container è una casa mobile da cantiere. Questo non cambia la bizzarria di quel parallelepipedo cagato a duemila metri, in un pianoro di abeti secolari, eppure radi, dove si sale soltanto con il sentiero sul quale hanno appena lasciato l'anima. Piú Arcadipane, a dire il vero: il sindaco è geneticamente attrezzato, Botta affilato come un seminarista e Lavezzi con tutto quel sesso a pagamento...

Arcadipane valuta il tubo di lamiera sul tetto da cui esce uno sbuffo di fumo, segno che qualcosa lí dentro produce calore. Le due finestre sul lato lungo sono chiuse da un panno scuro, forse una vecchia coperta che lascia però filtrare un po' di luce.

– Lavezzi!

– Sí, commissario.

– Vieni qui e ascoltami bene.

Lavezzi gattona fino da lui aggirando il promontorio del sindaco.

– Adesso tu con molta cautela ti avvicini, ok? Vedi se viene qualche rumore o se puoi sbirciare da una delle finestre. Voglio capire se c'è la Ladich e cosa sta facendo questo Ludwig. Se dorme o lava il servizio di porcellana, torni a riferire e buttiamo giú la porta. Per i convenevoli c'è tempo. Non voglio bussare a una lamiera di due centimetri che quello riempie di piombini.

Lavezzi annuisce o cosí sembra. La luna regala ai pini un'ombra generosa, zebrando il piano intorno al container. E loro sono in una striscia nera.

Arcadipane segue la corsa china di Lavezzi, passandosi una mano sull'orecchio destro come tutte le volte che un sottoposto sta facendo qualcosa che privo di rischi non è.

Eredità del tempo in cui era lui quello che mandavano avanti. Un apprendistato da cui nel complesso non è uscito male, se si esclude una rosa di pallini attraverso la porta davanti alla quale stava intimando «Polizia, aprite!», come aveva visto fare nei film. Fu fortunato. Un pallino gli staccò un lobo e basta. Quattro dita piú a sinistra e... invece glielo riattaccarono che manco si vede.

Lavezzi, arrivato al container, si accuccia sotto una delle aperture, schiena alla lamiera. Si solleva, cercando di sbirciare dentro, ma presto riabbassa la testa. Si ferma un altro po', poi tenendosi chino rientra.

– Sulle finestre c'è un telo, – dice, senza nemmeno un po' di fiatone, – ma ho sentito una voce di uomo e una di donna.

– Sicuro?

– Non si capisce cosa dicono, ma sono un uomo e una donna, sicuro.

Arcadipane guarda il sindaco.

– Ha detto che vive solo, no?

– Sempre vissuto solo.

– È possibile che abbia una fidanzata? Una parente che è venuta a trovarlo? Una che paga?

– Ha piú di settant'anni!

– Per quello dovrebbe pagare!

– No, lo escludo. Non ho mai sentito di parenti. E chi sale deve comunque passare in paese. Si saprebbe.

Arcadipane mette in bocca l'ultimo sucai. Ha dimenticato di fare rifornimento dal sacchetto in camera e anche il sacchetto è ormai agli sgoccioli. Lo sa che dovrebbe chiamare Pedrelli, far muovere qualcuno da Cuneo o da Torino, persino chiedere il sostegno dei carabinieri in valle, ma sa anche che quando devi togliere un dente piú di due mani in bocca non ci stanno.

– Lei sindaco se ne sta qui buono, capito? Noi andiamo. Lavezzi butti giú la porta, io e Botta entriamo. Le armi fuori. Se qualcuno chiede, abbiamo bussato e non ottenendo risposta, siamo entrati. Sindaco, se lo ricordi anche lei. Muoviamoci, adesso.

Arcadipane si alza, non proprio atleticamente, ma una cosa decente per l'età, e a testa bassa claudica verso il container. Nell'ultimo tratto di salita gli è spirato un mocassino dal quale adesso la suola penzola come la lingua di un cocker. Un passo saltato che agli occhi dei sottoposti potrebbe apparire una danza di guerra o un segreto del mestiere a cui hanno accesso proprio stasera. Arcadipane non ha tempo di pensarci che sono già alla porta. Riprende fiato e intanto ascolta: una voce di donna in effetti gli pare di sentirla anche lui. Fa cenno a Lavezzi di procedere e quello si piazza davanti all'uscio che non ha l'aria di poter reggere una sua pedata e infatti non la regge.

Arcadipane non saprebbe dire se entrando ha gridato o se l'hanno fatto Botta e Lavezzi.

La cosa che ricorderà di lí a un paio d'ore sono l'odore di stufa e di qualcosa rimasto attaccato al fondo di una pentola, una poltrona, cose alle pareti che potrebbero essere libri e un'unica lampadina sul piccolo tavolo di legno chiaro al centro dello spazio.

E seduti a quel tavolo Ludwig Ubac, Bramard e Martina che li guardano.

Lei gli occhi sgranati. Bramard calmo come se la porta l'avesse aperta il vento. E Ludwig Ubac.

Be', servirebbe un libro, sapesse scriverlo, per dire cosa ha negli occhi quell'uomo.

24.

L'anno 2013, il giorno martedí 29 ottobre, alle ore 00.42, il sottoscritto Arcadipane Vincenzo, ufficiale di P.G., Commissario Capo della Sezione Omicidi di Torino, vista l'autorizzazione al compimento dell'atto rilasciata dal Sost. Procuratore della Repubblica Novizi Manlio, procede all'interrogatorio del sig. Ubac Ludwig, nato il 15 settembre 1940, residente nei pressi di Clot (CN), indirizzo esatto non reperito, cittadinanza italiana, celibe, disoccupato. L'interrogato rinuncia all'assistenza legale per quanto avvertito che le sue dichiarazioni potranno essere utilizzate nei suoi confronti. L'interrogatorio è registrato (file 8745-bv) e successivamente trascritto dal Vice Commissario Pedrelli Attilio.

COMMISSARIO Venerdí 25 ottobre i carabinieri di Alve, alle ore 23.46, hanno ricevuto una telefonata che segnalava un morto a Gias Vej. È stato lei a fare quella telefonata?

A DOMANDA RISPONDE Sí.

COMMISSARIO Quando ha fatto la telefonata conosceva l'identità del morto?

ADR No.

COMMISSARIO Perché non ha fornito il suo nome e cognome ai carabinieri?

ADR Ho dei precedenti. Non volevo essere coinvolto.

COMMISSARIO Quali precedenti?
ADR Lo sapete. Mi avete sfondato la porta.
COMMISSARIO Ne parliamo dopo. Com'è venuto a conoscenza del morto a Gias Vej?
ADR Camminavo nel bosco...
COMMISSARIO A che ora?
ADR Le undici.
COMMISSARIO Lei alle ventitre cammina sempre nel bosco.
ADR Non ho la televisione.
COMMISSARIO Come vede qui non ride nessuno. Camminava nel bosco e ha visto il morto.
ADR Ho visto la macchina con la luce accesa, mi sono avvicinato e ho visto il morto.
COMMISSARIO Quanto si è avvicinato?
ADR Trenta metri.
COMMISSARIO Trenta metri esatti?
Silenzio.
COMMISSARIO Non si è avvicinato di piú per capire se l'uomo stava male o aveva bisogno di aiuto?
ADR No, era morto.
COMMISSARIO Da trenta metri ha avuto la certezza che fosse morto?
ADR Sí.
COMMISSARIO Come ha fatto di notte e da quella distanza?
ADR La luna gli batteva sugli occhi aperti. C'è solo un motivo se una persona non sbatte gli occhi.
COMMISSARIO E la donna?
ADR Non c'era nessuna donna.
COMMISSARIO Non ha visto una donna in auto o nei dintorni?
ADR No.

COMMISSARIO Quindi cos'ha fatto lei quando ha visto l'uomo e nessuna donna?

ADR Sono sceso in paese a telefonare, gliel'ho detto.

COMMISSARIO Non le è passato per la testa di chiamare il sindaco o qualcun altro e tornare sul posto?

Silenzio.

COMMISSARIO Sa chi è la donna che secondo lei non era in quella macchina?

ADR L'ho sentito.

COMMISSARIO Dove l'ha sentito? Televisione, radio, giornali, qui in paese?

ADR Non ho la televisione, neanche la radio. Me l'hanno detto in paese. All'alimentari.

COMMISSARIO Quindi quando lei ha visto la macchina e l'uomo morto non sapeva che si trattava di Terenzio Fuci, il marito di Vera Ladich?

ADR Non lo conoscevo.

COMMISSARIO E Vera Ladich? Lei la conosceva, no?

ADR Conoscevo Anna Mattalia.

COMMISSARIO Che come sa è diventata Vera Ladich. Quanto la conosceva Anna Mattalia?

Silenzio.

COMMISSARIO Anna Mattalia, come la conosceva, le ho chiesto.

ADR Ci conoscevamo da giovani.

COMMISSARIO Eravate amici?

ADR Abbastanza.

COMMISSARIO Abbastanza vuol dire amici, molto amici, fidanzati?

Silenzio

ADR Solo amici.

COMMISSARIO Da quant'è che non la vedeva?

ADR Da quando è andata via dal paese.

COMMISSARIO Però sapeva che era tornata, no? Credo che, appena Vera Ladich ha messo piede in albergo, l'abbiate saputo tutti qui.

ADR Non lo sapevo. Vengo in paese una volta a settimana.

COMMISSARIO La odiava anche lei?

ADR Io non odio nessuno.

COMMISSARIO Non odia nessuno, ma quando l'ha vista, dopo cinquant'anni, che cosa ha pensato? Me lo dica sinceramente, da uomo a uomo... Ha pensato che era invecchiata? Che era sempre una bella donna? Che non c'era riuscito allora, ma adesso...

ADR Non l'ho vista. Non sapevo fosse tornata in paese. Silenzio.

COMMISSARIO Quindi non sa dove si trova adesso?

ADR No.

COMMISSARIO Però quando gli uomini della Protezione sono venuti da lei, non gli ha permesso di entrare in casa.

ADR Non c'era nessun motivo di entrare.

COMMISSARIO Ma quando due ore dopo sono tornati con un nostro agente il motivo c'era. Perché aveva cambiato idea?

ADR Non volevo problemi con la polizia.

COMMISSARIO Perché ha dei precedenti. Vede che ci siamo arrivati? Parliamo di questi precedenti. Lei ha due arresti e tre segnalazioni della guardia di finanza e dei carabinieri per contrabbando e per quello che oggi chiameremmo favoreggiamento dell'immigrazione clandestina. Il primo arresto è del '65, l'ultimo per questi reati nel '99. Sono piú di trent'anni di onorata carriera. Mi spiega?

ADR Che c'è da spiegare? Una volta era un mestiere.

COMMISSARIO Quale? Il contrabbandiere? Il *passeur*, come lo chiamate qui?

ADR Mio padre lo faceva, mio nonno lo faceva...

COMMISSARIO E pure il suo bisnonno, di cui non mi frega niente. Lo fa ancora?

ADR No. Sono troppo vecchio. Ma se potessi lo farei.

COMMISSARIO Certo, perché lei è un filantropo, un mecenate, uno Schindler. Peccato che quelli erano ricchi, mentre lei vive in un container. A proposito, come ce l'ha portato lassú?

ADR L'hanno portato quelli della diga.

COMMISSARIO Quando?

ADR Casa nostra era accanto al fiume, nel tratto sopra lo sbarramento, quindi destinata a restare sotto il lago. Mio padre, quando si era cominciato a parlare della diga, era stato tra quelli contrari, ma poi si è ammalato ed è morto. Siamo rimasti mia madre e io. La società ci offrí di ricostruire la casa in un altro punto su quel lato della valle, ma mia madre e io non volevamo. Mio padre aveva detto che quel versante con la costruzione dell'invaso sarebbe franato.

COMMISSARIO Che sarebbe franato. E quindi? Il container?

ADR Abbiamo preferito il container sistemato lassú, fuori dal comune di Clot. Era stata un'idea di mio padre: non voleva andarsene, ma nemmeno rimanere nel paese che gli aveva tolto la casa. La struttura venne portata lassú con un elicottero.

COMMISSARIO Lei quanti anni aveva?

ADR Una ventina.

COMMISSARIO E sta nel container da cinquantadue anni praticamente. Ce l'ha almeno un bagno?

Silenzio

COMMISSARIO Dopo l'ultimo arresto per traffico di clandestini, quattordici anni fa, lei ha pagato una sanzione amministrativa bella grossa. Adesso non risulta che abbia soldi, un conto, niente pensione e non ritira l'indennizzo cui avrebbe diritto. Come campa?

ADR Vivo con poco. Nel bosco c'è tutto quel che serve. E nel lago ci sono le trote.

COMMISSARIO È di questo che parlava con il mio amico e la figlia? Pesca, tecniche di sopravvivenza e trappole per uccelli? Scava anche buche con pali acuminati come si vede nei film? Magari oltre agli uccellini ogni tanto le fa piacere un camoscio, un cinghiale o un cervo, no? Tutto di frodo ovviamente.

Silenzio.

COMMISSARIO Però mi ha detto che va all'alimentari. Cosa fa, piazza le trappole al banco dei prosciutti? Con cosa paga la spesa e il tabacco?

ADR Ho dei vecchi crediti.

COMMISSARIO E oltre ai crediti ha anche un fucile da qualche parte? Perché non ha proprio l'aria di uno che vive di passeri e bacche!

ADR Mai avuto un fucile.

COMMISSARIO Già! Che se ne fa di un fucile uno che ha tutta quella dinamite!

Silenzio

COMMISSARIO Ne vogliamo parlare?

ADR Ha le carte, no?

COMMISSARIO Certo che le ho. Dicono che le telecamere di un cantiere nella valle a fianco hanno ripreso un uomo che certamente era lei mentre trafugava tre casse di esplosivo da roccia. Dicono anche che per quel furto lei è stato incriminato e condannato a cinque anni di cui ne ha scontati... Tutti e cinque, per cattiva condotta. È uscito sette anni fa. Quello che le carte non dicono è che nell'arco di dieci anni ci sono stati nei paraggi altri tre furti di materiale esplosivo da edilizia e scavo. Lei è stato incriminato solo per uno di questi furti, ma io penso che lei sappia che fine ha fatto tutta quella roba. So che malgrado l'offerta di uno sconto di pena, non l'ha voluto dire...

ADR Se non l'ho voluto dire allora perché pensa che glielo dica adesso?

COMMISSARIO Perché quando uno finisce in un guaio grosso come quello in cui si trova, ogni segno di buona volontà è utile. L'ha venduta quella dinamite? È di quel denaro che campa? Oppure il denaro è finito e ha pensato a un sequestro?

Silenzio.

ADR Non ne so niente di quella donna.

COMMISSARIO Quindi mettiamo a verbale che lei la notte tra giovedí e venerdí è salito a controllare le trappole, ha visto l'auto con il morto, di notte e da trenta metri, ed è sceso a fare una telefonata anonima perché aveva paura di essere coinvolto a causa dei suoi precedenti? È la sua ultima versione?

ADR È quello che è successo. Posso andare adesso?

COMMISSARIO Non credo proprio.

25.

Alle due e quarantacinque Corso Bramard posa l'ultimo foglio del verbale sopra ai sette già letti, quindi prende il coltello sul tavolo e divide in due la toma rimasta nel piatto. Infilza uno dei pezzi e lo porge ad Arcadipane che, stordito dall'ora, dalla stanchezza e dal lattosio, da una decina di minuti fissa il mucchietto di croste al centro della tovaglia.

– Formaggio alle tre di notte, – dice, mentre allunga una mano verso la toma. – Potevi dirlo che volevi compagnia per un suicidio assistito.

Il rumore del grissino che si rompe echeggia nella sala vuota come un bicchiere sotto il tacco in un matrimonio ebraico. I tavoli attorno sono già apparecchiati per la colazione del mattino, un paio però ospitano ancora i vuoti alcolici dei giornalisti che hanno tirato tardi.

– Allora? – chiede Arcadipane.

– Allora cosa penso del verbale? Che Pedrelli quando scrive ti aggiusta i congiuntivi.

– Del verbale so cosa pensi. Allora che cazzo ci facevate là?

Bramard stacca un morso di formaggio con le labbra e non con i denti. Tra un paio di settimane di stagionatura non potrebbe piú farlo.

– Te l'ho detto, – mastica, – sono andato dietro a quei lacci, siamo arrivati alla casa…

– È un container.

– ... al container, è uscito, gli ho chiesto delle trappole e lui ci ha invitati a entrare.

– Che vuol dire che vi ha invitati a entrare? Hai detto: sono un insegnante in pensione e vorrei parlare delle trappole che ha messo vicino alla macchina dove hanno ammazzato Terenzio Fuci. Ah, questa è mia figlia, vuole parlare anche lei delle trappole che ha messo vicino alla macchina dove hanno ammazzato Terenzio Fuci. Prego, entrate, beviamo qualcosa e parliamo delle trappole che ho messo vicino alla macchina dove hanno ammazzato Terenzio Fuci. È cosí che è andata?

– All'incirca.

– E non hai pensato che poteva avere un'arma? Che vi faceva sparire e io manco sapevo che eravate lí?

Corso prende un altro grissino. Mastica finché la toma non torna latte e il grissino grano.

– Non credo, – conclude.

Arcadipane si caccia in bocca l'ultimo pezzo di quel formaggio che puzza di collant di anziana, ne ha la consistenza e quel che è peggio gli piace. L'orologio alla parete segna le tre meno cinque e fuori c'è lo stesso silenzio delle dieci di mattina, delle due di pomeriggio e delle sei di sera.

– Seduti davanti al fuoco a parlare di trappole, a quel punto in effetti perché non farsi un bicchierino!

– È un liquore che fa lui. Si chiama Sucho.

– Un liquore che fa lui, – lo fissa Arcadipane. – Vai a casa di un sospettato di notte, senza avvertire, e bevi la prima cosa ti versa nel bicchiere. Sei anche convalescente, cazzo! Se Elena viene a sapere quel che hai combinato, mi scioglie nella candeggina! Almeno ha detto qualcosa di utile mentre bevevate quella porcheria?

Bramard prende una delle croste e la pulisce con il coltello, ricavandone un velo giallo e duro, ma ancora commestibile.

– Che suo padre gli ha insegnato a fare le trappole e che si chiama Ludwig perché alla madre piaceva Beethoven.

– Peccato che vi abbiamo interrotti, cazzo! Eri proprio a un passo dal farlo confessare!

Bramard guarda quell'ultimo pezzetto di formaggio, strappato dove sembrava esserci solo scarto. Lo studia rigirandolo tra le dita, come se la luce lo attraversasse producendo qualcosa. Poi lo deposita in bocca. Mangiano per qualche secondo in silenzio. Davanti una caraffa d'acqua, il piatto vuoto, gli ultimi grissini, le croste, un coltello e il verbale.

– State perquisendo la casa? – chiede Corso.

– Non è una casa, è un container, e certo che lo stiamo perquisendo!

– Chi?

– Pedrelli, con altri due che ho fatto salire. Lavezzi e Botta sono in municipio che tengono a balia il tuo compagno di bevute, perché?

– Non ho visto dischi né un apparecchio per ascoltarli, in quella casa.

– Certo, bere senza musica…

– Fammi sapere se trovate qualcosa.

– Cosa? I dischi?

– Hai messo a verbale che viveva lí con i genitori. A me ha detto che la madre era appassionata di Beethoven. Se avevano dischi e qualcosa per ascoltarli, è strano che li abbia buttati. I dischi sono una cosa molto difficile da buttare, specie se sono appartenuti a qualcuno che non ti è indifferente. Piú facile liberarsi dei vestiti, dei libri, ma i dischi, gli occhiali e la carta di identità…

Arcadipane guarda l'acqua che nessuno dei due ha toccato, anche perché sul tavolo non ci sono bicchieri. Pensa a cosa è rimasto a lui della madre e del padre. Le fedi che tiene in una scatolina; un anello che diede a Mariangela anni prima del matrimonio; le carte da briscola che il padre portava sempre nel taschino, l'orologio laccato oro che i colleghi gli regalarono per la pensione, l'abito da sposa che Loredana volle accorciare e poi allungare e poi colorare per qualche festa del liceo che lui scoprí poi essere in maschera, e ci rimase male; una bicicletta con i freni a bacchetta che nessuno di loro ha mai usato: tre album di fotografie dove quelle due esistenze semplici hanno fermato il suo ingresso in polizia, il diploma, le vacanze al mare, qualche zio del Sud, capodanni, compleanni, cresime e feste di cui si è perso il movente, tutte accompagnate da spumante del supermercato. L'unica vera eredità dunque: l'alloggio. Che adesso Mariangela vuole vendergli.

– Secondo te lo dobbiamo trattenere? – domanda.

– Nella macchina non ci sono le sue impronte e nel prato non ci sono le sue orme. Lo vuoi trattenere per cosa? La telefonata anonima? Intralcio alle indagini? Omissione di soccorso a un morto?

– Quindi secondo te non sta mentendo?

– Non in maniera lineare.

– Cazzo vuol dire non in maniera lineare?

– Non come ce lo immaginiamo. Ci sono tanti campi da gioco, ormai lo sappiamo, potrebbe mentire su uno dei campi e dire la verità sull'altro.

– Questa cosa dei campi mi fa uscire matto.

– Per questo devi andare a Roma.

– Non voglio andare a Roma. Abbiamo un possibile sospettato, adesso.

– Come vuoi. In ogni caso meglio lasciarlo libero e vedere cosa combina.

– Tipo che ci porta da Vera Ladich!

– Non credo.

– Mi hai rotto, andiamo a dormire!

Salgono le scale insieme dopo aver lasciato sul tavolo la caraffa, due grissini, un mucchietto di croste, un coltello e il verbale. Arcadipane se ne accorge alla prima rampa e torna a recuperare i fogli. Mentre risale la suola del mocassino gli si infila in uno dei fermapassatoie, facendogli perdere l'equilibrio. Una caduta modesta, adatta all'ora e all'assenza di spettatori. Un semplice accartocciarsi a fine giornata.

Resta per qualche secondo sul gradino dove è atterrato, fissando la scarpa. Bramard lo aspetta sul pianerottolo, concentrato sulla scultura in legno che chiude l'angolo come fosse davvero degna di molta attenzione.

Arcadipane si rialza e raggiunge Bramard rispolverando la tecnica del passo destro a levare. Al secondo piano il corridoio ha le sole luci di cortesia, da sotto le porte filtra il gelo delle stanze.

Non si sono mai detti «Ci vediamo domani», «Buona serata» o «Buonanotte»: uscivano dall'ufficio a ore in cui la serata non c'era piú, la notte a metà, il letto un posto dove rimuginare senza potere neanche prendere il caffè; il sesso un analgesico e all'indomani meglio non pensarci. Cosí il primo che usciva lasciava la porta aperta e diceva «Chiudi tu». Tutto qui. Piú una preghiera che un ordine: «Che possa chiudere almeno tu», pur sapendo che nessuno dei due avrebbe chiuso un bel niente davvero.

– Domani vorrei dare un'occhiata alla chiesa e a quegli affreschi, – dice Bramard, la mano già sulla maniglia.

– Ci facciamo dare le chiavi dal sindaco.

– Tu devi andare a Roma.

– Ci penso.

– Devi parlare con quell'infermiera e con la segretaria di Fuci.

– Vediamo.

– Capire cosa c'è dietro l'incidente dell'ingegnere e della moglie.

– Magari ci mando Pedrelli e Lavezzi. Altro?

– No.

Dalla camera di Martina, che adesso è anche di Isa, arrivano voci attutite. Arcadipane si inclina verso la porta.

– Parlano, – dice.

– Pare di sí.

Una risata di Martina, poi un'altra che non è di Martina.

– Mai sentita ridere, tu?

– No.

Arcadipane fa un passo ingobbito verso Corso, come quando si prepara una confidenza.

– Tu ci credi?

– A cosa?

– Questa storia che è incinta... Il donatore. Davvero si possono fare cose simili?

Bramard lo guarda.

– Sí, – dice, aprendo la porta della sua camera. – Ma per noi due è comunque troppo tardi.

26.

Una fila di uomini, la testa serrata in un cappuccio, la mano poggiata ciascuno sulla spalla di chi lo precede. Una fila cieca di sedici corpi uniti dalle mani sulle spalle e da una corda che li lega in vita uno all'altro. I vestiti sono umili, i piedi scalzi e le braccia forti, ma nessuno di loro ha la postura dello schiavo o del prigioniero. Le mani libere potrebbero sfilare i sacchi dalla testa, sciogliere la fune e fuggire, eppure tutto nei loro corpi accetta la costrizione alla cecità.

Un gioco? I loro abiti non fanno pensare a un momento speciale. Non ci sono segnali di festa o di cerimonia. Non ci sono spettatori. E poi è notte, anche se la luna illumina a giorno. Lo dice il cielo blu scuro dove pulsa qualche stella. Una *nuit américaine* quattrocento anni prima che il cinema la inventasse.

Bramard sposta lo sguardo sull'uomo che in testa alla fila regge la corda. L'unico senza cappuccio.

È ritratto di tre quarti, nell'atto di allontanarsi da un gruppo di case per guidare gli uomini verso le montagne sullo sfondo. Il suo viso si vede appena, ma ha capelli scuri e non sembra né giovane né vecchio. Lo si direbbe alto, robusto come coloro che conduce verso un luogo che non possono o non devono sapere. Reca in spalla una bisaccia che si intuisce piena, forse di orci simili a quello che tiene nella mano destra, mentre la sinistra regge la corda.

Bramard si alza dalla panca contro la parete laterale da cui sta osservando l'affresco e cammina il corridoio centrale, tra le due file di scranni che sono l'unico arredo. La chiesa è piccola, la navata anche meno, una ventina di passi gli bastano per ritrovarsi alla porta di ingresso. Solleva gli occhi e guarda da quel punto.

Negli anni ha visto l'interno di tante chiese di montagna, soprattutto piccole. Ci è entrato per ripararsi dalla pioggia o per bisogno di fresco e di silenzio; per l'odore che hanno, per le pietre levigate dal passaggio di migliaia di fedeli e per stupirsi ogni volta della tenera e vuota ambizione a cui quelle chiesette sono monumento. Per sentirsi solo, per sentirsi male, per salvarsi e mai comunque per fede.

Per questo sa che ciò che sta vedendo è un'altra cosa. La mano che ha fermato sui muri la scena non è quella di un bravo pittore itinerante o di un appassionato artigiano che la sorte o la famiglia hanno indirizzato ai colori anziché al legno, alla forgia, al bestiame, alla segale o alla spada. Chi conosce il mestiere distingue alla prima occhiata una tecnica modesta da una mano eccellente, ma tutti, anche chi come lui sa poco o niente di pittura, avverte lo scacco del talento.

– Che pezzo è?

Bramard si gira, ritrovando Arcadipane a pochi passi.

– Come?

– Che pezzo del Vangelo o della Bibbia c'è sul muro? Dove Abramo ruba gli schiavi al Faraone?

– Perché?

– Non so, sono schiavi quelli, no?

– Non lo so.

Arcadipane tira fuori un paio di sucai e li porge nel palmo aperto. Bramard scuote la testa di no. Arcadipane ne prende uno e l'altro lo lascia scivolare in tasca.

– Vuoi vedere una cosa?

Si avviano lungo la navata in direzione dell'altare, i passi che risuonano nell'aria fredda e chiusa. Le pareti laterali, nell'intervallo delle piccole finestre, sono suddivise in riquadri affrescati anch'essi dalla mano di Johannes che nell'anno e mezzo di permanenza, Bramard l'ha letto nell'opuscolo, lavorò ogni giorno e forse parecchie notti.

– Controllato che non ci siano cunicoli o spazi sotto il pavimento? – chiede Arcadipane quando hanno quasi raggiunto l'altare.

– Sono venuti con una specie di sonar. Non c'è niente, solo quel che si vede.

Bramard rallenta il passo sotto la grande crocifissione che occupa la parete dietro l'altare, quindi porta lo sguardo sotto l'arco gotico alla destra. È lí, dove il sole del mattino tocca i muri freddi entrando dalla finestra opposta, che Johannes Van Drift nel 1506 ha dipinto la Madonna della Labreno.

Bramard osserva il viso della giovane in bilico tra malizia e pudore. La salamandra posa come una spilla sopra il seno, dal lato del cuore: macchia nero-gialla contro l'azzurro tenue del vestito cinquecentesco. I capelli sciolti che non sono ancora di una sposa, ma nemmeno piú quelli di una bambina che non ambisce ad esserlo, le cadono sulla spalla opposta. Solo una ciocca, fuggita al pettine, ricade a lato del collo, sfidando il piccolo rettile nella luminosità del nero.

– Che guardi?

– La Madonna della Labreno.

– Cos'ha addosso, un insetto?

– Una salamandra. *Labreno* in occitano vuol dire «salamandra».

– Si usava cosí?

– Cosa?

– Mettersi una salamandra sul vestito?

– No, infatti non ci sono altre madonne con la salamandra. Cosa volevi farmi vedere?

Passano sotto la piccola apertura senza porta che dalla parete dietro l'altare dà accesso all'abside. L'impressione è di entrare in un edificio differente. Una stanza piccola e semicircolare dai muri spogli su cui si disegnano due finestre, alte e strette, che possono essere accecate dall'interno con pesanti scuri di legno. Le pareti sono lasciate a pietra viva, il pavimento è di un insolito cotto sangue di bue. Lo spazio è deserto, non come i posti dove il mobilio o le suppellettili sono stati portati via, ma come quei luoghi che sono nati per la loro assenza. Forse un tempo era utilizzato per conservare gli arredi sacri, ma l'unico lato contro cui potrebbe poggiare un armadio è anche l'unico coperto a calce e affrescato.

Mentre Arcadipane si muove verso una delle finestre, Bramard soppesa la ragazza nel rettangolo. La stessa che nel presbiterio era una giovane donna e che adesso, al seno su cui poggiava la Labreno, allatta un bambino di due anni. Accanto a lei un uomo piú vecchio le cinge il fianco. Ha capelli rossicci e radi, lunghi sulle spalle. La sua pelle non è lunare come quella della donna, ma fiamminga. Il naso è coperto di efelidi che il bambino pare avere ereditato insieme al biondo-rosso dei capelli. La donna in mezzo a loro non ha l'aria felice, ma compiuta.

– Vieni o no?

Bramard si stacca dalla visione e va alla finestra da cui Arcadipane, sollevandosi sulle punte, sta sbirciando. Per solidarietà finge di allungare il collo, anche se i suoi venti centimetri in piú non lo richiederebbero. L'apertura dà sul cimitero. Tra le tombe ci sono tre persone. Una è appena entrata e cammina, una è inginocchiata a togliere dell'erba, la terza, di spalle, immobile a fissare una tomba, è Ludwig Ubac.

– L'hai lasciato andare?

– Ma che dici? Non vedi che è un cartonato? Ne abbiamo messi una decina in giro per il paese per creare scompiglio. Mi fa piacere vedere che funziona.

Bramard smette di fingere di allungare il collo.

– Possibile ci sia la tomba dei suoi genitori nel campo.

– Se non li ha sepolti sotto il container, insieme ai dischi. Comunque da qualche parte ci dovrebbe esser Lavezzi che lo tiene d'occhio.

– Quindi perché mi hai chiamato?

– Per disturbarti, sai che mi stanno sul culo i dipinti e chi li guarda.

– Vuoi che vada a parlarci?

– Anche chi usa i congiuntivi giusti non mi va a genio, ultimamente.

Bramard riattraversa l'abside dedicando un'ultima occhiata alla Sacra Famiglia. Sotto l'affresco sono riportati in caratteri gotici alcuni versi. A differenza delle altre scritte nella chiesa però, questi non sono in latino, ma in lingua d'oc. Cosí crede, non essendo riuscito a tradurli.

Ripercorre la navata scorrendo le scene sacre sulle pareti laterali dove figure in secondo piano assistono alle nozze di Cana, alla resurrezione di Lazzaro, alla cacciata dei mercanti dal tempio. Le facce delle donne sono dure e senza giudizio, quelle degli uomini segnate, i nasi a volte storti, le orecchie grandi e deformate.

Fuori l'attende un'aria tagliente che sa di neve, ma il cielo non ne ha la compattezza e nelle cicatrici d'azzurro è impigliata ancora un po' d'estate.

Facendo il giro dell'edificio Bramard passa accanto a un

anziano salito dal paese. Un cenno ed è già all'ingresso del cimitero. Seguendo la mappa che la visione dalla finestra gli ha lasciato in mente, si muove tra le tombe, ma quando arriva nel punto in cui dovrebbe esserci Ludwig, l'uomo non c'è. Si guarda attorno. Va verso il muretto che delimita il campo e cerca in direzione dei tornanti che scendono alle case. Niente neanche lí.

Torna alla tomba davanti alla quale l'ha visto sostare. Una sola lapide, due nomi: Giuseppe Ubac e Rachele Ara. Le date e a fianco al nome della donna una piccola stella di David.

Bramard sbircia il vecchio che ha incrociato entrando nel camposanto. Sta posando sopra una lapide bianca un rametto di abete. Il suo profilo è faticoso, gli zigomi grossi, le nocche delle mani rotte e ricomposte come potevano. Cerca l'altro, quello che toglieva l'erba. Pare aver la faccia nella stessa maniera.

– Vedo che gli sei proprio saltato al collo!

La voce non lo coglie di sorpresa perché ha sentito il mocassino guasto avvicinarsi.

– Hai notato gli uomini negli affreschi dentro la chiesa? – dice.

– No.

– Non san Giuseppe o Gesú, gli altri. Le comparse. Le facce, il naso, le orecchie.

– Hanno le facce, il naso e le orecchie, sí.

Bramard gli indica il vecchio poche tombe piú in là, poi quello intento alla pulizia.

– Sono due vecchi. Ingrugniti, naso storto, brutte orecchie ma hanno tutto anche loro. Ulteriori scoperte eclatanti?

– La madre di Ubac si chiamava Rachele Ara, – accenna alla lapide Bramard. – La stella di David sulla sua lapide è l'unico simbolo religioso nel cimitero. Non ci sono croci sulle tombe, né sulla facciata, né all'interno della chiesa.

Arcadipane controlla intorno.

– C'è la crocifissione dietro l'altare.

– Dove la croce però ha solo tre braccia.

Arcadipane vede il vecchio raccogliere il sacchetto dove ha gettato l'erba strappata e avviarsi all'uscita. Resta l'altro, l'ultimo arrivato. Sulle tombe non ci sono fotografie né fiori. Solo rami d'abete posati sulle pietre bianche o sull'erba.

– Che vuol dire? – chiede mentre pesca il sucai che aveva lasciato scivolare in tasca.

– Non lo so.

Arcadipane mette in bocca il sucai gettando la testa un po' all'indietro, come fosse una compressa che speri ti risolva almeno un problema.

– Quindi cos'è? – constata piú che chiedere, – la carta di un gioco nuovo?

– Nuovo per noi, – annuisce Bramard, – per loro mi sa che è roba di secoli.

27.

La piazza di un paese minimo, il buio appena calato e tre lampioni che sbattono sul cofano di poche auto, due delle quali sono un'Alfa 33 con il poggiatesta rabberciato e una vecchia Peugeot amaranto. Un telefono pubblico, un alimentari e una merceria, facciate di pietra e la presenza silenziosa delle montagne. Una somma di cose che dovrebbe portare con naturalezza alla rimembranza, se non alla pace interiore, o nel caso di uno come Arcadipane almeno a una vaga voglia di cognac, plaid e carezze al cane. Invece quelle stesse cifre messe in colonna a Clot dànno come risultato uno zero freddo e tagliente, come se in quell'addizione il borgo imponesse una variabile non visibile, una cifra fantasma, che annulla gli altri addendi.

Un ragionamento matematico complesso che la mente di Arcadipane da dieci minuti condensa nell'agile formula «Paese del cazzo!», mentre cammina avanti e indietro, parlando al telefono con il dirigente generale ovviamente scontento.

– È una scelta che abbiamo fatto... Certo, ha i suoi rischi... Ovvio, ovvio... due uomini lo seguono costantemente... Sí, li ho visti i giornali, ma per fortuna qui siamo ritirati, reclusi, azzarderei... Una fortuna, certo, immagino che lei invece... diventano tutti Sherlock Holmes... Roma? Ero in procinto, ma poi è uscita l'impronta di Ludwig Ubac sulle monete e l'ammissione sulla telefonata... Certo, questo è un punto fermo, la telefonata l'ha fatta lui, è messo a verbale… No, non risultano legami recenti con la vittima, la Ladich o Masimine Orusa… I sommozzatori sono andati via stamattina, dal lago non è uscito niente, per fortuna… Abbiamo una serie di piste, è vero, ma se vuole la mia opinione è come se ogni carta venisse da un gioco da tavolo diverso… No, non Monopoli… riflettevo ad alta voce… Certo, lasciamo perdere le metafore ardite… La perquisizione del container di Ubac? Stiamo per fare il punto… un container, sí… è una storia lunga, non le faccio perdere tempo dato che è ora di cena… Ma si figuri, noi andiamo avanti a panini… Certo, Roma… Sarebbe utile, è una città che bisogna conoscere… Camere e anticamere… Non ne dubito… Sarà il primo a saperlo… A lei e signora.

Arcadipane accompagna il telefono in tasca e fa un po' di ginnastica con la mano rattrappita dal freddo. Trepet, che l'ha seguito nel suo deambulare, lo squadra immobile dai soliti due metri di distanza. Il corpo tozzo sembra la testa di un decapitato rotolata da qualche patibolo e utilizzata come pallone per tutto il giorno dai bambini.

– Dài, vieni qui, – allunga una mano Arcadipane per scusarsi del pensiero.

Gli occhi del cane lo scrutano inflessibili, la cattiveria che li ha condotti al patibolo ancora viva.

Arcadipane controlla i messaggi che nella giornata ha sentito arrivare: offerte telefoniche, la banca, due pubblicità, l'operatore che lo avverte che gli verranno prelevati 8 euro e 99 centesimi, ma che gli stanno facendo un favore. In mattinata ha mandato un messaggio a Loredana per chiedere dell'esame. Nessuna risposta. Eppure gli sembrava che fosse oggi. Oppure ieri? Domani? Di chiederlo a Mariangela neanche a pensarci, visto che da quel fronte, dopo il pranzo della discordia, tutto tace. Segno che o i mobili sono già sul marciapiede con la scritta a penna «Amiat», oppure Mariangela, da donna piena di fiducia nel genere umano qual è, si aspetta che elabori e si presenti alla porta con delega in bianco sulla casa, qualche birra da bere con Giampiero e un master dell'Accademia della Crusca sul congiuntivo.

«Che aspetti pure!», scuote la testa scorrendo i messaggi. Non possono essere come lui e Giovanni? «Novità?», gli ha scritto alle 9.45, e quello, alle 9.46: «Tutto liscio». Rapido, sintetico, essenziale, per non dire che la storia della gravidanza è davvero una cazzata.

Dedica una mesta occhiata al grigio e alla pietra che lo circondano. Dio come si berrebbe un bianchetto vista cassonetti al bar del quartiere! Come gli mancano la puzza della Dora, i piccioni deformi, le auto in doppia fila senza nemmeno le frecce e i disegni astratti lasciati sul marciapiede da tizi il cui cane ha cacato molle, ma ci hanno comunque provato a raccoglierla. La civiltà insomma. Da quanto è senza? Due mesi? Sei? Otto?

Entra in albergo, seguito da Trepet a cui deve tenere la porta aperta. Un saluto a Ottavio Claro che scaraffa dietro il bancone e sono nella sala.

Al tavolo rotondo siedono Isa, Martina, Bramard, oltre a Pedrelli che, essendo Botta e Lavezzi nel bosco a sorvegliare il container, nessuno ha avuto cuore di lasciare solo. Anche perché i sommozzatori se ne sono andati e le squadre di ricerca sono ormai ridotte a pochi mitomani che girano a casaccio nei boschi contenti dei loro giubbotti catarifrangenti. Restano i giornalisti, ma decimati anche loro dalla loquacità del paese e da un paio di fattacci di cronaca saltati fuori nel frattempo. Tenacemente sull'osso soltanto due vecchie faine della cronaca locale, una giornalista televisiva e il suo operatore che approfittano della trasferta pagata per darci dentro ogni notte, e un tizio dotato di un misterioso accredito «Totally news» che parla, riprende, intervista, taglia e monta da solo, oltre a mangiare tutte le uova sode del buffet. Gente che Arcadipane ha fatto ad ogni buon conto confinare da Ottavio Claro nei tavoli in fondo alla sala, cosí da poter parlare durante la cena senza toni cospiratori.

– Noi abbiamo già cominciato, – dice Pedrelli che da piemontese ama constatare l'ovvio, che non si sbaglia mai.

Arcadipane si sfila la giacca, la poggia allo schienale e siede. Nel piatto, carne all'albese come Martina. Isa, Corso e Pedrelli invece hanno quasi finito il loro riso in bianco. Sul suo Pedrelli ha sparso la solita polvere grigia che semina sui cibi. Una sostanza benefica dal nome impronunciabile che probabilmente consiste nelle ceneri di qualche santone.

– Isa, cominci tu?

Isa fa segno di aspettare un secondo che manda giú il boccone. La notte scorsa Arcadipane l'ha sentita alzarsi un paio di volte, forse per vomitare. Dal suo punto di vista almeno è stata una variazione dal rantolare della giornalista e del cameraman che oltre la parete sembravano radunare una mandria.

– Oggi sono stata dagli ultimi pazienti della Orusa, – dice Isa che pallida e con gli occhi arrossati è persino piú bella, – tre donne e due uomini. Tutti anziani, a parte uno di quarantadue anni.

– Solo cinque pazienti aveva?

Isa lo fissa, gli altri mangiano e basta.

– È scomparsa da quasi un mese, – dice.

– E allora?

– Seguiva pazienti terminali.

– Ahhh, certo, certo, – associa Arcadipane, – vai avanti.

Isa prende una forchettata per lasciare svaporare l'imbarazzo.

– Pazienti e famiglie ne parlano come di una persona disponibile. Puntuale, professionale, ma anche affettuosa. Era in pensione da cinque anni, ma continuava a lavorare a domicilio, in alcuni casi come volontaria, in altri chiedendo un rimborso spese a discrezione delle famiglie.

– Un angelo, insomma.

– Non ha mai ricevuto lasciti immobiliari o somme ingenti in eredità da pazienti. Mai regali costosi. A una famiglia benestante che voleva ricompensarla con cinquemila euro, ha chiesto di donare il denaro a una scuola di formazione per il personale sanitario in Ghana. Negli ultimi mesi pare avesse rifiutato alcuni casi. Persone che grazie al passaparola l'hanno contattata si sono sentite rispondere che non poteva assistere altri malati.

– Perché?

– L'età, i pazienti che già aveva, il bisogno di garantire il massimo dell'attenzione. Tutto plausibile, però...

– Però?

Isa beve un sorso d'acqua.

– L'uomo giovane che visitava quando è scomparsa è un professore universitario, – dice Isa, – insegna escatologia.

Arcadipane lancia un'occhiata in giro, ma nessuno fa una piega, quindi accantona la tentazione di chiedere e accoglie un altro vuoto nella sua vita.

– A quanto pare parlavano spesso del momento che lo attendeva. L'uomo descrive la Orusa come una donna che aveva trovato una chiave sorprendente per maneggiare la morte. Un incontro tra humor nero, visione panteistica, carità cristiana, misticismo e spietato materialismo.

Arcadipane resta ad ascoltare per qualche secondo il

rumore delle mandibole che lo circondano, quindi cerca conforto negli occhi di Trepet. Il cane che ha individuato all'istante l'anello debole della catena in Martina, la contempla con supplice devozione. Quando Arcadipane abbassa distrattamente la mano cercando di corromperlo con un grissino, l'animale gli rivolge il fugace sguardo che tocca agli adescatori di suore, quindi accetta con disgusto il grissino e torna a dedicarsi alla ragazza. Arcadipane riporta la sua attenzione sul piatto, ammucchia una fetta di albese e la infila in bocca.

– Procedi, procedi, – dice. Riflettevo sul panteismo malinconico.

– Circa un mese fa, – continua Isa, – durante una delle ultime visite prima che Masimine Orusa sparisse, il professore ricorda di averle confessato che la sua piú grande paura era che dall'altra parte lo attendesse un'immensa solitudine. Dice che la Orusa l'ha abbracciato a lungo, cosa che non aveva mai fatto, rassicurandolo di non avere paura perché dall'altra parte ci sarebbe stata lei ad aspettarlo.

– Ha detto cosí? – chiede Arcadipane, – che lei sarebbe stata lí ad aspettarlo?

– Una cosa del genere.

Corso sta raccogliendo con cura gli ultimi chicchi sparsi nel bianco bordato di blu del piatto.

– L'altro giorno hai detto che «quasi» tutti i medicinali in casa della Orusa corrispondevano alle ricette mediche, – dice.

– Può avere semplicemente somministrato i medicinali e tenuto le ricette. Controllare quali e quanti medicinali mancano non è facile, molti pazienti non ci sono piú.

– Se ne hai voglia, varrebbe comunque la pena di provarci.

– Se i carabinieri mi aprono la casa…

– Sento io Nazareno, – dice Arcadipane. – Domani?

– Ok, tanto devo tornare a casa. Giovedí ho l'ecografia.

– Anch'io domani rientro in città, – dice Martina. – Quando hai fatto, giovedí, mi mandi una foto del fagiolo?

Bramard dà un colpo di tosse. Ottavio Claro ritira i piatti e posa la zuppiera con la minestra di verdure che hanno ordinato mentre Arcadipane era fuori.

– Io prenderei una bistecca.

– Stasera non c'è carne, ma Marta può farle una frittata: cipolle, spinaci oppure *rugnusa*.

– Com'è *rugnusa*?

– Credo sia fatta con gli avanzi, – dice Martina. – In Sudamerica la chiamano *tortilla rica*.

Arcadipane non ha capito, ma la parola avanzi gli basta per scegliere le cipolle. Gli spinaci neanche a parlarne, se cercano sempre di infilarli da qualche parte purché non stiano soli, un motivo ci sarà.

– La perquisizione da Ubac? – chiede appena Claro se n'è andato.

Pedrelli rigira la minestra con cui ha riempito il piatto, la faccia che tradisce cattive notizie.

– Cercato dappertutto, messo sottosopra anche la tettoia sul retro, ma non si è trovato nulla che possa far pensare alla Ladich o a Fuci.

– I lacci li avete trovati?

– Sí, ma è materiale sintetico, simile a filo da pesca.

– Nessun filo elettrico?

– Roba recente, niente piattine. E comunque il container non ha l'allaccio alla rete, ma un impianto a pannelli da pochi chilowatt che si è assemblato da sé. Per il resto usa lampade a olio e un paio di torce a ricarica solare. In ogni caso il filo potrebbe averlo preso sul balcone di casa Mattalia, come avete detto. Abbiamo controllato la cenere dentro la stufa del container, casomai avesse bruciato qualcosa: un buco nell'acqua.

– Dischi? – domanda Bramard. – Qualcosa per ascoltare la musica?

– No. Comunque, prima che rientrasse, tutto è stato fotografato. L'unica cosa che mi sono permesso di prendere per farvela vedere, – e toglie dalla giacca grigio topo una bustina plastificata, – sono questi...

Arcadipane, il solo senza un cucchiaio in mano, prende la busta dentro la quale ci sono tagliandi simili a biglietti del tram.

– Cosa sono?

– Biglietti del cinema, – dice Bramard che non sembrava nemmeno averli guardati.

– O di qualche spettacolo, – fa Pedrelli mentre sparge anche sopra la minestra i resti del santone. – Ho pensato che fosse utile verificare.

– Hai fatto bene, – annuisce Arcadipane che in quel momento, sentendo la porta dell'albergo sbattere, ricorda di aver visto un minuto prima i fari di un'auto spegnersi nella piazza e di aver pensato che quell'auto assomigliava molto a... Per poi dirsi che non poteva essere... D'altra parte perché mai dovrebbe... e anche fosse come farebbe a sapere che l'albergo è proprio quello in cui adesso la vede entrare con le stampelle e uno zaino in spalla?

Arcadipane alza lentamente le mani depositando i palmi sulla tovaglia.

– Buonasera, – sente che le dice Claro da dietro il banco, ma Ariel sta già venendo verso il tavolo, il parka aperto sul movimento anomalo del bacino e delle gambe curve e secche.

Gli altri, che avevano rivolto una rapida occhiata all'ingresso, ora hanno smesso di mangiare e la fissano. Anche i giornalisti probabilmente, visto che nella sala si sente solo il *toc toc* delle stampelle, impastato al rumore meno esatto delle scarpe ortopediche che un po' camminano e un po' si trascinano sul parquet.

Arcadipane si alza di scatto e senza badare al fracasso della sedia che è caduta, va verso di lei, intercettandola a un paio di metri dal tavolo. Chi entrasse ora potrebbe pensare a una guardia del corpo che blocca una fan infiltrata chissà come nel ristorante dove un vecchio rocker sta cenando dopo l'ultimo concerto della sua carriera. Qualcosa che potrebbe evolvere in un colpo d'arma da fuoco, una penosa scena di contenimento, una notte di sesso, un semplice autografo o l'invito a sedersi al tavolo. Questo se Arcadipane e Bramard fossero una bodyguard e un rocker, ma essendo invece uno sbirro e un ex sbirro, quello che accade è che Arcadipane, prima che Ariel possa aprire bocca, le chiede, allungando la mano, di affidargli le stampelle, dopodiché la prende in braccio come una bambina, gambe a penzoloni e mento sulla spalla, e si avvia verso le scale.

Mentre si allontanano, Ariel guarda i quattro seduti al tavolo che non ha mai visto, ma che, a parte la ragazza giovane con i capelli ramati, potrebbe dire chi sono. I quattro ricambiano, fino a che lei e Arcadipane non spariscono dietro l'angolo cieco della rampa, lasciandosi alle spalle gli urti delle stampelle contro le pareti delle scale.

La prima a riprendere a mangiare è Isa. Pedrelli l'ultimo.

Procedono cosí per un po', in silenzio, mentre dal fondo della sala tornano le voci e anche una risata, ma non malevola.

– Ha dimenticato la giacca, – dice Pedrelli, piegandosi a risollevare la sedia caduta.

Tutti e tre guardano il giaccone di pecora aggrappato allo schienale.

– E anche il cane, – nota Isa.

Riprendono a mangiare. Nell'aria l'odore della frittata di cipolle che Ottavio Claro, a ogni buon conto, sta portando.

28.

– Puoi dirlo che ti vergogni di me. Non c'è niente di male.
– Non mi vergogno di te.
– Perché no? Io di te mi vergogno!
– Non è vero.
– Certo che è vero.
– È una cosa brutta, allora.
– Hai l'abbonamento in prima fila da trent'anni per vedere gente ammazzata e dici che è brutto questo? A volte mi fai una tenerezza che quasi non mi vergogno piú di te. No, non è vero. Mi vergogno.
– Fai come vuoi. Io di te non mi vergogno.
– Non siamo mai andati a cena al ristorante. Al mare. Al cinema o a bere qualcosa. La mattina scendiamo insieme, ma facciamo colazione in bar diversi. Lo sai perché, no?
– Non perché mi vergogno.
– Può darsi, in ogni caso è perché mi vergogno io di te.
Silenzio.
– Ammettiamolo, nessuno dei due ha un problema ad accettare di essere un freak. Tu te ne vai in giro da anni a perseguitare la gente solo perché ha manifestato la sua antipatia verso un simile in maniera un po' spinta; io ho il mio lavoro e quella fantastica vita privata… Però lo sappiamo la gente cosa penserebbe a vederci insieme! E non ci piace per niente.
– Io non lo so. Cosa penserebbe?

– Penserebbe a un quadro di Schiele coricato sopra a un quadro di Botero, o viceversa, che è ancora peggio. E scusa la metafora pittorica, contavo che tu non sapessi chi sono Schiele e Botero... *Ops!*

– Allora perché stai con me?

– «Stai con me», ma ti senti? «Una cosa brutta», «stai con me», adesso cosa fai? Mi appunti l'orchidea sul petto e mi porti al ballo del college? Vinciamo il premio per la miglior coppia: lui basso, brutto, semianalfabeta, ma con il cazzo armonico, e lei storpia, bella, acuta, ma con freno motore della lingua rotto?

Arcadipane, che fino a quel momento ha fissato il soffitto, gira la testa verso di lei, ma non il corpo. Non potrebbe dire se il sollievo che prova dipende dal non vedere piú il lampadario in legno e vetro fumé, oppure dal suo profilo.

– Allora potevi non venire.

– Se non mi decidevo a mettermi in macchina e raggiungerti, ci sarebbe stata questa possibilità in effetti, ma è anche vero che ci sono siti a presa rapida, come sai, e siccome io in foto sono una gran figa e che la maggior parte degli uomini una volta che si è lavate le ascelle, cambiate le mutande e messa in testa quell'idea, non si fa certo scoraggiare da un paio di scarpe ortopediche... Se non bastasse il tuo caso a fare giurisprudenza, pensa che a Pompei hanno trovato il calco di due che durante il disastro stavano scopando. Lui stava sopra, spalle al Vesuvio, mentre lei lo sta toccando sulla schiena forse per avvertirlo. Probabilmente se gli avesse detto di fermarsi per via del flusso piroclastico, lui avrebbe risposto che certe cose non gli facevano impressione. È morta con il rammarico di dover dare ragione a quella stronza di Cornelia che sostiene da anni che gli uomini non sanno mai quando è ora di togliersi da sopra.

Silenzio. Buio, ma non abbastanza perché la luce dei lampioni entra dalla finestra. Nella stanza fa freddo, eppure loro sono in mutande e canottiera. Una scelta discutibile come comprarsi l'arco e non le frecce. Sono coricati di traverso, senza i cuscini. Lei ha un profilo che starebbe bene su qualsiasi cosa, persino la porta del bagno aperta sullo sfondo.

– Perché fai cosí?

– Mi fai la controanalisi «specchio riflesso» oppure stai solo cercando di rimetterti nel portafoglio una parte dei cento euro?

– Non ti do cento euro.

– Dicevi cosí anche la prima volta che sei entrato nel mio studio.

– Ero messo male, eh?

– Cos'è? Dopo il ballo studentesco c'è la parentesi *Come eravamo*? Guarda che non ho ancora un passato su cui piangere, io! Quindi, quando la mattina ti svegli e trovi il cuscino bagnato, sappi che non sono stata io, né da sopra né da sotto. Sei tu che frigni di notte. A proposito, tua moglie come sta?

– Vuole vendere la casa.

– Saggia donna, probabilmente lei e il fidanzato prenderanno un alloggetto di nuova costruzione e saranno cosí fortunati che l'impresa lo finirà nei tempi, senza fuggire con la caparra rovinando la loro vecchiaia, come capiterebbe a te se ci provassi. Magari gli mettono anche degli infissi migliori di quelli previsti perché c'è stata un'occasione. In ogni caso nuovo architrave, nuovo letto, nuove tubature. *Ops!*

– Io non mi vergogno di te.

– Non porgere l'altra guancia, è brutta comunque.

– E non mi hai risposto.

– Intendi perché… No, non ci riesco proprio a dirlo! A parte per il tuo cazzo armonico, vuoi dire?

– Non dovresti parlare cosí.

– Perché? Tua moglie non te l'ha mai detto?

– Sono cose private e non voglio parlare di…

– Non te l'ha mai detto, ho capito. È un peccato, uno vive vent'anni con Van Gogh e non gli dice mai che i suoi quadri non sono male. È vero che nel tuo caso i lati negativi non si esauriscono con un orecchio tagliato e la pazzia, quindi non ci saranno state giornate prive di argomenti, ma è comunque una cosa crudele. Spero l'abbia fatto qualcun altro. Un andrologo, un proctologo che di primo acchito ha sbagliato lato, un compagno di calcetto. Io per il futuro posso comunque scriverti una lettera di referenze. Il tuo è un prodotto che in Oriente tira moltissimo. Purtroppo in Africa è difficile abbia mercato, ma quando si diffonderà un po' di benessere e le famiglie arriveranno anche lí ad avere la seconda macchina… come utilitaria per muoversi in città quando hai poco tempo. Ti sei addormentato? Perché ho speso 23 euro…

– No, ma domattina devo alzarmi presto.

– Presto a che ora?

Arcadipane controlla l'orologio al polso. La stanchezza dolce che sente nell'arto in quei pochi secondi in cui deve tenere il braccio sollevato gli ricorda certi rientri da bambino, dopo il pomeriggio a giocare in strada o in cortile. Le gambe sfibrate che salgono i gradini fino al terzo piano perché la chiave dell'ascensore ai piccoli non si dà, certi odori di sudore e di cibo che si mescolano, la promessa presto mantenuta di mangiare, bere e buttare il corpo a riposo senza necessariamente lavarlo…

– Ti sei addormentato? Perché ho speso 23 euro che da quando te l'ho detto prima saranno già diventati 23,70 per l'inflazione!

– La sveglia è tra quattro ore e mezza.

– Dove vai? A uccidere tua moglie nel sonno perché ti vuole vendere l'appartamento? Capisco che con l'età uno preferisce trovarsi il lavoro a casa, ma…

– A Roma.

– A Roma? Ma sei impazzito? Guarda che lí non sono mica abituati alla gente come te! Finisci per metterti nei guai! Che ci vai a fare a Roma?

– Sarebbe riservato.

– Io per cento euro sono tenuta al segreto professionale, i due che corrono il palio oltre il muro mi sembrano interessati ad altro e la ragazza che vomita ogni venti minuti nell'altra camera…

– È incinta.

– Chi? Quella con i capelli rossi o Lisbeth Salander?

– Isa.

– E quella con i capelli rossi chi è? No, non dirmelo. Ipotesi A: la fidanzata di Lisbeth. Ipotesi B: la figlia di Bramard, se Bramard è quello bello come un maglione di cachemire spiegazzato. C: tu sei meno scemo di quel che pensavo e io non sono l'unica squilibrata attratta da certe armonie genitali.

– È la figlia di Bramard.

– Quella che ha ritrovato dopo…

– Quella, e il mio treno parte da Torino alle sette e dieci.

– Che fai, mi metti fretta?

– Per me possiamo anche restare vicini sotto le coperte e dormire.

– «Vicini sotto le coperte»! Per 23 euro e due ore di macchina? Ma allora hai fatto davvero bene a venire in terapia da me, perché hai il senso di realtà di un direttore della Rai.

– Facciamo l'amore allora?

– «Facciamo l'amore», «Stiamo insieme», «È br...»
– La puoi piantare?
– Ok, però sali sopra tu, va bene?
– Mi piacerebbe per una volta averti addosso.
– Certo, cosí quando Google Earth ci fotografa sembro una coricata a pancia in giú sul monte del lanciatore in un campo da baseball!
Silenzio, lui chiude gli occhi.
– E va bene, salgo io, – dice Ariel.
Si sfila le mutande e le sfila a lui.
– A un patto, però!
– Sentiamo.
– Visto che a Roma i negozi di scarpe ci sono, quel mocassino riparato con il nastro americano...
– Lo so.
– Vedi se ne trovi uno uguale, perché io, senza, credo proprio di non poterti vedere piú.
E sale.

29.

Bramard siede allo stesso tavolo a cui si trovava dieci ore prima. Stessa sedia. Ma adesso è solo.

La sera, dopo essersi alzati senza una parola sulla scena a cui avevano assistito, ma che con ogni evidenza proprio per questo li aveva sbalorditi, Isa, Martina e lui erano usciti per una passeggiata giustificata dai bisogni di Trepet, mentre Pedrelli aveva accompagnato i colleghi arrivati da Cuneo a dare il cambio a Botta e Lavezzi appostati da Ludwig. Dopodiché Corso, Isa e Martina erano rientrati in albergo e si erano dati la buonanotte senza bisogno di stabilire chi dovesse occuparsi della giacca e del cane. Sentendo parlare fitto nella camera di Arcadipane, la giacca Bramard l'aveva lasciata appesa alla maniglia della porta, mentre il cane se l'era preso con sé.

Una volta steso a letto era rimasto al buio per qualche minuto. Non c'era un luogo preciso che gli facesse male, ma ogni nodo, dalla piú piccola falange alle ossa grandi del bacino, sembrava allentato e meno saldo. E quella nausea di fondo… solo Isa forse avrebbe potuto capirla. L'insonnia in tutto questo almeno era una vecchia amica.

Aveva acceso l'abat-jour e preso il quinto dei diciannove numeri di «Le milieu du siècle», il foglio trovato nella camera di Vera Ladich. Il romanzo d'appendice all'interno procedeva secondo uno schema che Corso conosce bene: una giovane nasce in una famiglia non ricca, ma benestante, nei pressi di Douai, in Francia, non lontano dal confine con il Belgio. Il padre, uomo generoso e benvoluto, non è ricco, eppure possiede terre in cui si scopre un grosso giacimento di carbone. Non avendo i mezzi sufficienti per procedere all'estrazione monsieur Dubois costituisce una società con altri borghesi del paese disposti a investire, ma quando si ammala e poi muore i suoi soci, spalleggiati da alcuni cittadini disposti alla falsa testimonianza, si impossessano della terra, della miniera e di tutte le proprietà della famiglia Dubois. Sfrattati dalla loro casa, costretti a riparare presso parenti sulla costa, la madre Camille, il piccolo Jean e la quattordicenne Colette stanno per iniziare una discesa nella povertà e nella degradazione…

Di quelle dieci ore che separano la cena dalla colazione al medesimo tavolo, Bramard ne aveva spese due nella lettura di altri sei episodi del romanzo, un tempo enorme confrontato con il numero di pagine, ma non avendo dimestichezza con la lettura del francese dell'Ottocento… Un paio di ore di sonno, una trascorsa in parte a fissare il soffitto, pensando a quella strana donna arrivata durante la cena, un breve sonno, un'altra mezz'ora a studiare Trepet, accucciato sul tappeto in bagno, e con la prima luce si era rivestito.

Un giro nella piazza per i bisogni del cane, l'assenza di sacchetti specifici sopperita con una busta della spesa offerta da Ottavio Claro, cui nel frattempo aveva chiesto se il commissario Arcadipane fosse già partito. Risposta «Credo che lui e il suo vice siano andati via molto presto, non hanno nemmeno fatto colazione», un caffè americano prima che Martina scendesse, una nuova colazione con Martina come se fosse la prima, tè verde per entrambi e torta senza burro preparata apposta per lui, l'abbraccio e la partenza della figlia. «Sicuro che te la cavi senza macchina? Io tra un paio di giorni conto di tornare a riprenderti». Un secondo caffè lungo, adesso che era senza sorveglianza e, alle sette e venti Bramard apre con prudenza, considerata la precaria rilegatura delle pagine, il dodicesimo episodio dell'*Histoire d'une jeune femme pas du tout désolée*. Con tutta l'intenzione di prendersi un'ora almeno per un altro paio di capitoli e di caffè americani.

– Ciao.

Bramard porta le pupille sopra la montatura degli occhiali da presbite. Ariel è a due passi, una mano appoggiata al tavolo. Non l'ha sentita avvicinarsi malgrado le stampelle, segno che la sera precedente un po' di coreografia c'era stata. Ha lo zaino in spalla, il parka già indosso.

– Vuoi fare colazione?

– Chi paga?

– Nessuno mi ha detto niente, immagino la polizia.

– Allora sí.

Bramard scosta la sedia. Lei appoggia lo zaino a terra praticamente su Trepet che manda un lieve ringhio, ma non si sposta. Si siede.

– Allora, – accenna al giornale, – Napoleone III lo restaura oppure no questo impero? – segno che legge il francese anche al contrario, conosce la storia e ha dieci decimi, tanto da vedere l'anno in piccolo nella testata del foglio. In piú è spiritosa e ha la bellezza delle cose inesatte. Elementi che confermano che non c'entra proprio niente con Arcadipane.

– Che prendi?

– Un cappuccino tiepido e… in quel piatto cosa c'era?

– Una torta per malati.

– A me una per sani allora.

Bramard approfitta di Marta Claro che sta poggiando un'altra colazione sul tavolo vuoto sotto la finestra e ordina.

– Hai delle domande? – chiede Ariel.

– A che proposito?

– Sul fatto che io e Arcadipane, come lo chiamo io, scopiamo ma lui si vergogna di me, anche se dice di no, e io di lui, e su questo posso darti la mia parola. Oppure sui ventitre anni di differenza che non sono niente in confronto all'incompatibilità e incomparabilità dei nostri cervelli. Inoltre non posso dare nessuna garanzia che lui non esca devastato da questa storia, nel qual caso avrebbe comunque una terapeuta sottomano. E tra l'altro, non so se te ne sei accorto, ma sono storpia.

– Ho capito, – dice Bramard, che un tempo avrebbe acceso una sigaretta, guadagnando trenta secondi per pensare. – Comunque non ho domande.

– Quindi non ti stai chiedendo perché sono venuta? E non fare doppi sensi a sfondo sessuale, non li sopporto e non darebbero comunque l'idea dell'assedio di Stalingrado che abbiamo messo su stanotte. I vicini in confronto sembravano la Guerra delle Falkland. Comunque, visto che me lo chiedi, ho preso la decisione di venire la notte scorsa quando mi sono svegliata, ho allungato la mano e sentito accanto a me un vuoto. Per associazione mi è venuto in mente Arcadipane, come lo chiamo io. Cosí ho provato ad alzarmi, ma mi sono accorta che ero storpia. Ho gridato nel buio! «Quando è successo?» mi sono chiesta! Poi mi sono ricordata che sono cosí dalla nascita e ho concluso che avevo dormito davvero un sacco. Adesso vado di là e mi faccio del male, mi sono detta. Mi sono seduta alla scrivania e ho cercato un posto brutto e sporco, rimasto indietro di cent'anni, dove qualcuno legato al cinema ci ha lasciato la pelle e qualche vecchio rincoglionito cerca ancora di scoprire la verità su come sia andata. Google mi ha dato due possibilità, solo che Ostia Lido era troppo lontana, quindi eccomi.

– Sei molto intelligente, – annuisce Bramard, – ma non vorrei mai finire sul tuo lettino.

– Non ho il lettino, i miei pazienti si stendono direttamente su quello a due piazze, come dimostra il caso Arcadipane, come lo chiamo io. E anche tu sei molto bello, anche le due ragazze di ieri sera, tanto che quando ho visto Arcadipane, come lo chiamo io, seduto al vostro tavolo ho pensato che era riuscito a nascondermi molto bene il masochismo sotto la mole di tutti gli altri problemi. Per fortuna che c'era anche l'omino piccolo che uno non si ricorda mai.

– Pedrelli.

– Pedrelli. Come si chiama? Vedi? Me ne sono già dimenticata. Tua figlia è partita?

– Poco fa.

– E Lisbeth Salander? Fa colazione inginocchiata davanti al water?

– È incinta.

Arrivano il cappuccino e la torta di Ariel, o forse si accorgono solo ora di Marta Claro in piedi accanto al tavolo, lo sguardo di chi ha visto una partita di ping pong a velocità doppia. Ariel le prende il vassoio dalle mani.

– Questo lo tengo, – dice, – sbrodolo. Sei tu il padre?

– Come, prego? – dice Marta Claro.

– Niente, mi riferivo a lui. Va bene che fanno miracoli, ma non esageriamo.

Marta Claro annuisce a non si sa cosa e se ne va.

– Allora? – e Ariel addenta la torta di mirtilli, – sei tu il padre?

– Donatore.

– Cazzo, siete cosí pigri da ricorrere a ogni mezzo per arrivare subito alla sigaretta. Arcadipane, come lo chiamo io, lo sa che vi siete riprodotti con qualche precauzione?

– No.

– E perché lo dici a me?

– L'avevi già capito.

– Bella battuta, molto Eastwood, anche se assomigli di piú a Herzog. In soldoni tua figlia lo sa che avrà un fratello da una che ha piú o meno la sua età?

– Tre anni di piú.

– Concesso. Hai intenzione di diglielo?

– Ci sto pensando.

– Accidenti sei proprio uno che prende il toro per le corna. Io glielo direi, prima che vada a letto con la mamma del fratellino. Un terapeuta si sveglia ogni mattina e sa che da qualche parte nel mondo sta succedendo qualcosa del genere, ed è sicuro che per una trentina d'anni avrà una bistecca nel piatto. Tornando a noi, la trovate questa Vera Ladich?

– Probabilmente.

– Stecchita, eh?

– Vorrei fosse cosí facile.

– E lui lo sa?

– Arcadipane, come lo chiami tu, sa molte piú cose di quelle che crede o dice di sapere. Per questo è un bravo poliziotto e un pessimo… tutto il resto.

– Già, ma avendo io a che fare con tutto il resto… Ora devo andare, è stata una chiacchierata molto… – si alza, mezza torta tra le labbra, – è stata una chiacchierata… – il tempo di prendere le stampelle e l'ha già divorata. – Ci si vede.

Bramard la segue con lo sguardo fino alla porta. Il gestore la saluta, ma lei ricambia appena, lanciandosi verso l'uscita, forse per paura di dover pagare. La vede oltre la finestra raggiungere l'auto nella piazza, salire sulla Golf con una fatica che è già il risultato di un lungo addestramento, mettere in moto e partire. Sulla traiettoria dello sguardo che va alla finestra, Bramard si accorge allora della bambina che ha parlato per prima ad Arcadipane dell'orso e del telefono. La figlia della proprietaria. La saluta con la mano. La bambina ricambia. Sta disegnando e facendo colazione. I suoi capelli sono davvero filigrana, ma forse è la luce nascente oltre la finestra.

Bramard prende il cappuccino che Ariel ha abbandonato. Ne beve un sorso anche se il latte proprio non dovrebbe. Riprende la lettura dell'*Histoire d'une jeune femme pas du tout désolée*. È arrivato al punto in cui Colette, dopo la morte della madre e l'affido del fratello a un istituto, è finita al servizio di una cinica nobildonna che all'inizio la vessava in ogni modo, ma che si rivela pagina dopo pagina una preziosa maestra. La duchessa infatti le sta insegnando a muoversi con spietata lucidità in un mondo di uomini potenti, vanesi e ottusi che...

Isa sbuca dalle scale con la sua sacca.

– Parto, – dice, fermandosi a una certa distanza dal tavolo.

– Come stai?

– Sto che quando vomito va bene perché quando non vomito ho la nausea. E adesso non vomito.

– Forse dovresti andare a casa e basta.

– Per stendermi sul divano, bere le tisane e farmi massaggiare i piedi da Angela? Piuttosto chiedo qui in albergo se hanno bisogno di una lavapiatti.

– Difficile, eh!

– Molto. Tua figlia però è in gamba. Speriamo non dipenda solo dalla madre.

– In gran parte.

– Allora vedrò di metterci del mio. Come pensavo. Di cosa hai bisogno?

– Chi ti dice che ho bisogno di qualcosa?

– Il biglietto che ti esce dalla tasca della camicia. Arcadipane è partito, Martina pure. L'amica di Arcadipane credo anche, quindi immagino sia per me.

Bramard sorride. Lo apre. Lei sbircia e vede che si tratta di una lista piuttosto lunga.

– Tra un'ora e mezza ho appuntamento con quel carabiniere per tornare a casa della Orusa, possibile che la mattinata vada via cosí. Tienilo presente.

– Ok, quello che riesci... – le porge il foglio.

Lei prende il biglietto e legge.

– Sono un paio di saggi sugli affreschi della chiesa, – dice Bramard, – ho contattato ieri una libreria di Cuneo e la biblioteca. Te li terranno da parte. Ci sono anche nome e numero di telefono di uno dei due autori. Corrado Dao, è stato maestro elementare qui a Clot negli anni della costruzione della diga, ma credo sia sempre stato appassionato di storia dell'arte. È il primo ad aver scritto degli affreschi. Il Maestro di Clot è una definizione che si deve a lui. Ho provato a chiamarlo, ma non risponde. Vive a Centallo, se riesci prova a passare, è molto anziano, senti se ha voglia di venire in paese per una chiacchierata.

– Va bene.

– Ancora due cose. Nel fondo antico della biblioteca a Cuneo è conservato un testo che proviene dal convento di Santa Maria degli Angeli. È una lettera inviata ai frati del convento a metà del Cinquecento da un allievo di Johannes Van Drift. L'ho detto ad Arcadipane che ha fatto chiamare dall'alto: preparano una copia fotografica che ti consegneranno.

– Per fortuna che dovevo riposarmi. L'ultima cosa?

– I film di Vera Ladich. Me li procuri in qualche modo? Vorrei rivederli.

– Te li posso mettere su una chiavetta.

– Qualsiasi modo che un primitivo tecnologico possa gestire.

– Va bene, stasera spero di avere tutto.

– L'ecografia è domani?

– Domani pomeriggio, ma ho deciso di fermarmi qui stanotte. Angela mi sta troppo addosso.

– Se vuoi quando torni ne parliamo.

– Scherzi?

– Non lo so.

– Va bene, prenditela calma anche tu.

Il cappuccino è ormai freddo, imbevibile, grazie a Dio. Bramard stacca un pezzetto di torta, lo mette nel palmo e lo dà da mangiare a Trepet. Dalla piazza arrivano un paio di accelerate in folle, come quando chi è alla guida dell'auto fino a ieri portava esclusivamente la moto. Poi il Pathfinder di Isa passa davanti alle finestre per imboccare l'uscita dalla piazza. Bramard china il capo sulle vicende di Colette e della duchessa. La lingua calda di Trepet gli sta ispezionando con cura gli spazi tra le dita.

– Sono tutte tue figlie?

Alza gli occhi verso la bambina.

– No, nessuna delle due.

La bambina disegna senza guardarlo. I colori sparsi un po' dappertutto, pennarelli e pastelli a cera mescolati.

– Credevo fossero tue figlie.

– Solo quella con i capelli rossi come i tuoi, ma adesso non c'è.

Ester chiude il quaderno e finisce il latte.

– E dov'è andata tua figlia con i capelli rossi?

– A lavorare. Cosí mi ha detto.

Ha raccolto i colori in un portapenne rigido che ora mette nello zaino insieme al quaderno, ma ogni tanto lancia uno sguardo verso il tavolo di Corso. È chiaro che è il cane che le interessa.

– I miei capelli, – dice, – sono rosso ginger. Marta l'ha cercato su internet. Invece quelli di tua figlia sono un tipo diverso.

– Sembra anche a me. Lo conosci già Trepet?

Ester lascia lo zaino sulla sedia, uno solo dei lacci serrato, e fa qualche passo verso il tavolo di Corso. Guarda Trepet.

– Dov'è il suo padrone?

– Lavora anche lui.

– Cerca la signora del cinema?

– Eh, già.

– Papà dice che non la troveranno. Tu non la cerchi?

– Prima faccio colazione. E secondo me la troviamo. Credo che quello sia il pullman della scuola.

Ester si volta e dedica al pulmino un'occhiata che testimonia un interesse molto moderato.

– Adesso allora è solo?

Parla del cane.

– Il padrone l'ha affidato a me, ma potrei aver bisogno di una mano. Sempre che Trepet ti piaccia.

– Non tanto.

– In effetti non è bello, ma quando lo conosci meglio…

– Avevo un fratello che è morto piccolo perché era come lui. Non l'ho conosciuto, ma Marta mi ha fatto vedere una foto dove sembrava normale però era nel lettino con la coperta. È per quello che poi hanno adottato me. Mi fa pena quando ci penso, però se non moriva magari non mi prendevano.

– Un po' triste, ma corretto.

Ester allunga una mano e Trepet va ad annusarla.

– Quando torni da scuola pensi di potertene occupare un po'?

– Credo di sí.

Due minuti dopo è sparita e il pullman anche.

Bramard riprende a leggere *L'histoire d'une jeune femme pas du tout désolée*, ma qualcosa tiene impegnato il suo cervello altrove. Trepet si guarda in giro, come chiedendosi perché mai tutta questa gente si occupa di lui e dove può essere finito il tizio con pochi capelli che di solito gli dà da mangiare.

30.

L'altoparlante della carrozza lo sveglia che il treno sta già rallentando.

Arcadipane, sebbene annebbiato da quelle cinque ore di sonni scomodi e interrotti dai caffè del carrello, sa che Pedrelli avrà già tirato giú il suo bagaglio, infilato la giacca e mandato un messaggio alla moglie Paola che finisce con «... stiamo entrando adesso in stazione a Roma». Ai piemontesi fa sempre piacere scrivere o leggere il nome di luoghi esotici in cui difficilmente metteranno piede, ma dove immaginano porti avanti la sua selvaggia esistenza qualche indigeno che ancora non conosce il gianduiotto, il bow-window e la pratica alchemica della bagna cauda.

– Commissario, stiamo entrando a Roma Termini.

Arcadipane sa anche che non appena aprirà gli occhi si troverà quelli piccoli di Pedrelli che lo indagano a venti centimetri. Una cosa che puoi concedere a tua madre quando sei bambino e tollerare una volta adulto con le due o tre donne che ti capiterà di amare, cui vanno aggiunte un paio di infermiere al risveglio dalle anestesie totali, ma Pedrelli... Pedrelli no!

– Il mio bagaglio è su? – domanda.

– Credo... adesso controllo.

Arcadipane apre gli occhi, convinto di aver scongiurato il momento, ma si trova davanti alle parti basse di Pedrelli che recupera la sua sacca dalla cappelliera. Il treno è quasi fermo, la gente occupa il corridoio. Oltre il finestrino tanta luce e una banchina poco affollata.

– Ecco la sua borsa, commissario, scendiamo?

– Scendiamo, scendiamo.

La stazione Termini la ricorda per le soste e i cambi, spesso notturni, durante i lunghi viaggi verso la Basilicata. Ricordi seppiati di genitori sfiniti, panini, bibite gassate, valige, sudore, «Amica», «Intrepido», «Sorrisi e Canzoni Tv» e quella volta che, mentre leggeva «Diabolik», aveva visto dal finestrino due della Polfer bloccare a terra un borseggiatore grasso e pensato «tutto, ma sbirro mai!»

– Hanno detto che ci aspettano davanti alla libreria nell'atrio, – dice Pedrelli, che lo precede con l'insopportabile solerzia di chi sta facendo qualcosa che ha ponderato. La stazione è affollata come può esserlo quella di una capitale: stranieri, turisti, pendolari, perdigiorno, ma anche gente che ha l'aria di girare dentro quel pentolone da ore nella speranza di staccare un po' della carne rimasta attaccata all'osso. Niente di speciale insomma, ma dopo Clot ad Arcadipane pare di stare al primo giorno di saldi della Rinascente. E poi luce, luce dappertutto.

Il collega che li attende davanti all'ingresso della libreria è uno quelli che per non passare da borghese farebbe meglio a levarsi la faccia e mettere il giubbotto della polizia, ma evidentemente il discorso vale anche per loro visto che quando sono a cinquanta metri già li ha individuati e fa segno con il braccio alzato.

– Piacere, Colajanni, – stringe la mano a entrambi, – la macchina è qui fuori.

Mentre lo seguono Arcadipane lo studia quanto basta per inserirlo nella categoria scarpe da ginnastica bianche, giubbotto di pelle, camicia slim, pantaloni a sigaretta, capello nero corto con troppo gel e chiappe strette. Che l'animo gli si sia indurito nei quindici anni di servizio o sia entrato in polizia perché era già cosí da ragazzino fa tutta la differenza del mondo, ma bisognerebbe vederlo al lavoro una settimana almeno per capirlo. Cosa che lui spera proprio di non dover fare.

Costeggiano la fila dei taxi allineati di fronte alla stazione. Gli autisti seduti in auto a leggere, ad ascoltare la radio e a pasticciare il cellulare. Qualcuno saluta Colajanni. La Bmw è in coda alla fila. Un paio di taxi si sono fermati dietro, ma quando arrivano i due autisti fanno anche loro un cenno e va bene cosí.

Colajanni si siede al volante, Arcadipane e Pedrelli vivono l'esitazione di come sistemarsi poi scelgono l'insolita formula Pedrelli davanti e Arcadipane dietro con i due bagagli.

– Andato bene il viaggio? – chiede Colajanni a cui è evidente che frega un cazzo come alla quasi totalità di quelli che fanno una domanda simile.

– Benone.

– Ok, abbiamo due alberghi convenzionati. Uno a Trastevere e l'altro in Prati, poi ce ne sono altri ma sono fuori, io non ve li consiglio. Quello a Trastevere è un quattro stelle, ma la notte in strada c'è piú casino. Quello di Prati è un tre stelle, pulito e tranquillo, non si mangia neanche male, mentre quello di Trastevere non fa cucina. Scegliete voi e vi ci porto. Posate i bagagli, vi fate una doccia, un riposino se vi va, quando volete spostarvi avete il mio numero e mi chiamate. Fino a quando siete a Roma sono vostro h24, – ridacchia, lo si capisce perché la collanina di ferro gli tintinna sull'altra piú da spiaggia, – e se vi servono informazioni, chiedete a me che 'o so 'o so a chi chiedere. Allora Trastevere o Prati?

– Andiamo agli uffici della Veronica Film, – dice Arcadipane. – La segretaria di Fuci ci aspetta.

Colajanni lo sbircia dallo specchietto: il poliziotto ha una faccia da navigatore e infatti ha capito che il vento che tira non è quello che pensava, ma in mare bisogna prendere il vento che c'è.

Avvia il motore e inserisce la marcia, sfilando a passo d'uomo lungo la litania dei taxi. Qualche altro scambio di saluti con la mano e sono già cascati nel traffico. Fuori è primavera, anche se dovrebbe al massimo essere la coda dell'estate. E la luce, quella luce! Arcadipane chiude gli occhi e smette di sentire Pedrelli e Colajanni che fanno conversazione: la zona a traffico limitato, i trasporti, lo smog anche a Torino, l'annoso problema del rifacimento del manto stradale nella via dove Pedrelli vive da trent'anni di onesto, stabile e decubitoso matrimonio. Con gli occhi chiusi, lascia che quella luce gli passi attraverso le palpebre, la faccia e il petto, liberato finalmente dalla clausura degli ultimi bottoni, arrivando a toccare ciò che c'è sotto, sulla cui natura, dopo la notte di cui conserva ancora qualche illecito odore, è sempre meno certo e piú spaventato.

31.

Seduto in cima a un masso su cui un paio d'anni prima sarebbe salito con due prese e un salto, Bramard rifiata e fissa i nastri che ancora circondano il perimetro dove tutto è accaduto. Un vento debole da monte li muove appena.

Gli è capitato tante volte di tornare a distanza di settimane, mesi, persino anni sul luogo di un delitto. In alcuni casi erano tratti di marciapiede che decine di persone nel frattempo avevano camminato, in altri case abitate da nuovi inquilini che non conoscevano la vittima oppure da persone che la conoscevano e se n'erano ormai fatta una ragione.

La vibrazione resisteva.

Nessuna presenza oscura. Nessun segno di infamia. Solo una leggera oscillazione che chi non sa cos'è successo in quel luogo non saprebbe attribuire. La stessa che Bramard sente adesso.

Si alza e dedica un ultimo sguardo al prato maculato di rocce piatte i cui riflessi verde-blu ricordano la pelle di un serpente: ofioliti di origine vulcanica che risalgono al tempo in cui quella terra era un fondale oceanico, poi sollevato nel mare delle rocce carbonatiche. Intuisce che se fosse stato presente allora, se potesse avere memoria di tutto ciò che quella terra è stata prima che l'uomo la popolasse, allora saprebbe anche cosa è successo a Terenzio Fuci e Vera Ladich, che di tutto quel nascere, morire, farsi calcare e risorgere non sono che un recente capitolo. Prova ne è che da quella sera l'erba in quel quadrato ha continuato a crescere, le pietre a farsi erodere, le Alpi a elevarsi di qualche frazione di millimetro come risultato della spinta delle placche e della fine di un'èra glaciale vecchia di diciottomila anni.

Con cautela Bramard scende dal masso. Attraversa il prato ed entra nel bosco, calando verso il lago che oggi ha cambiato la sua tenebra in blu. Vuole tenersi lontano dal container di Ludwig e dalla sorveglianza cui è sottoposto. Da quando è stato rilasciato l'uomo è rimasto quasi sempre in casa o si è mosso nei dintorni. Ha richiesto la restituzione degli attrezzi con cui lavora il legno ed è stato accontentato. È sceso una volta all'alimentari e ha comprato in merceria un paio di calze e una camicia di flanella con cui probabilmente affronterà l'inverno. Bramard non ha bisogno di vederlo o di parlarci perché quell'uomo gli è presente. Quella è la vita che in qualche modo avrebbe potuto essere la sua, se lo scartamento dei binari non avesse dirottato il suo treno in una città diversa, ma non troppo lontana. Nella testa di Ubac c'è molto della sua e viceversa. Ne è sicuro. Molto, ma non tutto. È sicuro anche di questo. E in quello iato si annida ciò che Ludwig Ubac sa e non dice della morte di Terenzio Fuci, ma soprattutto di Vera Ladich.

Bramard si ferma su una china da cui vede il rio che alimenta il lago risalire fino al culmine della valle, i boschi che si fermano per lasciare prima al prato, poi alla sola roccia le vette. Passa lo sguardo su quei boschi d'abete come si percorre con un dito la schiena di una donna. Non ricorda quasi piú nulla di Michelle, nemmeno la sua schiena che gli piaceva tanto. Troppo tardi per chiedersi perché persino quello per cui hai vissuto possa cadere nell'oblio. Troppo pochi i tramonti che gli restano per perderne anche uno nel tentativo di capirli.

Poi è come se i suoi occhi incontrassero in quel mare d'alberi un'imperfezione, una di quelle cicatrici minime che rendono la pelle vera. Guarda meglio, calcola all'incirca un cinquecento metri da dove si trova, tenendosi in quota, e si avvia.

Ci arriva nel mezzogiorno pieno e un'altra mezz'ora la impiega per cercare un punto dove quell'inclinazione anomala nel tronco degli alberi sia meglio visibile. Pochi gradi, ma una linea spartisce il bosco tagliando di netto il fianco della montagna. Sotto quella linea gli alberi piú vecchi chinano verso valle o i loro tronchi hanno risposto alla gravità con una curvatura.

Procede a ritroso sui suoi passi tenendo d'occhio il terreno finché non la trova, evidente in qualche tratto, nascosta dall'erba altrove: una fenditura, un principio di frana che la vegetazione ha coperto quasi del tutto e lo smottamento della placca superiore in parte saldato. Ma la cicatrice rimane, nella terra e nella memoria degli alberi.

Scende al lago, arrivandoci venti minuti dopo. Lo avvolge ad anello un sentiero che qualcuno avrebbe voluto panoramico, ma è chiaro che ormai lo battono in pochi. Si volta a guardare il versante da cui è appena sceso, il bosco, il prato da dove è partito: ben visibile il masso su cui era salito, i nastri invece non saprebbe dire se si vedono davvero o solo perché sa che sono lí.

Costeggia il lago sulla cui superficie si colgono gli affacci di qualche pesce che sale a catturare un insetto e, giunto al piano della diga, supera il tornello che impedisce il transito sul coronamento a tutto ciò che non cammina. Difficile pensare che un'auto possa arrivare fin lí, ma la larghezza in effetti consentirebbe il passaggio di una piccola utilitaria. Una precauzione presa probabilmente per consentire l'accesso ai mezzi per la manutenzione.

Bramard una volta raggiunto il centro del camminamento si sporge verso l'acqua, che poggia quieta contro la muraglia una quindicina di metri piú sotto; poi sull'altro lato dove il muro precipita invece per novantadue metri prima di incontrare gli scivoli e il modesto rio che porta a Clot un po' di quell'acqua. Il paese fa capolino un paio di chilometri piú in basso, la chiesa a sorvegliarlo dall'alto, discosta come una scarpa spaiata.

Arrivato sul lato opposto del coronamento, prende il sentiero che discende il vallone tra macchie di ontani, fino alla galleria di scarico dove Arcadipane e Pedrelli gli hanno mostrato la targa che commemora l'ingegnere e la consorte. È fermo che la medita quando sente qualcuno arrivare. È uno dei vecchi del paese, l'ha già visto, anche se non ricorda dove. Ha in mano una roncola e sale curvo, a piccolissimi passi. Potrebbe avere novant'anni, ma come tutti lí dimostrarne meno.

– Buongiorno.

– Bon matin, – risponde l'uomo.

Bramard aspetta di capire se ha intenzione di fermarsi. Non ha intenzione.

– Volevo chiedere una cosa a voi che siete del posto.

L'uomo procede senza curarsi di lui, ma si gratta l'orecchio, come a dare una disponibilità. È «a cavolfiore», come quello di molti altri anziani del posto. Né il sindaco né Ottavio Claro hanno invece traccia di quei traumi alla cartilagine.

– Sull'altro versante, sotto Gias Vej, ho notato una fenditura.

Il vecchio è evidente che non sa cos'è una fenditura e non sta fingendo.

– Una faglia, – Bramard con la mano fa segno di un taglio orizzontale, – come se la montagna avesse cominciato a franare.

– La *Putèlo*, – dice il vecchio, che non ha guardato né la mano di Corso né quello a cui si riferisce. – Mio nonno diceva che c'è sempre stata, ma non si muove.

– Quindi è una frana molto vecchia.

L'uomo non risponde.

– Va a fare legna? Vuole una mano?

– Soltanto un po' di ontano per fare la Sucho, non ne vale la pena.

Bramard potrebbe dire o non dire ancora qualcosa, il vecchio è ormai lontano.

32.

– Siete sicuri di trovarci ancora qualcuno? Sono quasi le sei.

– Abbiamo sentito il direttore, – dice Arcadipane senza staccare gli occhi dal cellulare.

È seduto davanti adesso, Pedrelli dietro a far la guardia alle valigie. Da quando hanno lasciato il raccordo, la Bmw si è liberata in fretta di condomini e concessionarie per imboccare la strada poco trafficata su cui viaggiano. Attorno case, ma anche i primi squarci di campagna.

– Sapete voi, – conclude Colajanni.

Arcadipane non replica. Controlla se può vedere Pedrelli nello specchietto laterale e lo coglie di sguincio che ha abbassato il mento sul petto, le mani conserte. Dorme. Si sono svegliati alle quattro, sono rientrati a Torino, cinque ore di treno, Colajanni, una pisciata al bar, la macchina in strada ad aspettarli con il motore acceso e corri in via del Babuino, dove la signorina Brocani li aspettava al portone.

Arcadipane ripensa agli uffici della Veronica Film da cui sono usciti una mezz'ora prima, al piano terra di un palazzo del Seicento da lasciare a bocca aperta. All'interno una manciata di ambienti, aria piú da consolato che da cinema: scrivanie antiche, mobili di pregio, tappeti e lampadari che uno varrebbe l'intero reparto illuminazione dell'Ikea, soffitti alti e affrescati. Se la Veronica Film fosse a Torino quei lampadari sarebbero stati accesi, invece lí la luce, anche a fine ottobre e a livello strada, entrava generosa a redimere i mobili scuri, la puzza dei tappeti, le tende apocalittiche, la bruttezza delle due ragazze che Arcadipane aveva visto aggirarsi e dell'uomo grassoccio che si stava preparando un caffè con le cialde in corridoio, che era anche peggio. Certo anche la luce ha i suoi limiti, aveva pensato, mentre la signorina Brocani nel suo tailleur li accomodava nell'ufficio che probabilmente era stato di Terenzio Fuci.

«Questo è l'ufficio del dottore», aveva detto, appunto.

Del resto in quel caso non era questione di bruttezza: non si poteva dire che la Brocani avesse le proporzioni fallate tipiche dei brutti, Arcadipane ne sapeva qualcosa. I capelli erano pettinati con cura e di un colore adeguato all'età, la pelle del collo ancora soda e un tempo quei denti, con evidenza tutti suoi, dovevano persino essere serviti a elargire sorrisi, sebbene di circostanza. Una donna di forse sessantacinque anni, alta una spanna piú di Arcadipane, che aveva conservato il suo corpo magro anche senza fare attività fisica. Una cosa genetica. Peccato che la temperatura dentro quel corpo non doveva superare i trenta gradi, come a dire che l'interno della donna sarebbe stato perfetto per stagionarci i salami: buio, freddo, asciutto e troppo interrato persino per i topi.

Non era quel che la donna era o diceva. Gli argomenti c'erano tutti: la costernazione per la fine del dottor Fuci, il senso di perdita, la preoccupazione per la signora, le notti passate sveglia ad aspettare una telefonata, la violenza che tutti loro dovevano farsi ogni mattina per venire al lavoro e portare avanti i progetti, ma il dottor Fuci avrebbe certamente voluto cosí. Lo smarrimento, le domande che prima ad alta voce, ormai solo con lo sguardo si scambiavano nei corridoi. L'ossessione che qualche particolare le fosse sfuggito, qualcosa che poteva essere utile a capire, a salvare la signora. Sfuggito proprio a lei entrata alla Veronica Film a sedici anni con un diploma da dattilografa. Lei che era con il signor Fuci e la signora da cinquant'anni!

Tutto giusto, certamente anche vero, ma la sofferenza, l'errore, la speranza, il dubbio e il sesso hanno a che fare con il caldo e lo sporco, mentre la signorina Brocani aveva sempre preferito il pulito. Ci sono persone cosí. Scelgono l'ombra non per una predisposizione al male, ma perché la luce invecchia e stinge. Dà vita, ma intanto se la sta riprendendo. Fa partire il cronometro dell'orologio.

A seguire la conversazione era stata precisa e puntuale.

Arcadipane d'altra parte era lí per procurarsi un po' di informazioni spicce e farlo in fretta. La vita privata della coppia che non si sarebbe potuta definire altro che ritirata: il dottor Fuci sempre cordiale, Vera riservata (l'aveva già sentito?), pochi amici, qualche week-end a Procida o nella loro villa sul lago di Bracciano, cinema, teatro, la stagione dei concerti e i pochi eventi per l'uscita dei film da loro prodotti, cui presenziava quasi sempre il solo Fuci.

A questo proposito, la Veronica Film: una società di produzione lontana dai fasti degli anni Sessanta e Settanta, quando con i film interpretati da Vera aveva tracciato la rotta del cinema italiano e non solo, ma comunque un'azienda sana, rispettata, orientata oggigiorno alla produzione di documentari e programmi destinati soprattutto alla televisione del Vaticano.

Le domande di rito, cui la Brocani aveva già risposto durante gli scambi telefonici: la prenotazione dell'albergo a Clot, il fatto che fosse all'oscuro del motivo di quel viaggio; no, non sapeva dell'acquisto dei lotti al cimitero; sí ovviamente conosceva le circostanze in cui il dottor Fuci e Vera si erano incontrati; sí, era lei che accompagnava ogni giovedí Vera a visitare il fratello; sí, per la signora Ladich perderlo quattro mesi prima era stata una grande sofferenza, ma era anche vero che Aldo si era già assentato dal mondo da molto tempo. Dopodiché li aveva riaccompagnati al portone, dove Colajanni li aspettava cincischiando il cellulare.

Arcadipane distende le gambe, la cosa piú simile al riposo che quel viaggio in macchina possa concedergli. Il fatto è che l'incontro con la Brocani, anche adesso che se l'è ripassato in mente, lascia ben poco nelle maglie della rete. Ed era il primo dei tre motivi per cui sono venuti a Roma. Non rimane che sperare nell'incontro verso cui stanno viaggiando, che è il secondo.

– Siamo quasi arrivati, – dice Colajanni, come gli avesse letto in testa.

Arcadipane durante tutti gli spostamenti in auto l'ha visto guidare e scrivere lunghi messaggi con un pollice soltanto, l'altra mano ancorata al volante e gli occhi che vanno furetti dalla strada allo schermo e viceversa.

– In che zona siamo?

– Marcigliana. La riserva naturale è proprio lí. Ci sono angoli di paradiso da queste parti.

Arcadipane pensa che «angoli di paradiso» è una di quelle cose che possono dire solo quelli che si mettono scarpe a punta e tirano all'indietro i capelli in quel modo. Pedrelli si è svegliato, ma ancora non ha detto una parola. L'auto percorre una strada di campagna diretta o verso i muri di una chiesa in parte crollata o verso un casale sullo sfondo, che man mano che si avvicinano si rivela sempre piú una villa.

– Cartelli niente qui, eh? – nota Arcadipane.

– Figurati. – Colajanni si gratta con un'unghia un incisivo centrale. – 'Sta villa non la prende manco il navigatore. Non mi sono perso perché a tre chilometri c'è un'osteria che conosco.

La Bmw infila lo sterrato e sale la collina su cui poggia Villa Greppi, circondata da un parco lasciato a svilupparsi in maniera naturale, a quel che dicono le chiome degli alberi oltre il muro di recinzione.

Si fermano al cancello. Colajanni abbassa il finestrino che ha tenuto per tutto il giorno qualche dito aperto e suona, poi si volta a chiedere che deve dire.

– Digli Arcadipane.

Quando dall'altra parte staccano, fa cosí e il cancello si apre.

La villa appare e scompare oltre gli alberi che a poco a poco diradano, lasciando a nudo un edificio del Settecento, forse modificato in seguito, con pianta a U su tre livelli e torretta sul tetto.

Un'infermiera in uniforme acquamarina e paperine bianche li attende. Non ci sono altre auto davanti all'ingresso, segno che il personale ha un suo parcheggio sul retro. La donna è sui venticinque, asiatica, capelli luminosi, magra, ma con forme, il che spiega perché Colajanni, che non era sceso per conoscere la Brocani, invece adesso scende, si presenta e si dispone con il culo poggiato sul cofano e un piede sul parafango, a guardarli salire lo scalone fino all'ultimo gradino.

– Il direttore vi aspetta nella sala, – dice la ragazza una volta passata la porta.

A parte la sua divisa non c'è niente che dica il posto dove si trovano: niente carrozzine, flebo, deambulatori né odore di minestra. Il che conferma che per i ricchi neppure la malattia mentale o la vecchiaia sono la vera livella. Tocca proprio attendere fino all'ultimo.

Vengono introdotti in un salone dove Arcadipane non

solleva nemmeno lo sguardo al soffitto tanto è stufo di affreschi. E poi sente i vestiti appiccicati addosso, il collo bloccato e la stanchezza bussare alla base della schiena. Sa però che quello è uno dei momenti che potrebbe valere il viaggio, quindi... Anche Pedrelli non sembra in grande forma visto che il pavimento di marmo ha lo stesso colore della sua faccia. Nel suo caso, oltre la levataccia, l'alimentazione fuori dai suoi canoni e la comune ridotta possibilità di minzione, bisogna mettere in conto il cambio di latitudine in direzione dell'equatore: spostare un piemontese verso sud senza cautele è come abbandonarlo a una festa dove si rende conto di non conoscere il padrone di casa.

Nel salone ci sono otto tavoli tondi, non grandi, ciascuno con due sedie. Tutti sono coperti da un panno damascato che fa pensare a un torneo di burraco di altissimo livello. Il direttore entra. Non ha piú di quarantacinque anni, ma molte ore di tennis alle spalle. Nonostante l'abbronzatura e i capelli da tennista, tuttavia qualcosa in lui fa pensare a un blando, radicato disturbo fisico.

– Benvenuti, – li saluta con un sorriso, – ho pensato che ricevervi qui nella sala dei giochi sarebbe stato meno formale che in ufficio.

– Va bene, – risponde Arcadipane, – immagino saprà perché siamo qui.

– Certamente, – e appoggia il fianco a un tavolo in maniera davvero informale. – Ho fatto chiamare Lupita, ma per qualunque cosa sono a completa disposizione. In città come può intuire non si parla d'altro. Il dottor Fuci lo conoscevano tutti e la signora Ladich poi... Quello che sta succedendo sui giornali dimostra che uno può sparire dal mondo per decenni, ma quando ha seminato tanto... Per noi poi erano due persone ormai di famiglia. Dirigo Villa Greppi dal 2000, ma quando Aldo è arrivato era mio padre l'amministratore. Questo per dire che i nostri ospiti per noi sono come degli zii. Si figuri che abbiamo la contessa che è qui da quando aveva diciannove anni e adesso ne ha novantasei.

Arcadipane cerca di fare una faccia stupita e non costernata, ma nota nel direttore un irrigidimento della mandibola. Cose che succedono quando il coltello della verve trova un panetto di burro uscito dal congelatore.

– Quanti pazienti avete?

– Otto ospiti, – lo corregge subito. – In questo momento sette. Dopo la scomparsa di Aldo uno dei posti è disponibile, ma preferiamo scegliere con cura. Fortunatamente abbiamo una lista d'attesa molto lunga.

– La retta presumo sia alta, posso sapere quanto?

– Se me lo chiede come elemento di indagine, credo che io sia tenuto a rispondere.

– No, era una mia curiosità. Ma ha già risposto.

Pedrelli si è portato sotto una delle due grandi porte finestre che mettono sul terrazzo. Oltre la balaustra in pietra l'ultima luce passa rasente i campi, le colline, un paio di ville in lontananza e una linea diagonale di cipressi sotto i quali corre una strada. Si direbbe che Pedrelli non possa staccare lo sguardo da tutta quella dolcezza, ma forse fissa una cacca di mosca sul vetro.

– Posso offrirvi qualcosa mentre aspettiamo Lupita?

– Va bene cosí, grazie. Mi ha detto la signorina Brocani che le visite della signora Ladich erano molto regolari.

– Regolarissime. Se ha saltato qualche giovedí non è successo da quando ci sono io. Di solito arrivava la mattina verso le nove e rientrava a Roma a metà pomeriggio.

– Quindi la signorina Brocani, la Ladich e il fratello pranzavano insieme?

– Solo la signora e Aldo. La signorina Brocani e l'autista erano... autonomi. Qui abbiamo spazi molto ampi per i familiari dei nostri ospiti. Volendo ci sono anche degli appartamenti.

– E la Ladich li ha mai utilizzati? Mai fermata a dormire?

– Non mi risulta.

– Nemmeno mai venuta da sola, senza la Brocani?

– Le persone di quella notorietà difficilmente possono muoversi da sole, specie a Roma. È il prezzo che si paga per il successo.

– Immagino che abbiate molti ospiti che provengono da quell'ambiente.

– Nelle difficoltà di un familiare o della persona stessa, la notorietà può rivelarsi un'aggravante della sofferenza. L'unico antidoto in questi casi è la riservatezza e la riservatezza è uno dei nostri imperativi.

Stanco di dialogare con un dépliant, Arcadipane guarda Pedrelli sperando di riattivarlo, ma il vice continua a dedicarsi piú al fuori che al dentro. In quell'istante si apre una porta che non è quella da cui sono entrati loro e neanche quella che ha sfornato il direttore. Una donna che potrebbe essere Lupita Lozano mette il naso dentro.

– Vieni, Lupita! – conferma il direttore.

La donna che ha tutta l'aria di avere quarantadue anni, di essere messicana e di fare l'infermiera, come Isa ha detto, muove un paio di passi non proprio disinvolti nella sua divisa acquamarina, quindi torna indietro quasi ci avesse ripensato, chiude la porta lasciata socchiusa e raggiunge il direttore. Oltre Pedrelli il sole è definitivamente tramontato, il lampadario nella sala si è acceso senza che nessuno toccasse un interruttore. Lo stesso pare succeda a Pedrelli che si gira.

– Lei è Lupita Lozano? – domanda Arcadipane.

– Sí, – risponde la donna con una voce che un po' di

vento potrebbe portare via. È alta quanto Arcadipane, la faccia da ragazzona, il corpo e l'umiltà negli occhi di chi sente poco la fatica.

– Buonasera, vorremmo farle qualche domanda. Lei, direttore, permette?

– Certo, certo. Ero qui solo per le presentazioni. Lupita, commissario Arcadipane e...

– Pedrelli.

– ... agente Pedrelli. Un impegno richiede la mia presenza in città, ma potete chiamarmi quando meglio credete. Considerate Villa Greppi e la mia persona amici della famiglia Fuci e a completa disposizione.

– Certo, certo, – dice Arcadipane, – vada pure.

L'uomo dà una stretta sportiva alla mano di Lupita Lozano, una cosa da compagni di squadra che si incoraggiano, e se ne va.

– Molto cordiale il suo capo.

Lupita annuisce, occhi non bassi, ma neppure negli occhi.

– Lei era l'infermiera di Aldo Mattalia?

La donna assume una strana posizione da milite a riposo, un piede avanti e mani dietro la schiena. Una postura frutto forse del lavoro che da anni la tiene in piedi tante ore, chissà.

– Non ci sono assistenti dedicate, – dice, – lavoriamo a rotazione con tutti gli ospiti. È un modo per creare comunità, ma è vero che con Aldo c'era un rapporto molto stretto. Ogni ospite ha le sue preferenze e anche noi...

La donna parla un italiano che Arcadipane si vergognerebbe a paragonare al proprio. Piú che l'inflessione spagnola si sente appena quella tedesca, segno che i pochi anni in Germania hanno plasmato il suo modo di parlare e quindi di pensare. Da tenere presente, si annota.

– Complimenti per il suo italiano. L'ha studiato?

– Sono a Roma dal '98 e ho preso il diploma qui in Italia. Era uno dei requisiti per avere il lavoro a Villa Greppi.

– Posso chiederle perché ha lasciato la Germania?

– Ho conosciuto un italiano di Roma. Ora sono separata e ho due figli.

– Anch'io, – annuisce Arcadipane che subito si domanda che cazzo sta dicendo. La stanchezza, il treno, la notte insonne con Ariel, va bene, però... Certo che Pedrelli dare una mano in un frangente di difficoltà... Invece ancora grazie se si regge in piedi quello! I piemontesi devono davvero solo buttare la lenza nella loro peschiera, ecco la verità, altrimenti...

– Commissario? – lo richiama il vice.

– Sí, sí, stavo pensando, – si passa una mano sul mento per dare credibilità alla cosa. – Che mi dice di Aldo Mattalia? Che tipo era?

– Una persona molto buona, docile.

– Questo non è un posto per gente buona, docile e basta, però! Altrimenti dovreste riempire il parco di tende, o mi sbaglio?

La donna guarda verso la finestra, come se la minaccia delle tende avesse qualcosa di reale. I suoi occhi incrociano quelli di Pedrelli che chiudono la via di fuga. Li posa allora su uno degli otto tavoli, il piú vicino.

– Non lo so, – dice. – Io l'ho conosciuto da anziano. Può darsi che da giovane fosse diverso. Parlava poco, era chiuso nel suo mondo. Alcune persone vengono qui perché fuori per loro è difficile. Non sono malati.

– Però aveva una diagnosi di autismo di livello tre: grave deficit nelle abilità di comunicazione sociale, comportamenti limitati e ripetitivi, estrema difficoltà ad affrontare il cambiamento...

– Sí, – dice Lupita Lozano, ma Arcadipane sta pensando che tutti quei disturbi, certo in forma non grave, in effetti anche lui... Poi avverte Pedrelli fare qualche passo e ritorna presente.

– Lei conosce una donna che si chiama Masimine Orusa?

Lupita Lozano questa volta tiene gli occhi nei suoi. Difficile dire se per la stranezza della domanda o il bisogno di pensarci bene prima di rispondere.

– No, non la conosco.

– Non ha mai ricevuto una lettera da lei?

– No.

– Glielo domando perché abbiamo trovato a casa della signora Orusa la ricevuta di una raccomandata inviata a lei presso il suo indirizzo di Roma.

– Mi dispiace, non so chi è questa signora.

Arcadipane sente il balsamo del congiuntivo mancato.

– Invece Vera Ladich immagino che la conosceva.

– Certo.

– Eravate amiche.

Per la prima volta Lupita Lozano sorride, ma è per l'assurdità dell'affermazione. Lei amica di Vera Ladich! Arcadipane, se fosse un avvocato, vorrebbe ritirare la domanda. Invece tanto vale...

– Come definirebbe il rapporto tra la signora Ladich e il fratello?

– Splendido.

– Non ci ha pensato molto.

– Ho un fratello anche io e non ho con lui un rapporto cosí.

– Credo che lei però non abbia messo suo fratello in una casa di cura per cinquant'anni.

– No, ma vive in Inghilterra.

Arcadipane si chiede se è un problema linguistico o ironia. Guarda Pedrelli che sorride. È strano quell'uomo.

– Va bene, – conclude Arcadipane. – Avrei preferito

che mi dicesse che conosceva Masimine Orusa, ma è stata gentile lo stesso. Non le rubiamo altro tempo.

– Buonasera, – dice Pedrelli.

– Buonasera, – dice Lupita Lozano. Poi si volta e a passi piú certi di quelli con cui era entrata raggiunge la porta.

– Signora Lozano, – la ferma Arcadipane, – ancora una cosa.

Lei si arresta con metà del corpo già oltre la soglia.

– Li trattano davvero cosí bene qui gli ospiti?

Lupita sorride. I suoi capelli accanto alla lacca antica del battente rivelano il loro nero brillante.

– Quelli che sono qui dentro, – dice, – o i loro parenti potrebbero alzare il telefono e comprare Villa Greppi nel giro di due ore.

– È stata chiara.

– Buonasera, – ridice Pedrelli.

– Buonasera, – scompare dietro la porta Lupita Lozano.

Ecco, finito. Trentasei ore senza chiudere occhio per questa roba qui.

33.

Rientrato dalla diga ha riposato un'ora o cercato di farlo, letto qualche altro capitolo del romanzo d'appendice e trascorso il resto del pomeriggio girando il paese nella speranza di incontrare qualcuno, con poca soddisfazione: un paio di donne entrate e uscite dal negozio di alimentari che fa anche tabacchi, ma ha solo tre marche di sigarette e una di tabacco; un vecchio che si è presto dileguato; qualche sguardo dalle finestre. Gli altri sono stati il sindaco arrivato in auto e poi ripartito, i giornalisti che toglievano le tende, richiamati all'ordine e al risparmio dalle redazioni, la Lunel con cui ha scambiato due parole di circostanza.

Ha chiamato Elena, senza trovare maggiore disponibilità alla conversazione. Si è fatto passare allora Ani, hanno parlato dell'ambiguità di una risposta multipla nella verifica sulla figura dell'intellettuale italiano in età comunale in cui la ragazza ha preso 9+. Matei era all'allenamento di calcio e quando nessuno dei due è bravo al telefono è comunque meglio evitare. Ha chiamato Martina, numero non raggiungibile. Ha chiamato Arcadipane, squilli a vuoto.

Ora sono le sette e un quarto, ma non ha voglia di rientrare in albergo dove ha già scelto per cena petto di pollo e agnolottini in brodo. Gli rimane una sola alternativa a mangiare, terminare *L'histoire d'une jeune femme pas du tout désolée* e spegnere la luce, e per fortuna in quel momento la vede parcheggiare, scendere e venire con una borsa da supermercato verso la panca sotto il municipio dove siede.

– Ti sei impazzito? – chiede Isa.

– La giornata in effetti potrebbe avere avuto questo effetto.

Lei lo guarda indecisa, poi mette tutto a terra e siede nella porzione di panca libera, la schiena poggiata al muro.

– Gitanes papier mais, – anticipa la domanda lui, – non le vedevo da vent'anni.

– Dove le hai scovate?

– Indovina! – e indica con il mento l'altro lato della piazza dove i due negozi adesso sono chiusi. – A te invece com'è andata?

– Cosa vuoi... la spa, poi l'estetista, il parrucchiere, l'aperitivo dove ho conosciuto un tale con cui abbiamo scopato ore nel suo attico da cui si vede tutta Cuneo, finché alla terza bottiglia di champagne ha proposto di sposarmi e intestare al bambino il suo impero immobiliare.

– Hai trovato tutto?

– Nella borsa ci sono i due saggi e le copie fotografiche di quel cazzo di documento antico che in quella merdosa biblioteca mi hanno fatto aspettare con la scusa che non le trovavano, quando era chiaro che non le avevano ancora fatte. Nella borsa nera invece c'è un mio vecchio pc, ci ho caricato i film della Ladich. Unico non pervenuto è Corrado Dao, il maestro. Sono stata a casa sua, è uscito sul balconcino, gli ho spiegato, ma ha detto che è troppo vecchio per salire al paese e quello che sa sugli affreschi l'ha scritto nel libro.

– L'hai visto davvero cosí vecchio?

– Be', ha ottantasei anni, giovane non è! Tu? A parte cercare di ammazzarti con quelle sigarette?

– Io rigiro le carte che abbiamo e non ho nessuna idea precisa. O forse troppe, ma non si incastrano per niente.

– Allora speriamo che i due bersaglieri sfondino a Porta Pia.

Bramard fuma. Isa si gratta la punta di uno degli anfibi con il tacco dell'altro. La piazza è già precipitata nella notte. Quelle dell'albergo e di poche finestre le uniche luci.

– Stai pensando di farlo?

– Cosa?

– Perché se ci stai pensando, leviamoci il pensiero adesso che non ci vede nessuno.

Bramard allunga una mano e gliela posa sulla pancia. Chiude gli occhi e fuma.

– Avrai già tirato le cuoia quando nasce o conti di vederlo crescere almeno qualche anno?

– Non credo dipenda solo da me.

– Perché? Con Angela siamo d'accordo. Non glielo diciamo, ma puoi vederlo quando vuoi. Oppure ti mando delle foto. Fa un po' carcerato, ma se preferisci…

– Intendevo l'altra questione. Le cuoia.

– Ah, be', quelle sono faccende tue. Adesso io mangerei e me ne andrei a dormire. Domattina parto presto. Cose da fare nei prossimi giorni?

Bramard ritira con lentezza la mano dalla pancia di Isa e va a cercare la busta nella tasca del suo giaccone canadese. Gliela passa.

– Riesci a dare un'occhiata a questi biglietti trovati da Ludwig? Non so se si può risalire a chi li ha emessi, quando e dove, ma se c'è qualcuno che può riuscirci mi sa che sei tu.

– Grandi cortesie tra gli ospiti stasera, accidenti! – dice Isa facendo sparire la bustina con i tagliandi nel suo giubbotto di pelle. – È chiaro che il bellimbusto di Cuneo che mi vuole regina del suo impero immobiliare ti ha messo il pepe al culo. Altro?

– Ci sarebbe una cosa, ma non sono sicuro di chiedertela.

– Cosa fai? Mi doni lo sperma con l'ultima sega in punto di morte e poi fai il timido?

Lui lascia la nuca appoggiata al muro, ma si gira a guardarla.

– Mi chiedevo appunto dove fossi finita.

– Chieditelo quanto vuoi, l'educazione del fagiolo sarà roba mia. Ho già comprato on line degli anfibi numero 18. Allora?

– I Claro, i gestori dell'albergo, prima di adottare la bambina, hanno avuto un figlio. Credo sia morto poco dopo la nascita. Se è successo in ospedale, come presumo, vorrei sapere per che cosa è morto.

Stavolta è lei a guardarlo.

– Me lo chiedevo io dove fossi finito, cazzo!

– Scusa, hai ragione.

– Ma, che cazzo… – mette le mani in tasca Isa. – Proprio la cosa ideale da tirar fuori il giorno prima dell'ecografia.

Marta Claro apre una delle finestre della cucina e scuote nella piazza uno strofinaccio da cui cadono alcune briciole. Il tempo di richiudere e qualche passero, comparso dal buio, già saltella nel quadrato di luce della finestra.

– Mi fai dare un tiro prima che finisce? – chiede Isa.

– Ma sei impazzita? Non dovresti nemmeno starmi vicino mentre fumo questa roba.

– Già, – si alza e si stira lei. – A saperlo!

34.

Calammo la valle nel dodicesimo giorno quando li muli nostri erano niente per il poco mangiare e l'andare sempre. Lo vento non dava tregua dalle prime ore e riparo nessuno la sorte ci aveva offerto. Lo Magistro mio non parlava da due giorni et li ultimi ferri et panni li avevo io venduti in un mercato di Francia, secondo buon consiglio perché sulla via altri non trovammo.

Lo paese picciolo che mai viandante o carta avea nomato era due ore a calare e vi giungemmo alla nona. La via maggiore menava alla chiesa e ivi al paese, alquanto discosto. Giunti allo borgo non trovammo persona né locanda. Restammo sulla piazza e per lungo tempo nulla accadde e prese a scurire e non vidi uomini o bestie alcune, solo due corvi che vennero a prendere calore a un comino che fumava.

All'arrivo eravamo usi che sempre qualcuno esciva a chiedere se fossimo franzesi o mercatanti o pellegrini di ritorno da luoghi molto santi o soldati, perché la curiosità nell'omo è piú forte della paura, ma non similmente in quel borgo. I muli, eccitati dal rumore dell'acqua che correva sotto e dentro e intorno alle case, pestavano la piazza e uno cagò e poi disperse la sua merda e i corvi dai tetti s'alzarono nel buio come anime nere. Cosí passò la notte, lo Magistro nella febbre, io nella fame, entrambi senza confessarlo nella paura.

All'alba sei uomini sortirono ciascuno da una via differente. Prima con aria gravissima ci pesarono e terminato che ebbero, quello che primo era giunto mi fece segno di andare.

– È tuo padre? – mi chiese tenendomi nella luce dello solo occhio che avea.

– Lo mio Magistro, – dissi io a quell'uomo di una spanna a me superiore e come gli altri vestito di rozza copertura. Eppure nessuna soggezione egli mostrava per i nostri cenci un tempo ricchi.

– Una tempesta ci sorprese oltre confine, – principiai a raccontare come sempre facevo, – e quattro dei nostri muli finirono in un calanco con grande carico di banaste e barilotti e damigiane e stoffe con cui andavamo a fare mercato... – Ma sentii lo mio Magistro farsi da presso e posare una mano sulla spalla mia imponendomi di non mentire oltre.

– Sono Johannes Van Drift, – disse egli con le prime parole sincere che dallo principio di quella fuga io gli sentia barattare, – fine pingitore in Spagna, in Francia e nelle terre del Nord dove ebbi i natali. Qui mi trovo in disgrazia, cacciato, inseguito, affamato e di ogni cosa derubato fuorché dello talento mio. La mia colpa va stimata nel troppo liberamente parlare a chi mi pregava d'essere schietto, nel vizio del gioco di cui faccio ammenda e nel colore dei miei capelli che nelle terre da cui veniamo è guardato con sospetto.

– Venite, – disse l'uomo e lo seguimmo.

Essi ci diedero riparo, riposo et sostentamento, sanza nulla domandare. Lo Magistro dormiva il giorno, scosso dalle febbri, e la notte scriveva, io credo, sentendolo piangere et urlare et supplicare, lettere ai suoi persecutori e a difensori che si figurava accoglierlo in Firenze, Padova, Roma, fors'anche Malano. Quando la febbre passò grazie a uno liquore forte e amaro che gli diedero e che anch'io ebbi a bere, egli principiò a sortire. Il paese aveva vita picciola, senza alcun passaggio di foresti o mercato. Tutto ciò che abbisognava dalle sue bestie e terre e boschi e il fiume esso traeva. Molti paesi come quello avevo visto nei cinque anni che presso lo Magistro ero discepolo, ma nessuno come Clot. Nessun signore o guarnigione o vescovo o balivo avea infatti la sua mano sul paese di Clot. Le campane non battevano il mattutino, la messa, la morte o il vespro perché non v'era campana né torre. Tutti in paese erano abili a scrivere in lengua volgare e a far di conto, anche le femmine, e nessuno sentii mai orare o dire qualche passo delle Scritture per ammonimento. Niente croci o sacramenti accompagnavano il nascere e il dipartire. Confessione o corpo di Cristo nessuno dispensava. Chiesi allo Magistro se fossero quelli gli Albigesi, i Catari o altri eretici fuggiti tra i monti dopo che i loro fratelli erano stati piegati alla giusta fede, ma lo Magistro mio rise del mio poco sapere e disse: – *Stultus caelum confundet cum inferno et invocabit ignem.*

Pochi giorni appresso mi ordinò di aprire le banaste con lo materiale...

Bramard avverte la vibrazione del cellulare sulla coperta. Guarda il nome sul display.

– Ciao.

– Stai mangiando?

– No, sono a letto.

– Come a letto? Sono… le nove e un quarto. Noi dobbiamo ancora mangiare!

– Siete uomini di mondo. Novità?

– A parte il fatto che ci hanno messo in un albergo dove tutto è fucsia pure l'asse del cesso? Anche le sedie sono rivestite da una specie di calzino fucsia imbottito. Anche il bancone della colazione…

– Hai bisogno di compagnia, Vincenzo?

– Macché, ho qui Pedrelli che è già l'anima della festa, vero, Pedrelli? Pedrelli ti saluta. Che leggevi?

– Documenti sul Maestro di Clot.

– Perché? È scomparso anche lui?

– Gli affreschi. Senti, se hai delle novità, altrimenti…

– Ma che novità ti devo dire! La Brocani pare un elfo morto, Lupita Lozano dice che Masimine Orusa non sa manco chi è e la sede della Ica, la società che ha costruito la diga, sta in un palazzo demolito dieci anni fa.

– La società subentrata nella gestione?

– L'Adis? Dicono che hanno una parte dell'archivio, ma l'altra è andata perduta nei traslochi. Domani cercano di farci avere qualche informazione sull'incidente dell'ingegnere e della moglie, se reperiscono i faldoni. Ci spero come di vedere Pedrelli con un paio di jeans.

– Male quindi.

– Perché? Diciannove gradi, viaggiamo su una Bmw, piú di trentasette persone intorno e il soggetto che ci porta in giro ogni tanto ci lascia anche andare in bagno da soli!

– Che vuol dire?

– Vuol dire che ci tiene al guinzaglio e riferisce a qualcuno che non so da che parte sta.

– Chiama la Pes.

– Ma cazzo chiamo la Pes! Se non è morta e risponde che le dico? Sono quel tizio che vent'anni fa è venuto a Roma con un altro tizio...

– L'ho già avvertita.

– Avvertita di cosa?

– Che sei lí e il motivo.

– Non ci penso proprio.

– Io ti mando il numero, per ogni evenienza.

– Non c'è nessuna evenienza –. Sente il *blin* del messaggio che è arrivato.

– Te l'ho mandato.

– Lo cancello.

– Come vuoi. Notte.

– Notte una sega.

Bramard mette giú. Guarda Trepet che allungato sul tappetino lo scruta dal bagno. Gli occhi due bottoni grigi nella semioscurità. Riprende le copie su carta lucida del documento.

Pochi giorni appresso mi chiese di aprire le banaste con lo materiale dell'arte nostra e fare conto di quel che c'era e di cosa eravamo manchi. Feci come mi era ordinato e due uomini del paese scesero a valle per procurare di quanto mancavamo, con quali denari non l'ebbi mai a sapere. Io ebbi mandato di apprestare le impalcature, ma la notte lavorava a bozzetti su legno povero dei capitoli delle Scritture che similmente in altre chiese avevamo sul tonachino fissato. Ogni sera lo Magistro con perizia le valutava, estimandole quasi sempre migliori di quelle che le avevano precedute. Quelle poche erano le carezze che da lui io receveva dall'età di anni tredici quando mio padre che di me disperava, lo pregò di entrarmi a bottega perché di lettere, musica, commercio e numeri nulla sapevo e so.

Lo mese secondo ebbi mandamento per il tonachino che a tre uomini di Clot insegnai a stendere. La pioggia sempre tardava l'asciugatura, dandomi piú tempo del necessario per comporre il colore semplice da basamento. Fu allora che lo Magistro mi chiamò a udienza e mi narrò storie del paese che gli uomini riuniti avevano a lui richiesto e che sulle pareti della chiesa dovevano a nostra mano apparire vive.

Bruciai allora li bozzetti e nuovi ne feci, che lo Magistro corresse perché è della nostra arte l'obbedienza alla commissione. Quello il primo comandamento e lo secondo era che la nostra arte tutta consisteva nel condurre li omini in luogo adatto a vedere. Sempre lo magistro me lo repeteva: «Minico, – egli diceva, – prima di una sola riga tracciare, abbi contezza che duce tu ti fai per li occhi di genti che ora sono e altre che verranno. Come il dotto scioglie i nodi delle scritture per il semplice che cosí vede luce dove prima era oscuro, cosí noi similmente facciamo e faremo con forme e colori, perché a chi guarda ogni cosa si riveli limpia e giusta e santa o crudeli, ma nella vera natura che Iddio le fece». A questo io tenevo fede.

Le mura della chiesa erano schiette, ma non difficili, e una volta asciutte iniziammo il lavoro. L'inverno tramontava e similmente alle pareti lo Magistro pigliava colore e ardire. Omini e donne del paese chiamava a prestare il profilo per le figure di fondo e una di esse scelse per la Madonna giovine e piú volte la mise a posare. Quando la sera veniva: «Accendi li fochi, – ordinava lo Magistro, – e vattene a dormire» e io cosí facea perché le mani sue erano nella febbre dei colori e della forma.

Venne estate anche in quelle terre a cui l'inverno pareva incatenato. L'erba fiorirono e tutto si mise a preparare il suo frutto. Non allevio la mia colpa, fratelli, quando dico che pensiamo il demonio con occhi di belva, piedi di capro e ali di corvo, ma egli può invece essere dolce e ingannevole come il passero. Non distolgo gli occhi dal mio errore, fratelli, se dico che crediamo la dannazione annunciata da zolfo e vapori, quando essa può avere il vestito del silenzio e del dolce ruscellare.

Alla giovanezza posso dare culpa perché vidi eppure non compresi, perché toccai con mano ma non voletti credere la dannazione che lo mio Magistro e io su quei muri andavamo celebrando. Mai Madonna con salamandra ci venne chiesta e mai la vedemmo o sentimmo nomare, cosí che quando io chiesi a lo Magistro mio conto di tale stranezza, egli disse che era costume di ogni paese, vecchi idoli pagani portare nella santa fede come vessillo del peccato che era stato e mai piú sarà. Se con la tara della giovanezza va pesato lo mio errore, lo suo ha all'altro capo della bilancia il sentimento folle che alle sue membra e ai pensieri aveva fatto casa, senza ch'io avessi prestato buona guardia all'uscio.

La bestemmia venne alla luce la notte che riuní gli uomini non troppo giovani e non troppo vecchi nella piazza per poi condurli ciechi in un luogo segreto. A quella notte seguirono giorni da cui alcuni di quegli uomini non tornarono e quelli che tornarono si tennero nascosti per lasciare il paese alle donne solamente. Lo mio Magistro cadde nell'umore nero, forse comprendendo solo allora per cecità d'amore cosa accadeva nella chiesa nelle notti di luna che ci erano precluse e in quella stanza che ci chiedevano di lasciare nuda.

Il lavoro era quasi terminato e già ci attendevano in Emilia, dove ricovero e commissione aveva lo Magistro mio trovato, quando egli fece quell'ultimo disegno e in due soli giorni e due sole notti, nascostamente, lo concluse. Io era appena andato a riposare ed elli mi destò.

«Svegliati, vestiti e non fare un fiato», disse. E di lí a fuggire nel buio sui due nostri muli che un anno di reposo aveva rinvigorito, fu breve. Non si voltò, non mangiò, non permise soste e non disse parola per un giorno e una notte. Soltanto nei pressi di Cuneo, lo Magistro mio mi chiese di sedere sotto un albero per parlare all'uomo che ero e non al ragazzo che aveva lasciato un anno prima sopra il passo da cui Clot si scorgeva appena.

«Ho amato una donna, – disse, – legata da vincolo piú stretto del matrimonio. Tra poco ella avrà l'età per salire alla stanza, vedrà il segno che ho lasciato e potrà scegliere se tradire la sua gente, accogliendo la mia mano, o tradire me, accogliendo il loro rito. Il mio cammino in ogni caso si fa incerto e piú facile alla dannazione. Nella città che vedi c'è un convento e qui nella mia sacca una missiva in cui chiedo di accoglierti e darti protezione. Essi sanno della Sucho, come tutti gli uomini santi di queste terre. Hanno provato a debellarla, ma quella valle è una cruna dove nemmeno lo Spirito Santo può entrare. Impara dunque ciò che puoi dal mio errore, prendi gli ordini, che ti tengano lontano dal vizio, dalla femmina e dalla pittura. La mia vita è persa e quella tua appena toccata da questo male. Amputa la parte infetta e dàmmi il tuo perdono».

Cosí dicendo chinò il capo e attese che io ponessi la mano come l'uomo di Dio che confidava sarei diventato. Cosí ebbe cominciamento mia strada nel mondo fino a divenire l'uomo secolare, esperto e non migliore che ora sono.

Restai tre anni nel convento ora vostro dove cercai se non la santità, la rettitudine, fallendo in entrambe le vie. Quando coraggio mi bastò ad ammettere la mia perdizione presi mare e toccai molti porti dove imparai i numeri e la scrittura perché quei numeri avessero sostanza. E feci guerre piú che una, e le prime le pensai sante e col tempo addivenni che santa era solo la mia fame.

Persi il mio nome e altri me ne diedi, tutti meritevoli d'esser creduti. Feci mercanzia di uomini e nelle loro terre conobbi la malattia che dà il sonno e molti giochi di carte e pedine. Vidi uomini tristissimi prosperare e i migliori perire e appresi il *sic transit gloria mundi*.

Nessun seme lasciai sulle strade e se qualcosa ha i miei occhi, non ha il mio nome, e dunque quel che sono morirà in me.

Questi giorni di Finistére m'appressano al definitivo andare, e li spendo entro questo chiosco che mi ha dato ricovero, senza guardare lo mare che già mi venne a noia, e ingannando questi frati che come tutti voi hanno presunzioni grandi di dare salvazione.

Non tribolo nel digiunare perché non farò ammenda.

Affido questa carta miseramente scritta a un pellegrino di ritorno da Santiago, fermatosi a purificare nella cella accanto.

Egli la porterà in Liguria e l'affiderà a viandanti del sale che la meneranno nel vostro convento dove ebbi i soli giorni di vera pace.

Nessuno sarà a riceverla, nessuno a ricordare il nome di chi la scrisse.

Nessuno ne trarrà saggezza, perché, di tanto andare ch'io feci, posso dire unicamente che in ogni cosa cercai il peccato e la tenebra che nei giorni di Clot sentii ardere dentro e intorno a me, sanza mai trovarla in tale purezza. Con questa ultima, assolvo dunque allo comandamento secondo dello Magistro mio, che essa serva a chi la leggerà come «loco adatto a vedere» la perdizione che tutti ci minaccia e ci tiene.

Bramard studia il foglio ancora per qualche secondo.

In quel momento, in un hotel a settecento chilometri di distanza, in una saletta dalle pareti fucsia, seduto a un tavolo dalla tovaglia fucsia, Arcadipane smette di ascoltare Pedrelli che elenca i vantaggi della barbabietola, prende il cellulare e comincia a scrivere un messaggio molto complicato.

35.

Alle sette il piano terra dell'albergo *Papi* è già otturato da una comitiva giapponese e una cilena che hanno prenotato il primo turno di visita ai Musei vaticani, cercando entrambe di evitare la ressa per la colazione. Questo ha prodotto la tempesta perfetta, cui Arcadipane e Pedrelli si sono sottratti grazie alla tempestività del vice che, rientrato dalla passeggiata delle sei di mattina, si è imbattuto negli avamposti delle due comitive e ha avuto la prontezza di mettere in salvo qualche croissant, mandare un messaggio al superiore e stendersi su due sgabelli, prima che l'orda travolgesse ogni cosa. Ora mangiano appollaiati sui trespoli della sala colazioni che è in realtà il corridoio che collega la reception dell'albergo, che è un corridoio grande, con la cucina che è un corridoio stretto; faccia al muro fucsia e ginocchia al petto perché l'asse su cui poggiare la roba non è piú largo di una grondaia, cercano di nascondere il piatto ai giapponesi che ritrovandosi il buffet vuoto si sono prima avvizziti, poi attribuiti ogni colpa, dopodiché, in assenza di una Cina da invadere, hanno cominciato a divorare ogni cosa lasciata incustodita, fossero pure il byte di una adolescente di Santiago o il cinto erniario di un vecchio rabbino. «Questa è Roma», direbbe Arcadipane, se non fosse maleducazione parlare con la bocca piena.

– Cosa abbiamo in programma oggi, commissario?

– Come cosa abbiamo in programma, non siamo mica

in viaggio di nozze. Sposta un po' quel cappuccino prima che il giapponese ci si faccia un selfie con il gomito dentro.

– Con permesso, – dice Pedrelli al giapponese.

Cravattino sotto la giacca a vento, camicia bianca e sguardo da ermellino, il vice dopo la plumbea giornata di ieri sembra aver ritrovato sé stesso. I turisti continuano a sciamare alle loro spalle, urtandoli con gomiti, macchine fotografiche e guide di Roma. Arcadipane, sentendosi toccare per l'ennesima volta, manda giú l'ultimo sorso di caffè, pronto a mettersi in movimento.

– Non sei cambiato per niente!

Si volta e Franca Pes è lí a due passi, i grandi occhi verdi che lo scrutano facendosi strada nella criniera bionda che le cade dappertutto. A parte la quinta di seno che ricordava alloggiata in un panoramico quarto piano e che adesso abita un modesto ammezzato sopra la pancia prominente; Franca Pes rimane il tipo di donna che mescola volumi imponenti (chioma, testa, bocca, seno, determinazione e strategie di guerriglia) a vuoti di gusto abissali persino per uno come Arcadipane (gambette magre, paperine, gonna al ginocchio da teenager, cintura ricavata da pneumatici riciclati, spilla «Donne in polizia. Abbondanti, sí grazie!») L'insieme vent'anni indietro faceva un effetto mentre, nell'attuale versione ribassata e con la ricrescita, tutto un altro, ma ciò non toglie che sia sempre una donna che non passa inosservata. È solo cambiato il motivo.

– Quanti anni? – domanda Arcadipane.

– Sessantasette, – storce la bocca la Pes, – però, cazzo, potevi buttarmi il caffè in faccia a questo punto!

– Dicevo quanti anni che non ci si vede!

– Venticinque. Sai che con Bramard abbiamo scommesso se mi avresti contattato e dopo quanto?

– Beati voi che vi divertite. Chi ha vinto?

– Non importa. Andiamo?

– Non vuoi fare colazione? – dice Arcadipane che vorrebbe un altro caffè. – I giapponesi se ne sono quasi tutti andati.

– Sono coreani, – dice la Pes, lanciando uno sguardo al tavolo del buffet che sembra un quadro di Cézanne cui hanno tolto le mele e colorato la tovaglia di fucsia, – e non ci penso proprio a mettere in bocca quella roba.

– Va bene, allora possiamo andare. Fuori c'è...

– No, non c'è piú.

– Ma chi? Colajanni?

– Gli ho detto che provvedevo io.

– Gli hai detto cosí?

– In realtà di levarsi dai coglioni.

Arcadipane guarda verso l'ingresso dell'hotel che però è due muri piú in là.

– Ma sei ancora in polizia?

– No, sono in pensione. Lavoro come consulente.

– Consulente di chi?

– Se fossi un uomo che ti dice che fa il consulente, non me lo chiederesti. Faccio il consulente di chi ha bisogno di un consulente, come te adesso. Fine del discorso.

– Come vuoi. Stamattina dobbiamo passare da questa società...

– La Adis, inutile andarci, non hanno trovato niente, se mai l'hanno cercato. Invece andiamo da un tale che conosco, ci aspetta a Parco Savello.

– Chi è?

– Ve lo spiego per strada. E lui?

– Lui è Pedrelli.

– Piacere, signora Pes, – si dànno la mano.

– Sono contenta tu sia un gentiluomo, almeno ce ne sarà uno.

– Chi ti dice che lui è un gentiluomo?
– Le mie grosse tette cadenti. Sono la prima cosa che hai guardato, e lui no. Muoviamoci adesso, ché ho la macchina in doppia fila.

Franca Pes si avvia, spostando l'aria nel corridoio e un paio di coreani che si erano attardati. Le tette saranno anche scese di qualche piano, ma la schiena e il baricentro restano di chi è nato per la mischia e nella mischia intende tirare, se Dio vuole, anche l'ultimo peto.

36.

Ester disegna e fa colazione al suo tavolo. La sala è vuota. Nessun giornalista. Bramard, Botta e Lavezzi sono i soli ospiti della *Sosta del pellegrino*. I due agenti si alternano ai colleghi che salgono mattina e sera da Cuneo per coprire la sorveglianza a Ludwig Ubac sulle ventiquattro ore. Dalle microspie e telecamere nascoste nel container durante la perquisizione niente di interessante. Ludwig non riceve visite. Non ha un telefono a cui potrebbe dire qualcosa di compromettente. Neppure un cane con cui farsi sfuggire una confidenza. Non parla nel sonno. Si fa vedere in piazza per qualche spesa, scambia poche parole con la donna del negozio di alimentari. Se incrocia qualcuno gli rivolge un cenno e cosí fanno gli altri. La sera cena alle sei: minestra, formaggio, a volte della carne in scatola o del tonno, dopodiché legge per un paio d'ore pescando un libro dalle scaffalature che coprono le pareti e che lui stesso ha costruito. Non spegne mai la lampada a olio dopo le nove. Gli attrezzi da legno gli sono stati restituiti, ma al momento non li usa. Sgorbi, tenaglie, succhielli, gattucci, squadre, raspe, seghe, pialle, pialletti e bulini tacciono. In ogni caso tutta roba vecchia che anche usata non farebbe molto rumore. Niente di elettrico. Sul retro del capanno ha un generatore, ma non l'accende. Bramard è venuto a sapere dal sindaco che, prima di finire in carcere, Ludwig aveva una moto da trial con la quale talvolta scendeva in paese.

Da molti anni nessuno la vede piú, e intorno al container non è stata trovata. Durante la perquisizione sono state trovate invece due taniche di benzina per il generatore e una tanica di olio per le lampade. Niente esplosivo.

Tutto questo può voler dire molto: Ludwig ha nascosto Vera Ladich e da giorni non va da lei, accettando il rischio di lasciarla morire di fame e di sete. Oppure molto, ma in un altro senso: l'ha uccisa e fatta sparire, il tempo non ha piú alcun significato. O poco: Ludwig, a parte la telefonata, non ha nulla a che vedere con Vera Ladich e Terenzio Fuci.

Il giorno prima Bramard è rimasto un paio d'ore nella camera di Lavezzi a osservare al computer l'interno del container ripreso dalla telecamera nascosta. La vita minima di Ludwig Ubac a colori sgranati gli ha ricordato l'istante in cui un corpo stanco sta per mettersi orizzontale e trovare riposo. Una sensazione che prova o desidera spesso, ultimamente, avendo appunto un corpo che si stanca presto. Quell'istante di conforto nella vita di Ludwig Ubac sembra spalmato sull'intera giornata. Uno spettacolo commovente se lo si vede come l'onda lunga di uno sforzo di dimensioni enormi. Cosa ha prodotto quella stanchezza da cui Ludwig cerca riposo? Cosa ha dovuto spostare, rimuovere o reggere? Si è trattato della fatica di un attimo o di un peso portato per anni? Nessuno lo sa, a parte Ludwig Ubac. Ma è il nodo che Bramard va tentando di sciogliere.

Beve un sorso di caffè americano e volta la pagina del saggio fotografico dedicato al Maestro di Clot che ha cominciato a sfogliare ieri sera, dopo aver letto l'epistola di Minico Curto, il discepolo del Maestro. Disteso nel letto, troppo stanco per stare dietro alle parole, si era concentrato sulle fotografie degli affreschi di Johannes e del suo apprendista sulle pareti della chiesa. I colori in quegli scatti anni Sessanta appaiono sciupati e veri. Come se nemmeno il loro destino sacro avesse potuto sottrarre Cristo, san Giuseppe e la Madonna alla condanna del tempo che grava sugli uomini. Come se i loro volti fossero stati dipinti non per vivere in eterno, ma per invecchiare a loro volta, conoscere la morte e poi l'oblio. Un'eresia che il recente restauro ha cancellato, riportando le lancette dei loro anni all'epoca in cui Johannes Van Drift li dipinse, ma negando come li avrebbe voluti cinquecento anni dopo.

Bramard inizia a leggere. Quello che cerca è la traduzione dei versi in lenga d'oc che il pittore ha scritto sotto l'affresco nella saletta dell'abside.

– Gli piace, – dice Ester.

Bramard, che non l'ha sentita avvicinarsi, la guarda accarezzare Trepet, accucciata sotto il tavolo. Il cane, gli occhi socchiusi, manda il suono del caffè che sale nella moka.

– Immagino. Che fine avete fatto voi due ieri?

– Siamo andati a fare una passeggiata nel bosco.

– Trepet come si è comportato?

– Ummm... Abbastanza bene, però... – e ciondola la testa a destra e sinistra, – mangia le cacche.

– Dovresti insegnargli a non farlo.

– Ho provato, ma non è tanto bravo a imparare.

– No, non è una sua caratteristica.

– Cosa vuol dire?

– Niente, non è tanto bravo a imparare.

Ester per un po' si dedica al cane in maniera esclusiva. Gli passa l'indice nel solco del cranio che divide i due emisferi. Avanti e indietro. Trepet la fissa ipnotizzato.

– Non c'è piú la ragazza che aspetta il bambino? – chiede e poi, sbirciando la faccia incerta di Corso: – Quella con i capelli strani.

– Come fai a sapere che aspetta un bambino?

– L'ha detto Marta quando preparava le cose da mangiare per lei.

– Giusto. No, non c'è.

– È andata dal papà del bambino?

– Non proprio. Quella è una faccenda un po' complicata e tu mi sa che devi prendere il pullman.

Ester si gira verso la piazza. Dalla strada in fondo sta sbucando la parte alta di un mezzo con la scritta «Giroscuole». Alza le spalle che non è importante.

– Marta dice che assomiglio a lei, – prosegue infatti.

– A Isa?

Ester porta la spalla contro quella di Corso. Indica il libro sul tavolo, aperto sulla foto della Sacra Famiglia dipinta da Johannes nella stanza dietro l'altare. Con il dito disegna un cerchio intorno al viso del bimbo che Maria sta allattando.

– A Gesú bambino? – domanda Corso.

– È una bambina.

Corso guarda Ester che come tutti i bambini quando pensano di avere ragione, ma nessuna voglia di spiegarlo, si è già messa a giochicchiare con l'orsetto che le penzola dallo spallaccio dello zaino.

– È per quello, – dice, – che Ottavio e Marta mi hanno voluto appena mi hanno vista.

– Ah, sí?

– Sí, hanno capito che ero la salvezza del paese. Me l'hanno raccontato quando ero piccola.

Corso torna a osservare il bambino tra le braccia della Madonna, la carnagione nordica, i sottili fili biondo-rossi che si arricciano e scuriscono appena dietro la nuca a rendere la fatica della poppata, il calore che emana dal corpo della madre, la sonnolenta voluttà di quel transito di vita. Il pullman manda un colpo di clacson.

– Devo andare, – dice Ester.

Bramard la guarda sparire nell'atrio dell'albergo, per poi ricomparire oltre la finestra e correre verso il pullman al centro dello slargo. I capelli che galleggiano nel grigio come un piccolo rosso salvagente in un mare su cui si prepara tempesta.

37.

Parcheggiato il Kangoo con le porte scorrevoli sotto la murata che costeggia la stradina, hanno raggiunto a piedi lo spiazzo dove da cinque minuti aspettano l'apertura dei giardini. Sopra le loro teste corrono nuvole oceaniche, smentite dall'aria fresca, ma non fredda, e dalla luce libica che alle otto meno qualcosa già ricopre la città. Con loro attendono lo sblocco del cancello un parcheggiatore abusivo, un vecchio che ha appena acceso il fornello delle caldarroste e una rom con coperta, cagnolino e piatto per l'elemosina. Oltre a questa gente che lavora sul viavai dei giardini, ci sono due famigliole di turisti nordici nella classica formazione padre, madre, figlio quindicenne, figlia tredicenne e creatura nel marsupio che ancora non si sa: il ragazzino ha pantaloni al ginocchio come il padre, il padre il taglio di capelli del figlio, la figlia porta il caschetto come la madre e il bebè ha pochi capelli fluttuanti e cola moccio perché sopra Monaco di Baviera il fazzoletto si mette solo in testa. Il tutto condito da pile, scarponcini, calze di lana, zainetti, borracce di metallo alla cintola e un vago sentore di aneto.

Franca Pes se ne sta con il culo sul bordo della fontana e li osserva senza interesse, ciondolando la mano sotto il getto d'acqua sputato dal mascherone. Da quando sono nella piazzetta appare assorta e piú giovane, come se la bellezza delle cose intorno l'attraversasse, chiedendo però qualcosa in cambio. Un fenomeno che appartiene a chi è nato in quella città. Chi non ci è nato non può capire. Infatti Arcadipane, che alla prima occhiata ha inserito fontana, chiesa, loggia, Pes, portale di ingresso e Aventino tutto nella sua capiente categoria «roba antica», non capisce, cammina irrequieto e guarda l'ora.

– Ma quando arriva il tuo amico?

– Non è un mio amico e non arriva, – dice lei che l'acqua e i suoi riflessi sembrano piacerle davvero tanto. – È già dentro.

– Come già dentro?

– Ha le chiavi.

– Come fa ad avere le chiavi?

La Pes si porta alle labbra un po' d'acqua e non risponde. Arcadipane cerca conforto in Pedrelli che come tutti i piemontesi lo lasci un momento e te lo ritrovi a esaminare con interesse ingegneristico qualche aggeggio che in questo caso è il fornello del caldarrostaio.

– Credevo facesse l'investigatore privato! – sbotta Arcadipane seccato da questa cosa e da molte altre. – Non il custode!

La Pes tira qualche schiaffetto allo zampillo, alterando il gorgoglio monotono dell'acqua nell'acqua.

– Non è un mio amico, non è il custode, non fa l'investigatore da parecchi anni e ha le chiavi del giardino perché è amico di certe persone, come ti ho spiegato in macchina. Stabilito questo, hai mai parlato a qualcuno del problema?

– Che problema?

– La tua incapacità di ascoltare gli altri.

Arcadipane con nonchalance mette in bocca un sucai.

– Ho già una terapeuta, – dice, – grazie.

– Spero da poco, – fa la Pes, poi si alza: – Ecco che aprono.

Una Panda con il logo di qualche ente, società, ditta, associazione, municipalizzata o confraternita convenzionata si ferma davanti al cancello. Il conducente scende e schiavarda rumorosamente, scostandosi reverente per far entrare la rom. Seguono i nordici e loro tre. L'omino delle caldarroste e l'abusivo sono già sul posto di lavoro.

I giardini sono puliti, non grandi, ripartiti su pianta a croce e conclusi da un basso muretto oltre il quale si stende Roma. Tutte cose che ad Arcadipane interessano un bel niente, proprio come i pochi alberi ad alto fusto e i molti aranci in vaso che, dice Franca Pes, dànno al giardino il nome con cui tutti i romani lo conoscono. Tutto il contrario di quanto accade a Pedrelli che gira a naso in su come un esteta votato alla contemplazione.

La Pes si dirige verso un uomo sui settanta che nell'angolo lontano sorveglia una carrozzina per neonati.

– Ciao Federico! – lo saluta a bassa voce. Lui sorride per la premura. Si baciano sulle guance. Federico Amidei è alto, ha capelli bianchi e la faccia da attore di fotoromanzo che ha superato la fine di quell'epoca grazie a qualche eccesso. I capelli lunghi e folti assomigliano molto a quelli di Terenzio Fuci e tra una quindicina d'anni potrebbero essere identici. Il che mal dispone Arcadipane per ragioni tricologiche meramente personali.

– Lui è Arcadipane, – lo presenta la Pes.

– Commissario… – gli dà la mano l'uomo che deve essere stato informato.

– Poi c'è il suo vi… – la Pes cerca intorno: – Ecco, quello laggiú!

– Pedrelli! – grida Arcadipane, richiamandolo dal muretto da cui ammira Roma a pieni polmoni.

– È un posto magnifico! – dice una volta fra loro, con la purezza di cuore con cui Arcadipane l'ha visto esaminare un mafioso fulminato con un colpo alla nuca e riempirsi di francescana meraviglia per la fila di formiche che da giorni portava via i resti di pollo dal piatto in cui la faccia del boss era sprofondata.

– Penelope, giusto? – chiede la Pes indicando la carrozzina. – Posso?

– Certo.

La Pes scosta appena la coperta. Arcadipane si sporge per dovere, scorgendo una crapetta tonda nel berrettino a uncinetto, due occhi chiusi e un ciuccio. La poca faccia visibile gli ricorda il grumo di frolla che Mariangela avvolgeva nella pellicola e metteva in frigo per la crostata. Brutto, grinzoso, itterico, ma alla fine qualcosa di buono ne usciva. E cosí si spera anche in questo caso.

– È bellissima, – dice la Pes. – Quanto ha adesso?

– Due mesi. In cui avrà dormito sí e no sei ore. L'unico modo per dare qualche ora di tregua alla mamma è andare a zonzo con la carrozzina. Siccome nel quartiere di notte è meglio non girare, la carico in macchina e la porto qui, cosí chiudo e nessuno mi deruba.

– Abituato a fare nottata lo eri già, – gli sfrega una mano sulle spalle larghe la Pes. – Anche se i motivi erano altri.

I due si ammiccano. Lavoro? Loro cosette orizzontali? Traffici? Un bonario rimprovero? In ogni caso, cazzo ammiccano? C'è gente. Che si ammicchino in privato.

– Tutto quel sonno sprecato, – ridacchia lui che è evidente gli piace crogiolarsi nella lusinga dei tempi andati, – se ci penso adesso… – Poi guarda l'ora: – Parliamo, dài, che tra poco si sveglia e la riporto a casa. Cosí dormo un po' anch'io.

La Pes tira fuori un pacchetto di gomme. Arcadipane credeva che non fossero piú in commercio. Sicuro gliele spedisce qualcuno dall'America nascoste dentro un carico di cocaina. Offre a tutti. Ne prende una solo Federico Amidei, poliziotto congedato nel '68, per tre anni fuori dai radar perché infiltrato nell'eversione di destra, chissà se per controllare, fomentare o tenere i collegamenti, quindi ricomparso nel '71 come investigatore privato nella Roma dello spettacolo e della politica, lavoro che ha fatto fino al 2001 quando ha aperto un negozio di antiquariato, monete e mediazione nella vendita di documenti antichi. Pelle olivastra e sorriso da crooner. Uno di quelli che meglio averlo dalla tua parte, ma, per ammissione della stessa Pes, starci comunque attenti.

– È lei che indaga sulla Ladich? – punta su Arcadipane i suoi occhi fondo di caffè.

– Vera Ladich e Terenzio Fuci, – chiarisce Arcadipane. – Lei cosa sa in proposito?

– Di quello che è successo su al Nord un bel niente, a parte quel che sta scritto sui giornali. Però, essendo stato nell'ambiente...

– Sa qualcosa che gli altri non sanno. Facciamo che ce lo dice cosí lei va a dormire e noi riprendiamo la salita al Calvario come i comuni mortali?

Federico Amidei sorride.

– Lei è molto impaziente, – constata.

– Gliel'ho già detto che ha questo problema, – dice Franca Pes che sorride meno. – E questa città è l'ultimo posto dove portarlo.

– Bene, poi facciamo un convegno sull'argomento. Pedrelli puoi smettere di guardarti in giro, tirare fuori il taccuino e prendere qualche appunto? Tanto per giustificare treno e albergo pagati? Per il panorama ci torni per le nozze d'argento, eh!

– Anche cinico, – annuisce Federico Amidei. – Non deve essere facile lavorare con lei.

– Tanto quanto deve essere facile non lavorare con lei. Che cosa sa della Ladich, su!

L'uomo sembra prendersi un attimo per decidere se andarsene o proseguire quella conversazione. Ma la bambina dorme, la Pes lo guarda con occhi di scusa, la mattina ha una luce meravigliosa e di stronzi deve averne incontrati a palate, e pericolosi piú di cosí, quindi...

– Vera Ladich ha fatto sette film. Tutti girati a Roma e dintorni. Sempre con lo stesso regista: Sergio Vescovi. Dopo il secondo, quello del '65, in Francia e in America erano pazzi per Mademoiselle le look. Le arrivavano proposte milionarie da registi con cui ogni attrice italiana avrebbe voluto recitare. Mai prese in considerazione. In Italia era chiaro a tutti che Vera Ladich girava solo con Sergio Vescovi e che Sergio Vescovi lavorava solo per la Veronica Film, che voleva dire Terenzio Fuci. Ma dall'estero, non sapendo, produttori e registi ci hanno provato per un bel po'.

– Non sapendo che cosa?

– Che Vera Ladich non muoveva un passo senza il marito o quella loro segretaria.

– La signorina Brocani, – dice Arcadipane, sentendo immediatamente freddo ai piedi.

– E non stiamo parlando solo del set. Quando la Ladich ha sfondato, forse a Roma non c'era piú la dolce vita di dieci anni prima, ma c'era ancora da divertirsi: ristoranti, night, locali, feste in villa, auto sportive, scappatelle, paparazzi, fughe di notte a Capri o in Versilia.

– E Vera Ladich niente.

– L'unica occasione in cui la si incontrava erano le presentazioni romane dei suoi film, sempre con il marito e la Brocani. Mai vista a una cena, l'inaugurazione di una sala, mai lasciato la città. Anche i due premi come migliore attrice a Cannes li ha ritirati il marito. Niente interviste, niente pubblicità, niente beneficenza. Uscita fissa il giovedí per la visita al fratello, mai saltata, nemmeno quando stava girando. Il che forse spiega perché non ha mai accettato di andare all'estero per lavoro.

Pedrelli annota sul taccuino nel suo stampatello minuscolo da quadro intermedio della Fiat. Nella foga si è persino aperto la giacca a vento.

– Una vita da monaca, insomma.

Federico Amidei tira fuori dalla tasca del cappotto doppiopetto una sigaretta. L'accende. Sbuffa il primo fumo lontano dalla carrozzina.

– I Fuci d'altra parte erano una famiglia legata da sempre all'ala piú intransigente del Vaticano. Un cugino era stato cardinale, uno zio vescovo. Non stiamo parlando di una cosa di facciata. Qui a Roma è pieno di gente che chiede udienza al Santo Padre, ma in privato fa le peggio cose. I Fuci erano una razza diversa. Si consideravano dei crociati, dei gesuiti, piú il fratello Amilcare che Terenzio a dire il vero, ma l'albero da cui arrivavano era quello. Ha visto il film *Todo modo*?

– No.

– Parliamo di ritiri spirituali legati agli esercizi di Ignazio di Loyola, digiuni, notti di veglia, preghiera dura e pura. Pare che Amilcare Fuci e la moglie, dopo la prima figlia, avessero fatto voto di castità davanti al pontefice.

– È per quello che lo chiamavano cosí! – ridacchia la Pes.

– Cosí come, se è concesso?

– Amilcare «Fuco» – dice Federico Amidei, ma adesso è serio, si vede che sta lavorando e che quando lo fa è capace di ridere solo se il lavoro lo richiede.

Si è levato un vento insistente che ha dirottato le nuvole altrove. A volerle cercare bisogna guardare verso sud, in direzione di Napoli, anche se qualche tentacolo ancora galleggia sulla periferia della città. I turisti nordici sono stati sostituiti da una comitiva di spagnoli con guida che ora contemplano Roma dal belvedere. Tutti in fila lungo il muretto. Goya ne farebbe la posa di una esecuzione. Sempre se Arcadipane sapesse…

– E queste cose le sapevano tutti? – chiede.

– Quali cose?

– Che la Ladich faceva vita da reclusa.

– Non è che uscisse sui giornali, ma chi ci aveva a che fare non poteva non notarlo.

– Però nessuno aveva da ridire?

– Perché qualcuno avrebbe dovuto avere da ridire? Se a lei stava bene cosí!

– E a lei stava bene cosí?

– Con una telefonata avrebbe potuto trovarsi un amante miliardario o trasferirsi il giorno dopo in Francia o in California. Con uno dei contratti che le proponevano, sistemare il fratello in qualunque altra clinica di lusso. Se non l'ha fatto evidentemente aveva le sue ragioni. Magari amava Fuci o chissà che cosa. In quel mondo, grazie a Dio, c'erano vite e segreti peggiori, altrimenti non ci avrei campato per trent'anni.

– Il suo lavoro in cosa consisteva esattamente?

Federico Amidei fuma e guarda la carrozzina.

– Qui a Roma non contano il denaro o la carica che occupi. Quelli sono effetti collaterali desiderati. Conta quello che sai, – con una schicchera getta la sigaretta cui manca ancora qualche tiro. – E io sono bravo a sapere le cose e poi a non saperle piú.

– Sapere e non sapere.

– A qualcuno serve sapere e a qualcuno serve che gli altri non sappiano. Io garantisco una cosa e l'altra.

Arcadipane prende il secondo sucai della giornata e lo mette in bocca.

– Quindi adesso perché lo fa? – chiede.

– Cosa?

– Raccontarci quello che sta per raccontarci.

Federico Amidei lo scruta, lasciando intravedere il lato pericoloso di cui parlava la Pes.

– Cosa mangia?

Arcadipane toglie un altro sucai di tasca e fa vedere.

– Mai visti? Cos'è?

– Lascia perdere, – dice la Pes. – A Roma non li mangeremmo neanche in quaresima dopo una guerra nucleare.

– Lo provi! – fa Pedrelli, che i piemontesi son sempre di manica larga quando la manica è di un altro.

Arcadipane glielo allunga suo malgrado. Federico Amidei lo prende, ne studia la sagoma modesta, il colore minerale, la consistenza frigida. Nonostante questo, essendo uomo di mondo, lo mette in bocca. Lo guardano masticare serio.

– Devo un favore a questa signora, – dice Federico Amidei indicando la Pes, per poi deglutire il sucai ed estrarre un'altra sigaretta che accende.

– Un favore di che tipo? – chiede Arcadipane.

– Gliel'ho detto che qui a Roma conta quello che si sa. Quindi, se le racconto quello che so di Fuci e di Vera Ladich, è perché la qui presente signora Pes sa qualcosa di me. Sto saldando un debito, per essere chiari. Perciò immagino la signora ne abbia uno verso di lei.

– Non c'è nessun debito.

– Allora Franca vuole farle un regalo, i motivi non mi riguardano. Vuole sentire quel che ho da dire oppure ce ne torniamo a casa io con la bambina e lei con le sue caramelle da penitenza?

Arcadipane è contento di non avere la pistola. Annuisce di andare avanti. La bimba nella carrozzina manda un verso. Amidei poggia una mano sul manubrio e muove la carrozzina avanti e indietro. Uno spostamento che produce sulla ghiaia fine una risacca.

– La prima volta che ho parlato con Terenzio Fuci è stato il 23 ottobre del '73 – dice, la voce di nuovo quella dell'uomo che lavora. – Mi ha chiamato a metà mattina chiedendomi di incontrarci per mezzogiorno. Sapevo chi era, ma non ci eravamo mai visti. Quando glielo domandai, parlò di un amico che gli aveva dato il mio contatto, ma non specificò chi fosse l'amico. Mi diede appuntamento a Bracciano dove dopo venni a sapere che aveva una villa. Il posto che aveva scelto però era un belvedere sulla collina. Fuci arrivò con la propria auto, senza autista. Due parole di circostanza e venne al punto: la mattina si era svegliato e la moglie non era nel letto. Era uscita nella notte oppure molto presto senza dire nulla né a lui né alla Brocani. Passate tre ore in cui non era tornata e non aveva chiamato, aveva deciso di telefonarmi. Voleva che la ritrovassi.

– Un po' presto per rivolgersi a un investigatore privato, no?

– Prima stranezza.

– La seconda?

– Il fratello Amilcare nel '73 era uno che con una telefonata avrebbe potuto muovere pezzi dei carabinieri e della polizia per qualsiasi faccenda personale e con la massima riservatezza.

– Quindi non voleva che il fratello sapesse che la moglie era sparita.

– Io che conoscevo il loro ménage mi sono subito fatto l'idea che la Ladich avesse tagliato la corda con qualcuno, il che spiegava perché Fuci non volesse coinvolgere il fratello. Per scrupolo gli chiesi se pensasse a un sequestro. Ero stato interpellato poche settimane prima per il rapimento Getty, poi non se n'era fatto nulla, ma la voce di sicuro era circolata. Lui mi disse che lo escludeva. Era solo un momento di confusione, una fuga dovuta al bisogno di allentare la pressione. Del mio compenso non ebbi bisogno di discutere: nella valigetta aveva cinque milioni di lire, altri cinque li avrei ricevuti dopo aver ritrovato la Ladich.

– Cinque milioni erano parecchi nel '73, – fischia la Pes.

– Tanti, sí. Non c'era bisogno di dire che la cifra includeva la totale discrezione.

– Quindi che ha fatto?

– Quello che facevo sempre in questi casi, ho cominciato a muovere le mie pedine, parlato con un po' di gente, sentito i contatti che avevo nei posti dove la gente che vuole lasciare Roma deve passare. Non è stato difficile, due giorni dopo ero all'agenzia dove Vera Ladich il 22 ottobre, ventiquattro ore prima di sparire, aveva comprato un biglietto aereo.

– Un biglietto aereo.

– Edimburgo, partenza il 23 ottobre alle 9 del mattino, solo andata. Aveva prima provato a comprarlo con il nome di Anna Mattalia, ma il documento di identità risultava scaduto, quindi aveva dovuto usare il documento a nome Vera Ladich.

– Cosí ha scoperto che Vera Ladich era Anna Mattalia nata a Clot e non a Basovizza. Nel '46 e non nel '44.

– La ragazza dell'agenzia, prima di accorgersi che il documento fosse scaduto, aveva fatto una fotocopia. Pagando il giusto ha frugato nel cestino e me l'ha consegnata.

La bimba piangiucchia, ha perso il ciuccio. Federico Amidei glielo rimette in bocca. Lei fa capire che per il momento può bastare, ma il mondo si prepari al suo risveglio.

– Camminiamo, – dice Amidei.

Si muovono. Arcadipane a destra dell'uomo, la Pes a sinistra. Pedrelli un passo dietro di loro. L'odore degli aranci si mescola a quello delle caldarroste che il vento porta da oltre il muro. Incrociano una coppia che ne sta mangiando un cartoccio. Lei lamenta l'esterno duro e bruciato, l'interno crudo. Lo dice con un substrato di bresciano sbigottimento che lui accoglie facendo sí, sí e guardando il cellulare. Il sole è salito abbastanza da proiettare le prime ombre e dare cinque gradi in piú alla città.

– Lo ha detto a Fuci?

– Che sapevo di Anna Mattalia? No, però appena uscito dall'agenzia l'ho chiamato da un telefono pubblico per riferirgli del biglietto e di Edimburgo. Gli ho proposto di tornare nell'agenzia, comprare un volo per Edimburgo quella sera, trovare Vera Ladich e riportargliela l'indomani. Ma lui ha detto di no.

– In che senso ha detto di no?

– La cosa era risolta. La signora Ladich era appena rientrata. Un equivoco, un'incomprensione. Nel pomeriggio mi avrebbe fatto avere i cinque milioni e io avrei dovuto ritenere la faccenda chiusa.

Sono arrivati al muretto. La città si allarga sotto di loro, cupole e tetti battuti da un sole radente. Un'appannatura, piú che una foschia, sulle case. Milioni di esseri umani che respirano, traspirano, emettono umori e piangono. Un immenso scambio di liquidi tra l'uomo e l'atmosfera, ecco cosa sono le metropoli. Come mettere la testa in un sacchetto colorato, dove suonano una musica bellissima, ma che ha solo un piccolo foro da cui l'anidride carbonica può uscire. L'ossigeno entrare. La bimba si sveglia. Questa volta non è un problema di ciuccio, e si capisce. Federico Amidei prende la borsa appesa al manubrio. Si siede sulla panchina vicina. Tira fuori un thèrmos di acqua calda, latte in polvere e comincia a preparare il biberon. La bimba piange.

– La prendo? – chiede la Pes.

Federico Amidei fa cenno che può procedere, mentre versa l'acqua e tiene d'occhio le linee dei millilitri sul biberon.

La Pes solleva con cautela la bambina che si calma non appena trova la spalla della donna. Il sole la tocca in faccia e lei con gli occhi chiusi sbatacchia avanti e indietro la testa come lo cercasse con le labbra. La Pes le regge con il palmo la nuca.

– Mi sa che bisogna cambiarla.

– Dopo il biberon, – dice Federico Amidei.

La Pes gli consegna la bambina che in effetti una volta uscita dalle coperte ha allargato in quei due metri quadri un odore verde di cacca acida. Ora però poppa tranquilla, muovendo le mani a scrivere parole fantasma.

– Adesso raccontagli il resto, – dice la Pes. – Quello che hai tirato fuori finora non vale il debito.

Nello sguardo che i due si passano Arcadipane intuisce che tra Federico Amidei e Franca Pes ci sono trascorsi che non hanno a che fare con il sesso o con l'amore, ma con cose comunque sporche e finite male, dove parecchie persone ci hanno rimesso.

– Gli hai fatto leggere gli articoli?

– No, – dice lei.

Lui guarda la bambina e si capisce che la guarderà fino a quando lei non avrà finito di mangiare e lui di raccontare.

– Sette giorni dopo quella telefonata su un settimanale nazionale esce la notizia della relazione clandestina tra l'attrice Vera Ladich e il regista Sergio Vescovi. L'articolo dice che il marito e produttore Terenzio Fuci, venuto a conoscenza del tradimento che con ogni evidenza andava avanti da tempo, è addolorato e sconvolto. I giornali riprendono la notizia. Si parla di una separazione in vista o per lo meno di un periodo di pausa che la coppia si è presa. La rivista che aveva lanciato lo scoop la settimana successiva accenna a una fuga d'amore all'estero dei due fedifraghi che il marito avrebbe scoperto. Passano un paio di mesi durante i quali nessuno dei protagonisti rilascia dichiarazioni e la notizia si sgonfia, poi, proprio prima di Natale, Vera Ladich concede allo stesso rotocalco un'intervista in cui si dichiara pentita per l'errore commesso. Si rammarica per il dolore procurato al marito che ama e annuncia il ritiro dalle scene per dedicarsi esclusivamente alla famiglia.

Arcadipane ha ascoltato tutto con le mani in tasca, godendo il sole che gli scaldava la nuca. Pedrelli sta di fianco a lui, la matita bloccata a mezz'aria. La Pes ha messo in bocca un'altra gomma, senza offrire per non interrompere il racconto.

– Quindi a Edimburgo ci era andata con il regista? – cerca di chiudere il cerchio Arcadipane.

Federico Amidei lo guarda e scuote la testa che il cerchio non si chiude cosí facilmente.

– Nei giorni in cui provavo a rintracciare Vera Ladich ho incontrato Sergio Vescovi in un bar di piazza di Spagna. Volevo chiedergli se sapeva dove fosse finita Vera. Quindi Vescovi non era in Scozia, ma a Roma.

– Non era con Vera Ladich?

– No.

– Magari ha mentito, visto che avevano una relazione.

– Non avevano nessuna relazione.

– Anche questo gliel'ha detto… Vescovo?

– Sergio Vescovi, – lo corregge la Pes.

– Sergio Vescovi.

– Chiunque lo conoscesse sapeva che non poteva avere una relazione con Vera Ladich.

– Non poteva.

Federico Amidei lo soppesa per vedere se ha capito il gioco.

– Cosa sapeva di lui? – domanda Arcadipane.

– Quello che sapevano tutti, ma avevo per le mani delle foto che non avrebbe voluto vedere pubblicate. Quindi quando gli chiesi quello che volevo sapere, avevo la certezza che non avrebbe mentito.

Arcadipane guarda la Pes che chiude appena gli occhi come a dire di non preoccuparsi, glielo spiega dopo.

– Ma se lo scoop del tradimento era una bufala, – cerca di incastrare i pezzi come può Arcadipane, – perché Vescovi e la Ladich non hanno smentito?

– Non lo so.

– E che cos'è che sa?

– Che la rivista che ha lanciato la notizia apparteneva a un gruppo editoriale nel quale la famiglia Fuci aveva una partecipazione.

Arcadipane fa per mettere in bocca un sucai che gli scivola a terra, si china, lo raccoglie e lo accompagna con piú cura tra le labbra. Mastica. Il giardino adesso è affollato. Turisti e romani passano a pochi metri da loro, guardano quella bimba allattata da un uomo con capelli bianchi, la donna con le spalle larghe e i capelli ricci a pioggia, un tizio con la giacca a vento, la faccia da metalmeccanico e i capelli di Gianni Agnelli e poi il tipo strano con il giaccone di pecora che mangia le cose che raccoglie da terra. Eppure dentro la bolla in cui si trovano non entrano le chiacchiere di quella gente, la litania della rom, il grido del caldarrostaio. Dentro la bolla passano soltanto il calore del sole, l'effluvio delle arance, il fumo del fornello e l'odore di cannabis che quattro studenti assenteisti tirano pigri su una panchina in pieno sole. Arcadipane, stordito da quella miscela, guarda la città che tra qualche anno divorerà la Pes e Federico Amidei con il loro passato, i segreti, le male azioni, quello che sanno e non sanno, le informazioni che hanno venduto e quelle che si sono fatti pagare per trattenere. E la stessa cosa farà Torino con Pedrelli e con lui. Divorati, digeriti e cagati nel giro di un paio di anni. Per un istante gli pare di capire quella gente che vive a Clot e in posti piú piccoli di Clot. Quelli che non ha mai capito che cazzo ci facessero al mondo. Che hanno scelto di salvare qualcosa di sé lavorando in direzione opposta, togliendo cose, togliendo persone, lasciando tutto in mano al tempo, sentendolo sgocciolare. Roma serve a questo: a capire se ci vuoi stare o se invece sei fatto per vivere da un'altra parte. Lui chiaramente da un'altra parte.

– Commissario? – lo chiama Pedrelli.

– Certo, – dice, anche se non ha la minima idea di cosa sia certo o del perché l'abbia detto.

Federico Amidei sta facendo fare il ruttino sulla spalla alla piccola Penelope e intanto allarga sulla panchina uno strapuntino imbottito dove la cambierà. Chissà cos'hanno fatto quelle mani… E adesso fanno questo.

– Quanto si è fatto pagare? – chiede Arcadipane.

– Per cosa? – dice l'uomo che per essere un nonno dimostra una certa perizia nella pulizia di un interno coscia pieno di curvette, salami e sprofondini.

– Per non far uscire quella fotocopia che dimostrava che Vera Ladich era stata Anna Mattalia.

– Dieci milioni.

– Dieci milioni per ritrovarla, dieci milioni per mantenere il segreto sulla sua identità e per l'altra questione?

– Secondo lei?

– Altri dieci milioni?

– Naaa! – e con una mossa davvero sapiente impacchetta il pannolino incriminato. – I soldi sono importanti, ma bisogna pensare anche alla vecchiaia. Non si può vivere in quell'ambiente troppo a lungo.

Spezzando il polso come un cestista, Federico Amidei butta il pannolino nel bidone a due metri.

– Il negozio di antiquariato.

– Vede che dopo un paio di giorni a Roma qualche chilo di stupidità sabauda l'ha già perso?

Federico Amidei chiude il pannolino pulito, poi la tutina. Penelope ride, mentre le gratta la pancia, ma dorme pure un po'. I bambini hanno questa cosa fantastica di poter fare due gesti vitali insieme. Una cosa che poi si perde, con la scusa di godersene uno soltanto. Un grave errore. Di solito poi quando si muore si torna a farne uno soltanto, ma per davvero.

– Un'ultima cosa.

– Prego, – dice Federico Amidei posando piano la bimba nella carrozzina.

– Sergio Vescovi è ancora vivo?

– Artisticamente intende?

– Intendo come qualcuno che si può interrogare.

– Credo abbia una tenuta da qualche parte in Toscana, con i vostri potenti mezzi lo troverete in un battibaleno. Le ultime notizie me lo davano però nove mesi l'anno in Thailandia barricato dentro un resort con una cassa di rum e di viagra, quindi buona fortuna. Ciao Franca Pes, – le dà un bacio sulla guancia, sfiorandole però anche le labbra, – è stato un piacere mettermi finalmente in pari.

– Ciao Federico, – ci aggiunge una carezza sulla guancia lei, – sei sempre il solito adorabile pezzo di merda.

L'uomo ridacchia e alza una mano allontanandosi con la carrozzina.

– Salutatemi Torino. Se un giorno mi verrà voglia di reumatismi, cibo pesante e rotture di coglioni verrò a trovarvi.

Lo guardano andarsene, fendendo i visitatori che a loro volta non possono fare a meno di notare quell'uomo alto, con i capelli lunghi, folti e bianchi che spinge una carrozzina anni Settanta.

Una volta sparito, senza un cenno d'intesa si siedono tutti e tre all'unisono sulla panchina. Agli odori nell'aria si è aggiunto il vago sentore della merda di Penelope che per qualche blasfema ragione s'intona con l'altare della patria in lontananza. Sono le nove appena e si sentono sfatti, sfiniti, prosciugati come al termine di una lunghissima confessione dove non hai nemmeno tirato fuori tutto.

– Non ho capito una cosa, – dice Franca Pes.

– Beata te, io piú di una.

– Oltre alla vera identità della Ladich, cosa sapeva Federico per ottenere il negozio?

– Sapeva che Vescovi in quei giorni era a Roma e che non poteva essere l'amante di Vera Ladich. Quindi che lo scandalo del tradimento era costruito da Fuci.

– Ma se Vera Ladich non aveva una relazione con Sergio Vescovi, perché buttare in pasto ai giornali una notizia simile? Che vantaggio aveva Fuci a passare per cornuto? Non capisco.

– Neanche io.

– Quindi?

– Quindi bisogna trovare questo Vescovi. Pedrelli, ti sei appuntato tutto? Perché io ho una confusione in testa, che me ne andrei a dormire.

– Certo, commissario. Appena abbiamo un minuto metto in ordine gli appunti e ricapitoliamo.

– Bravo, ricapitoliamo.

– Intanto però è curiosa questa cosa della data.

– Che data?

– La Ladich è partita per Edimburgo il 23 ottobre del '73, l'ingegnere e la moglie sono morti nell'incidente alla condotta il 25 ottobre del '62 e questo 24 ottobre Fuci è stato ucciso e Vera Ladich è sparita.

– Stai dicendo che un uccello che ti caca in testa può essere una coincidenza, ma se in testa ti caga una vacca vuol dire che in qualche modo te la sei cercata?

La metafora rimane sospesa per qualche secondo in cui si guardano le scarpe. Poi tutti e tre si concentrano sul mocassino destro di Arcadipane. Con l'andare del tempo e dei passi il nastro americano si è in parte sfrangiato e in parte fuso alla pelle sintetica con un effetto aerospaziale.

– Hai visto il tuo amico Federico? – dice Arcadipane. – Si è fatto la notte in bianco ed era fresco come una rosa. Io quando sarò nonno ancora grazie che riesco a cambiarmi il mio di pannolone.

– Guarda che Penelope è sua figlia.

– È sua figlia?

– La madre è una ragazza di trentadue anni. E lui non hai visto che pupille aveva? Spende duemila euro di cocaina a settimana, certo che poi la notte fa il leone.

– Non avrei detto. Ha dei bei denti.

– Finti. Trentamila euro ad arcata. Dentista dove vanno gli attori e i cocainomani che non si sono completamente rovinati.

– Che mondo, – scuote la testa Arcadipane mentre pesca qualche sucai. Nel palmo ne ha tre, li presenta. La Pes ne preleva uno.

– Come se l'avessi accettato, – dice Pedrelli. – Se sulla via del ritorno troviamo un market magari ci fermiamo e mi compro uno yogurt.

38.

Bramard ha capito di essere vecchio quando si è accorto che i ragazzi a scuola guardavano con curiosità storica due oggetti per lui di uso abituale: i fazzoletti di stoffa e il mouse.

Questo spiega perché Isa non lo ha inserito nella borsa del pc e perché Bramard triboli da alcuni minuti nel tentativo di bloccare il fotogramma del film nel punto esatto che vuole fermare.

Vera Ladich in *Un pomeriggio d'agosto* è una donna della Roma bene, Carla: giovane, sposata con un architetto di successo da cui ha avuto due figli ancora piccoli. Una vita altoborghese tranquilla, molto tempo per dedicarsi all'arredamento della casa, alle amiche, all'equitazione, alle attività dei figli che frequentano un asilo e una scuola elementare privati, dove gli insegnanti sono madrelingua inglese. Alfredo, il marito, decide di approfittare dell'estate per ristrutturare il bagno. Ad agosto sarà impegnato in un cantiere a Cortina, Carla e i figli passeranno il mese nella loro villa di Porto Ercole. I muratori avranno campo libero per demolire, rifare l'impianto e piastrellare. Tutto procede come previsto, ma Carla prima di ferragosto deve rientrare per un paio di giorni a Roma: un'amica è in ospedale per un tentato suicidio piú dimostrativo che pericoloso. Passa la notte nella casa, al mattino incontra gli operai, tra loro Saverio, un ragazzo di borgata che è in prova. In un pomeriggio d'agosto in cui il ragazzo è rimasto solo a rompere le piastrelle, i due si conoscono, si sentono attratti, fanno sesso. Tutto sembra concludersi in quel gesto inspiegabile, per Carla totalmente fuori dal suo contesto. Non aveva mai tradito Alfredo. Torna a Porto Ercole, dove i figli sono con la nonna paterna. Riprende la vita di sempre, spiaggia, ramino con gli amici del bagno, affettuose telefonate al marito. Ma presto trova una scusa per ripartire per Roma, per rivedere Saverio, che nel frattempo è stato licenziato per certi attrezzi rubati. Lo vede nel suo ambiente di borgata, poi in un albergo squallido, infine la richiesta di denaro da parte di Saverio per saldare certi debiti. Alcune persone lo cercano, persone che possono fargli del male. Carla non può prelevare quella cifra senza che Alfredo se ne accorga e ne chieda conto. Da qui l'idea di simulare un furto in casa. La biglia della vita di Clara comincia a scivolare su un piano inclinato verso la perdizione e il disastro.

Bramard con fatica cerca di far obbedire il *trackpad* al suo indice, ma le giunture ingrossate e irrigidite da anni di roccia non sembrano conoscere la leggerezza necessaria. Il cursore si muove bruscamente. Spostare e cliccare sono gesti che non riesce a separare. Finalmente ce la fa, avvia la visione, riguarda per l'ennesima volta la scena in cui Carla, di notte, sveglia i suoi figli di cinque e sette anni. Li chiama nel letto in cui dormiva sola. Li abbraccia. Appena riprenderanno sonno lei se ne andrà. Ha scelto Saverio, ha scelto il precipizio, forse non avrà piú modo di vederli, forse è meglio cosí. Li stringe. Non può spiegare. Sono troppo piccoli. E non sa spiegare neppure a sé stessa perché ha deciso di frantumare quella sua vita perfetta. Le loro vite perfette. Cosí tace e li abbraccia tutti e due. Poi sorride. «Adesso tornate a dormire», dice. Loro fanno per andarsene, lei li riprende, li agguanta un'ultima volta. Primo piano di lei «Ricordatevi...», dice, poi quel leggero spostamento degli occhi verso la macchina da presa, verso Bramard che la sta guardando, uno dei sette momenti che ha fatto di lei Mademoiselle le look, e le sue labbra sussurrano: «... del bene che io vi voglio».

Bramard con un colpo inadeguato sul *trackpad* ferma l'immagine, lo sguardo, l'ultima sillaba. Li contempla. Il computer che tiene sulle ginocchia gli trasmette un calore piacevole, la stanza è fredda come sempre, ma è un freddo a cui è abituato. Prende il taccuino che tiene a fianco e annota quella frase insieme alle altre pronunciate da Vera Ladich mentre guardava in camera nei due film precedenti:

«... per cortesia...»

«... allora il male non mi potrà far danno...»

«... del bene che io vi voglio...»

Prova a combinarle, ma non sembrano portare ad alcun senso, solo una vaga temperatura di tristezza, di rassegnazione. Il suo telefono squilla sul comodino dove ci sono le scatole di pillole che deve prendere mattina e sera, in un caso anche dopo pranzo. La suoneria è quella dei vecchi telefoni anni Settanta che Ani gli ha impostato senza bisogno di chiederglielo. È Isa.

– Ciao, ti dico subito che non ho fatto l'ecografia. È rimandata a domani. Quindi non so se è maschio o femmina, e non so se poi ho voglia di dirtelo.

– Capisco.

– Tu hai novità?

– Stavo guardando i film, poi voglio finire di leggere quel romanzo d'appendice. Lavoro d'ufficio, insomma. Tu sei riuscita a controllarmi qualcosa?

– Un po' di cose. Ti ho appena mandato una mail, ma se vuoi intanto ti aggiorno.

– A Vincenzo hai già detto?

– Non ancora.
– Ok, poi diglielo.
– Non puoi dirglielo tu?
– Posso, ma sai cosa intendo. È lui il tuo superiore.
– Io sono alla stradale, quindi lui non è il mio superiore.
– Sai cosa intendo anche su questo. Chiamalo.
– Ok, faccio un gruppo dove vi metto dentro, cosí quando scrivo a te, lui legge, ok?
– Va bene, intanto se ti va dimmi.
– Se mi va… mi hai fatto cercare delle cose. Che me le tengo a fare…
– Isa?
– Senti, sono incazzata.
– Vedo.
– Ho sempre questa cazzo di nausea, dormo di merda, sto diventando un bidone, Angela mi sta addosso. Non sono sicura di aver fatto la cosa giusta.

Bramard tace, lei forse sta un po' piangendo, ma non si fa sentire.

– Andrà bene.
– Certo che per te andrà bene, te la sei cavata con una sega senza dover nemmeno comprare dei fiori, pagare la cena e farti il bidè dopo!
– Tu non li vuoi i fiori. La cena te la pago. E il bidè posso farmelo adesso.
– Ma vaffanculo.
– Il dottore ha detto che posso andare ovunque, purché con calma.

Lei ride, ma piange ancora un po'.

– Le vuoi sapere 'ste cose oppure no?
– Le voglio sapere.
– Cominciamo dai quattordici biglietti che hanno trovato a casa di Ludwig Ubac.

– Cominciamo da lí.

– Sono del cinema e risalgono agli anni in cui i film della Ladich erano in sala. Per capire da quale sala sono stati emessi e per quali film mi serve tempo. Fine questione biglietti.

– È già qualcosa. Il figlio degli Ottavio?

– È morto a un anno e dieci mesi all'ospedale di Cuneo nel maggio 2002. Una malattia genetica rara, ma non mi va di parlarne, quindi ti ho mandato via mail il materiale che ho trovato.

– Certo. Che stai facendo adesso?

– Cazzeggio, vomito e piango.

– Angela non c'è?

– È nel suo studio che lavora, ma è meglio cosí. Adesso ti prego di non darmi dei consigli, specie di lettura.

– Perché no?

– Mi rompo. Piuttosto mi guardo un film della Ladich anch'io.

– Vuoi tornare qui?

– No, sarebbe un casino. E poi devo fare questa cosa dei biglietti, da qui riesco meglio. Tu come va a casa? Non te lo chiedo mai.

– Va bene.

– Non è vero.

– No, non è vero, ma sai già tutto.

– Alla tua compagna…

– Elena.

– Gliel'hai detto?

– Sí.

– È incazzata con me?

– Con te per niente. Con me. Perché sono qui con Vincenzo invece di stare a casa a riposare.

– Angela lo stesso.

– Te l'ho detto che già lo sapevi.

– C'abbiamo proprio una testa di merda, eh! – ridacchia. – Anche Arcadipane. Però lui è pure brutto. Ora vado che devo vomitare, – e chiude.

Bramard posa il telefono sul comodino, in insensato equilibrio sulla pila delle pastiglie. Lo guarda pencolare, poi stabilizzarsi. Chiude il film e cerca il wi-fi dell'albergo, inserisce la password «pellegrino» e apre la mail.

Il messaggio di Isa è il primo, il resto sono spam e qualche mail della scuola dove insegnava perché non è stato ancora rimosso dall'indirizzario. L'oggetto è «Sindrome di Wolcott-Rallison». Apre, non c'è testo, solo un link che rimanda a una pagina. Ci clicca sopra.

> La sindrome di Wolcott-Rallison (Wrs) è una malattia genetica molto rara, caratterizzata da diabete mellito neonatale permanente (Pndm), displasia epifisaria multipla e altri segni clinici, come gli episodi ricorrenti di insufficienza epatica acuta. Sono stati descritti meno di sessanta casi. La maggior parte dei pazienti appartiene a famiglie consanguinee. La Wrs è probabilmente sottodiagnosticata a causa del decesso precoce dei pazienti prima della diagnosi. Il diabete è molto precoce, in genere si manifesta prima dei sei mesi di vita, è permanente e insulino-dipendente sin dall'esordio. La displasia scheletrica si sviluppa nel primo o secondo anno di vita e si associa a bassa statura (nanismo con tronco corto). Fin dalla comparsa del diabete le radiografie mostrano difetti della mineralizzazione o segni di displasia epifisaria a livello delle ossa lunghe, del bacino e delle vertebre mentre, di solito, è risparmiato il cranio. Il coinvolgimento epatico è il terzo segno caratteristico e la complicazione piú grave, che può mettere a rischio la prognosi per la vita. Si manifesta con l'aumento degli enzimi epatici, l'ingrossamento del fegato e l'insufficienza epatica ricorrente. Altri segni variano fra i diversi pazienti per tipo e gravità…

Bramard risale le righe e rilegge «La maggior parte dei pazienti appartiene a famiglie consanguinee. La Wrs è probabilmente sottodiagnosticata a causa del decesso precoce dei pazienti prima della diagnosi».

Si alza e fa qualche passo nella stanza, le mani in tasca, i piedi nei calzettoni che sentono lo stacco tra le assi del parquet. Ha voglia di fumare, sa che non deve. Va alla finestra. Nella piazza ci sono Ester e Trepet. Ester cerca di farlo giocare con un legnetto. Trepet per darle soddisfazione raggiunge zampettando sulle tre gambe il punto in cui lei l'ha tirato, lo annusa, la guarda. Lei lo chiama, lui torna senza bastoncino. «Bravo, – sente che gli dice. – Bravo lo stesso». Ester l'ha preso con sé tornata da scuola, come ieri. Ora si stanno avviando fuori dal paese lungo la strada che porta al bosco. Corso continua a riconoscere la giacca a vento rossa di lei anche una volta che ci sono entrati. Il colore di Trepet invece si perde tra il fogliame rado e il tappeto ingiallito.

Torna al comodino e prende il telefono. Cerca i messaggi di Arcadipane.

«Devo parlare con Ludwig Ubac», scrive.

Mentre aspetta una risposta vede che è stato inserito in un gruppo WhatsApp.

Isa, lui e Arcadipane. Nome del gruppo: «Vecchi scroti e una figa».

39.

Arcadipane sta pulendo i piccoli fori del tavolino di metallo con uno stuzzicadenti. Non sa esattamente cosa ci sia finito dentro, stando all'aperto sotto quella pergola, ma sa che quello che sta facendo non è igienico, lo rilassa e non lo obbliga a parlare con Franca Pes e Pedrelli mentre aspettano che qualcuno venga a prendere le ordinazioni.

Il *blin* del telefono lo distrae da quei pensieri piú stanchi che cupi. Prende l'apparecchio e controlla. È stato inserito in un gruppo WhatsApp. Isa, lui e Bramard. Nome del gruppo: «Vecchi scroti e una figa». Andiamo bene, pensa mentre vede che c'è un messaggio di Bramard. Apre e legge.

BRAMARD
Devo parlare con Ludwig Ubac.

Pensa. Scrive.

ARCADIPANE
Ok, avverto la sorveglianza. Non fare cazzate.

Di già che ha il telefono in mano manda un messaggio a Mariangela che continua a tacere. Sceglie la tecnica del colpo di sponda.

ARCADIPANE
Tutto bene Loredana? Le ho scritto, ma non ha risposto. Com'è andato l'ultimo esame?

Lei sta già scrivendo.

MARIANGELA
L'ha dato lunedí. Non è andato bene. Come sempre sei in ritardo.

Decide di non accettar provocazioni.

ARCADIPANE
Bocciata?

MARIANGELA
28, ma l'ha rifiutato perché dice che le rovina la media.

ARCADIPANE
È pazza?

MARIANGELA
Non è pazza, è esigente. Forse intransigente. Comunque sia sono scelte che spettano a lei. Magari sentila e parlaci per una volta. Invece di andare avanti a messaggi.

Per forza doveva mettere uno dei suoi congiuntivi.

ARCADIPANE
Se sei arrabbiata per la casa non prendertela con me.

MARIANGELA
Visto che la casa è mezza tua con chi dovrei prendermela?

ARCADIPANE
Se è mezza mia, allora venditi la tua metà!

Silenzio. Arcadipane ripone il cellulare, quasi soddisfatto. Un ragazzino cingalese sta arrivando con le tovagliette, le distribuisce. Chiede cosa vogliono. Arcadipane non ha nemmeno guardato l'unico foglio plastificato che fa da menu. Mentre Pedrelli e la Pes dicono la loro, lui lo prende e comincia a leggere senza riconoscere nomi familiari. Ci sono molte *k* e delle *y*. Poi gli viene un dubbio. Un dubbio profondo e tremendo. Riprende il cellulare.

ARCADIPANE
Guarda che era una battuta!

MARIANGELA
E invece io ci stavo pensando seriamente. Con Gian Pietro abbiamo già fatto uno schizzo. Se il condominio ci lascia aprire una porta dal muro cieco del pianerottolo…

ARCADIPANE
Tu non sei intransigente, sei pazza!

MARIANGELA
… potremmo dividere davvero in due unità, bisognerebbe solo fare un altro bagno.

Non risponde, quel che doveva dire l'ha detto. Posa il telefono sul tavolo e riprende a leggere senza riuscire a concentrarsi, ma quello si mette a squillare. Arcadipane controlla: un numero sconosciuto, probabilmente l'avvocato, il geometra, l'amministratore del condominio che Mariangela ha già mobilitato. Si alza e fa segno che deve rispondere.

– Ordinami qualcosa tu, – dice a Pedrelli, coprendo il microfono con la mano, poi si allontana lungo il marciapiede. Non sono distanti dall'albergo. I palazzi sono molto torinesi.

– Sí? – dice, in tono formale.

– Vincenzo Arcadipane?

– Sono io.

– Buongiorno, chiamo dall'albergo *Papi*. Volevo comunicarle che è appena stato lasciato un pacco a suo nome.

– Ma io non aspetto niente. Da dove arriva?
– Non saprei. È stato consegnato a mano.
– Da chi?
– Un uomo. Il pacco non ha mittente né destinatario, ma ha detto che era per lei.
Arcadipane pensa.
– Era un tipo alto, sui settanta, capelli lunghi e bianchi?
– Non credo. Ha parcheggiato il motorino davanti all'ingresso ed è entrato con il casco in testa. Il tempo di lasciare il pacco ed è andato via. Comunque non era alto.
Silenzio.
– Ho pensato di avvertirla.
– Ha fatto bene, arrivo.
Arcadipane inserisce l'indirizzo sul navigatore del telefono e vede che si trova a quattro minuti a piedi dall'albergo. Si volta verso il locale: Pedrelli e la Pes stanno chiacchierando. Pedrelli ha tolto la giacca a vento, con il suo completino grigio e cravatta vinaccia a Torino sembra un pignoratore del fisco, ma piú lo sposti a sud piú tende alle pompe funebri. A Palermo probabilmente entrerebbe nell'area riesumatori.

Rimette le punte dei piedi nella direzione opposta e, seguendo come un rabdomante il cellulare, raggiunge l'albergo. C'è rumore di aspirapolvere che proviene dal corridoio delle colazioni. Stovigliame dalla sala da pranzo, che però appare in gran parte vuota.

L'uomo alla reception indossa la giacca d'ordinanza fucsia e ha una voce molto diversa da quella sentita al telefono. Però gli ridice le stesse cose. Non ci sono particolari da aggiungere a parte che lo scooter era di quelli piccoli e un po' vecchi, non gli scooteroni moderni che sembrano delle moto. E quando il tizio si è alzato la visiera portava gli occhiali. E aveva un giubbotto, ma non saprebbe dire il colore.

Il pacco è una busta di quelle imbottite da spedizione. Si piega, come contenesse dei fogli. Arcadipane la apre e ci sbircia dentro. Sembrano documenti. La infila sotto il braccio, ringrazia ed esce.

Quando Pedrelli lo vede arrivare si mette in piedi come un suricato. I suoi occhi tradiscono preoccupazione e disappunto e rimprovero, tutte emozioni che la sua piemontesità fortunatamente gli farà ingollare. Infatti, appena Arcadipane prende posto, si risiede e tace.

– Sindrome di Stendhal? – commenta la Pes, che già mangia e non è piemontese neanche un po'.

– Qualcuno ha lasciato questa busta in albergo a mio nome. Non c'è mittente.

– Cos'è allora? – azzarda Pedrelli.

– Vediamo dopo, adesso mangiamo che sto per svenire. Tu che hai preso?

– Insalata di farro, gamberetti e altra roba che non ti piace.

– Buona fortuna, per noi che hai ordinato?

– Un poke, – dice Pedrelli, – eccoli che arrivano.

Il cameriere cingalese posa i due ciotoloni sul tavolo e gira i tacchi. Arcadipane capisce subito che c'è qualcosa che non va, ma preferisce rimandare, versandosi un bicchiere d'acqua che non è nemmeno gasata, ma pazienza, la camminata gli ha messo sete. Poi deve affrontare la dura realtà.

– Che è sta roba?

– Un piatto tipico della cucina hawaiana a base di tonno spellato e appena scottato, sale marino, *kimchi* e alghe limu. È leggero e vitaminico, ma ci ho fatto aggiungere un po' di riso perché so che le piacciono i carboidrati.

Arcadipane prende la forchetta e smuove quella che sembra la scena di un incidente dove un camion di pesce si è rovesciato in un prato di erba medica.

La Pes ha finito e si alza.
– Voi che fate ora?
Arcadipane la guarda da sotto in su.
– Se sopravviviamo cerchiamo di capire cosa sono questi documenti e chi ce li ha mandati.
– Io ho un paio di faccende da sbrigare, tra cui rintracciare Sergio Vescovi. Se lí dentro trovate roba interessante fatemi sapere. Posso lasciare il conto a voi?
– Ci mancherebbe, – si impettora tutto Pedrelli che procede al galoppo con le bacchette sopra la ciotola.
– Sei un tesoro, – dice la Pes, infilando la giacca.
Se ne va verso il Kangoo che ha fermato in doppia fila davanti al locale. Senza le quattro frecce. Mette in moto e parte.
– Lo provi! – incita Pedrelli. – A Torino lo mangio spesso, ma questo è fatto davvero bene.
Arcadipane controlla il cellulare. Almeno sul fronte Mariangela tutto tace. Poi con la forchetta pesca in quella roba, provando la tecnica «un po' di tutto», sperando che la confusione giovi.
Mastica penitente. Niente, gli ricorda l'asilo. Sa di moccio.

40.

Il sole a Clot cala due volte. La prima repentina: la sfera galleggia sulla linea delle montagne finché una cima piú alta non la dimezza e pochi secondi dopo la inghiotte. La seconda è languida come ogni tramonto, ma su Clot di piú perché la luce se ne va senza promesse di ritorno.

Quando Bramard arriva al container il giorno è a metà di quel secondo sfiorire. L'aria ha già il nitore della notte, ma un chiarore rivela ancora tutte le cose. Un'ora bella, specie in montagna, anche se bisogna avere lo stomaco per reggerla, per saperla aspettare, per vederla andare via. Bramard ce l'ha, non è merito suo: è nato in quell'ora e ha vissuto una vita che è l'equivalente di quel momento. Se deve fare una previsione, allo stesso modo si leverà di mezzo. Ora però è abitato da una modesta gioia: malgrado la salita sente le gambe meno provate dei giorni precedenti. Qualcosa nel suo corpo si sta aggiustando, gli piace pensare.

Si avvicina al container che è di un blu dolce nei segni del tempo. Il blu è un bel colore da invecchiare, come il rosso. Il giallo e il grigio per niente. L'arancione, piuttosto che invecchiare, muore.

Bussa alla porta. I due uomini di sorveglianza sono stati avvertiti, sa che lo stanno tenendo d'occhio. Prima che possa bussare di nuovo una voce lo chiama dal retro del container. Scende i due gradini e percorre il lato lungo della casa. Appena girato l'angolo vede Ludwig, sta scortecciando con il coltello da petto un tronco di un paio di metri. Dalla cintura gli pende la roncola con cui ha sfrondato i rami che i suoi piedi calpestano.

– Non mi chieda cosa sto facendo, – dice. – Mi viene voglia di farlo e lo faccio, ma il perché lo so dopo. Altrimenti ho comunque fatto un po' di legna e di movimento.

Bramard guarda le braccia dell'uomo, robuste, senza gomiti o bicipiti: tubolari. Sono strette nel maglione di lana verde scuro, lo stesso che aveva la sera in cui ha fatto entrare nel container lui e Martina. Il collo è invece sottile, quasi elegante.

– Volevo fare due parole con lei, – dice Corso.

– Altro qui non è che si può fare molto. Cosa vuole sapere?

Bramard si avvicina. Lo spazio sotto la tettoia, a parte il bancone degli attrezzi pulito e ordinato, è ingombro di secchi, cavalletti, teli, legni e taniche vuote. Contro la parete poggia una catasta di tagli da stufa e una piú piccola di pezzi di varie misure, con curve e linee frutto di un seghetto alternativo o una circolare. Scarti della lavorazione di qualche oggetto finito.

– Che cosa sa della Sucho? – chiede.

– So come si fa. Lo sanno tutti in paese. Ma è un segreto che ci piace conservare.

– Non il liquore. La cerimonia di cui parlano certi documenti.

Ludwig Ubac ruota leggermente il tronco mostrando la parte ancora da scortecciare.

– Ci sono solo due documenti che nominano la Sucho, – si abbassa e riprende il lavoro di pulizia, – la lettera di Minico Curto, che potrebbe essere un falso costruito nel Seicento, e il libro del maestro Dao che prende quella lettera per buona.

– Però ci sono gli affreschi.

– Come ci sono affreschi che mostrano uomini selvatici, sirene, draghi, fontane dell'eterna giovinezza e serpegatti, – trova un nodo che con due colpi secchi estirpa.

– Quindi secondo lei è solo una leggenda?

Ludwig drizza la schiena, come se avesse tenuto quella posizione per troppo tempo.

– Lei mi sembra uno che la montagna la conosce, – si asciuga la fronte con la manica. – Dovrebbe saperlo che in posti come questo non c'è altro svago che costruirsi un passato. Qualche valle piú in là ogni quattro anni preparano per mesi un carnevale che ricorda la cacciata dei Saraceni, quando tutti sanno che gli arabi da queste parti non sono mai arrivati. Clot si è scelto la Sucho.

Bramard guarda verso il sentiero da cui è salito. Il bosco è un tappeto scuro e indistinto che scende fino ai lampioni della diga. Il lago un tombino nero in cui la luce precipita.

– Chi è il Muret? – chiede.

– Nella nostra lingua è la marmotta.

– Nella Sucho, intendo. Chi è il Muret nella Sucho?

Ludwig ferma il lavoro e lo squadra.

– Non ha intenzione di togliersi di torno, vero?

Entrati nel container, Ubac fa segno a Corso di aspettare. Va al tavolo e accende lo stoppino con un fiammifero lasciato accanto alla lampada. L'aggancia al soffitto e fa cenno a Corso di venire avanti. Mentre Bramard siede, Ludwig prende una borraccia, il Ricard, una ciotolina con qualche zuccherino, olive. La stufa è spenta e non sembra intenda accenderla. Siede anche lui. Ha segatura e qualche pezzo di corteccia sul maglione e tra i capelli. Versa un dito di pastis nei due bicchieri, poi l'acqua. Fa lui le dosi, come avessero bevuto insieme molte volte.

– Tra un mese ci metteremmo la neve, ma ghiaccio per adesso non ne ho.

Bramard alza il bicchiere alla salute. Bevono. Ludwig ha sete perché ha lavorato, Bramard non beve pastis da otto mesi.

– Il Muret, – dice Ludwig, – è quello che nell'affresco guida gli uomini incappucciati. L'unico a sapere dove si trova la Sucho.

– Cosa significa Sucho?

– Ceppo.

– Ceppo dell'albero?

– Dell'albero, ma anche nel senso di discendenza, stirpe. Nella leggenda la Sucho è sia il gioco che la sala dove una notte ogni anno gli uomini della comunità tra i sedici anni e i cinquanta giocano la Sucho.

– E dov'è?

Ludwig sorride. Ha denti piccoli e uno di sotto manca.

– Dove sono l'isola di Ea, quella del tesoro, Macondo e Arkham!

Bramard corre lo sguardo sulle pareti coperte di libri. Letteratura, per lo piú, ma anche poesia, testi in francese, vecchia saggistica. Immagina Ludwig piú giovane scendere a Cuneo, sempre nella stessa libreria e tornare ogni volta con lo zaino pieno e qualche volume legato al sedile della moto perché quelle da trial non hanno portapacchi. Poi un giorno non farlo piú. Cominciare a rileggere. A leggere meglio quello che si era letto. A capire, finalmente. Un destino che conosce.

– Cosa succede nella Sucho?

Ludwig allunga ancora un po' il suo pastis e fa lo stesso con quello di Corso.

– Perché le interessa questa storia?

– Lo sa perché.

Ludwig Ubac beve un sorso o forse si bagna solo le labbra.

– Nella Sucho gli uomini combattono. A mani nude. Con il cappuccio in testa, fino a che non ne resta in piedi uno solo.

– Per cosa combattono?

– La discendenza. Il vincitore dalla Sucho fino all'anno dopo sarà l'unico che una volta al mese dormirà con tutte le donne del paese dai sedici anni all'età fertile.

– E gli altri?

– Cresceranno i figli come fossero loro, aspettando la prossima Sucho. Anche tra i lupi solo il maschio dominante può riprodursi fino a quando un altro maschio non lo sfida e vince. È un patto all'interno della comunità che serve a renderla forte. Se la gerarchia non si rinnovasse mai il branco sarebbe debole e rassegnato. Se si rinnovasse troppo spesso, disunito.

– E se una donna non volesse accettare questo patto?

Ludwig versa un altro dito di Ricard nei due bicchieri ormai vuoti. Il liquido terso cambia in opaco non appena ci aggiunge l'acqua.

– Dovrà andarsene. Oppure sposare il Muret. La donna del Muret è l'unica a non dover dormire con chi vince la Sucho. Ma sono cose che sa, quindi perché è qui?

Bramard beve o forse si bagna solo le labbra.

– Ha conosciuto Corrado Dao?

Ludwig annuisce.

– È stato a scuola da lui?

– No, arrivò a Clot nel '58 dopo che l'altro maestro era stato cacciato. Io avevo già diciotto anni.

– Perché il maestro che c'era prima venne cacciato?

– Dissapori. Cose di paese. I maestri venivano da fuori, non erano ben visti. Dao invece era di queste parti, anche se non di Clot, conosceva la mentalità della gente, la nostra lingua.

– E voleva studiare gli affreschi.

– Aveva le sue idee in proposito.

– Come quella che la Sucho fosse un'antica usanza portata nella valle da una tribú celtica. Un rituale che a Clot era ancora praticato nell'epoca in cui Johannes Van Drift ha dipinto quegli affreschi?

Ludwig si limita a fissarlo, a sorridere e a scuotere la testa.

– Ho una torcia, – dice Ludwig, – ma c'è luna, non ne avrà bisogno.

Bevono quel che stazionava nei bicchieri, poi Bramard si alza, chiude la giacca e fa qualche passo verso la porta. Si volta. Ludwig è seduto al tavolo e lo guarda. La roncola che pende dalla cintura sfiorando il pavimento di linoleum.

– Deve averla amata molto, – dice Corso.

La stufa anche se spenta manda un sibilo. Una folata sopra il tetto che ha infilato il tubo.

– Come sa, non basta.

Corso annuisce e abbassa la maniglia.

– No, non basta mai.

Fuori la luna è alta, la traccia verso il sentiero chiara. Come Ludwig Ubac aveva detto.

41.

– Ciao.
– Ciao.
– Che voce? Dormivi?
– No, sono solo stanco e questo sembra l'inizio di una telefonata tra moglie e marito in trasferta.
– Sai che ci pensavo l'altro giorno in treno... quant'è che ci conosciamo? Dall'anno prima che ti hanno fatto commissario, no?
– 1980.
– Trentatre anni.
– Trentatre. Qui sono quasi le dieci di sera, lí?
Un secondo di silenzio durante il quale Corso sa che Arcadipane sta controllando l'orologio.
– Ti diverti, eh?
– Quando ci si telefona due volte al giorno qualcosa bisogna inventarsi.
– Guarda che oggi ti ho chiamato per dirti quel che era uscito dalla chiacchierata con quello stronzo di Amidei, mica perché mi mancavi. Si definisce incrociare le informazioni.
– Certo, certo, quindi immagino che c'è altro da incrociare.
– No, adesso è perché mi mancavi.
Bramard sente che dall'altra parte Arcadipane sta versando qualcosa in un bicchiere.

– Bevi?

– È l'acqua per metterci la dentiera. Certo che bevo! – e beve un sorso. – Posso parlare o vuoi sapere pure come sono vestito?

– So come sei vestito.

– Be', quando sai anche chi ha ammazzato Fuci e dov'è finita la Ladich, fammi uno squillo. Posso parlare?

– Parla.

– Oggi un uomo ha lasciato al nostro albergo una busta chiusa, quelle gialle da spedizione. Ha detto al tizio del bancone che la busta era per me e se n'è andato in scooter. Non si è presentato e non si è mai tolto il casco.

– Interessante.

– Altrimenti perché ti chiamavo?

– Che c'era nella busta?

– Se mi dài tempo ci arrivo. Nella busta ho trovato la copia di un articolo di giornale e dei documenti che ho finito di leggere adesso. Da quel che ho capito è materiale che l'autore dell'articolo ha usato per ricavarci dati e informazioni. Sono studi, progetti, cose che riguardano le dighe. Bisogna farli esaminare da qualcuno che se ne intende. Ho già chiesto alla Pes.

– E l'articolo?

– L'articolo, quello almeno è chiaro, è un'inchiesta che il giornalista, che si chiama... – sfoglia le carte: – Gianni Polidòri o Polídori...

– Mai sentito.

– Strano, sai tutto tu. Questo Polídori nel '64 ha pubblicato su un quindicinale che si chiamava... «Il Maggio».

– Sí, quello me lo ricordo.

– Figurati. Ha pubblicato questa indagine su cinque dighe del Nord Italia che secondo lui avevano problemi di sicurezza.

– Un anno dopo la tragedia del Vajont.

– Appunto. Una delle dighe di cui parla è quella di Clot che secondo lui ha una situazione molto simile a quella del Vajont. In soldoni dice che una parte della montagna sopra il lago è a rischio frana.

– Sí, ho visto.

– Cosa hai visto?

– Una faglia nel bosco.

– Come una faglia? E non mi dici niente?

– Ho chiesto a un vecchio. Secondo lui c'era già prima della diga.

– Perché i vecchi di Clot adesso hanno la laurea in Geologia! Tutti ingegneri delle dighe sono! Ma sai che a volte sei talmente intelligente che sei stupido? Che poi è il contrario di Pedrelli!

– Nei documenti ci sono prove di questa frana?

– Non lo so, non ci capisco un cazzo ovviamente, ma ora che me l'hai detto perché sprecare tempo a trovare un geologo? Li sottoponiamo a qualche vecchio di Clot. Magari gli diamo due bicchieri di quella roba pestifera che bevono e li mandiamo su a fare una perizia! – sfoglia di nuovo. – Stammi a sentire… il giornalista a un certo punto scrive: «La Ica, società a partecipazione statale che ha voluto, pianificato, costruito e ora gestisce l'invaso di Clot, non ha inteso rilasciare dichiarazioni in proposito alle nostre osservazioni, limitandosi a una lettera in cui rigettava la richiesta di un confronto e minacciava azioni legali che, se state leggendo questo articolo, probabilmente "Il Maggio" dovrà affrontare. A provare tuttavia che il nostro allarme non è infondato sta la decisione, operata dalla Ica pochi giorni dopo la tragedia del Vajont del 9 ottobre scorso, di ridurre la quantità di acqua nell'invaso di oltre un terzo. Una capienza risibile che il bacino conserva a tutt'oggi. Una scelta insensata se non ci fossero pericoli geologici, dal momento che, a detta di alcuni esperti, una riduzione simile dell'invaso dimezza l'efficienza energetica della centrale, facendo della diga di Clot un impianto destinato a lungo termine, detratti i costi di manutenzione e di gestione, a lavorare sostanzialmente in perdita», eccetera eccetera...

– Bisognerebbe parlarci con questo Gianni Polidòri o Polídori.

– Morto. Otto anni dopo l'articolo. Abbiamo sentito un suo collega alla rivista. Cancro della laringe. Niente di sospetto. Due pacchetti di Muratti al giorno.

Bramard resta a fissare la porta semiaperta del bagno della camera. Il taglio di luce dell'abat-jour s'infila in quei venti centimetri proiettando una lama che arriva alla pancia rosa di Trepet. Il cane dorme sul tappeto da un paio d'ore, sfinito dai ritmi dell'attività ludico-pedagogica impostagli dalla figlia dei Claro.

– Sappiamo se è vera questa cosa della capienza dell'invaso?

– Faremo verificare, ma cosí a occhio il livello in effetti sembra basso anche oggi.

– E i documenti? Quando riesci a sottoporli a qualcuno?

– Aspetto notizie dalla Pes. Intanto ho fatto fare una copia da Pedrelli e domani andiamo alla società che gestisce la diga. Vediamo se, con questa roba in mano, possiamo fargli aprire questi cazzo di archivi. Nel frattempo la Pes sta cercando Sergio Vescovi. È l'unico che può spiegare cosa c'era dietro il viaggio a Edimburgo della Ladich e il falso tradimento. Tu ci hai parlato con Ubac?

– Stasera.

– Allora?

– L'amava.

– Non capisco com'è possibile, era solo una delle donne

piú fighe del mondo! Sei sicuro che non vi siete bevuti di nuovo quella porcheria? Ricordati che sei in convalescenza! Chissà che effetto può farti quella roba con le medicine che prendi!

– Penso che l'abbia tradita.

– Chi?

– Ludwig Ubac.

– Con chi?

– Non in quel senso.

– In che senso allora?

– Non lo so.

– Bravo, è utile aggiungere a questo casino altre cose che non sappiamo. Adesso prendi le medicine, chiudi la porta del bagno ché il cane russa e spegni la luce. Ne parliamo domani a bocce ferme.

– Voglio prima finire i film della Ladich. C'è qualcosa in questi film… i momenti in cui guarda verso la macchina da presa…

– Corso?

– Sí?

– Sei lí perché te l'ho chiesto io, quindi mi sento in dovere di domandartelo: la reggi questa cosa o devo preoccuparmi? Perché puoi chiamare Martina e tra due ore sei a casa tua.

– Sto cercando di mettere ordine.

– Ok, stasera non sembra stia funzionando, quindi lascia perdere i film della Ladich, i vecchi con il naso rotto, le croci che non ci sono, le nascite dal dopoguerra all'altroieri, i registri dell'anagrafe, il figlio dei Claro e tutta l'altra roba che mi hai detto oggi. Prendi le medicine, non telefonare a Elena, che se ti sente cosí manda qualcuno a prelevarti e qualcuno a farmi fuori, spegni la luce e dormi.

– Va bene. Prima leggo un po', voglio finire il romanzo d'appendice…

– Lascia perdere anche il romanzo, fine della giornata. Dimmi solo una cosa, poi chiudiamo.

– Ok.

– Tu lo sai cos'è un poke?

– No. Cos'è?

– Non lo so, ma l'ho mangiato e com'è come non è, sono due ore che sono sul cesso.

42.

L'ingresso dell'*Hotel Papi* è fucsia. Franca Pes è in ritardo e sono le nove. Arcadipane telefona. Franca Pes non risponde al telefono. L'ingresso dell'*Hotel Papi* quando le cose vanno male è piú fucsia.

– Prova tu, – dice Arcadipane. – Io intanto faccio chiamare un taxi.

– Va bene.

Al bancone lo accoglie una ragazza in giacca e gonna fucsia. È gentile. «Subito», dice, e poi gli dà la sigla del taxi che Arcadipane prima di arrivare da Pedrelli già ha dimenticato.

– Allora?

– Niente. Squilla, ma non risponde.

– Lasciamo perdere. Il taxi è qui fra tre minuti.

A bordo non parlano. La sede della società subentrata all'Ica si trova all'Eur, devono attraversare tutta Roma, l'autista ha messo le mani avanti: meglio passare dal centro che aggirarlo, come fanno tutti quelli che poi ci mettono il doppio. L'unica è fidarsi, oppure non fidarsi e starsene comunque seduti a farsi portare.

A parte la volta in cui ci venne con Bramard, che è quando conobbe la Pes (ma dove sarà finita quella scombinata?), è tornato a Roma solo in un paio di occasioni: una con Mariangela, una con Mariangela e i ragazzi. La prima era inverno, l'altra faceva molto caldo. Il solito tour di musei e macerie da vedere, sete, sonnolenza, piedi frantumati, code, voglia di pranzare cinque volte al giorno e di bere litri di birra dopo cena. Cose che con Mariangela ha fatto, anche se quelli erano i tempi in cui gli bastavano una camera da letto e un ristorante non troppo lontano. Con i ragazzi gran parte delle energie andavano invece a rintuzzare le loro lamentele, la noia, e a far finta che non fossero anche sue. Ah, poi c'è tornato in una quarta circostanza, si ricorda ora, per il corso sul database europeo delle impronte digitali. Erano sistemati in un albergone di periferia: sala conferenze, palestra e vista notturna su rotonda con i travestiti. Un paio di colleghi di Trento, che avevano bevuto troppo, una sera pensarono che sarebbe stato divertente vedere quelle signorine fuggire sui tacchi per i campi. Partirono di corsa dal parcheggio urlando «Polizia, polizia!» ma senza divisa o lampeggianti. Uno dei due si ritrovò con una mascella rotta e l'altro si ruppe una gamba cadendo in un fosso.

– Ha visto che meraviglia, commissario?

– Una meraviglia, certo.

Nel giro di una decina di minuti Roma li ha già incorporati nel suo caos. Turisti, gente che non lo è, traffico, negozi, pullman, ruderi, motorette, ponti, palazzi, comitive, scooter, bancarelle, vigili, barboni, gente che fotografa e altre motorette che slalomeggiano tra le auto, sobbalzando sulle buche come puntine da disco. Arcadipane guarda quel brulicare e pensa, al pari della prima volta che l'ha vista, che quella città è come l'esame per la prostata: ti sorprende, per qualche secondo pensi che possa persino piacerti, ma alla lunga, se non sei un amante del genere, non vedi l'ora che tolgano il dito.

La sede dell'Adis è un palazzo di vetro anni Sessanta che come molti attorno ha già l'aria sfinita. La guardia alla porta controlla i distintivi e avverte di sopra. Ascensore. Ultimo piano. Una donna che potrebbe essere una lanciatrice di secondi mariti scrive nome e cognome e li conduce in una sala d'aspetto con sei sedie di metallo e pelle nera. La natico-frizione ventennale ha prodotto sulla pelle bellissime screpolature da carta geografica. A parte questo il profumo nell'aria è quello che di solito camuffa l'odore di cesso e le riviste sul tavolino sono di architettura.

Non sono seduti da molto, quando entra nella sala un uomo vestito come ci si veste quando sei un uomo cosí. Si qualifica come dirigente, il nome è come il vestito, simile ad altri mille. Li fa accomodare in una sala riunioni, classico posto dove si sbrigano le rotture di palle. L'acqua in bottiglia sul tavolo mostra tracce di mucillaggine, segno che di rotture di coglioni a quel piano ne arrivano poche.

– Durante un'indagine siamo venuti in possesso di questi documenti, – dice Arcadipane, estraendo dalla busta soltanto l'articolo. – Vorremmo un parere in proposito dalla vostra società.

Ha deciso di essere breve. Andare al punto. Ha dormito poco e le scarpe lucide a punta lo infastidiscono.

L'uomo, che nel '64 non era ancora nato, comincia a leggere. Lo fa con calma, assumendo con lo sfogliare delle pagine un paio di colorazioni.

– Se mi concedete dieci minuti mi interfaccio con chi di competenza, – dice alzandosi.

– Si interfacci, prego.

I dieci minuti diventano un quarto d'ora, poi venti. Pedrelli sfoglia un opuscolo sulle dighe. Il piemontese è sempre interessato agli opuscoli. Non pensa che la gente possa mentire, millantare, figuriamoci per iscritto, e poi mettendoci quelle foto cosí ben fatte. Arcadipane cammina per la stanza e di tanto in tanto si ferma davanti alla vetrata. Guarda quel quartiere tutto linee rette, circonferenze e archi dove le sole forme irregolari sono le persone. Una visione che ha qualcosa di assordante.

– Buongiorno, – pronuncia una voce baritonale che conosce. Si dice che non è possibile, poi si volta e sulla porta c'è proprio Alberto Spurio, l'avvocato della Veronica Film.

Si è accorciato i capelli ai lati, il che lo fa sembrare piú alto e piú antipatico. Il vestito grosso modo è quello, ma non ha la valigetta. Quindi forse non chiederà di firmare un accordo di riservatezza di quattordici pagine. Ma chi può dirlo?

– Che ci fa lei qui? – si lascia scappare Arcadipane, accorgendosi subito che avrebbe potuto incassare con piú nonchalance.

– Potrei dire la stessa cosa, – annuisce infatti l'altro. – Il nostro studio legale segue la Adis, ero qui per una riunione.

– Quindi è l'avvocato della Veronica Film e della Adis?

Alberto Spurio fa segno di accomodarsi e a scanso di equivoci lui si siede.

– Curo personalmente gli interessi della Veronica Film e della famiglia Fuci, mentre lo studio di cui sono associato, la Neri-Spurio-Domenicali, ha l'Adis tra i suoi clienti, come molte società.

– E gli altri avvocati di Roma? – dice Arcadipane, prendendo posto. – Buttati nel Tevere?

Spurio fa finta di non aver sentito. Sfoglia l'articolo che d'altronde ha già letto.

– Sarò breve, – scandisce, – perché questa faccenda non merita il tempo né mio né vostro.

Ha delle belle mani, questo sí. Un avo contadino, barcaiolo o coltivatore di canapa deve avergliele di copula in copula passate suo malgrado: unghie quadrate, dita forti, palmo ampio, vene a vista.

– Non posso parlare a nome dell'altra società coinvolta, che ricorse a vie legali ottenendo soddisfazione, ma per quel che riguarda la Ica sappiate che fu sporta denuncia ai danni del quindicinale «Il Maggio», rivista apertamente ostile alla Dc e ad Amilcare Fuci, per avere pubblicato informazioni false e tendenziose ricavate da documenti sottratti alla Ica illegalmente.

– Illegalmente?

– I documenti a cui Gianni Polídori fa riferimento erano contenuti in un faldone che qualcuno prelevò dagli schedari senza autorizzazione. Si risalí a un dipendente, forse pagato, forse convinto dal giornalista a fornire quegli incartamenti per comune militanza politica. In ogni caso il tribunale condannò la rivista «Il Maggio» al pagamento di una sanzione di dieci milioni per l'uso di materiale riservato, e peggio ancora per la sua manipolazione e la pubblicazione di estratti che estrapolati dal contesto potevano essere fraintesi.

– Tutte fandonie, quindi?

– Nessuno riprese quell'articolo. Persino «l'Unità» dove Tina Merlin aveva scritto i suoi pezzi di denuncia prima e dopo la tragedia del Vajont, non dedicò una riga a quelle panzane.

– Però l'articolo sostiene che la diga di Clot è stata costruita nel posto sbagliato. Che Clot non risultava tra i primi dieci siti nella lista dei papabili.

Alberto Spurio poggia le fotocopie sul tavolo e ci mette le sue belle mani sopra, quasi a volerle stendere come un foglio di pasta.

– Ci sono centinaia di fattori che determinano una scelta come quella. Perché mai Amilcare Fuci avrebbe dovuto volere una diga in un posto non adatto? Per garantirsi un bacino di voti di cinquanta persone? Per procurare moglie al fratello? Ci sono metodi meno impegnativi, specie per chi lavora nel cinema o nella politica.

– Interessi economici?

– La diga è stata una delle poche grandi opere dal dopoguerra a oggi terminata nei tempi previsti e senza sforamenti rispetto al budget preventivato. Ciò significa che non furono gonfiati i prezzi dei materiali, cambiati i progetti, subappaltati i lavori, turbate le gare di appalto o ritardati i collaudi. Ogni lira di denaro pubblico speso per quella diga è stata rendicontata e sottoposta a verifica. La sfido a trovare un'opera portata a termine in una maniera piú limpida. Io ve lo dico sinceramente…

– Siamo qui per questo!

– Il vostro modo di procedere, oltre a essere privo di logica, non mi pare stia portando alcun progresso nell'individuazione dell'assassino di Terenzio Fuci, per non dire che non state facendo nulla per ritrovare la signora Ladich! Io spero che i vostri superiori sappiano come state perdendo il vostro tempo e che abbiate il loro sostegno, perché altrimenti…

– Vista la penuria potremmo finire a fare gli avvocati a Roma?

Quando escono dagli uffici della Adis sono le dodici passate e il sole ha già arroventato i cinque gradini di cemento che dal palazzo portano al piano strada. Meglio non pensare a cosa dev'essere d'estate quel posto.

– Be', – dice Pedrelli, – non è andata male.

– Certo, potevano infilarci una scopa di dietro e darle fuoco. Invece non le hanno dato fuoco.

– Commissario, lei è proprio pessimista! Chiamiamo un taxi?

– No, no, che taxi, ci spennano altri 55 euro. Provo a sentire la Pes.

– Nel mentre allora io vado a prendere una bottiglietta d'acqua al bar. Ne vuole una anche lei?

– Sí, gasata. Fatti fare la ricevuta!

Arcadipane apre il telefono. Isa ha appena mandato un messaggio sulla chat «Vecchi scroti e una figa».

ISA
Ho la conferma che i biglietti trovati a casa di Ubac sono stati emessi tutti dal cinema Alpi di Cuneo negli anni tra il '60 e il '75. Quindi potrebbero essere biglietti delle proiezioni della Ladich.

ARCADIPANE
Quindi non sappiamo per certo se sono proiezioni dei film della Ladich?

BRAMARD
Possibile averne certezza?

ISA
Domani, mentre torno a Clot, mi fermo a Cuneo per parlare con il titolare della sala e il padre che allora si occupava del cinema. Mi diranno se si può risalire dai codici biglietto allo spettacolo e alla data. Intanto ho stampato la foto di Ludwig che i carabinieri avevano in schedario. Gliela faccio vedere. Magari…

ARCADIPANE
È andato due volte a vedere tutti e sette i film, magari…

BRAMARD
Già, magari… Fatta ecografia?

ISA
Tra qualche ora. Comunque non è la serata degli Oscar. A me basta che ci siano tutti i pezzi.

Il telefono gli squilla nelle mani. È la Pes. Risponde.

– Ma dove ca…

– Ho trovato Sergio Vescovi.

– Ah.

– È un modo torinese per dire: grazie, da solo non ce l'avrei mai fatta, sei proprio una cazzo di segugia?

– Segugia? Vabbè, dammi l'indirizzo, prendiamo un taxi e ci vediamo lí.

– Se hai cinquecento euro da spendere… Dobbiamo andare un po' fuori Roma. Altrimenti sto arrivando, sono a cinque minuti dalla Adis.

– Ah!

– Ah, è sempre un modo torinese per dire: grazie a Dio ho dato retta a quel figo di Bramard e ho contattato la Pes, ché donne cosí non ne fanno piú, perché io ammettiamolo sono un povero coglione che non troverebbe nemmeno il Colosseo? So che voi a Torino avete queste forme sintetiche… sai, l'understatement sabaudo…

– Ti aspettiamo qui.

Mentre lo rimette in tasca, il telefono manda un *blin blin*. Controlla: il nome del gruppo «Vecchi scroti e una figa» è stato aggiornato. Nuovo nome del gruppo «Vecchi scroti e una figa, magari».

43.

Chat «Vecchi scroti e una figa».

ISA
Ho la conferma che i biglietti trovati a casa di Ubac sono stati emessi tutti dal cinema Alpi di Cuneo negli anni tra il '60 e il '75. Quindi potrebbero essere biglietti delle proiezioni della Ladich.

ARCADIPANE
Quindi non sappiamo per certo se sono proiezioni dei film della Ladich?

BRAMARD
Possibile averne certezza?

ISA
Domani, mentre torno a Clot, mi fermo a Cuneo per parlare con il titolare della sala e il padre che allora si occupava del cinema. Mi diranno se si può risalire dai codici biglietto allo spettacolo e alla data. Intanto ho stampato la foto che i carabinieri avevano in schedario di Ludwig. Gliela faccio vedere. Magari…

ARCADIPANE
È andato due volte a vedere tutti e sette i film, magari…

BRAMARD
Già, magari… Fatta ecografia?

ISA
Tra qualche ora. Comunque non è la serata degli Oscar. A me basta che ci siano tutti i pezzi.

Bramard fissa lo schermo, nulla, fine dei messaggi.

Forse dovrebbe scriverle qualcosa, in privato. Tra poco entrerà nel bosco dove non ci sarà campo. Mentre ci pensa, il cellulare manda un segnale. Il nome del gruppo è stato aggiornato: «Vecchi scroti e una figa, magari».

Bramard rimette il cellulare in tasca e chiama con un fischio Trepet che si è attardato a osservare il paese. Il cane lo raggiunge sulle sue tre zampe, la melanconia che appanna i grandi bulbi sporgenti.

– Rassegnati, oggi ti porto io, – dice Bramard, posandogli una carezza sulla testa. – La mamma ha detto che Ester deve fare i compiti.

Riprendono il cammino. Nello zaino Corso ha il pane e il formaggio che Marta Claro gli ha dato. Tra mezz'ora saranno a Gias Vej. Vuole scoprire se le sue gambe, come gli è sembrato ieri salendo da Ludwig, hanno ancora qualcosa di quelle di un tempo. Vuole guardare un'altra volta quel prato. Quel posto che dovrebbe parlargli e invece bisbiglia parole che non comprende. Vuole rivederlo sotto il cielo incerto di oggi, le nuvole basse, il vento freddo e molle che porta l'inverno.

Dedica un ultimo sguardo alle case di Clot, addossate nell'ombra, come briciole di pane nero in un cassetto. Proprio lui che ha vissuto tanto senza volere nulla, ora che dovrebbe farsi bastare d'essere vivo, vuole. Calma, Corso, calma, si dice.

44.

Il modo in cui Franca Pes guida potrebbe essere definito: «bene», malgrado sia il risultato di una serie di scelte opinabili. Intanto il sedile troppo reclinato che la costringe a sfiorare il volante solo con i polpastrelli, anziché impugnarlo, quasi fosse touch. Gli occhiali bifocali altamente sconsigliati a una conducente, che lei dice le servono per leggere la strumentazione. Terzo, sta troppo addosso all'auto che la precede, il che non si spiega come possa accadere visto che Franca Pes viaggia con la lentezza del «fine pena mai». Quarto, pur essendo autunno, indossa una gonna sopra il ginocchio da «nonna del Piper», senza calze e senza ritegno, che non aiuta la guida, ma nemmeno chi la deve guardare al volante.

– Non ti piace come guido?

Ultimo e non ultimo, è insolente.

– Ma no, figurati, – dice Arcadipane, – fai bene ad andare piano, con questo casino!

– Secondo me Torino è peggio.

– Cosa è peggio?

– Il traffico e come guida la gente. E poi avete i controviali.

– Cosa c'è che non va nei controviali?

– C'è che per svoltare a sinistra cinquecento metri prima deve metterti nel controviale opposto. Se uno non sa dove svoltare o lo capisce all'ultimo come fa?

– Usa il navigatore.

– Il navigatore è come la pornografia: bocca, davanti, dietro, faccia e arrivo entro dieci minuti, – imita la voce del navigatore, ma sembra un dee-jay. – Io per guidare e per quell'altra cosa sono vecchia scuola: niente fretta e largo agli imprevisti.

Arcadipane fissa il traffico pensando inorridito soprattutto agli imprevisti.

– È un'osservazione molto interessante, – dice Pedrelli dal sedile dietro.

Arcadipane si gira a guardarlo.

– Un'osservazione interessante? Te che stampi l'itinerario il giorno prima dal computer per paura che il navigatore non prende!

– Lascia stare il nostro Pedrelli, – dice la Pes, – che secondo me… – e fa su e giú di taglio con la mano come a intendere «Ahi, ahi!»

– Secondo te cosa? – chiede Arcadipane esausto e sono appena a metà giornata.

– Sotto le lenzuola deve essere uno di quelli che colpisco e scappo, colpisco e scappo, – annuisce la Pes.

– Ma no, per carità! – ridacchia Pedrelli. – Sono sposato da…

– Ma colpisco e scappo cosa?

– Ehhh! Pedrelli è un'acqua cheta! Com'è che scriveva Che Guevara: se il nemico ha forze superiori alle tue, costringilo a combattere in luoghi impervi. Pedrelli mi sembra uno da luoghi impervi, eh? Da guerriglia!

– Ma no! – si schermisce Pedrelli, che finalmente ha qualcosa di colorato addosso: la faccia.

– Scusate se vi distraggo dai luoghi impervi, – fa Arcadipane. – Vera Ladich sarebbe scomparsa da… centottanta ore. Ci vuole ancora molto per arrivare da questo Vescovi?

– Vedi come sei impaziente? Altro problema: non ascolti le persone, usi il navigatore e sei impaziente. Invece se tu vai piano noti un sacco di cose. Per esempio che c'è uno che ci segue.

– Come, uno che ci segue?

– Uno con lo scooter. Ha il casco rosso, ma non girarti.

– E da quanto ci segue?

– Non lo so, sicuramente da quando vi ho presi su davanti all'Adis.

Se ne stanno in silenzio per qualche secondo.

– Può essere qualcuno della società? – domanda Pedrelli, – qualcuno mandato dall'avvocato Spurio?

– Non lo so, – dice Franca Pes, – però essere seguita non mi piace. E poi non lo voglio portare da Vescovi.

Arcadipane sta pensando. Se sono seguiti in giro per Roma vuol dire che quanto accaduto a Clot è partito dalla Capitale. Il che rimette in gioco la possibilità del rapimento da parte di qualcuno che può muoversi sul territorio, che non ha fretta di chiedere il riscatto o che magari l'ha già chiesto a loro insaputa, e non è detto che si tratti di denaro. Qualcuno che può operare senza che la polizia intercetti la richiesta e che la polizia può persino pedinarla. Chi può fare queste cose di solito sono organizzazioni strutturate come quelle mafiose, ma in questo caso perché non prendere in ostaggio anche Fuci? Perché ucciderlo e in quel modo? Perché rapire Masimine Orusa che con la diga e i Fuci non aveva niente a che fare? Oppure non c'entrano Fuci e le due donne? Semplicemente la questione della diga non è pelle morta e qualcuno c'ha ancora da perderci reputazione, denaro e favori.

Arcadipane sbircia nello specchietto retrovisore: lo scooter guidato dall'uomo con il casco rosso si tiene a qualche macchina di distanza.

La cosa migliore sarebbe fosse una questione di assicurazioni: una volta gli capitò con un morto della Torino bene. C'era di mezzo una polizza miliardaria che non prevedeva il pagamento in caso di suicidio. L'assicurazione pensò di buttare sulla pista da ballo un investigatore, senza dire nulla alla polizia.

Pedrelli lo chiamò una sera, tre giorni dopo il suicidio o l'omicidio, ancora non si sapeva, per dire che avevano beccato un tizio nell'appartamento dove era avvenuto il fatto. Quando gli disse il nome, capí chi era e perché era lí: un ex poliziotto che adesso faceva l'investigatore, un tipo in gamba, ma con qualche vizio. Donne soprattutto, ma anche ricettazione per pagare le donne. Avevano lavorato insieme prima che lo allontanassero per motivi disciplinari.

Fece finta di non aver ricevuto quella telefonata e andò a tirarlo fuori solo il mattino dopo. Un promemoria. Un modo per risparmiargli una ramanzina che per lui sarebbe stata piú penosa di una notte in cella. Il tizio, che si chiamava Follonica, ma non era toscano, lo invitò a mangiare qualcosa da un porchettaro di sua conoscenza, nella zona degli ospedali. Era domenica mattina molto presto. I poliziotti conoscono buoni posti dove mangiare a ore insolite, ma gli investigatori anche. In fondo sono mestieri con bisogni, frustrazioni, orari e disastri familiari simili. L'unica differenza è quella che c'è tra il calcio vero e il calcetto. Se hai fatto il poliziotto e giocato nel campo grande, quando senti di non avere piú abbastanza fiato, puoi decidere di darti al calcetto. Il contrario invece non succede mai.

Mangiarono un sontuoso panino con prosciutto alla brace, senape e crauti. Follonica disse che la notte in cella gli era servita a mettere un po' d'ordine in testa. Era un momento difficile: oltre ai quattro figli avuti dalla regolare consorte, una donna un anno prima gli aveva presentato il conto di un quinto, di cui non sapeva. Lettere alla moglie, minacce di test del Dna, casini. Alla fine, per non far saltare il matrimonio, aveva acconsentito a versare trecento euro al mese alla donna e a farsi la vasectomia. Un segno di buona volontà verso la moglie: non voleva altre sorprese né in casa né in giro. Il dottore aveva assicurato che questo non avrebbe portato a un calo del desiderio o delle prestazioni. A distanza di sei mesi dall'intervento poteva confermarlo, però qualcosa comunque non andava. Non poteva piú guardare il calcio, la boxe e neanche un film dove si scazzottavano. Gli scontri fisici tra uomini e gli incidenti in generale gli procuravano crisi di panico. Una notte la moglie lo aveva sorpreso a piangere davanti alla tv per uno sciatore croato caduto durante la discesa libera in Giappone.

Qualcuno diceva che l'operazione era irreversibile, ma i medici avevano opinioni diverse. Avrebbe messo da parte i soldi per una controvasectomia. Non era sicuro funzionasse, ma valeva la pena di provarci. Quando finirono di parlare, sembrava sollevato. Il panino del resto era eccezionale, la birra non troppo fredda e Torino in uno di quei rari momenti in cui si risveglia e profuma.

– Commissario?

– Eh?

– Ha sentito cosa dice la signora Franca?

– No, stavo pensando.

– Dicevo che la prima cosa è capire se stanno seguendo me o voi. Credo voi, visto dove sono stata prima di venire a prendervi all'Adis.

– Perché dove sei stata?

– In una chiesa evangelica pentecostale.

– A fare che?

– A incontrare un pastore, ma ne parliamo se la cosa funziona. Adesso occupiamoci di «caschetto rosso», ok? Capiamo se sta dietro a voi oppure a me.

– Capiamolo.

Franca Pes rallenta.

– Vedi quell'albergo con l'insegna verde laggiú? Io mi fermo, scendo e ci entro. Tu mi saluti, ti metti alla guida e parti.

– Per andare dove?

– Da nessuna parte. Vai al primo incrocio, facendo finta di non sapere dove sei, sono sicura che non farai fatica. Svolti a destra, poi a destra, poi a destra. Fai il giro dell'isolato, insomma. Ripassi davanti all'albergo e accosti una ventina di metri piú avanti. E aspetti, ok?

– E se quello non mi viene dietro perché segue te?

– Quando torni lo blocchi con la macchina.

– Blocco uno che non siamo sicuri che ci sta seguendo?

– Accertamenti, possiamo farlo. E io sono sicura. Dài, diamoci una mossa, altrimenti si insospettisce.

Franca Pes riparte e a velocità moderata raggiunge l'albergo. Parcheggia in doppia fila, questa volta mettendo le quattro frecce. Scende dall'auto e lo stesso fa Arcadipane. Si salutano. Il casco rosso integrale del tizio sbuca da sopra il tettuccio di una Golf parcheggiata. Arcadipane risale.

– Forse era meglio se mi mettevo davanti, – dice Pedrelli, – era piú credibile.

– Infilati quel cuscino azzurro sotto la giacca, – dice Arcadipane, inserendo la prima, – fai la donna incinta che si siede dietro per allungare le gambe.

La Pes è entrata nell'albergo. Arcadipane raggiunge il semaforo successivo e svolta a destra. Guida tentennando, guardandosi in giro, come fosse incerto su dove andare.

Come attore fa cagare, ma caschetto rosso non può vederlo in faccia e li tallona. Svolta a destra ancora, lascia scorrere due isolati per non sembrare proprio un rimbambito. Girerà a destra alla prossima. Ma è senso vietato. Va oltre. La motoretta sempre dietro. Arcadipane ha nella testa il reticolo torinese, ma quando ha finalmente modo di svoltare a destra, non si ritrova sulla via dell'albergo.

– Cazzo di città!

Fa un paio di scelte casuali e alla fine è sulla strada giusta, anche se non saprebbe dire come. Pedrelli tace, non è che sia proprio abituato all'azione. L'insegna verde dell'hotel è laggiú davanti, la oltrepassano e, come concordato, Arcadipane accosta una ventina di metri dopo, davanti a un passo carraio. Si allunga verso il cassettino, come a prendere qualcosa, e intanto controlla nello specchietto laterale. Il tizio sullo scooter, preso alla sprovvista, è fermo a una decina di metri. Tutti e due i piedi per terra. Guarda verso il Kangoo e fa malissimo perché in quel momento la Pes gli arriva addosso con una spallata da pilone di rugby, scaraventando a terra lui e lo scooter.

Arcadipane scatta fuori dal Kangoo, Pedrelli pure, ma con qualche attrito con la porta scorrevole. In un istante sono sopra il tizio che ha una gamba pizzicata sotto lo scooter e Franca Pes a venti centimetri. L'uomo sembra piú stordito che altro e si tiene una mano.

– Forse mi sono rotto un polso, – dice.

– Togliti quel casco! – gli urla la Pes.

Dalla borsa di stoffa che teneva appesa al manubrio sono rotolati sulla strada dei kiwi. Un uomo che si porta appresso un chilo di kiwi può voler dire soltanto una donna a casa che ha già provato con lo yogurt, un bicchiere d'acqua calda al mattino, i semi di lino, le prugne, la ginnastica, il rialzino per i piedi quando sei seduto sulla tazza, i cereali, la dieta ricca di fibre, la corsa e le costellazioni familiari.

– Ok, ok, – fa Arcadipane, – calmiamoci tutti.

Pedrelli è rimasto a qualche metro di distanza, pallido come un cencio. Arcadipane lo chiama con lo sguardo e insieme spostano lo scooter, liberando la gamba del tizio che si mette a sedere, sempre tenendosi il polso.

– Ah, che male, – insiste, – forse ci vorrebbe del ghiaccio!

– Ghiaccio un cazzo, – fa la Pes, che non sembra una di quelle palline che una volta presa una direzione riescano a cambiare granché traiettoria. – Perché ci seguivi?

– Sono un giornalista, – dice l'uomo, cercando di slacciarsi il casco.

– Un giornalista? – sgrana gli occhi la Pes.

– Ex, – ammette lui, che proprio il casco con la sola sinistra non riesce a toglierselo, – sono io che vi ho lasciato in albergo quella busta.

Arcadipane fa segno a Pedrelli di dargli una mano. Lo aiutano a rimettersi in piedi. Poi a sfilarsi il casco. Ne sbuca la faccia di un uomo di una decina d'anni piú vecchio di lui, gli occhi docili, il pallore, la barba a chiazze e la magrezza di un ragazzino tormentato da qualche astratto fallimento.

– Mi chiamo Tommaso Spinapolice, – sillaba, – con una sola elle.

Mentre qualcuno dal passo carraio urla i suoi dubbi sull'identità dello stronzo che gli ha mollato la macchina davanti al cancello, Arcadipane guarda quel simile con lo scooter bollato, il polso rotto, i kiwi sparsi a terra e una moglie stitica che probabilmente a casa piú tardi gli darà il resto.

La vita a volte è cosí difficile, pensa.

45.

Ha mangiato pane e formaggio, bevuto un sorso dalla borraccia. Il cielo sopra di lui è compatto: nuvole che se fosse piú freddo sarebbero di neve, mentre ora potrebbero scaricare una pioggia fine, insistente, di certo lunga. Eppure non ha voglia di tornare. Cosí sta, seduto sulla pietra piatta e larga accanto alla quale la Jaguar di Fuci era parcheggiata. Simile alle altre rocce sparpagliate nel prato, oggi piú livide dal momento che il cielo ha deciso di tenersi la luce in pegno.

I nastri rossi e bianchi sono stati in parte strappati dal vento, lasciando i paletti a disegnare la geometria del luogo dove tutto è avvenuto. Sa che non è stato per caso. Che quel prato e quelle pietre sono un pezzo importante nella partita che stanno giocando. Si alza e cammina fino al punto in cui ha trovato le trappole che l'hanno condotto da Ubac qualche notte prima. Ripensa a Martina. Ora il fatto di averla portata lassú di notte e poi nel bosco e poi dentro casa di Ubac gli appare non solo stupido, ma folle. Cosa gli passava per la testa? Niente. Questo è il problema. L'ha sentita nei giorni scorsi e lei ha parlato di quella notte ridendo, quasi le sembrasse a distanza di giorni una cosa eccentrica e non pericolosa. Invece lo era.

È davvero sua figlia in questo annientare tutto davanti alla possibilità di arrivare all'obiettivo. Per lei non è trovare un assassino, ma aprire una nuova casa di accoglienza per donne in un angolo sperduto del mondo. Non importa. È comunque un salvacondotto per la solitudine. Lui lo sa.

Il grido di una poiana, che di tutti i versi della montagna è quello di maggiore rimprovero, lo riporta al prato, a Vera Ladich, a Terenzio Fuci, al motivo per cui è lí. Trepet dopo aver cercato in cielo, forse per timore antico, riabbassa il muso e continua la sua catalogazione degli odori.

Corso osserva quella linea incerta e popolata di piante giovani che separa il bosco dalla radura di Gias Vaj. Per raggiungere le prime piante secolari bisogna fare dieci a volte venti metri verso il fitto della vegetazione. Questo significa che fino a mezzo secolo fa quella radura era piú ampia e disegnata diversamente: la gente di Clot che aveva le bestie, ossia quasi tutti, ogni anno abbatteva con scrupolo i giovani alberi che il bosco mandava in avanscoperta per rubare pascolo. Una guerra che deve essersi protratta per secoli, senza che nessuno dei due avversari avesse intenzione di eliminare davvero l'altro. Un equilibrio che prevedeva per ciascuno di esercitare la giusta pressione sul confine a compensare quella del nemico. L'età degli alberi piú giovani dice che quel patto è saltato da circa mezzo secolo. Uno dei contendenti, l'uomo, ha ceduto terreno e il bosco, non incontrando resistenza, sta spostando il confine. Tra un secolo o poco piú quella radura sarà bosco.

Bramard cammina e sfiora con la mano le punte tenere degli abeti giovani.

«Condurre li omini in luogo adatto a vedere», scriveva Minico Curto nella lettera parlando del mestiere suo e di Johannes, Maestro di Clot.

Lo stesso è stato per il suo lavoro, quando lo sapeva fare. Un luogo e la vibrazione data da ciò che vi era accaduto. Lui, che per mestiere ci arrivava qualche ora e qualche giorno dopo, registrava quell'oscillazione e provava a farla reagire con uno degli elementi della tavola delle passioni umane che possono portare a un delitto. Quando la reazione avveniva, isolava quelle passioni e le univa a del colorante per renderle piú visibili, quindi le traduceva in fatti: una concatenazione logica di eventi che portava allo sparo, alla coltellata, allo strangolamento, all'avvelenamento e cosí via. L'istante in cui il patto tra gli uomini era saltato, in cui la maschera della convivenza pacifica era caduta, mostrando l'essere umano nella sua natura piú nuda. L'omicidio è un memorandum, se si ha la fortuna di poterlo guardare con distacco.

Quello era stato il suo lavoro: un assemblato di intuito, logica, esperienza, cinismo, grammatica dell'umano e perizia nel mescolare gli elementi. La parte che richiedeva talento veniva dopo: non solo vedere cosa era accaduto, ma essere in grado di farlo vedere agli altri e quindi comprendere. Mostrare la scena e dunque «condurre i colleghi, il giudice istruttore, il pm, il tribunale e il colpevole stesso, in un luogo adatto a vedere». Cosí aveva ottenuto la maggior parte delle confessioni. Condurre il colpevole in un luogo da cui osservare in maniera nitida e piena e inattesa ciò che aveva fatto.

Si guarda attorno. Dall'alto comincia a cadere quella pioviggine che in montagna, se a vista non hai almeno un traliccio, una strada asfaltata o un condominio, subito porta al Medioevo. Forse per questo i suoi occhi vanno a cercare la diga. Un tappo grigio di novanta metri costruito per trattenere 18,42 milioni di metri cubi d'acqua, che oggi sono poco meno di 10.

Trepet abbaia a qualcosa e lui ha la certezza che non è quello dove si trova il luogo adatto a vedere che cerca.

46.

– Be', che hai da fare quella faccia? Una radiografia è una radiografia, no?

Arcadipane evita di rispondere e allunga le gambe, appoggiando la nuca alla parete, per riposare la schiena e la cervicale. Tra le ore sul water per colpa del poke e il cuscino di altezza incongrua, la notte è stata di nuovo un disastro.

– A che ora dovevamo essere da Vescovi? – chiede.

– Ho già chiamato. Ha detto che possiamo arrivare piú tardi. Parte tra due giorni, non tra due ore! Che ansia però, se avevi tanta fretta potevamo fare come dicevo io.

– Interrogarlo in mezzo alla strada e poi mollarlo lí con il polso rotto, la motoretta che non partiva e i kiwi sparsi dappertutto? Cosí poi faceva una denuncia a te che gli sei saltata addosso e a me che non te l'ho impedito. Guarda che io la pensione voglio prenderla sai? Non ho mica i segreti di Stato in cassaforte da vendermi un po' alla volta per pagarmi il ricovero.

– E allora sii contento. Abbiamo fatto come volevi tu, no?

– No che non abbiamo fatto come volevo io! «Al pronto soccorso ci perdiamo tutta la giornata – la imita, agitando dei capelli che non ha. – Andiamo dal mio amico Carlo». Sono quaranta minuti che il tuo grande amico Carlo e Spinapollice stanno dentro. E non so nemmeno se è legale quello che gli sta facendo!

– Allora entra e portati via il tuo «Spinapollice»! Guarda che Carlo non doveva neanche essere al lavoro oggi. Ci ha fatto un grosso favore a correre in studio.

Arcadipane si alza e raggiunge l'unica finestra che butta luce nella sala, ma essendo luce romana basta e avanza. Pedrelli cammina intorno al Kangoo che hanno ovviamente parcheggiato male. Captando il suo sguardo, si volta e fa segno con il pollice alzato. Arcadipane fa pollice verso e pensa che Botta con il suo scoutismo li ha proprio rincoglioniti tutti. La porta alle sue spalle si apre.

– Venite, – dice la voce di uomo.

Tommaso Spinapolice è seduto sul tavolo in acciaio inox al centro dello studio. Un oggetto che, tenuto conto del foro per i liquidi, farebbe pensare a una sala autoptica se non fosse solo centoventi per sessanta. Anche se l'uomo adesso è meno pallido, le gambe penzoloni e il mento sul petto gli conservano comunque l'aria da ragazzino che l'ha fatta fuori dal vaso.

Carlo D'Amico invece, con il suo camice bianco, ma aperto; il suo fare professionale, ma cordiale; il suo cranio pelato, ma abbronzato e sferico; le sue scarpe da vela, ma logore il giusto; le sue spalle larghe, ma non arroganti, sta valutando due piccole lastre appese a pannelli luminosi di grandi dimensioni.

– Il nostro Tommaso non ha niente di grave, nessuna frattura, – dice con una voce morbida e insopportabile come la vellutata di piselli, – giusto una distorsione del legamento scafolunato di entità moderata. Gli abbiamo fatto, – ma gli abbiamo fatto chi, che sei solo! – una bella fasciatura rigida che tiene fermo il polso e limita la dolorabilità. Mi prende una settimana di antidolorifici, tra quindici giorni toglie la fasciatura, fa un po' di recupero fisioterapico autonomo con pallina da tennis lancio e afferro. E siamo come nuovi. Va bene?

Tommaso Spinapolice annuisce mesto, però sorride anche un po'.

– Lo scooter lo lasciamo a riposo per almeno un mesetto, eh! – ma lo lasciamo chi? – Ci sono due movimenti che non piacciono allo scafolunato che ha subito una lesione. Accelerare in moto e giocare a calciobalilla.

– Grazie Carlo, – fa qualche passo verso di lui Franca Pes. – Sei stato il solito tesoro, – e lo abbraccia, il naso piantato dentro i pettorali, ben visibili, ma non esagerati, sotto la T-shirt che addosso ad Arcadipane sarebbe una maglietta della salute, ma su di lui è «la prima cosa che ho trovato nella fretta di uscire di casa».

– Figurati, Franca, per te questo e altro, – e le deposita un bacio al centro della cucuzza nel punto esatto dove tutti quei ricci sembrano generarsi.

Arcadipane osserva a un passo dalla porta. Tenuto conto che Carlo D'Amico avrà quarantacinque anni e nessuna possibilità di essere il nipote di Franca Pes, non vuole immaginare quali loschi segreti quella visita stia ripagando, quindi non lo immagina.

– Ok, – dice la Pes, staccandosi, – ora diamo un passaggio a casa al signore e ti liberiamo.

Prima lo placca che quasi gli rompe un braccio, pensa Arcadipane, e adesso è diventato «il signore». Se gli sparava, cos'era, «l'amore della sua vita»?

– Per la verità ho mandato un messaggio a mia moglie, – cambia timidamente il programma Tommaso Spinapolice, – credo stia arrivando a prendermi.

– Va bene, – e la Pes guarda Arcadipane, – penso che dovremmo comunque fare due chiacchiere, no, commissario?

Arcadipane mette le mani in tasca e li studia tutti e tre.

– Carlo, lei è stato proprio gentile e non fosse che è un

momento di merda la inviterei davvero a bere un cocktail, ma con il signor Spinapollice dovremmo...

– Spinapolice, – lo corregge la Pes, mentre anche l'uomo aveva alzato una mano a segnalare il non grave, per carità, errore.

– Spinapolice, certo, ci dobbiamo parlare e piuttosto in fretta, quindi non voglio cacciarla dal suo studio, ma...

– Si figuri, tanto dovevo fare una telefonata.

Carlo D'Amico se ne va. Spinapolice è al centro della stanza da solo, seduto sul tavolo di acciaio. A destra, a precludere la via di fuga della porta, Arcadipane. A sinistra, tra il mobiletto dei medicinali e la bilancia, la Pes. Tommaso Spinapolice si chiude il giubbotto, Carlo deve avergli preso la pressione.

– Mi scuso per tutto questo... – dice e si guarda la mano, senza evidentemente intuire il paradosso dell'affermazione, – ma, dopo che vi ho lasciato quei documenti in albergo, volevo accertarmi che non avreste insabbiato la cosa.

– Perché dovevamo insabbiare? Lo sa che stiamo indagando su un omicidio e un possibile rapimento?

– Sí, l'ho letto sui giornali. E trattandosi di Fuci e della diga di Clot ho pensato che poteva essere l'occasione per riaprire quel capitolo. Ho ancora qualche contatto in polizia, cosí ho saputo che lei sarebbe venuto a Roma e dove avrebbe alloggiato.

– Gliel'ha detto Colajanni?

– No, non lo conosco. Chi è?

In concomitanza con quella domanda per lui in apparenza temeraria, gli occhi di Tommaso Spinapolice rivelano l'uomo che dev'essere stato e che oggi non diresti mai. Un'epifania che modifica a ritroso ogni cosa: il casco rosso, il pedinamento, la busta con i documenti, lo scooter, la sua mestizia di bambino rimproverato, persino la borsa con i kiwi. Anche il fatto che abbia accettato di venire lí, invece che in un pronto soccorso. Tutto quello che fino a un istante prima poteva sembrare frutto di ingenuità e sprovvedutezza, adesso che ci sono quegli occhi, diventa intenzione, proposito e tenacia. D'altro canto se trovano conchiglie sulle vette delle Alpi, perché una forma arcaica di coraggio non potrebbe essersi conservata anche in un luogo impensato come Tommaso Spinapollice, pensa Arcadipane.

– Non importa chi è Colajanni, – dice, cambiando tono anche lui. – Piuttosto, perché non è venuto a parlarmi di persona? Perché la busta?

– Era un modo per sondare il terreno, – dice Spinapolice, – per capire da che parte stavate. Ci sono grossi interessi di mezzo e ho già rischiato di lasciarci la pelle una volta.

– Quando?

– Nel '76.

– Come nel '76?

Tommaso Spinapolice schiude le labbra per rendere noto cosa è successo nel '76 quando la porta si spalanca, scaraventando dentro lo studio una donna in blazer verde, pantaloni chiari e capelli alla Valentina di Crepax. La donna, forse non immaginando tanta gente, una volta esaurita la forza cinetica d'ingresso, rimane per un istante incerta. È sui cinquanta, tacchi rumorosi e borsa a secchiello. Veramente ben tenuta anche se piange e il trucco le si è spampanato.

– Tommaso! – dice, individuando il motivo per cui e lí, e correndo ad abbracciarlo. – Ma cosa hai fatto?

L'uomo la stringe con il solo braccio sano e le sussurra delle cose all'orecchio, che di certo le ha già detto al telefono, ma lei non sembra capacitarsene: è cosí bianco, anche emaciato, uno straccio, e poi il polso, fa vedere, ma cos'è, un gesso? Tu che in moto sei sempre cosí prudente! Poi gli prende le guance, lo bacia sulla barba a chiazze, lasciandogli segni di rossetto. Arcadipane non può fare a meno di pensare che l'unico posto dove ha visto specie tanto diverse a cosí stretto contatto sono i banchi del pesce di Porta Palazzo. Soprattutto alle sei del sabato quando una ricciola troppo cara per i clienti del mercato può finire la giornata di fianco alla cassetta di polistirolo dei calamari in cui ne è rimasto uno soltanto, smangiato e con l'occhio smorto. Questione di pochi minuti, di solito, in cui i due si specchiano, confrontando i reciproci destini, prima che quelli dei ristoranti vengano a comprare la ricciola a prezzo d'affare e il calamaro finisca nel secchio e poi nelle grosse spazzole rotanti dei camion della pulizia.

– Lei è mia moglie Raffaella, – prova da un lato ad arginarla Spinapolice e dall'altro a salvare i convenevoli.

Arcadipane li studia con interesse ittiologico, dimentico della questione non banale che sta per essere affrontata. La parola «moglie» in particolare lo costringe a rivedere il binomio ricciola-calamaro a Porta Palazzo, lasciando intendere non si tratti dell'incontro sporadico e casuale cui aveva pensato. Del resto anche lui e Mariangela... Be', Mariangela non proprio una ricciola né lui proprio calamaro... Però ombrina e rana pescatrice, sí, va detto. Eppure venti e passa anni su cassette di ghiaccio attigue. Quindi in fondo non è cosí strano... E gli viene in mente Ariel. Che pesce potrebbe essere? Ostrica, pensa, non senza sentirsi un vecchio porco. Ne consegue tra l'altro che avrebbe ragione lei: ostrica e rana pescatrice sono un abbinamento orribile!

– Commissario? – lo chiama Franca Pes.

– Eh!

– La signora chiedeva com'è successo l'incidente.

– Direi che suo marito potrà spiegarle ogni cosa con calma in un secondo tempo. Adesso però, capisco il suo spavento, ma noi avremmo proprio bisogno di parlare con lui a quattrocchi.

– Neanche per idea, – dice lei.

– Come neanche per idea? – fa Arcadipane, piú interdetto che incazzato, visto che una ricciola sul banco del pesce non l'aveva mai morso.

La donna si stacca dal calam… dal marito, dirottando la sua frenesia nelle mani che frugano la borsa a secchiello fino a estrarre l'oggetto che stava cercando: è un biglietto da visita, anzi due, uno per Arcadipane e l'altro per la Pes. Sopra c'è scritto «Raffaella Tuttolomondo», e a capo «Avvocato Penalista».

– Ma no, Raffaella, – prova a posarle la mano buona sul braccio Tommaso Spinapolice, con l'evidente intento di ricondurla alla ragione, – non è il caso, stavamo appunto…

– Tommaso! Tu sei buono, e io lo so. Ma la vita dovrebbe averti insegnato che la bontà e l'onestà non sempre vengono ricompensate, quindi adesso, per il bene che mi vuoi e che io voglio a te, ti fai da parte, – e gli sposta la mano, adagiandogliela sul lettino di acciaio inox, – cosí questi due signori poliziotti mi spiegano: uno, perché il tuo scooter sta mezzo rotto dentro la macchina rossa qui fuori; due, chi sono l'attore di soap opera che ha cercato di tranquillizzarmi e quell'altro che voleva darmi una borsa di kiwi; tre, che cazzo ci fai tu con un polso ingessato sul lettino di uno studio veterinario!

47·

Corso Bramard esce dalla doccia, mette i piedi sulla maglietta sudata che ha allargato davanti al lavandino e comincia ad asciugarsi. Il tappetino è roba di Trepet, che ci dorme sopra qualche metro piú in là.

Sono rientrati poco fa dalla salita a Gias Vej. Lui ha preso un caffè americano al banco, mentre a Trepet è toccata una ciotola d'acqua e qualche avanzo del pranzo. Ester sarebbe rientrata di lí a poco, ma come Marta Claro gli aveva detto a colazione, quel giorno niente distrazioni: schede di matematica.

Corso ha finito con l'asciugamano che appende al gancio dietro la porta. Guarda il suo corpo smagrito di cui adesso può vedere tendini e muscoli un tempo coperti dalla carne e dalla forza. Da quando si è ammalato prova una tenerezza nuova per quella macchina che fino ad allora l'aveva servito senza pretese di attenzione. Percepire la bellezza passata nel momento della decadenza è un meccanismo comune, ma non è questo soltanto. Sta morendo, nel senso piú largo del termine. Anche se l'intervento è andato bene e il recupero sarà totale, è comunque un falsopiano che annuncia altra salita. Le cose stanno cosí.

Il telefono squilla nella tasca dei pantaloni appesi alla maniglia della porta. Aveva intenzione di cambiarli, ma senza pensarci troppo li infila e risponde.

– Un attimo, – dice, poi per un pudore che ha a che fare

con quel nuovo affetto verso il suo corpo, indossa anche la camicia e l'abbottona.

– Ci sono!

– Che facevi? – chiede Arcadipane.

– Niente, – dice Corso, sempre nella scia di quel pudore, – ci sono novità?

– Belle grosse. Sei comodo? Perché ci vuole un po' di tempo.

– Un minuto, allora.

Corso mette un asciugamano asciutto sulla testa e passa nella camera. Sistema un cuscino contro lo schienale e siede sul letto, in modo da allungare le gambe che sente stanche.

– Eccomi.

– Ma dove sei?

– In camera.

– C'era mica una donna?

– Che donna?

– Non lo so! È venuta su Elena?

– No, mi parla a stento.

– Goditi il momento. Posso adesso o no?

– Puoi, puoi.

– Tommaso Spinapollice ti dice niente?

– No, chi è?

– Un altro giornalista, ma questo è vivo. Oddio la Pes ci ha provato ad ammazzarlo, ma...

– A proposito, come va con lei?

– Di quello parliamo un'altra volta. Spinapollice è il tizio che mi ha lasciato in albergo la busta con l'articolo e i documenti sulla diga di Clot.

– Come l'avete trovato?

– Storia lunga, te la dico poi. Quel che conta è che è vivo, malgrado la Pes, e che, una volta calmata la moglie, è riuscito a raccontarci un po' di cose.

– Che c'entra la moglie?

– Niente, stai a sentire. Questo Spinapollice nel '76 cominciava a fare il giornalista, lavorava in nero per un paio di giornali di Roma, soprattutto inchieste dove bisognava farsi i piedi gonfi e rompere i coglioni alla gente, beccandosi magari qualche calcio nei denti. Il tipico lavoro che rifili all'ultimo arrivato che ha stoffa e voglia di farsi strada, hai presente, no?

– Ho presente.

– Se hai presente andiamo avanti. Nel novembre del '75 ammazzano Pasolini. Qualche mese dopo Pelosi viene condannato per l'omicidio che ha confessato, ma sappiamo che sulla faccenda parecchi avevano dei dubbi e che la stampa di allora percorreva altre piste.

– Certo.

– Nel '76, quando il Pelosi era già in carcere, Spinapollice stava ancora cercando informazioni nell'ambiente dei ragazzi di vita perché gli era giunta voce che quella notte c'erano piú auto appartate all'idroscalo e che qualcuno aveva visto che ad ammazzare Pasolini era stato un gruppo. Seguendo quella pista, viene a sapere che Pasolini non era l'unico nell'ambiente dello spettacolo romano a bazzicare quel mondo. Qualche regista e qualche attore da anni facevano la stessa cosa, anche se in maniera meno sfacciata, ricevendo i ragazzi a casa o in camere di albergo. Tra questa gente dello spettacolo salta fuori anche il nome di Sergio Vescovi, il regista dei film della Ladich che dobbiamo andare a incontrare e che dovrebbe avere avuto una relazione con lei. L'amico spione della Pes ci aveva detto che era impossibile e adesso sappiamo perché, dato che pure lui era un invertito.

– Non userei quel termine.

– No? Non si può piú dire?

– No.
– Gusti particolari?
– Nemmeno. Vai avanti.
– Spinapollice lo cerca. Non è interessato ai suoi gusti, ma ai contatti che aveva con certi ragazzi di quel giro che potevano essere collegati al caso Pasolini. Solo che Sergio Vescovi dopo aver saputo perché Spinapollice gli vuole parlare, lo evita. Spinapollice insiste e qualcuno gli fracassa la macchina. Lui si spaventa, ma capisce che ha toccato un tasto dolente, quindi siccome è giovane e coglione non molla. Visto che non può arrivare direttamente a Sergio Vescovi, pensa di passare per quella che tutti dicono essere la sua migliore amica, nonché musa.
– Vera Ladich.
– Che tre anni prima si era ritirata dal cinema proprio per la relazione con Sergio Vescovi. Spinapollice prova a mettersi in contatto, ma ovviamente si trova davanti a un muro. Tutti a quel punto avrebbero lasciato perdere, ma Spinapollice, che se lo vedi adesso non gli dài due soldi, all'epoca probabilmente era davvero una tigna, per cui le si accolla, cerca di parlarle, la segue e capisce che la famosa diva fa una vita da reclusa con una sola eccezione: il giovedí esce con autista e segretaria e va a passare la giornata in una clinica fuori Roma. Perché? «Che ci va a fare?» si chiede Spinapollice? Ovviamente lo sa che la Ladich è sposata con Fuci e che Fuci è il fratello di Amilcare e che sono famiglia a cui è bene non pestare i piedi, ma essendo...
– Giovane e coglione...
– Corrompe un infermiere della clinica che gli permette di avvicinarsi abbastanza per scattare qualche foto a Vera Ladich mentre passeggia nel parco di Villa Greppi con un uomo di qualche anno piú vecchio che un po' le somiglia.

– E quindi viene a sapere dall'infermiere corrotto che il paziente è Aldo Mattalia nato a Clot, fa qualche ricerca e scopre che Vera Ladich non è il vero nome dell'attrice, che in realtà si chiama Anna Mattalia ed è nata pure lei a Clot dove Amilcare Fuci, non si sa perché, ha voluto a tutti i costi una diga.

– Esatto, e lí iniziano i cazzi amari perché quando va dal suo direttore a riferire quello che ha scoperto, il tizio, che non è per nulla giovane e ancor meno coglione, gli dice che quella storia e quelle foto lui non le vuole neanche vedere. Cosa che spinge Spinapollice a far circolare la voce, per trovare un altro giornale disposto a farsene qualcosa. Morale, qualche giorno dopo il suo alloggio viene devastato e le fotografie spariscono. Lui ci fa un pensiero sopra e sta per mollare tutto, senonché lo contatta un altro giornalista a cui è arrivata voce della sua indagine.

– Gianni Polídori.

– O Polidòri, che anni prima aveva fatto quell'inchiesta sulla diga di Clot per cui si era beccato una denuncia. Adesso Polidòri sta morendo per cose sue, e vuole consegnare a qualcuno quel faldone di documenti che da allora tiene nascosto, quelli fatti uscire non si sa come dagli archivi della Ica. Quelli che dicono che Clot non era davvero posto dove costruire una diga. E chi meglio di un giornalista giovane, stupido e rompicoglioni che sta mettendo il naso in una faccenda collegata alla diga e alla famiglia Fuci?

– Cosí Spinapolice si trova per le mani la questione di Vera Ladich, del fratello e anche i materiali dell'indagine dove si dice che la diga è stata costruita nel posto sbagliato.

– Infatti. Il che lascia pensare che si mette a fare proprio quello che stiamo facendo noi, cioè incastrare questi pezzi per capire se una cosa ha a che fare con l'altra. Solo che siamo nel '76, nella camera dei bottoni della Dc c'è

Amilcare Fuci, quindi il nostro giovane e coglione Spinapollice, mentre se ne va in giro per Roma in motorino a fare domande, un giorno viene affiancato da una macchina che sterza di colpo, lo butta per terra e poi fa pure retro cercando di investirlo. Spinapollice finisce in ospedale con frattura dell'omero e del bacino piú un trauma cranico da cui ci mette sei mesi a riprendersi, senza tornare comunque quello di prima. Nel frattempo ha fatto fare qualche indagine sulla targa dell'auto che è riuscito in parte a vedere: un amico poliziotto che gli vuole bene gli riferisce che l'auto risulta del Sid, i servizi segreti, per intenderci. Consiglio: lascia perdere tutto, cosa che Spinapollice, che qualche osso rotto ha reso di colpo meno giovane e meno coglione, fa. Fino alla settimana scorsa, quando Terenzio Fuci muore e la Ladich scompare, e Spinapollice decide che con i Fuci morti e la Dc viva ormai solo nei libri di storia, forse quei documenti può rispolverarli e affidarli con un po' di precauzioni a qualcuno, che poi sarebbe il sottoscritto. E tu, per interposta persona.

Bramard prende la borraccia dal comodino e beve un sorso, quasi tutte quelle parole le avesse tirate fuori lui.

– Quindi Spinapolice non sa perché la diga è stata costruita qui?

– No, non lo sa. Ma ti stiamo pagando vitto e alloggio in un tre stelle, per un motivo oppure no? Tu pensaci, ne parliamo dopo. Noi siamo quasi da Vescovi.

48.

La tenuta non ha un cancello né recinzioni, soltanto un basso steccato di pali orizzontali di forma arrotondata, stile ranch. Difficile capire quanto sia grande, ma in entrambe le direzioni lo steccato prosegue a perdita d'occhio assecondando il fianco della collina.

Entrati nella tenuta, percorrono la strada in ghiaia bianca tra gli olivi. L'orologio del Kangoo segna le 16.38. C'è ancora una buona luce e il cielo ha l'azzurro irreale dei sacchetti per la spazzatura di casa. Dieci minuti prima hanno visto in lontananza il paese di Itri e il suo castello, ma da un pezzo ormai potrebbero trovarsi in una qualsiasi zona collinare sotto Roma e a dieci chilometri dal mare.

Tra gli ulivi cominciano a comparire attrezzature agricole, poi i paddock con i cavalli, un'area dove chianine dall'aria africana pascolano a grande distanza l'una dalle altre, pecore e infine una casa colonica con le rimesse su un lato e un granaio sull'altro.

Fermano l'auto sotto un pergolato di canne dove ci sono già quattro o cinque macchine. Prima di aprire le porte arriva odore di capra, infatti appena scendono le vedono in un recinto di griglia stretta a lato del parcheggio. Li attende un uomo, vestito da lavoro, il camiciotto fuori dai pantaloni, sui trentacinque, forse indiano, sicuramente con la pelle scura e il bianco degli occhi non del tutto bianco. Capelli nerissimi e corti, spettinati. Bellissime labbra.

– Il signore vi aspetta, – dice, come nei vecchi film ambientati nelle colonie inglesi. Anche l'accento è quello.

Arcadipane, Pedrelli e la Pes lo seguono fino alla casa e intanto si guardano attorno. L'impressione è di un'azienda agricola in piena efficienza. Fieno stoccato. Un paio di silos. Qualcuno che porta un trattorino nell'uliveto e da qualche parte, visto il fetore nell'aria, ci devono essere pure dei porci.

Appena passano la soglia però sono in un altro mondo: il corridoio è una discesa nel mobilio di grido anni Settanta, per non parlare della tappezzeria a rombi maron-arancioni che sulle pareti rustiche e irregolari acquistano bizzarre inclinazioni, in sintonia con l'intenzione psichedelica. I mobiletti sono carichi di oggetti, specchi, telefoni in bachelite oppure rossi, arancioni, bianchi. L'odore di animali è stato soppiantato da quello di incenso. Non roba indopachistana, ma incenso realmente clericale, da sepoltura, per intenderci. Arcadipane, Pedrelli e Franca Pes non possono scambiarsi né sguardi né opinioni perché il corridoio, cosí ingombro, li costringe dietro l'uomo indiano in fila coerentemente indiana. E quando la porta scorrevole giapponese si apre sul salone, Sergio Vescovi è lí che li attende seduto su un grande divano modulare in velluto color nocciola. Cinque moduli di cui uno angolare. Quello su cui lui siede.

– Prego.

È calvo, le guance flosce, la pelle del viso macchiata, ma è chiaro che è stato bello, anche se non abbastanza per i suoi stessi gusti. Che adesso sia grasso o magro non si potrebbe dire perché indossa un caftano molto ampio il cui colore non stacca da quello del divano. Il risultato, socchiudendo gli occhi, è quello di fondere uomo, caftano e divano nella figura di un grande cetaceo in stato di media decomposizione. Il che spiegherebbe l'incenso.

Arcadipane e la Pes siedono dentro due poltrone o due

moduli del divano, staccati e disposti in posizione di udienza concessa. Pedrelli scosta una sedia dal tavolo di cristallo e si mette tra loro, un mezzo metro piú verso Arcadipane.

– Grazie Gamage, – dice Vescovi all'uomo che li ha accompagnati e fa un cenno con la mano. Tra le dita ha un bastoncino di liquerizia molto sottile.

– Posso offrirvi qualcosa di fresco, magari uno dei succhi che facciamo noi? – domanda. – È stata una giornata terribilmente calda per l'inizio di novembre.

– La ringraziamo, ma…

– Io un succo lo bevo volentieri, – fa la Pes.

– Anche per me, – annuisce Pedrelli.

Sergio Vescovi scosta la schiena dal divano. Non è grasso, anzi, le gambe gli escono dal caftano stecche e con gli stessi problemi di pelle del viso.

– Sampath? – chiama ad alta voce. – Porta qualche succo!

Arcadipane si guarda in giro. La stanza è arredata con mobili simili a quelli del corridoio e tappeti a tinta unita dai colori acidi. Alle pareti ci sono grandi foto in bianco e nero chiuse da cornici a stucco dorate. Alcuni degli scatti mostrano Vera Ladich giovanissima, forse sul set, forse fuori. In una lei e un uomo che potrebbe essere Vescovi si abbracciano, mimando un passo di danza. Il Sergio Vescovi che hanno davanti conserva dell'uomo nella fotografia soltanto gli occhi: notevoli, nerissimi e scontenti, tanto da non sfigurare nemmeno accanto a quelli di Mademoiselle le look.

– Sampath? – chiama di nuovo a voce piú alta e con impazienza Vescovi, prima di voltarsi verso di loro e sorridere.

– Eccovi, dunque, mi chiedevo quanto tempo ci sarebbe voluto prima che qualcuno venisse a interrogarmi.

– Non si preoccupi, – dice Arcadipane, aprendo la giacca perché nella stanza si soffoca, – in realtà non si tratta di un interrogatorio.

– Ma perché no? Facciamo invece che si tratti un interrogatorio in piena regola! A domanda risponde. Per me potete anche registrare, se volete. Io so tutto di Vera! Vita, miracoli e non dico morte solo per scaramanzia. Oh, ecco il nostro Sampath! Ma dov'eri finito, stavi mungendo il toro? – e ride. – Posa, posa e vai via, ché qui stiamo iniziando un interrogatorio. Ma perché non hai portato quello di susine?

– Finito, – dice Sampath che potrebbe essere un parente dell'uomo che li ha condotti in casa, ma molto giovane. Vent'anni, forse. E in Italia da poco.

– Ma come finito? Vi ho detto l'altro giorno di prepararne ancora. Non importa, via su, ché i signori qui avranno mille cose da fare. Servitevi da voi, sono impaziente.

Pedrelli si allunga e versa un po' di succo da una delle due brocche che il ragazzo ha lasciato sul basso tavolino di plastica nera, con le gambe a zampa di leone. Mostra la brocca alla Pes.

– Sí, va bene quello anche per me.

Pedrelli riempie e porge alla donna il secondo bicchiere.

– Assaggiatelo e ditemi secondo voi di cos'è! – fa Vescovi.

Assaggiano.

– Albicocca, – fa la Pes.

– Nespole, – fa Pedrelli.

– Ma bravo! Nespole, nespole! – alza le mani come fosse di fronte a un'arma. – Se ha questo intuito anche lei, commissario, io sono fregato! Mi arrendo, tiri fuori le manette!

– Nessuno l'arresta, stia tranquillo.

– Che peccato!

– Io sono il commissario Arcadipane. Lui è il mio vice Pedrelli e lei è la signora Pes, una collaboratrice, con cui ha già parlato al telefono.

– Certo, – si ricompatta Vescovi, – l'interrogatorio deve

iniziare con le formalità. Allora, cosa volete sapere? Prenda un po' di succo anche lei. Penso che le nespole siano tollerate in servizio, no?

– La ringrazio, va bene cosí. Siamo venuti da lei per alcuni aspetti della vita di Vera Ladich su cui ci aspettiamo dei chiarimenti. Per prima cosa vorrei la sua versione sulla storia che lei ha avuto con la signora Ladich e il conseguente scandalo che la portò a lasciare il cinema.

– Finta. Fintissima. Una frottolona confezionata per i giornali. E non è la mia versione. È cosí che è andata.

– Quindi lei non ha mai avuto una relazione con la Ladich?

– Definiamo relazione: abbiamo lavorato insieme per dieci anni? Sí. È stata la mia migliore amica, la mia musa, l'attrice a cui devo il mio successo? Certamente. Abbiamo mai dormito assieme, ci siamo mai fatti le coccole? Di sicuro. Sesso o qualcosa che ci si avvicina? No.

– Quindi nessun legame sentimentale.

– Definiamo legame sentimentale...

– Va bene, va bene, ho capito.

– Lo so, la prendo in giro.

L'uomo che hanno di fronte scende i due gradini del palcoscenico. Lo fa prima di tutto la sua voce, che cala di un'ottava, poi le sue spalle, la sua forzata vitalità. È un cambiamento repentino, il secondo di un essere umano a cui assistono in quella giornata. La prova sta tutta negli occhi tristi di Sergio Vescovi che, schiacciati tra le occhiaie e le sopracciglia troppo folte, sono ora affranti, anche se la bocca continua a sorridere.

– Se tra voi non c'era nulla, perché non negò quella relazione?

– Perché Terenzio Fuci me lo chiese. Sapevo che dopo quel che era successo Vera non avrebbe piú lavorato e nessuno voleva Sergio Vescovi senza Vera Ladich. Terenzio mi chiese di reggere la parte dell'amante e io gli dissi di sí. In cambio firmai un contratto con la Veronica Film per cinque film, che feci nei quindici anni a seguire, uno piú brutto dell'altro. Quello che vedete qui, – e indica oggetti, casa, tenuta, – l'ho comprato con i soldi dei primi film con Vera, ma l'ho mantenuto con quello che ho guadagnato dai successivi. In Europa nessuno li degnò di attenzione, noi abbiamo troppo buon gusto, ma sul mercato del Medio Oriente e dell'India ancora oggi c'è chi li guarda. Una parte dei diritti che ricevo sono in rupie.

Nel salone, dove la luce sta calando insieme al sole, ci sono alcuni secondi di silenzio. Si sente la Pes bere un sorso.

– Ma lei era amico di Vera, – dice Pedrelli, che invece non ha bevuto e forse a questo punto non berrà.

– Lo diventammo dopo i primi due film, quindi nel '65. Ho conosciuto Vera quando si chiamava Anna, ma per un paio d'anni, pur lavorando insieme, lei restò diffidente. Pensava avessi il compito di sorvegliarla, non si fidava di me. Io invece ero già suo schiavo, non sapeva recitare, ma non ne aveva bisogno, bastava metterla davanti alla macchina da presa e il miracolo si compiva. L'ho intuito fin dalla prima volta che ha guardato in camera e pronunciato quelle due parole che nel copione non c'erano: «... per cortesia...» E poi, nel film successivo, quelle altre che di nuovo in sceneggiatura non c'erano: «... allora il male non mi potrà far danno...» Se ho avuto un merito è stato realizzare che quello che stava facendo poteva trasformare in un artista persino un regista mediocre come me. Con gli anni Vera ha capito che avevo una devozione per lei. E si è aperta, siamo diventati amici. In fondo ero l'unica persona che poteva vedere da sola, senza che Terenzio o quella mantide della Brocani fossero presenti. E tutti e due avevamo qualcosa da nascondere.

– Quindi Vera si confidava con lei?

– Sí, si confidava con me e mi voleva bene, ma io la tradii lo stesso. D'altra parte tutti hanno tradito Vera. La volevano e quando si accorgevano di non poterla avere cercavano di distruggerla. Io invece l'ho tradita per ambizione e per paura, almeno in questo sono stato originale.

– Paura di non lavorare piú? – domanda la Pes.

– Anche, ma Terenzio sapeva molte cose di me. Cose che se siete arrivati qui non ho bisogno di spiegarvi. Erano anni, quelli, in cui l'omosessualità era accettata a stento se eri un regista di talento come Pasolini, pace all'anima sua. Io invece con il cartello di pederasta appeso al collo cosa sarei stato? La brutta copia di Pier Paolo, senza la sua intelligenza, il suo coraggio, la sua genialità provocatoria e senza nemmeno la sua morte tragica. Sarei stato quello che sono adesso, insomma, ma senza denaro, senza questo posto, i miei ragazzi cingalesi e senza la fama di regista che ha vissuto gli anni d'oro del cinema italiano, con addirittura una relazione con Vera Ladich in curriculum. È spiacevole dirlo, ma Terenzio Fuci ha mantenuto la parola, ed è qualcosa che in questo ambiente non capita spesso. A metà degli anni Settanta un giornalista cominciò a ficcare il naso nella mia vita privata e lui lo mise a tacere. Di sicuro non per bontà: ero soltanto una pedina con cui quel tizio voleva arrivare a Vera e da Vera alla famiglia Fuci, ma come si dice, se salvi la barca salvi i topi a bordo.

Arcadipane con fatica esce dalla poltrona e si versa un po' dell'altro succo.

– Cachi, – dice Vescovi.

Arcadipane annuisce che va bene, anche perché ormai l'ha versato. Si risiede.

– C'è una cosa che non mi spiego: Vera Ladich amava il marito?

– No.
– Lei ne è sicuro?
– Di due cose sono sicuro: una è che Vera non ha mai amato Terenzio. L'altra è che Terenzio ha amato perdutamente Vera per tutta la vita. Mi azzardo a dire che forse Fuci è stato l'unico che l'ha amata davvero.
– L'ha amata.
Vescovi scuote la testa, sorride.
– Certo un amore morboso, malato, religioso, claustrofobico, ma se non si può decidere di amare, ancor meno si può decidere come gli altri devono amare noi, non è vero?
– Ma allora perché…
– Perché Vera è stata tutta la vita con lui? Non certo per il cinema o il successo. A Vera non è mai interessato fare l'attrice. Uscire di scena per lei è stato un sollievo, non un sacrificio.
– Ma se non era per il successo, perché allora?
– Non lo so, – dice Sergio Vescovi, per la prima volta guardando qualcosa che non sono gli occhi dei suoi interlocutori. Fa di no: – Credo che tutto sia iniziato in quel paese di montagna da dove lei e il fratello venivano, ma Vera non ha mai voluto parlarne, neppure a me. E se non l'ha raccontato a me dubito che qualcuno qui a Roma lo sappia.
Nella stanza è scesa la sera e tutti gli oggetti frivoli si sono vestiti di colpo della melanconia di un luna park abbandonato. Arcadipane sovrappensiero beve un sorso.
– C'è ancora una cosa che vorrei chiederle, – dice, cercando di deglutire l'impasto che si ritrova in bocca.
– Certamente, – annuisce Sergio Vescovi, – ma se non vi dispiace ci spostiamo in cucina. Qui comincia a fare freddo, mentre di là i ragazzi dovrebbero avere acceso il camino. In fondo abbiamo ormai la confidenza per passare a un ambiente piú informale.

Mentre si alza e sfila tra loro a mento alto, Sergio Vescovi è un uomo magro, di ottant'anni passati, con il ventre prominente. I suoi occhi, che sembravano naturalmente nerissimi, colano ora qualche goccia di rimmel che la penombra non basta a nascondere.

La Pes, appena Vescovi è alle loro spalle, attira l'attenzione di Arcadipane e gli indica con il mento una foto in cornice appoggiata sul pianoforte.

– Da giovane assomigliava ad Anthony Perkins! – sussurra.

Arcadipane non sa chi è. Poi si mettono in piedi e lo seguono.

49.

Bussano alla porta. Bramard apre gli occhi e guarda fuori dalla finestra. Sono le cinque passate, quasi buio.

Toglie gli occhiali con cui si è addormentato e sposta dalle gambe il computer su cui stava guardando il penultimo film della Ladich. Quanto ne ha visto? Dieci minuti, quindici, prima di addormentarsi? Bussano di nuovo.

– Arrivo.

Per raggiungere Gias Vej ha camminato veloce in salita per mettersi alla prova e veloce in discesa perché le due ore seduto a guardare il prato gli avevano messo freddo nelle ossa. Risultato: medicina che doveva prendere a pranzo saltata, male alle ginocchia, stanchezza, un messaggio di Elena preoccupata perché non rispondeva al telefono e quel sonno che l'ha tolto dal mondo per un paio di ore. E in cambio di cosa? Anche oggi Gias Vej con la sua erba ingiallita, le pietre scure e il perimetro di piante piú giovani è rimasto un enigma.

Apre la porta. È Ester e lo sapeva.

– Dormi?

– Un po', ma hai fatto bene a svegliarmi. Tu hai finito i compiti?

Ester annuisce e sbircia nella stanza.

– Trepet è sul tappetino che dorme. Si è dato un bel po' da fare anche lui oggi.

– Siete andati nel bosco?

– A Gias Vej, ma non si è divertito come quando ci va con te.

Ester alza le spalle che sono cose che succedono. Ha una felpa leggera tinta panna, i capelli rosso ginger raccolti come sempre in una coda piegata un paio di volte nell'elastico, cosí che non è facile capire quanto siano lunghi. Probabilmente lo sono parecchio. È una bambina bella e qualcosa di piú. Forse perché i suoi occhi hanno il colore di certi porti dove l'acqua non è né profonda né bassa. E la pelle quello di dune che cambiano forma col vento. In effetti non c'è niente in lei che faccia pensare alla montagna, se non i pantaloni di velluto, gli scarponcini e quello sbaffo di marmellata sul labbro, eppure la montagna è il suo posto. Ovunque sarebbe il suo posto. Questo è ciò che Ester ha in piú. Oltre al fatto di essere bella e un mistero.

– Magari gli do la merenda.

– Ne sarà lieto. Adesso te lo chiamo.

– Uh, uh.

Pochi secondi dopo Bramard è di nuovo sulla porta, ma con il cane.

– Non strapazzarlo troppo, è vecchietto anche lui.

– Dopo la merenda facciamo solo una passeggiata nella piazza. Per l'addestramento.

– Sulla piazza è ragionevole. E ti comunico che oggi ha mangiato pochissime cacche, quindi stai facendo un buon lavoro.

– Con me le mangia sempre.

– Imparerà.

Ester si china e gratta Trepet sotto il collo. Il cane, ancora nel campo gravitazionale del sonno, oscilla e chiude gli occhi.

– Oggi un signore mi ha chiesto se stavi nell'albergo, – dice Ester.

– Quando te l'ha chiesto?
– Sul pullman della scuola.
– Sapeva il mio nome?
– Sí. Ha detto il signor Bramard.
– Com'era?
– Vecchio e un po' basso.
– Vecchio come me?
– Di piú. Gli ho detto che c'eri, ma quando siamo scesi dal pullman è andato da un'altra parte.
– Hai visto dove?

Ester scuote la testa che non ha visto, poi con le due mani abbassa le orecchie di Trepet, tirandogli indietro la pelle del muso. Il cane la lascia fare, come una vecchia diva che sul lettino del chirurgo plastico può finalmente abbassare la guardia.

– Posso chiederti una cosa? – dice Ester.
– Puoi.
– Se non hai la pistola, – e inclina la testa a valutare il risultato che le sue mani hanno ottenuto sulla maschera di Trepet, – tu proprio proprio che lavoro fai?

50.

Nella cucina c'è ancora l'odore di fumo di quando un camino viene acceso. È un odore che chi ha una certa età sa pieno di promesse, per lo piú mantenute: calore, cibo, i riflessi cangianti del fuoco che fanno un uomo e una donna belli. Vederli riverberare sui quattro cingalesi sorpresi al tavolo dal loro arrivo blocca Arcadipane, la Pes e Pedrelli sulla porta. Vescovi è invece entrato nella stanza dove si aggira agitando le mani a mezz'aria e facendo «Sciò! Sciò!» I quattro senza fare parola si alzano e si dileguano ognuno in una direzione diversa; risentiti, ma pigri come gatti cui è stato tolto il davanzale al sole.

Sergio Vescovi, che lungo il corridoio ha aggiunto al caftano un golf sformato, si accomoda su una delle sedie che il cingalese dei succhi ha lasciato discosta. La Pes, Arcadipane e Pedrelli si prendono le altre. Pedrelli ha diligentemente portato con sé il bicchiere. La cucina è grande, antica, come dovrebbe esserlo la cucina di una vecchia tenuta di campagna. Il camino ampio e con una cappa troppo larga per scaldare davvero, ma l'odore, la luce e i riflessi, bastano. Il tavolo ha un grande piano di marmo su cui un tempo facevano la pasta, l'acquaio è in graniglia. Il rubinetto sgocciola. Una decina di arbanelle sono lasciate a mollo in un bacile.

– Dopodomani riparto per Trincomalee, – dice Vescovi. – In realtà è un caso che mi abbiate trovato qui a inizio novembre. Di solito sono laggiú dal primo del mese, ma quest'anno avevo dei lavori da seguire. E due dei ragazzi sono arrivati in Italia solo in estate. C'era bisogno di dargli un'occhiata. Sono persone molto oneste e affidabili, i cingalesi, ma se li togli dai loro commerci, hanno bisogno di tempo.

– Mandano avanti loro la tenuta? – chiede la Pes.

– Totalmente. Gamage è con me da quindici anni. Io faccio il nobile di una volta, passeggio per i campi, guardo le bestie, schiaccio pisolini all'ombra degli ulivi e mi godo la verdura biologica. Non è mai stata mia intenzione spacciarmi per buon fattore. Non so nemmeno usare una zappa, figuriamoci le macchine agricole. E la merda degli animali mi fa orrore. Però mi piace molto vedere loro lavorare, rientrare la sera sudati e sporchi. Ormai i piaceri carnali hanno lasciato il posto alla contemplazione. Fosse successo una quindicina di anni fa, le mie finanze e la mia salute ne avrebbero tratto giovamento. Ma lei mi voleva domandare qualcosa, non è vero?

– Prima ha parlato di ciò che Vera aveva fatto e che l'avrebbe costretta a lasciare in ogni caso il cinema. Immagino che si riferisse ai due giorni in cui sparí.

– Tre.

– Tre, certo. Lei lo sa dove andò Vera Ladich in quei giorni.

– Io lo so, e lei?

– In Scozia.

– In Scozia.

– Perché?

– Prima di risponderle posso chiedere se pensate che sia morta?

Arcadipane guarda la Pes che guarda Vescovi. Pedrelli prende un sorso di succo.

– Perché me lo chiede?

– Mi è venuto lo scrupolo che quel che sto facendo non sia elegante.

– Elegante?

– Visto quello che vi ho raccontato, è chiaro che io non possa passare per un campione di onestà, ma ecco, pur avendo perso credito in quel senso... L'eleganza è qualcosa cui non vorrei derogare. Elegante può essere anche un tradimento, intendiamoci, un omicidio, un'omissione, un gesto moralmente abbietto. Persino una decapitazione, ma rivoltare l'orlo di una vita la cui proprietaria è passata ai migliori. Ecco, questo forse proprio elegante non è.

– Vuole che le diciamo che le sue informazioni potrebbero essere indispensabili per ritrovarla viva?

– È questa la formula che usate?

– È questa, la trova abbastanza elegante?

Sergio Vescovi accusa il colpo. La Pes lancia un'occhiataccia ad Arcadipane.

– Questo succo è proprio speciale, – si infila Pedrelli che in vent'anni di onesto arginamento di un brutto carattere ha maturato il tempismo di una spalla comica.

– Grazie, lei è gentile, – risponde Vescovi, calcando il lei.

La Pes allunga un braccio attraverso il tavolo e, con una mossa che spariglia del tutto il gioco, posa la sua mano su quella di Vescovi.

– È davvero molto importante, – dice. – Dov'è stata Vera e con chi in quei tre giorni?

Sergio Vescovi annuisce, contento che qualcuno abbia finalmente compreso le sue «eleganti» remore. Volta il palmo verso l'alto e stringe la mano della Pes, per segnalare che il piccolo dissapore per conto suo è dimenticato.

– Fate un lavoro difficile, – concede.

– Molto, – fa Arcadipane. – Sappiamo che il 23 ottobre del '73 prese un volo per Edimburgo. Quello che non sappiamo è perché ed eventualmente con chi.

– Un momento, – dice Vescovi, alzandosi. – Torno subito.

Esce dalla cucina, lasciandoli soli. Il fuoco nel camino langue. Forse bisognerebbe buttarci dentro uno dei ciocchi che i cingalesi hanno accatastato a fianco alla bocca. Arcadipane lo fa, poi resta a guardare il fuoco. Il gomito poggiato all'architrave.

– E se scappa? – bisbiglia la Pes.

– Perché dovrebbe scappare?

– Perché sei stato scortese.

Seduta a quel tavolo, il mento sulle mani giunte, sembra una ragazzina che si appresta a una confessione dalle conseguenze imprevedibili. Prima di rivederla gli pareva di avere un ricordo abbastanza nitido di come fosse trent'anni prima, quando si erano incontrati, ma la Pes di oggi si è del tutto sovrapposta a quel ricordo. Nella mente riesce a cambiarle i vestiti e metterle la divisa, ma il suo viso rimane quello che ha davanti ora.

– Pensavate fossi scappato? – rientra Vescovi, che si è calcato un berrettino nordafricano in testa.

– Ma si figuri! – dice la Pes.

Vescovi posa sul piano di marmo del tavolo un quarantacinque giri.

– *Pazza idea* e sul lato B: *Morire tra le viole*, – snocciola Pedrelli con uno sguardo perfino annoiato dalla mediocrità della sfida, – uscito nella primavera del '73.

Vescovi invece è con ogni evidenza impressionato.

– Lei deve essere un uomo pieno di sorprese.

– Sí, ma cosa c'entra? – riporta tutti al punto Arcadipane, sempre appoggiato al camino.

Sergio Vescovi si risiede e prende il disco, guarda la copertina di cui il volto di Patty Pravo occupa tutto il lato sinistro. Occhi, naso e bocca neri, pupilla rossa.

– Vera amava molto le canzoni di Patty Pravo. La incontrò solo una volta, alla prima del nostro ultimo film, all'inizio del '73. Se Vera avesse avuto piú libertà credo sarebbero diventate grandi amiche, ma ovviamente Terenzio non poteva permettere una cosa del genere. Patty in quei mesi era al centro di uno scandalo. Riccardo Fogli per lei aveva scaricato la moglie Viola Valentino e sarebbe presto uscito dai Pooh. La Veronica Film riceveva parte dei capitali da finanziatori legati al Vaticano. Vera Ladich non poteva certo avere per amica una rovinafamiglie.

– Sí, ma, ripeto, questo cosa c'entra con Edimburgo?

– C'entra che Edimburgo è in Scozia e in Scozia c'è Gretna Green.

– Oh mio Dio! – fa Pedrelli.

– Che hai?

– Il suo vice è molto ferrato su un sacco di cose, – dice Vescovi, – lo dovrebbe tenere in maggior considerazione.

Pedrelli è scattato in piedi, ma rimasto esattamente dov'era, una mano poggiata di piatto sul tavolo, l'altra attorno al bicchiere.

– Nel 1973 Patty Pravo ha sposato Riccardo Fogli a Gretna Green, in Scozia.

– E allora? – fa Arcadipane, che di testa non ci è ancora arrivato, ma si è staccato di colpo dal camino sentendo un gran caldo.

– Allora in quei tre giorni Vera Ladich è andata a Gretna Green a sposarsi, – dice la Pes.

Silenzio.

– Ma se era già sposata! – cerca di zavorrare la cosa Arcadipane.

– Anche Riccardo Fogli, – ride Sergio Vescovi, – i matrimoni di Gretna Green vengono celebrati con rito celtico. Non sono validi in Italia, ma con quel rito si possono legare anche persone già sposate.

Arcadipane fruga in tasca e mette in bocca un sucai. È solo il secondo che mangia da quando è a Roma. Due giorni, due sucai. Non gli succedeva da quanti anni? Allora è Torino il problema, è il Nord!

– Credo che quella sera alla prima Patty avesse confidato a Vera il suo progetto, di cui in realtà si seppe solo molto dopo. Quando due spiriti affini si incontrano, può capitare si confessino cose che non hanno raccontato nemmeno agli amici piú intimi. E Vera al momento opportuno si ricordò di Gretna Green. Tre giorni mi sembrano il tempo giusto per andare in Scozia, sposarsi e tornare.

– Ma con chi?

– Questo non lo so, – dice Vescovi, – mi confidò soltanto che sarebbe andata in Scozia a sposarsi, ma una volta tornata, con Fuci fuori dalla grazia di Dio, come vi ho detto io dovetti fare una scelta. Stare dalla parte di Vera e rinunciare al cinema oppure quello che sono ora. La mia decisione ovviamente non invogliò Vera a farmi altre confidenze.

– Lo disse lei a Fuci che era stata in Scozia a sposarsi? – domanda la Pes.

– Non ce n'era bisogno, lo sapeva già. Come non chiedetemelo.

– E non ha nessuna idea della persona con cui Vera fece quella pazzia?

– Non ci vedo nessuna pazzia in quei tre giorni. Tutto il resto della sua vita semmai lo è stata, ma quei tre giorni no. E sono convinto che ovunque si trovi, sopra o sottoterra, non sia pentita di averlo fatto. Fine delle cose che l'anziano, pervertito regista con un piede nella fossa, ma l'altro in Sri Lanka, può dirvi di Vera Ladich. Metterebbe ancora un pezzo di legna nel camino, per favore? Con la sera sale un'umidità…

Arcadipane esegue. La Pes si è già alzata. Allunga una mano e stringe quella di Sergio Vescovi.

– Maestro! – lo saluta.

– Troppo buona.

Pedrelli finisce il succo e si alza anche lui.

– È stato un piacere, – gli stringe la mano.

– E lei una vera sorpresa. Vi faccio strada.

Si avviano tutti e tre lungo il corridoio, dimenticando Arcadipane accanto al camino, come fosse lui il padrone di casa, quello che resta. Li raggiunge sulla porta che Pedrelli e la Pes sono già con i piedi nel cortile. Grosse forme bianche spuntano dal terreno emettendo una luce candida e riposante che restituisce un verde tenue alle siepi di pitosforo. L'odore dei maiali si è ritirato, lasciando nell'aria solo un vago desiderio di affettato. Decisamente piú elegante. Nel varcare la soglia Arcadipane sfiora il corpo di Sergio Vescovi che visto cosí da vicino conserva ancora una certa imponenza.

Fanno qualche passo verso l'auto. Poi Arcadipane si ferma e si volta.

– È sicuro?

– Di cosa? – chiede Vescovi, che comunque aspettava sulla porta.

– Di non sapere con chi era la Ladich in Scozia.

– Non ho un nome.

– E cos'ha allora?

Vescovi toglie dalla tasca quel bastoncino molto sottile di liquerizia, lo mette in bocca.

– Io mi sono fatto l'idea che fosse qualcuno che aveva lasciato nel buco da cui veniva. Qualcuno con cui aveva continuato a parlare anche dal carcere in cui l'aveva rinchiusa Fuci.

– Come parlare?

– Sotto gli occhi di Fuci e di milioni di persone, tra cui i miei. Una cosa che sarebbe potuta venire in mente a uno come Dumas, se Dumas fosse vissuto quando c'era il cinema. E invece, quella piccola montanara... Chi l'avrebbe detto! Mademoiselle le look... che figlia di puttana!

Arcadipane infila in bocca un sucai. Prima che siano arrivati alla macchina ha già fatto partire la chiamata a Lavezzi, cliccando sull'immagine di Puffetta associata al sottoposto nei preferiti.

51.

Il portone della chiesa è socchiuso, le luci all'interno accese. Bramard scosta il battente quanto serve a entrare.

L'uomo siede di spalle su una delle panche, a metà della navata. Ha un cappello grigio con paraorecchie abbassato a proteggere anche la nuca. Un cappotto non nuovo e blu. Il suo sguardo è rivolto alla parete di sinistra cosí da mostrare un profilo che ha qualcosa di legnoso, la pelle del colore e forse della consistenza di una noce. È un uomo che indiscutibilmente ha fumato molto.

Corso si avvicina. La chiesa è fredda, avida del suono dei passi che subito ingrossa.

Siede non sulla stessa panca, ma quella dietro, in modo da non interferire con il suo sguardo, ma entrarne nel campo.

– Sono piú di cinquant'anni che non mettevo piede in questa chiesa, – dice Corrado Dao, – eppure ho tenuto le chiavi appese accanto all'uscio di casa come se da un momento all'altro dovessi tornarci.

Si pulisce gli occhi con un fazzoletto. Non lacrime, ma la materia minima e cerosa che gli occhi vecchi producono quando si commuovono.

– Sono Corso Bramard, seguo il caso di Fuci e Vera Ladich insieme al commissario Arcadipane.

Corrado Dao ora lo guarda. Ha una faccia che potrebbe confondersi con quella di un vecchio di Clot se non fosse che i libri e lo studio l'hanno resa piú docile e aperta, conservandole una curiosità infantile. Gli occhi poi sono verde edera, i capelli a suo tempo d'un castano intenso.

– Immagino sia lei che ha mandato la signorina.

– Isa Mancini, sí.

– Ha poi trovato i libri?

– Sí, il suo sul Maestro di Clot e anche la lettera di Minico Curto.

Corrado Dao annuisce come doveva fare un tempo quando gli allievi si erano mostrati diligenti. Ci sono persone che nascono per insegnare e lui è uno di loro. Uomini e donne che sono come i carrelli dei supermercati: li abbandoni, li trascuri, li butti in un fosso, poi li riprendi, ci carichi dentro qualcosa, dài una spinta e quelli riprendono a fare il lavoro. Che nella circostanza è insegnare. Anche quando sono arrugginiti, come Corrado Dao.

– Lei pensa davvero che la Sucho sia esistita? Che non sia solo una leggenda?

– Ne sono certo, – annuisce, – come lei.

– Fino a quando?

– Fino a quando è stata praticata? Ufficialmente fino alla metà del Cinquecento. Alcuni avevano già provato a debellarla, ma senza grosso accanimento. In fondo gli abitanti di Clot non avevano alcuna velleità di proselitismo, il loro interesse era mantenere la pratica all'interno della comunità. Fu papa Paolo IV, salito al soglio dopo essere stato inquisitore, che ci si mise d'impegno. Si considerava la mano armata della Controriforma. In fondo, se una piccola comunità che tramandava un rito poteva essere tollerata prima di Lutero, dopo lo scisma...

– Come l'ha fermata?

Corrado Dao allunga un braccio sullo schienale in legno. Le sue dita sono ingiallite. Il fumo. Però ha ancora buoni denti, anche se buttati un po' a caso.

– Agli ebrei aveva imposto i ghetti, dove potevano continuare a praticare la loro fede. In fondo l'ebraismo era un progenitore impresentabile del cristianesimo, ma pur sempre un parente. La Sucho invece era una pratica pagana che aveva resistito al cristianesimo costruendo essa stessa a Clot il proprio ghetto, la propria fortezza. E una fortezza si prende con una spedizione, che se ha ragioni di fede diventa una crociata. Assoldò mercenari svizzeri e svevi. Il paese resistette per qualche settimana, ma alla fine cadde, molti vennero uccisi e chi rimase fu costretto ad abiurare. Le vecchie sepolture vennero riesumate e i resti arsi, insieme a quelli dei caduti durante l'assedio perché tutti erano comunque trapassati nella falsa fede. Fu una strage, ma se vogliamo essere cinici, nella storia ce ne sono state di peggiori.

– Lei come sa queste cose? Non le ho trovate scritte da nessuna parte.

– Documenti vaticani. Quando sono arrivato a Clot ero giovane, ma avevo già dedicato parte dei miei anni a studiare questi affreschi e cosí ho fatto dopo, anche senza bisogno di rivederli. La dedizione e l'assenza di giudizio a volte vengono premiate, persino dagli archivi del Vaticano.

– Perché questa dedizione?

– Mi stupisce che sia lei a chiedermelo, – sorride Dao. – Ha ventiquattro anni meno di me, d'accordo, ma potrebbe essere altrove a godersi la pensione, sua figlia che ci ha impiegato cosí tanto a ritrovare, oppure a rimettersi in forze lontano dall'umido di questa valle.

– Ha fatto ricerche su di me?

– Io faccio ricerche su tutto quello che mi interessa. Non la prenda come un'insolenza o una forma di ficcaneseria. Non me ne faccio nulla di queste informazioni. Sono solo curioso. Lei è una persona interessante. Non quanto Johannes Van Drift, ma interessante.

Corrado Dao ruota la testa a comprendere per intero gli affreschi.

– Pittore, poeta, ambasciatore, uomo di corte, seduttore, eretico, giocatore d'azzardo, fuggiasco, duellante, amante, viaggiatore, cartografo, mercenario, traditore. Ci vorrebbero molte vite per contenere tutto questo e lui riuscí a condensarlo in una sola e nemmeno troppo lunga.

Bramard segue i suoi occhi che ora sono fermi sulla scena sopra il portale: quella con gli uomini incappucciati condotti dal Muret verso la sala della Sucho.

– Lei crede davvero che un uomo cosí esperto del mondo abbia capito solo all'ultimo cosa stava dipingendo?

Dao solleva le spalle in maniera irriverente. Sotto il cappotto porta quasi certamente una giacca. Di sicuro una cravatta. Nodo piccolo, colore neutro, come quelle di Pedrelli.

– Non lo so. In ogni caso non credo che per lui sarebbe stato un problema ciò che facevano a Clot. Aveva vissuto in molte corti. Era abituato a costumi sessuali piuttosto variegati. Penso che avrebbe potuto addirittura considerare la Sucho una pratica pura, un'eredità primordiale. Era molto attratto dal primitivo. Non c'è niente di affettato o artificioso nella sua pittura, come vede. Poi però si innamorò di quella donna e come tutti gli uomini cadde nella trappola del possesso.

– Non ha mai pensato che Minico Curto si sia inventato la storia per amore di letteratura? Per costruirsi il ruolo del testimone eccellente? O che la lettera sia un falso?

Dao sembra davvero pesare l'ipotesi. Poi si alza.

– Venga, – dice.

Corso lo segue in direzione dell'altare, ma quando Dao fa per aggirarlo dirigendosi verso la porta che mette nell'abside, gli sfiora una spalla per fermarlo. È un gesto che sorprende piú Corso, dell'uomo che ora lo guarda in attesa.

– Mi dica, – gli chiede infatti l'uomo.

Bramard indica la parete alla sinistra dell'altare dove due faretti staccano i colori della Madonna della Labreno dalla pietra grigia delle colonne e del pavimento.

– Perché la salamandra?

Dao gli passa accanto con un'indifferenza che rende conto di quanto Johannes e i suoi affreschi abbiano contato nella sua vita piú di ogni essere umano. Isa ha controllato: niente mogli, relazioni, figli. Niente voci di omosessualità. Corrado Dao ha insegnato nella scuola elementare per tutta la vita fino alla pensione. Un'esistenza di dedizione ai suoi alunni e alla ricerca su Johannes e sulla Sucho. Ora quell'uomo e il suo misterioso incedere nella vita stanno sotto la Madonna della Labreno, il lavoro piú celebre di Johannes Van Drift, pittore minore della prima metà del Cinquecento, conosciuto da una manciata di studiosi di fama internazionale e qualche appassionato di pittura locale.

– *Labreno a la poaa, pilha ton dalh e vai t'estremar*, – recita Corrado Dao: – Se vedi la salamandra mentre sali ai prati, prendi la tua falce e vai a nasconderti. È un detto di queste valli. Allude al fatto che la salamandra annuncia la pioggia. La pioggia dà la vita, rende fertile il terreno. Quindi la salamandra potrebbe essere simbolo di fertilità, o almeno questa è l'interpretazione piú ovvia in circolazione.

– Con cui lei però non è d'accordo.

– In parte, – annuisce Dao. – Se questa Madonna rappresenta, come io credo, una giovane che compiuti i sedici anni sta per essere iniziata alla Sucho, la salamandra sul petto potrebbe in effetti alludere al suo grembo che tra poco verrà fecondato. La salamandra diventa allora, nella visione della Sucho, emblema di una comunità che antepone all'egoismo del singolo il bisogno di trasmettere il seme piú vigoroso o utile per il bene comune. Chi vinceva la

Sucho non doveva essere necessariamente il piú forte. In alcuni casi a trasmettere il seme nell'anno a venire sarebbe stato il piú scaltro, il piú fortunato, anche il piú scorretto. Del resto nell'*Iliade* Ulisse incarna l'astuzia, Achille l'ira, Aiace la forza e cosí via. Qualità comunque preziose. Il Muret era l'unico ad assistere alla Sucho a volto scoperto quindi a sapere con quali mezzi il vincitore aveva sconfitto gli altri. Il suo compito era soltanto controllare che nessuno usasse armi oltre le mani.

– Però…

– Però cosa?

– Ha detto che è d'accordo solo in parte con questa interpretazione.

Corrado Dao da quando è sotto la Madonna della Labreno tiene le mani nelle tasche del cappotto. Bramard sa che con la destra ha aperto un pacchetto di sigarette e sta scorrendo tra le dita i filtri di quelle rimaste.

– Penso che se la salamandra fosse stata un simbolo di fertilità e basta, ne troveremmo altri esempi all'esterno della chiesa, in paese, nei dintorni, – dice. – Mi rendo conto che è un'ipotesi azzardata, ma credo che indicasse invece il luogo della Sucho. La sala dove si giocava. Che poi è la stessa cosa che sta pensando lei, no?

Bramard fa un passo avanti mettendosi di fianco a Dao. Adesso sembrano due devoti sotto l'oggetto delle loro preghiere, ma gli occhi sono in verità concentrati solo sul piccolo rettile giallo e nero che fa da ornamento al petto della donna.

– Ha mai provato a decifrare l'indizio? – domanda Corso, – a scoprire dov'è la stanza della Sucho?

– Non credo che rientri tra i miei pochi talenti quello di Indiana Jones. In ogni caso la sala della Sucho venne distrutta dalla crociata indetta da Paolo IV.

– Lo dicono i documenti negli archivi pontifici?

– Tra le righe, – annuisce Dao. – Una volta presa Clot gli inquisitori inviati dal pontefice torturarono il Muret davanti alla moglie e ai figli. Alla fine parlò, la sala della Sucho venne trovata e distrutta.

– Dov'era?

– Non viene detto. L'ultimo Muret portò con sé il segreto. Si dice che venne arso vivo sulla piazza con tutta la famiglia. Tutti avevano la bocca serrata nella mordacchia, perché nell'agonia non potessero rivelare il luogo della Sucho a chi li guardava bruciare.

Bramard si avvicina ancora di un passo alla parete. Contempla il viso della Madonna, la sua espressione incerta tra pudore e voglia di sedurre.

– È il ritratto della donna di cui Johannes si innamorò qui a Clot?

– Se crediamo a Minico Curto sí, altrimenti potrebbe essere il volto di una ragazza qualsiasi o un viso che esisteva soltanto nella mente e nei desideri di Johannes.

– Cosa che lei non crede.

– No, io penso che Johannes si innamorò di questa ragazza, forse ricambiato, dopo averla scelta come modella per dipingere la Madonna. Che inserí la salamandra senza sospettare nulla del suo significato, su suggerimento del Muret, e che fu la ragazza, al compimento dei sedici anni, a dirgli della Sucho e di ciò che avrebbe comportato per lei. Johannes è probabile che a quel punto abbia fatto pressioni per averla, parlato al Muret per convincerlo a lasciarla partire, magari addirittura minacciato di far arrivare l'esistenza della pratica alle orecchie dell'Inquisizione. In ogni caso l'idillio tra Johannes e Clot era finito. Johannes capí che per lui le cose si mettevano male e organizzò la fuga. Prima però, se non in due notti come dice Minico, comunque in gran fretta, dipinse l'affresco nella stanzetta dell'abside. Questo almeno è quello che ho dedotto dagli scritti, dai racconti orali e dalle circostanze storiche. Prove nel senso stretto del termine non ce ne sono, come sa. Altrimenti questa materia non sarebbe cosí affascinante. Come non lo sarebbero i casi in cui non c'è bisogno di uno come lei per trovare il colpevole.

Dao ha pronunciato le ultime frasi con voce debole, come lo sono i passi quando non sei certo se siano le tue gambe a cedere oppure il terreno. Una sensazione che Bramard conosce molto bene.

– È stanco? – domanda.

– Sí. Non è il viaggio, ma tornare in questo posto, dopo tanto tempo.

– Capisco. Mi mostri quel che voleva farmi vedere, poi la lascio andare a riposare.

Girano intorno all'altare e raggiungono la porticina senza battente che mette nella stanza dell'abside. La stanza non ha illuminazione. Si fermano a pochi passi dalla porta, i piedi ancora nel rettangolo di luce che arriva dai fari dell'ambiente da cui provengono. Corrado si toglie il cappello. Si passa una mano tra i capelli che sono pochi e bianchissimi. Adesso sembra l'uomo di ottantasei anni che è. Rimette il cappello, guarda l'affresco sulla parete nuda.

– Mi ha chiesto se non ho mai pensato che Minico Curto si sia inventato tutto, – dice. – La risposta è lí, – e indica la Sacra Famiglia che nel buio e dalla posizione in cui sono sembra un manifesto in bianco e nero.

– Cosa significano quei versi in lingua d'oc scritti sotto? – chiede Bramard. – Nel saggio riporta tutte le iscrizioni latine, ma non fa menzione di queste.

Corrado Dao toglie dalla tasca dove Bramard pensava ci fossero le sigarette la custodia degli occhiali. Li inforca con calma, un gesto consueto, che ha fatto migliaia di volte in cattedra e che sa aver bisogno del suo tempo, che non è comunque tempo sprecato. Poi si muove verso il centro della stanza. E Bramard con lui.

– Apra gli scuri, per favore, – dice, – forse c'è ancora un po' di luna.

Bramard dà uno sguardo alla donna, all'uomo e al bambino sulla parete. Si ricorda di Ester, della sua certezza nel dire che si tratta di una bambina e non di un bambino. Nella somiglianza impossibile da giustificare tra la pelle e i capelli della bambina del dipinto e quelli di Ester, avverte allora un senso di inevitabilità, di «già scritto», che per qualche istante lo stordisce e insieme lo solleva. Il cuore rallenta di un paio di battiti. Le gambe sono piú stanche.

Va verso uno degli scuri, quello attorno al quale gli pare di percepire una cornice piú luminosa. Lo scosta e il pallore della luce lunare lo investe, senza accecarlo. Il prato fuori, il cimitero, le pietre tombali hanno un aspetto mansueto, non spettrale. Si alza sulle punte per guardare meglio, dimenticando che tutto ciò che gli interessa è alle sue spalle. È allora che intuisce un movimento nella piazza del paese, proprio nel punto piú periferico che la visuale dalla finestra gli consente. Si sposta e allunga. I lampioni sulla piazza sono piuttosto espliciti: Lavezzi sta facendo scendere un uomo dal sedile posteriore della Giulietta che ha il lampeggiante acceso. L'uomo è alto e ammanettato dietro la schiena, come si fa con gli arrestati che possono essere pericolosi. Indossa uno smanicato di pecora. L'uomo è senza dubbio Ludwig Ubac.

Lavezzi l'ha preso sottobraccio e lo conduce verso il municipio. Botta chiude la macchina e raggiunge i due, mettendosi di scorta sul lato sguarnito. Un'altra auto si ferma accanto alla Giulietta. È una di quelle che salgono da Cuneo ogni giorno per dare il cambio a Botta e Lavezzi nella sorveglianza. Anche questa ha il lampeggiante acceso, senza sirena. I riflessi blu sbattono sulla facciata dell'albergo, del municipio, dei due negozi con un'intensità sfrontata, giostraia.

Bramard cerca Dao: è dove l'aveva lasciato, rivolto all'affresco, il cappello in testa e le mani in tasca. L'uomo sente lo sguardo e si gira.

– Va tutto bene? – domanda.

Bramard scuote la testa di no e con passo svelto punta la porta.

– Chiuda lei per favore, – dice.

A falcate cavalline percorre la navata, esce dal portone e, trovando del buono nello schiaffo del freddo, si butta a mezza corsa giú per la strada. Sono tre tornanti, li vola, ed è al prato. Lí il cellulare comincia a mandare segnali di chiamate ricevute mentre non c'era campo. Senza fermare il passo, controlla, per quel che la luna gli concede. Una di Martina, sei di Arcadipane, tre di Lavezzi e una da numero sconosciuto. Sta per far prevalere l'aritmetica quando appoggia il piede su una delle pietre che marcano il bordo del sentiero. Sente la pianta piegarsi di lato, qualcosa tendersi e poi d'un tratto mollare. Non cade, ma si accascia. L'erba è bagnata, non gelida. Il piede è il destro. Si alza, pulisce il cellulare che è caduto nell'umido e zoppicando si avvia, intanto che chiama.

52.

I cartelli segnalano Frosinone a una decina di chilometri, da lí in un'ora e mezza saranno a Roma, ha detto la Pes. Sulla E45 il traffico delle sette e mezza è fatto di auto, camion e molti furgoni di padroncini che rientrano in città dai cantieri nei dintorni o dai giri di consegne. Ci sono stanchezza ed elettricità nei sorpassi, nelle frecce che non vengono messe per segnalare cambi di corsia, negli sguardi che trafiggono gli abitacoli. Salvano tutto l'aria ancora tiepida, i finestrini abbassati per metà e la speranza che nell'entrare in città non ci sia il solito tappo.

Il cellulare di Arcadipane riposa in grembo. Da quando hanno lasciato la tenuta di Sergio Vescovi non ha fatto che telefonare. A Lavezzi, che non rispondeva, poi a Botta che finalmente gli ha passato Lavezzi, poi al giudice, al dirigente generale, ai colleghi di Cuneo. Sei tentativi con Bramard, nessuna risposta. Tre o quattro telefonate a Isa perché gli controllasse quella cosa. Telefono spento.

La Pes e Pedrelli hanno assistito in silenzio ai suoi tentativi, ai discorsi, alle spiegazioni. Sanno che quelli sono momenti importanti, che una parola sbagliata, una chiamata fatta prima di un'altra, possono creare tensioni, errori, equivoci che poi si trascinano avanti nell'inchiesta diventando pece negli ingranaggi.

L'ultima telefonata di Lavezzi poi non hanno provato nemmeno a commentarla.

La faccia di Arcadipane, le poche parole con cui rispondeva, hanno detto tutto. E adesso che potrebbero, sono troppo esausti per parlare. Ad Arcadipane sembra una vita che ha lasciato l'ingresso fucsia dell'*Hotel Papi*, bestemmiando perché la Pes era in ritardo. Se pensa a Spinapollice gli pare addirittura un amico d'infanzia che non vede da un sacco di tempo. Sergio Vescovi un compagno di militare. Eppure hanno investito Spinapollice nel pomeriggio, bevuto un succo di caco da Vescovi un paio d'ore fa. Ancora ne trova dei pezzi fra i denti!

– Dài, pazzesco, – dice Franca Pes mentre toglie la mano dal cambio per alzare il volume della radio.

Per qualche secondo nel Kangoo si diffonde la voce di una donna che canta in francese, ma poi Arcadipane si accorge che è solo stanchezza sua e voce teatrale di lei: canta in italiano. Rimane in dubbio per un pezzo di strofa, dove lei dice che lui le dice di essere stanco e che lo vuole lei... Ma chi è stanco? Chi vuole cosa? Perché gli mette la giacca sulla faccia? Poi parte il ritornello e la riconosce.

– È quella del disco di Vescovi?

– Eh, già! – ciondola la testa la Pes che, se non fosse appena successo quello che è successo, canticchierebbe pure. Oddio, quando un caso si chiude si dovrebbe essere contenti, ma l'appendice che aspetta Arcadipane e Pedrelli per l'indomani non è delle piú allegre.

– È rimasta in testa alla classifica dei singoli per nove settimane, – pontifica Pedrelli. – Qualcuno mise in giro la voce che parlasse di lei e di Fogli. Certo lo scandalo giovò alle vendite.

– Ma lasciamelo qui quest'uomo! – dice la Pes, – ché io li adoro gli enciclopedici!

Arcadipane guarda il cellulare, sa che la chiamata arriverà. Questione di tempo. La canzone intanto sembra avviarsi alla fine con lei che tutto sommato è disposta a rassegnarsi. In fondo se uno non può mangiare al ristorante, piuttosto che digiuno, anche una trattoria va bene. A proposito, pranzo mica l'hanno fatto! Due cose romane, prima di partire, malgrado la stanchezza e il bisogno di una doccia, Arcadipane se le mangerebbe. Anche per pagare una cena a questa santa donna della Pes che senza di lei Vescovi magari dovevano andare a recuperarlo in Oriente Estremo! Non ne ha parlato al dirigente perché con lei lí... e poi è inutile mettere il carro davanti ai buoi, però un encomio, una citazione, almeno il rimborso della benzina...

Il cellulare vibra sulla pancia, poi suona. Eccolo.

– Ho provato a chiamarti sei volte, ma dove cazzo eri finito?

– Ero alla chiesa. Ho visto adesso Lavezzi e Botta che portavano Ubac in municipio ammanettato.

– Sí, è in arresto, tra poco lo vengono a prendere. Ma perché hai il fiatone?

– Stavo correndo. Mi sono fatto male a una caviglia.

– Be', abbiamo un sacco di cose da raccontarci, allora, specie tu!

– Perché l'avete arrestato?

Arcadipane racconta l'incontro con Vescovi e che adesso sanno cosa era andata a fare Vera Ladich in Scozia. In piú Vescovi dice che per tutti gli anni in cui è stata a Roma ha mantenuto i contatti con qualcuno di Clot. Lo faceva attraverso i film. Ha cercato di chiamare Isa per dirle di verificare questa cosa e un paio di altre, ma non risponde. Bramard l'ha sentita? No, non l'ha sentita. Speriamo non sia successo niente di strano con l'ecografia. Comunque Ludwig guarda caso aveva in casa quattordici biglietti del cinema e i film della Ladich sono sette. È chiaro che li andava a vedere almeno due volte. Per capire bene il messaggio. Che messaggio? Ci lavoreranno, è comunque abbastanza per trattenere Ubac. Come sono andate le cose? Anche questo chiariranno, ma probabile che Anna Mattalia e Ludwig Ubac a suo tempo avessero una relazione, poi arriva Fuci che sventola alla ragazza la possibilità di fare carriera nel cinema, la Mattalia si lascia convincere, oltretutto nel patto ci sta la possibilità di sistemare il fratello in un posto dove può avere le migliori cure, cosí molla Ubac e se ne va a Roma a fare la gran vita, che però si accorge presto essere una vita di merda. Fuci è morboso, ha paura che lei lo tradisca e la blinda. Non può uscire da sola, non può telefonare o tenere i contatti con nessuno. A parte quando va dal fratello, sempre sotto scorta della Brocani, non può mettere il naso fuori. È giovane, ma non stupida, cosí, a parere di Vescovi, escogita questa cosa di mandare messaggi attraverso i film a Ludwig Ubac, forse per dirgli che lo pensa, che lo vuole ancora, che vada a salvarla. Finché in qualche modo riescono a mettersi in contatto e organizzano il matrimonio celtico in Scozia. Sí, matrimonio celtico, poi ti spiego. Lei evade, lascia Roma e atterra a Edimburgo dove lui l'aspetta. Si sposano, non si sposano, questo al momento non lo sappiamo. Ma prima o dopo il matrimonio lei cambia idea: sono passati piú di dieci anni, Ubac forse è un altro uomo, oppure Fuci è riuscito a trovarla e la ricatta con la questione del fratello. In ogni caso Vera Ladich torna a piú miti consigli. E anche a Roma. Fuci, per coprire la fuga e giustificare il fatto che vuole ritirarla dal mondo del cinema, costruisce lo scandalo della relazione con Vescovi, che accetta per convenienza e perché Fuci sa cose di lui che potrebbero rovinarlo. Fuci ha di nuovo tutto sotto controllo: Vera si ritira a vita privata, uscendone come la donna che dopo una sbandata decide di sacrificare la carriera per l'uomo che ama. Fuci fa la figura del grand'uomo che sa perdonare un tradimento e addirittura lavorare ancora con il regista che l'ha fatto cornuto. Che ampie vedute! Che modernità! E Vescovi continua a fare i suoi film del cazzo che vende in Oriente. Tutto bene, tutti piú o meno sistemati come Fuci voleva. Tranne Ubac che ha i coglioni che gli girano parecchio, avendo perso la Ladich per la seconda volta. E allora cova, cova, cova, fino a quando la possibilità di un risarcimento non gli arriva sotto casa. Fuci e la Ladich tornano a Clot per la questione delle tombe. Sono passati cinquant'anni, pensano che Ubac, se è vivo, se ne sarà fatta una ragione, e invece Ubac ha una memoria da elefante. Non perde l'occasione, e li fa fuori.

Nell'auto c'è silenzio, e anche dall'altra parte, ovunque Bramard si trovi.

– Non ci sono prove che Ubac sapesse che Fuci e la Ladich erano in paese, – dice alla fine, – e non abbiamo la certezza che quei biglietti corrispondano alle proiezioni dei film della Ladich. Non ci sono le impronte di Ludwig Ubac nella Jaguar. Non c'è il suo Dna sui sedili e sul filo che è stato usato per strangolare Fuci. Se le cose fossero andate come credi, viva o morta, avrebbe dovuto portare Vera Ladich via da Gias Vej senza lasciare neppure un'impronta sul terreno. E poi perché telefonare segnalando la presenza della macchina e del morto? Quale vantaggio poteva averne? E Masimine Orusa? Perché fare sparire anche lei? Anche sulla Panda della Orusa non ci sono impronte di Ubac.

Arcadipane ha ascoltato tutto cercando di strappare un filamento del nastro americano che ancora gli tiene insieme il mocassino. In quei tre giorni a Roma ha pensato un paio di volte di andare a comprarsi delle scarpe, ma davvero non ne ha avuto il tempo.

– Ha confessato, – dice.

Silenzio.

– Cosa significa ha confessato?

– Ha confessato di avere ucciso Terenzio Fuci e Vera Ladich. Appena Botta e Lavezzi sono entrati nel container per arrestarlo. Ha detto che voleva togliersi un peso e ha confessati i due delitti. Ha garantito che domani ci porterà nel posto dove è nascosto il corpo della Ladich.

Bramard tace. Arcadipane sa cosa sta pensando: ho parlato con quell'uomo due, tre volte, e non l'ho capito. È qualcosa che è capitato anche a lui, e in piú di un'occasione. Ma lui è Arcadipane. È un mediano, lavora sulla quantità, l'importante è che alla fine la bilancia, errori commessi e cose buone, penda dalla parte che lo fa vincere. Per Bramard è diverso. Ha sbagliato una volta nella vita ed è stato un errore che la vita gliel'ha rovinata. Che poi non era un errore, solo gli sarebbe servito ancora un po' di tempo. È brutto a dirsi, ma gli sarebbe servita un'altra vittima. Che però non fosse Michelle. Che non fossero Michelle e Martina.

– E Masimine Orusa? – chiede Corso.

– Per ora ha tirato fuori quello che ti ho riferito. Della Orusa non ha parlato. Ora lo portano in carcere a Cuneo dove c'è un avvocato che lo aspetta. Ho già predisposto un interrogatorio con un collega bravo, gli chiederà anche della Orusa. Ubac ha dichiarato che fino a domani quando arrivo io non dirà nulla del corpo e di dove si trova, ma magari cambia idea. Noi comunque prendiamo un volo delle sette e quaranta che atterra a Levaldigi. In un'ora di macchina siamo su.

Silenzio.

– Voglio parlarci, – dice Bramard.

– Ma che cazzo credi! C'è un arresto, il giudice di mezzo, non posso farti parlare con lui. Se lo riferisce all'avvocato quello ci fa neri.

– Cinque minuti. Prima che lo portiate via.

– Lascia perdere, – strappa finalmente il filo dal mocassino Arcadipane. – Poteva finire meglio, ma almeno è finita. Adesso mangiamo qualcosa e poi andiamocene a dormire, va bene?

53.

– Quando andò la prima volta in Francia, a quattordici anni, mia madre non aveva mai preso il treno, se non per una gita a Torino da cui era tornata molto colpita. Il padre era un commerciante di caramelle, con un piccolo laboratorio nella periferia di Genova. Tramite un cliente le aveva trovato una stagione a servizio di una vedova tedesca che svernava a Nizza. Voleva che imparasse il francese e un po' di mondo.

«Il primo anno lavò i piatti e si occupò del rammendo. Dormiva nella soffitta della villa che affacciava sul mare, insieme ad altre tre ragazze, due francesi e una italiana come lei. Madame Heinle riceveva molto, ma per quello c'erano due vere cameriere e una cuoca. Le ragazze si occupavano dei lavori umili e delle commissioni. Facevano un po' di giardinaggio. La villa era frequentata dal bel mondo della Costa Azzurra, scrittori, poeti, pittori, ma soprattutto musicisti perché Martha Heinle era stata una cantante lirica abbastanza nota. Si era ritirata dopo la malattia del marito e rimasta vedova non aveva piú cantato, ma nella villa c'era sempre un disco che girava o qualcuno che suonava il pianoforte. Mia madre aveva preso qualche lezione. Sapeva alcune canzoni genovesi. Canzoni del porto. Un po' sporche. Martha Heinle si divertiva a fargliele suonare, specie se c'era gente. Rideva, la chiamava *meine kleine genuesische Schlampe*, o quando c'erano dei francesi per il dopocena, *ma petite salope génoise*. Era una donna alta, molto magra, con grandi narici allungate. Cambiava d'abito tre volte al giorno anche se non c'erano ospiti. Evitava il sole.

«Godeva di un patrimonio senza fine, garantito da alcune miniere nel Nord della Germania e da altre concessioni in Africa. Mia madre la detestava, ma in parte l'ammirava. La temeva, ma la cercava. Era una donna che aveva visto, sapeva e poteva permetterle di avere accesso a cose che nel modesto ambiente ebreo della sua famiglia le erano precluse. In ottobre era sempre contenta di partire per il servizio da madame Heinle, a marzo era contenta di tornare a Genova.

«Lavorò a Nizza per quattro stagioni, fino al '39, quando la signora Heinle fece sapere al cliente di mio nonno che quell'inverno non avrebbe soggiornato sulla costa. Mia madre diceva che, grazie alle sue conoscenze altolocate, madame Heinle aveva saputo che la Germania avrebbe invaso la Francia. Durante i primi anni di guerra mia madre non ebbe notizie di madame Heinle. Le cose in Italia peggioravano, per gli ebrei in particolare. Fino a che nel '43 non venne rastrellata e deportata. Finí in un piccolo campo. La madre venne smistata in un campo vicino e la ritrovò alla fine della guerra, ma era malata, morí poco dopo. Del padre non seppe mai piú nulla.

«Nel campo in cui era internata mia madre si lavorava e si moriva per lo piú di freddo e di stenti, ma periodicamente c'era la selezione. Le donne deboli venivano eliminate sul posto con un colpo alla testa. Il comandante accendeva un grammofono e lo collegava alle casse. Gli piaceva la musica, le arie d'opera. Passava in rassegna le donne e a sua discrezione valutava le quattro piú deboli. Un giorno si fermò davanti a mia madre e alzò la pistola, ma in quel momento lei si mise a cantare l'unico motivo tedesco che conosceva. Era il Lied *Es war einmal ein König* di Beethoven. L'aveva imparato nella villa di madame Heinle, che lo suonava spesso. È la canzone che Mephisto canta nel *Faust* di Goethe. Da quel giorno invece del grammofono, il comandante usò mia madre. La canzone parla di pulci che vengono vestite d'oro dal re, vezzeggiate e amate, ma che poi pungono e finiscono schiacciate. Il comandante si divertiva molto all'idea che le pulci del testo fossero le donne ebree. Si divertiva a sparare i quattro colpi quando mia madre arrivava alla parte in cui i servitori schiacciano le quattro pulci.

«Un giorno il comandante chiamò mia madre nel suo ufficio e le chiese come sapesse quel Lied. Mia madre disse che glielo aveva insegnato madame Heinle, una famosa cantante tedesca.

«Quattro giorni dopo un'auto entrò nel campo. A mia madre era stato detto di lavarsi. L'autista fece scendere madame Heinle. Era stata costruita una passerella perché potesse raggiungere l'ufficio di suo nipote senza sporcarsi.

«Mia madre venne chiamata. Le venne dato un liquore. Madame Heinle non sembrò stupita di trovarla lí, né di vedere come era ridotta. Le disse solo che avrebbe ripreso servizio presso di lei. Tornarono a Nizza, dove mia madre a poco a poco si rimise in forze, senza che le fosse comunque risparmiato il lavoro. Madame Heinle non le chiese mai del campo.

«Un giorno fece preparare i bagagli e partí, lasciandole una piccola somma di denaro. Mia madre pensò di tornare in Italia, a Cuneo forse aveva ancora dei parenti. Non poteva però viaggiare sui treni. Il Nord Italia era in mano ai tedeschi e ai fascisti e lei era un'ebrea.

«Camminò fino al confine e pagò per superarlo attraverso le montagne. L'uomo che pagò era mio padre. Quando sono nato lei volle chiamarmi Ludwig perché conoscere *Es war einmal ein König* di Beethoven le aveva salvato la vita. Un giorno le chiesi se non era triste tutte le volte che mi chiamava, ricordando quei giorni nel campo. Lei disse di sí. Era sopravvissuta uccidendo molte donne con quella canzone, ma aveva associato quel ricordo alla cosa piú bella che aveva proprio per non dimenticarlo.

Restano in silenzio per qualche secondo.

– Non era quello che le avevo domandato.

– Però è la prima domanda che mi ha fatto quando è entrato in casa mia con sua figlia. Allora non avevo avuto modo di risponderle.

Bramard guarda il viso di Ludwig Ubac attraverso quella spanna di finestrino aperto. La pioggia annunciata a mezzogiorno cade adesso fitta nella notte, sotto forma di fili freddi e appena inclinati.

– Ora però le ho chiesto se davvero ha ucciso lei Terenzio Fuci e Vera Ladich.

– Sí, li ho uccisi io.

– Come?

– Li ho strangolati con il filo preso a casa dei Mattalia, dal balcone sul retro.

Bramard, in piedi appoggiato a quell'auto, ha freddo e vorrebbe fumare. Alcune gocce cominciano a scendergli nella schiena.

– Se come dice ha nascosto il corpo perché i cani non l'hanno trovato?

Ludwig si gratta le guance con le due mani tenute unite dalle manette.

– I cani vogliono sempre compiacere qualcuno, è facile ingannarli.

Lavezzi si avvicina senza dare nell'occhio. Sulla piazza sono arrivati altri poliziotti. In tutto una decina. La stampa per ora no, ma è questione di ore.

– Arcadipane aveva detto cinque minuti. Ora dobbiamo proprio andare.

Corso fa cenno di sí. Sa che quella sarebbe stata comunque l'ultima risposta. Si allontana prima che il finestrino venga alzato, prima che Botta si metta alla guida e Lavezzi sieda a fianco a Ubac insieme a un altro agente.

Quando il motore dell'auto si avvia è già vicino alla porta dell'albergo. Aspetta di sentire la Giulietta e le altre macchine lasciare la piazza, il loro rumore inghiottito dalla pioggia e dal pendio che lo porta verso il basso. Si volta a cercare lo slargo finalmente nudo. Il vento è cresciuto, inclinando la pioggia di qualche altro grado. Sopra la merceria c'è una finestra accesa che non aveva mai notato. La luce all'interno è quella di una lampada o forse di piú candele. Il comignolo sul tetto fuma.

Entra. Ottavio Claro è dietro il banco. Si vede che avrebbe voglia di chiedere, ma anche che non chiederà.

– Chi abita sopra la merceria? – domanda Corso.

– Era la vecchia casa del maestro. Mi hanno detto che è in paese, io però non l'ho mai conosciuto. Se chiedeva comunque gli davo una camera. Non avrà neanche la luce laggiú.

Bramard sale nella sua stanza. Non ha mangiato, non ha fame. Forse un po' di pane rimasto nello zaino dalla mattina, giusto per prendere le medicine a stomaco pieno.

– Scusa, – dice a Trepet, che dormicchia in bagno, poi lo mette nella doccia e apre il rubinetto del lavandino. Sentendo lo scorrere dell'acqua, il cane orina. Non ha piú voglia di portarlo fuori. Lo rimette sul tappeto, pulisce e si infila sotto l'acqua calda per togliersi di dosso il freddo della chiesa, della pioggia, di quello che è successo. Si asciuga. Dovrebbe telefonare a Martina, ma è troppo stanco. Dovrebbe provare a spiegare ogni cosa a Elena, ma è troppo stanco. Dovrebbe dormire, ma è troppo stanco.

Si sdraia sul letto. Sugli stinchi gli sono comparsi dei lividi. Forse la camminata fino a Gias Vej quella mattina, il giro nel bosco, ma non se n'è accorto e non è buon segno.

Prende gli ultimi tre numeri di «Le milieu du siècle». Botta ha chiesto all'amico di suo padre che si occupa di libri antichi. Dopo qualche giorno è arrivata la risposta: i diciannove numeri usciti dal novembre del 1852 al marzo dell'anno dopo, quelli che compongono l'intero romanzo *L'histoire d'une jeune femme pas du tout désolée*, hanno un valore di mercato che oscilla tra gli otto e i diecimila euro, se ben tenuti e completi di tutte le pagine, come in questo caso. Una lettura costosa, forse un regalo che Fuci ha fatto a Vera. O una richiesta di Vera?

Un'ora e venticinque minuti dopo Bramard sa come finisce il romanzo. La protagonista Colette, persi il padre per malattia e ogni proprietà per l'avidità dei suoi concittadini e soci in affari, aveva iniziato un calvario di povertà e degradazione, perdendo per tisi anche la madre Camille. Solo dopo essere stata per caso presa a servizio da una nobildonna cinica, ma ottima maestra di vita, Colette inizia la sua ascesa sociale. Usa la sua bellezza, ma piú ancora la sua astuzia. Seduce, costruisce legami, tesse trame e ricatti nel mondo che conta fino a ritrovarsi ricca, vedova, giovane e con un nuovo nome, in odore di aristocrazia. Rintraccia, grazie al denaro, il fratellino, ora fattosi uomo, che lavora al porto, e insieme tornano al paese d'origine di Douai dove a distanza di diciotto anni nessuno li riconosce. Colette a poco a poco ricompra le proprietà del padre e fa cadere tutti i vecchi soci in una rete di debiti che li obbligano alla fine a cederle anche i loro beni. Prima di cacciarli ormai poveri e umiliati, li convoca sulla collina da dove si scorge il paese. Da lí sono costretti ad assistere al rogo delle loro case e dei loro raccolti, come ultimo segno di disprezzo. Consumata la vendetta, Colette e il fratello si imbarcano per le Americhe ricchi e ricompensati dalla sorte.

Bramard finito il romanzo beve un po' d'acqua e annota qualche riga sul taccuino, dopodiché accende il computer per vedere quel film e mezzo che gli manca per completare la filmografia di Vera Ladich.

Due ore e dieci minuti dopo, zoppica nella piazza con Trepet, fumando una delle Gitanes comprate al negozio, che aveva nascosto a sé stesso dietro il termosifone della camera.

Cammina e pensa a quel romanzo, ai film.

La caviglia gli fa male. La luce nella casa del maestro è piú debole, ma ancora accesa.

54.

La cameriera di colore sta sistemando il banco del buffet. Si alterna nel corridoio-sala colazioni con un ragazzo italiano dall'aria famelica, spalle strette, dolente, i cui occhi dicono che ha scelto il lavoro sbagliato per uno che vorrebbe dormire fino a tardi. La ragazza africana non ha quel problema. È energica, schematica. Gli dice come e dove mettere i vassoi. Il ragazzo deve essere in prova, perché non ha ancora diritto alla divisa fucsia.

Arcadipane li osserva mentre beve il suo cappuccino. Dopo berrà anche un caffè, se c'è tempo. Si è alzato presto per fare colazione con calma, non gli piace arrivare in aeroporto con l'ansia. Appartiene alla vecchia scuola, quella dei viaggi organizzati. «È consigliato trovarsi in aeroporto con un'ora e mezza di anticipo sul volo» stava scritto sui voucher dentro la bustina con il logo dell'agenzia. Hanno il volo alle sette e quaranta. Ora sono le sei meno un quarto. Mezz'ora di taxi. Tutto quadra.

Pedrelli ha già provveduto alla colazione e ora probabilmente è in camera che fa le sue meditazioni e si lava il naso. Quell'uomo sembra una macchinetta tutta disciplina e buon senso torinese, e poi ti salta fuori con questa cosa delle canzoni! Del resto anche Torino che pare fatta con giudizio, poi c'ha la Mole che come costruzione di raziocinio non ne ha neanche un po'. Ne parlavano appunto ieri sera a cena in una trattoria che conosceva la Pes.

È stato anche piacevole, persino due risate, malgrado la stanchezza e il pensiero che tra poche ore saranno nei boschi al freddo a cercare e poi dissotterrare un'attrice che è sotto terra da una settimana.

La Pes compare in quel momento all'imbocco del corridoio. È vestita come ieri sera, anche se quei vestiti se li era trascinati dietro tutto il giorno.

– Che fai qui? – le chiede.

– Faccio che dobbiamo andare via subito.

– Ma te l'avevo detto che prendevamo un taxi, non era mica il caso...

– È il caso perché Lupita Lozano ci aspetta.

– Come, Lupita Lozano? Ci abbiamo già parlato!

– E adesso ci riparliamo. Non ero convinta, cosí ieri ho incontrato il pastore della chiesa pentecostale che frequenta. So che quelle sono comunità molto unite, un po' vecchia maniera. Gli ho spiegato la situazione, che forse era finita in mezzo a una faccenda troppo grossa per lei. Lui ha detto che ci avrebbe parlato.

– E?

– Ci ha parlato, mi ha mandato un messaggio poco prima di mezzanotte, ma io l'ho visto solo stamattina. Per fortuna avevo seguito il consiglio di Pedrelli...

– Ti ha convinto a svegliarti per fare quella cosa con la teiera?

– Non credo faccia per me, ma come vedi almeno stamattina è servito. Ho chiamato il pastore. Ci aspetta a casa di Lupita.

– Ma noi abbiamo il volo, non possiamo perderlo!

– Abita al Corviale, è sulla strada per Fiumicino, – guarda l'ora: – se ci muoviamo, abbiamo quaranta minuti e anche qualcosa in piú di gioco. Avvisa tu Pedrelli, ché se apre in pigiama io non so se resisto.

55.

Le poche ore che ha dormito le ha dormite ferme.

Non pensava, ma ormai si fida solo in parte di quello che pensa. Questo è quello che ha meditato nei cinque minuti che, appena sveglio, ha passato a fissare il soffitto, mani tra il cuscino e la testa. Ma si fida poco di quello che pensa, figuriamoci di quello che medita.

Lascia in camera Trepet, che ha orinato a notte tarda e ancora dorme, e scende per la colazione. Ha fame. La sera prima non ha mangiato e ha fumato. Il suo corpo gli manda segnali di collasso, ma, come alla fine delle opere liriche piú lunghe, l'orchestra e i cantanti nonostante la stanchezza non avvertono lo spasmo. Sa tuttavia di non avere troppo tempo prima di crollare.

Corrado Dao è seduto a un tavolo centrale. Nell'angolo ci sono alcuni poliziotti che fanno colazione. Probabilmente aspettano l'arrivo di Ubac. E di Arcadipane. Mangiano in silenzio perché è presto e perché nella sala ci sono altre tre o quattro persone che sembrano giornalisti. Segno che la notizia è filtrata, ma per ora attraverso i fori piccoli, giungendo solo a quelli piú introdotti, che di solito sono anche professionisti di lungo corso cui interessa tenersela stretta fino a quando non potranno guarnirla come si deve.

Bramard va al tavolo di Corrado che è vestito come ieri, ma il cappotto blu adesso è aperto sulla giacca. Nota che assomiglia a Sciascia da vecchio, anche se Sciascia a ottantasei anni non è mai arrivato.

– Si sieda.

Corso l'avrebbe fatto comunque.

– Mi devo scusare con lei, – dice Bramard. – Ieri sera le ho fatto perdere l'ultima corriera. L'avrei accompagnata, ma non ho l'auto. E come avrà visto, gli altri erano molto impegnati.

– Non importa. Avevo le chiavi della vecchia casa. Non c'è l'elettricità, ma tutto il resto funziona ancora. Anche la lampada a olio. Ho dormito meglio di quanto non faccia nel mio letto.

– Però ha tenuto la luce accesa fino a tardi.

Dao beve un sorso del suo cappuccino. Sul tavolo ha soltanto alcune gallette.

– Anche lei, se la sua camera è quella al secondo piano vicino alle scale.

Corso prende una briciola vicina alla tazza di Dao. La porta in un quadrato della tovaglia davanti a sé. Con il dito prende a farle percorrere quel piccolo quadrilatero granata che contiene il bianco.

– Dovevo finire i compiti, – dice.

– Quali compiti?

– *Nobil signora, per cortesia, siate tollerante | del bene che io vi voglio dal momento che io sopporto il male, | e allora il male non mi potrà far danno, | anzi mi sembrerà che lo dividiamo in parti eguali.*

– È stato bravo, – annuisce Dao.

– Me la dice in lenga d'oc?

– *Bona domna, si us plaz, siaz sufrenz | del bes qe·us voill q'eu sui del mal sofrire, | e pois, lo mal no poira dan tener, | anç m'er semblan qe·l partam egalmenz.* È curioso che parole come queste siano state scritte da un vescovo, no? Del resto Dante mette Folquet de Marselha tra i beati del nono canto, ma avverte i lettori che nella prima parte della sua vita era stato un poeta amoroso. Come lo stesso Dante. Due corrotti da Venere, che hanno ritrovato la fede.

– Erano un messaggio di Johannes quei versi? È questo che stava per dirmi ieri sera in chiesa?

– Folquet de Marselha come trovatore ha influenzato molti poeti dei secoli a seguire. Johannes certamente conosceva la sua opera, avendo frequentato le corti di Francia. Penso che quei versi siano stati l'ultimo messaggio che ha lasciato alla donna che amava. Sapeva che lei sarebbe entrata in quella stanza per giacere con il vincitore della Sucho. Forse sperava che leggendo quei versi avrebbe cambiato idea e che sarebbe fuggita per cercarlo. L'immagine della Sacra Famiglia nell'affresco è una visione del loro futuro insieme. Il bambino che la donna allatta ha gli stessi capelli rossi e i tratti nordici di Giuseppe. E in quel Giuseppe io credo che Johannes abbia ritratto sé stesso. L'affresco è un desiderio, un auspicio e un invito.

– Perché nel saggio non ne fa parola?

– Mi sembrava giusto rispettare la segretezza di quella comunicazione.

Ottavio Claro dopo aver servito un uomo seduto sotto la finestra, si ferma accanto al loro tavolo.

– Un caffè americano, – dice Corso, – e un po' di pane con il burro.

– Marmellata?

– No, grazie.

L'uomo se ne va. I poliziotti sono usciti a fumare. Un paio di giornalisti li hanno seguiti, sperando che il rito della sigaretta porti qualche confidenza. Bramard ha sempre fumato da solo e quasi mai a tavola. Gli è sempre parso un gesto troppo intimo, troppo privato, come tutte le cose in cui sai che ti stai facendo male: l'amore, il sesso, arrampicare in montagna. Oltre i vetri la pioggia continua a cadere non forte, ma paziente.

– Lei sapeva che nei suoi film Vera Ladich inseriva quei versi?

Il cappuccino di Corrado Dao è finito.

– Me ne sono accorto nel quarto film, – dice, – e con il quinto ne ho avuta la certezza.

– Li aveva tradotti lei ad Anna?

– Non ce n'era bisogno, qui tutti li conoscevano.

Ottavio Claro posa l'americano, il pane e il burro. Dao ne approfitta per ordinare un caffè. Aspetta che Ottavio si allontani.

– Sa cosa distingue una persona intelligente da qualcuno che pensa di esserlo?

– Ho una mia idea, ma mi dica la sua.

– Una persona davvero intelligente può accettare di credere anche a quello che non capisce. Io quando sono arrivato in questo paese pensavo di essere intelligente: conoscevo la storia e la lingua di questa terra, avevo studiato a fondo la vita di Johannes, analizzato ogni centimetro dei suoi affreschi, cercato corrispondenze con le narrazioni orali, le canzoni e i vecchi racconti che parlavano della Sucho, eppure non ero abbastanza intelligente per credere. Nemmeno a quello che avevo sotto gli occhi...

Bramard lo guarda zuccherare troppo il caffè per un uomo della sua età. Troppo per qualunque età. Poi bere un piccolo sorso che gli lascia il labbro di sotto bagnato. Anche questa una cosa dei vecchi a cui in qualche modo non importa piú.

– Quindi la Sucho si praticava ancora.

– Sí, – risponde Dao, anche se quella di Corso non è una domanda. – In qualche modo era sopravvissuta alla crociata di papa Paolo IV, dopodiché il paese nel suo isolamento l'aveva custodita, tramandata e nascosta.

– E quando l'ha capito?

Dao toglie di tasca il pacchetto di sigarette. Sono Diana rosse morbide. Non le sigarette che daresti in mano a un uomo come lui. Ma forse un tempo fumava diverso, le Diana sono un compromesso che ha accettato. Non il piú grande, pensa Bramard. Le posa sul tavolo come una sorta di clessidra. Dicono che quella conversazione è a tempo.

– Troppo tardi, – toglie la mano dal pacchetto.

– Troppo tardi per cosa?

Dao beve il caffè, avvicinando piú volte la tazza alla bocca e controllando sempre quanto ne rimane sul fondo. Come se quel caffè fosse necessario portarlo alla fine, come si fa con le cose ultime.

– Ha voglia di fare due passi? – domanda, poggiando la tazza per prendere le sigarette.

– Va bene.

– Allora mettiamola assieme alla voglia che abbiamo di fumare.

56.

La Pes guida, questa volta veloce. Non c'è molto traffico, è presto, ma quando serve infila la corsia riservata a taxi e pullman. Arcadipane siede di fianco, Pedrelli dietro, dietro ancora ci sono le loro borse da viaggio. Insieme al rimborso benzina, bisognerà pensare anche a un rimborso multe.

Arcadipane guarda l'orologio del Kangoo: è un'ora del cazzo, ma già ha aspettato dieci minuti da quando sono saliti in macchina. E dopo è possibile che tempo non ce ne sia. Schiaccia il tasto che deve e porta il telefono all'orecchio. Dall'altra parte rispondono subito.

– Oh!

– Ti ho svegliata?

– No.

– Ti sento male.

– È il vivavoce, sono in macchina. Lo tolgo.

– No, no, lascia, basta per capirci.

– Ok, che vuoi?

– Come che voglio, ti ho chiamato cento volte ieri sera!

– Stavo litigando con Angela, comunque ho sentito il messaggio, ci sto andando.

– Sei già in macchina a quest'ora?

– Ho dormito in macchina. Stamattina quando sono uscita a pisciare, ho visto il messaggio e sono partita.

– Come, dormivi in macchina? Ma dove?

– All'autogrill, è piú sicuro. E ci sono i bagni aperti di notte.

– Ma sei incinta, cazzo! Se avete litigato non se ne poteva andare quell'altra?

– Voleva, ma io no.

– Ma voi siete due pazze! Io te lo faccio togliere in anticipo 'sto figlio.

– Non dirlo due volte che firmo, allora, che cazzo vuoi?

– Stai andando al cinema a Cuneo?

– Sei di quei rincoglioniti che mettono il punto interrogativo alla fine delle cose che già sanno?

– Va bene, va bene, ho capito. Senti, per la questione dei biglietti per Edimburgo? Sei riuscita a controllare?

– Quando? Stanotte in macchina? E poi secondo te è facile risalire alle liste passeggeri delle compagnie che volavano dall'Italia su Edimburgo nel '73? Non so nemmeno se sono dati che conservano da qualche parte.

– Non so, su 'sti computer trovate tutto!

– Come no, vendono pure i kit per farsi l'inseminazione da sole.

– Va bene, stai calma, per prima cosa Cuneo. I biglietti del cinema. Gli spettacoli. E fai vedere la foto al vecchio gestore. Appena poi sei davanti a un computer, prova a capire cosa puoi fare con i voli. Se troviamo che Ubac in quei giorni ne ha preso uno per l'Inghilterra o la Scozia è una conferma importante.

– Come sei comprensivo da quando sono incinta. A che ora atterrate voi?

– Verso le nove. Tu guida piano e allaccia la cintura.

– La cintura non la metto, mi dà fastidio.

– Potete, voi incinte?

– No, faccio la fuorilegge. Ti chiamo appena so qualcosa.

Arcadipane riattacca e sospira. Il giornale radio sta parlando dei furti di biciclette in Italia. Torino è in testa alla classifica con diciottomila furti l'anno. Arcadipane pensa che potrebbe conoscere i responsabili almeno della metà di quei furti. Una buona parte stanno nel dehor del bar davanti alla casa di corso Brescia. L'avrà già venduta, quell'altra? O peggio l'ha già divisa con il cartongesso!

– È tuo? – chiede la Pes.

– Cosa?

– Il bambino.

– Che bambino?

– Quello della ragazza con cui parlavi?

Arcadipane volta la faccia verso il finestrino.

– No, è di Pedrelli.

57.

Prima di arrivare alla chiesa Bramard e Dao hanno già finito la sigaretta.

Dao è un uomo nato tra le montagne, lo dice il suo passo, ma anche un uomo di ottantasei anni che sta fumando e ha pensieri sul punto di cristallizzarsi in una decisione. Corso lo sente. Questo è il motivo per cui accoglie il suo silenzio. Oltre al fatto di essere lui stesso un uomo di sessantadue anni reduce da un intervento che aveva il trenta per cento di possibilità di riuscita. Che cammina fumando e ha una caviglia mezza rotta.

Una volta sul sagrato Dao si concede qualche secondo per riprendere fiato. Clot è come sempre in ombra, ma il primo sole, toccando l'orlo della diga, proietta sulle case una luce specchiata.

– A suo modo ha una sua bellezza anche lei, non trova?

– Non tanto, – dice Corso. – Perché secondo lei Amilcare Fuci l'ha voluta qui? Dai documenti risulta ci fossero decine di siti piú adatti.

– Non l'ha ancora capito?

– Forse, ma ci sono parecchie cose da capire in questo paese. Lei ha avuto quattro anni, io quattro giorni.

Dao annuisce che è cosí. Prende un'altra sigaretta. L'accendino che usa è di poco prezzo, rosa. I fumatori seri non fanno caso all'accendino. Cosí come i veri cacciatori prestano piú attenzione alle scarpe che al fucile.

– Ci sono due tipi di uomini malvagi, – dice, buttando il primo fumo: – quelli che usano il male per arrivare ai soldi. E quelli che usano i soldi per fare il male. Amilcare Fuci non era interessato ai soldi.

– E a cosa era interessato?

– A purgare il mondo, – fuma. – A portare il regno di Dio in terra.

Corso sente la caviglia pulsare nella scarpa che ha stretto troppo. Dovrebbe saperlo che non è una buona idea costringere ciò che gonfia. Ma sono cose che si dimenticano sempre: quando c'è un dolore è ogni volta la prima volta.

– La Sucho? È per questo che Fuci ha voluto la diga a Clot?

Dao lo fissa e intanto si passa il pollice della mano che tiene la sigaretta sopra il labbro; un gesto da scrivania, da studioso. Oppure da chi ha amato molto i film di Godard.

– Il maestro prima di me probabilmente aveva notato qualcosa, – annuisce. – Proveniva da una famiglia di uomini di chiesa, è possibile ne abbia parlato con qualcuno in quell'ambiente. Nel dubbio ci fosse del vero sul rito, la curia mandò a Clot un parroco. Durò poche settimane e, quando il paese capí che c'era di mezzo il maestro, cacciò anche lui. Credo tutto sia cominciato cosí, ma non sono mai riuscito a parlare con quell'uomo, è morto pochi anni dopo. In ogni caso la voce era ormai arrivata a Roma. E tutto quello che arrivava in Vaticano, arrivava ad Amilcare Fuci.

– Che era ossessionato dall'eresia e dal peccato.

Corrado Dao guarda la diga come si fa con una sorella che ha dato dispiaceri, ma si è pur sempre cresciuti assieme.

– Forse credeva che estirpare il rito sopravvissuto a Paolo IV gli avrebbe guadagnato il regno dei cieli. Ma erano gli anni Cinquanta, non poteva ricorrere ai mercenari svizzeri, ai roghi e alle torture.

– Cosí fece della diga lo strumento della sua crociata.

Dao torna a guardare il paese: giornalisti e poliziotti sono rientrati in albergo, e la gente di Clot, se mai è uscita, da una settimana ha un motivo in piú per stare rintanata.

– Chi se ne fosse andato avrebbe avuto una grossa somma e chi rimaneva avrebbe ripudiato la Sucho in cambio del vitalizio per sé e i propri figli. In entrambi i casi la Sucho non avrebbe piú avuto seguaci. Un contratto non scritto. Una civile transazione economica in linea con lo spirito dei tempi. Non avrebbero dovuto esserci dei morti.

– Però ci sono stati. Allora e adesso.

Corrado Dao si limita ad annuire.

Bramard lo osserva in quel chiaro bislacco che dovrebbe essere già mattino. Dietro la faccia macchiata dal fumo e dalle ore passate sotto la luce artificiale, riconosce il gariglio di un uomo simile a lui: una vocazione, un errore, forse piú di uno, – questo lo saprà tra poco –, quindi una vita trascorsa a ricucire e a ripensare, due movimenti che uniti sono il contrario di perdonarsi.

– Sotto l'affresco, – dice Corso, – Johannes aveva scritto altri due versi che Vera nei film non ha mai pronunciato. Ho provato a capire da dove sono stati presi, ma non ci sono riuscito. Non vengono dalle liriche di Folquet. Immagino lei sappia cosa significano.

Appena usciti dall'albergo ha smesso di piovere, ma il cielo dice che è solo una tregua. L'aria è grassa di umidità. Le cose pesano.

Corrado Dao dà un'ultima boccata e butta la sigaretta ancora a metà.

– Ce la fa con quella caviglia? – dice.

Venti minuti dopo sono dove due camminatori sarebbero arrivati dieci minuti prima. La bocca della condotta di scarico è a pochi metri da loro, immersa nel sottobosco.

Dao si sposta di qualche passo verso la grata serrata a lucchetto. Con un braccio scosta le felci, scoprendo i nomi dell'ingegnere e della moglie, la data, l'epigrafe che si sono meritati. Corso fissa la sua schiena nel paltò blu.

– È stato Aldo Mattalia? – domanda.

Corrado Dao si volta, cercando di leggere sul viso di Corso come l'abbia capito.

– Chi si chiude in prigione lo fa per due ragioni, – dice Corso, – scontare una colpa propria o accollarsene una altrui. Quando ho saputo della vita che Vera Ladich faceva con Terenzio Fuci, mi sono chiesto cosa dovesse scontare.

Dao torna a guardare la targa.

– Fosse nato altrove avrebbe potuto avere un futuro da artista stravagante, – dice, – o da eccentrico, ma a Clot l'unica carriera per uno come Aldo era da scemo o da pazzo.

Pochi capelli gli sbucano dal berretto bagnati di sudore, ma sta ricominciando a piovere. Sul cappotto gli si disegnano le prime macchie scure.

– L'ha fatto perché non voleva la diga?

– Sí.

– Perché?

Dao accosta il viso alla targa, come se quello che ha da dire fosse scritto lí sopra a caratteri molto piccoli.

– Per le stesse ragioni per cui non la voleva metà del paese, – toglie una foglia che si è appiccicata al bronzo. – I vecchi di Clot lo sapevano che da Gias Vej si erano sempre staccate delle frane. Le leggende sulla Sucho parlano di Clot come di un borgo nella piana del lago, ricostruito poi a valle dopo una frana. Solo la casa del Muret, che per qualche ragione non poteva essere spostata, era rimasta accanto al fiume. Non c'è niente che lasci tracce piú attendibili nei racconti della memoria di antichi disastri. E ora in quella piana ci volevano formare un lago. Per questo metà del paese preferí prendere il denaro e andarsene.

– Non i Mattalia, però.

– Chiaffredo era un uomo all'antica, non avrebbe mai lasciato Clot. E poi c'era Aldo. Aveva piú di vent'anni, era com'era e non lavorava. Quel vitalizio gli avrebbe garantito una rendita quando loro non ci sarebbero piú stati. Pensavano che il terrore della diga con il tempo gli sarebbe passato, invece...

La pioggia adesso è forte. Qualche foglia cade sul sentiero che si sta facendo fango.

– All'inizio si limitava a infastidire la gente, voleva convincerli del pericolo, ma poi cominciò a salire al cantiere a disturbare gli operai. I genitori, temendo un incidente, lo chiusero in casa. Anna voleva molto bene ad Aldo, era quella piú paziente con lui. Cercò di tranquillizzarlo, ma lui era sicuro che l'acqua ci avrebbe sommerso tutti. Fu allora che cominciò a scrivere le lettere.

– Che lettere?

– Ai giornali, ai carabinieri, al parlamento, al presidente della Repubblica. Le portava all'alimentari che raccoglieva anche la posta, gliele affrancavano e non appena se n'era andato, le gettavano nella stufa. Quando vide che non arrivavano risposte, sembrò rassegnarsi, divenne apatico, assente. Anna però era preoccupata. Venne a parlarmi, sentiva che poteva succedere qualcosa di brutto. Ma io ero troppo preso dalle mie ricerche sugli affreschi e sul Maestro per occuparmi di Aldo Mattalia.

Dao lascia ricadere la felce e si alza. Le spalle del cappotto sono ormai scure. Accende un'altra sigaretta. Da come la ripara nel palmo si capisce che è abituato a fumare sotto l'acqua. Corso lo immagina fare lunghe passeggiate nelle campagne intorno al luogo dove vive, durante le quali fuma e rivive quanto ha appena detto e sta per dire.

– Avevo studiato Clot per anni e adesso vivevo nel cuore della comunità. Volevo dimostrare che la Sucho non era una leggenda. Che era esistita fino alla crociata di Paolo IV. Mi pensavo intelligente, come ho detto, e invece ero cieco: la crociata che aveva sradicato la Sucho si era svolta negli ultimi tre anni senza che io lo sospettassi.

– Lo capí quando Aldo provocò l'incidente?

Corrado Dao lo guarda. Gli occhi piccoli che hanno preso il grigio-marrone delle cose intorno.

– Non ci fu nessun incidente, – dice.

Toglie dalla tasca del cappotto un fazzoletto e si pulisce il bianco che le parole gli hanno lasciato agli angoli della bocca. La pioggia cade verticale e grossa, battendo le pietre con colpi da ungulato.

– Una mattina, mentre facevo lezione, notai dalla finestra che tutto il paese era radunato davanti all'albergo, – fa un tiro lento, profondo, pensante. – Amilcare Fuci in quei giorni era a Clot con il fratello per gli ultimi collaudi della diga. Un'ora prima Aldo aveva tentato di entrare nella sua stanza. Non riuscendoci si era infilato in quella a fianco dove dormivano l'ingegnere e la moglie. Da allora li teneva in ostaggio sotto la minaccia di un coltello. Diceva che li avrebbe liberati solo se avessero abbattuto la diga.

Bramard osserva per qualche secondo Corrado Dao fumare, la tesa del cappello che dà riparo alla sua Diana rossa.

– Provò a parlarci?

– Sí, però ormai delirava. Fuci e il fratello gli avevano già promesso, ovviamente mentendo, di fare quello che chiedeva, ma Aldo vedeva la diga dalla finestra e voleva che fosse demolita sotto i suoi occhi. Nemmeno Anna riusciva a farlo ragionare. Qualcuno allora propose di telefonare ai carabinieri, ma Amilcare Fuci si oppose. Non voleva che la notizia trapelasse. La cosa andò avanti fino al pomeriggio, poi i Fuci decisero di chiamare alcuni operai e buttare giú la porta. Aldo lo capí. Si sentirono delle urla. Quando la porta venne abbattuta, era ormai troppo tardi. Per rabbia o per spavento aveva sgozzato l'ingegnere e pugnalato la moglie al petto. La trovammo ancora viva, morí pochi minuti dopo.

Bramard guarda la lapide o quel che se ne può intravedere tra le felci. Accende una sigaretta anche lui. La bocca gli si riempie di fumo e calore. La caviglia invece è ormai un nodo pesante e freddo.

– Chi ebbe l'idea dell'incidente?

– Non lo so. Forse il fratello di Fuci. Segnalare l'omicidio avrebbe attirato l'attenzione sulle denunce di Aldo e i controlli avrebbero ritardato o impedito la messa in funzione della diga. Amilcare Fuci fece capire che era pronto ad abbandonare il progetto. Il contratto parlava chiaro, la diga doveva essere attiva. Per la gente di Clot voleva dire ritrovarsi con un muro di novanta metri sopra il paese e nessun vitalizio. Un incidente invece, specie se attribuito a un'imprudenza, sarebbe stato piú facile da gestire. Nessuno a parte gli abitanti e qualche operaio sapeva cos'era successo davvero. Il sindaco del tempo riuní tutti in Comune. La decisione fu presa nel giro di un paio d'ore. I corpi vennero portati qui nella notte, – indica la cavità, – e la galleria fatta esplodere. Solo dopo vennero chiamati i carabinieri.

– E lei era d'accordo?

Scuote la testa di no.

– Fu Anna a chiedermi di accettare la cosa e di non parlarne mai con nessuno. Era sicura che il fratello in prigione sarebbe morto o che l'avrebbero ucciso prima per impedirgli di parlare. Fu una notte in cui dovemmo tutti fare delle scelte difficili. Io scelsi di portare questo peso per sempre.

– E Anna scelse Terenzio Fuci, – fuma piano Corso, per darsi il tempo di dire meglio, – di seguirlo a Roma e diventare una cosa sua. In cambio Aldo sarebbe stato ricoverato in una bella clinica, dove lei avrebbe potuto vederlo, anziché finire in carcere. È cosí che andò?

Dao annuisce.

– Credo fosse venuto a Clot per lei sin dall'inizio. Forse il fratello o qualcuno che lavorava alla diga gliene aveva parlato. È inutile che le dica che Anna aveva qualcosa di speciale, qualcosa che andava oltre la bellezza e non poteva passare inosservato. Appena arrivato Terenzio Fuci aveva chiesto a Chiaffredo Mattalia di poterle fare un provino, ma lui aveva rifiutato. Non so se Anna sapesse di quella proposta. In quel periodo tra lei e il padre c'era stato uno scontro. Lui l'aveva ritirata dalla scuola per infermiere e chiusa in casa. A ogni modo, se Aldo non avesse fatto quella follia, Anna non sarebbe mai andata a Roma. Non avrebbe mai lasciato Clot per la carriera di attrice.

– Per via di Ludwig? Per questo non sarebbe mai andata a Roma?

Dao fa un tiro e se lo rigira in bocca. Corso si guarda intorno. Una nebbia bassa salita da valle ha inghiottito il paese, lasciando i camini piú alti a fare da periscopio. Pochi istanti e il vento la arrampica sul pendio in direzione di Gias Vej, dove a metà strada si sfilaccia, mescolando la sua sostanza con quella delle nuvole.

– Questo spiegherebbe come mai Anna, diventata Vera Ladich, si sia ricordata di quei versi sotto l'affresco, – dice: – *Per cortesia, siate tollerante | del bene che io vi voglio dal momento che io sopporto il male, | e allora il male non mi potrà far danno, | anzi mi sembrerà che lo dividiamo in parti eguali…*

Johannes aveva fatto arrivare quel messaggio alla sua donna con la pittura, lei poteva riuscirci attraverso il cinema. Un modo per far sapere a Ludwig che lo amava e pensava ancora a lui, anche se le circostanze l'avevano costretta a quella scelta. Messaggi che evidentemente hanno raggiunto il loro obiettivo se Ludwig Ubac nove giorni fa ha ucciso l'uomo che cinquant'anni prima con quel ricatto aveva rovinato la loro vita. Lei che dice? È cosí che sono andate le cose?

Dao lo fissa senza rispondere. Il suo cappotto è ormai di un blu notturno. Le foglie sopra di loro hanno smesso di trattenere.

– L'avete arrestato, – dice. – Quindi immagino siano andate cosí.

– Sí, – annuisce Bramard, la sigaretta in una mano e l'altra nella tasca del giaccone canadese ormai fradicio. – Probabilmente le cose sono andate cosí, però mi chiedo perché uccidere anche Vera, allora?

Si fissano. Due uomini che fumano nella pioggia, su un sentiero che è ormai fango. Uno a capo scoperto, l'altro con un berretto che non oppone piú resistenza all'acqua.

– È questo che crede? – domanda Corrado Dao. – Che Vera sia ancora viva?

– No, – scuote la testa Corso. – Di questo sono sicuro. Vera Ladich è viva. Come sono sicuro che Terenzio Fuci non ha sospettato nulla quando Vera gli ha chiesto di tornare a Clot per seppellire il fratello. La morte di Aldo scioglieva la catena che l'aveva tenuta legata a lui per tutta la vita, è vero, ma erano passati cinquant'anni. Terenzio era convinto che Vera avesse finito con il volergli bene, se non con l'amarlo. Era stato lui a trasformare Anna Mattalia nell'attrice Vera Ladich, ma in fondo non c'è attrice che potrebbe recitare per decenni. Non deve aver sospettato nulla neanche quando la sera lei gli ha chiesto di salire a vedere il lago dall'alto.

– Allora ha capito tutto ormai?

Corso si gratta una guancia sulla quale un rivolo d'acqua gli fa solletico, quindi scuote la testa di no.

– Non so se nella pratica sia stata Vera a strangolare Terenzio Fuci oppure Ludwig. Non so come possano avere cancellato le impronte attorno all'auto e non so nemmeno dove sia nascosta Vera né perché Ludwig abbia confessato di averla uccisa, ma, se devo essere sincero, la domanda che mi sto facendo da questa mattina quando ci siamo incontrati a colazione è un'altra.

Dao guarda Bramard portare la Gitanes alle labbra e aspirare forte, nascondendola nella coppa della mano fino a che la brace non riprende miracolosamente a mangiare carta e tabacco. Corso trattiene il fumo in bocca a lungo e poi lo soffia fuori cosí denso da farsi strada verso l'alto nonostante la pioggia.

– Perché lei è venuto in paese? – chiede.

Corrado Dao tace, gli occhi piccoli che lo fissano attraverso la tenda dell'acqua.

– Pochi giorni fa, – continua Corso, – ha detto alla mia collega che non se la sentiva di venire a Clot e ora invece eccola qui a raccontarmi per filo e per segno come sono andate le cose: la Sucho, la crociata di Amilcare Fuci, l'omicidio dell'ingegnere e della moglie, la messinscena dell'incidente, la relazione tra Anna e Ludwig, il ricatto di Terenzio… Perché non l'ha fatto la settimana scorsa visto che voleva liberarsi di questo peso?

Corrado Dao prende un respiro attraverso la sua Diana.

– Non era ancora il momento, – dice.

– Il momento per cosa?

Dao guarda verso l'altro versante dove tra le nebbie ora si scorge a stento la chiazza pulita di Gias Vej.

– *Li mars se levara XL cobdes sobre tota la terra, et non*

s'estendra, et li mars tornara en son istament. Et li peisson cridaran sobre la mar et las bestias et li aucel sobre terra s'aiostaran et cridaran.

– Sono i versi sotto l'affresco di cui le chiedevo? Quelli che non ho trovato?

Dao fa di sí con la testa.

– «Il mare si ingrosserà e si innalzerà per quaranta cubiti. Il mare discenderà e sprofonderà negli abissi. I pesci del mare grideranno. I pesci e le bestie della Terra grideranno e bruceranno». Johannes li prese dalla versione occitana della *Doctrina Pueril* di Ramon Llull, che a sua volta citava il Vangelo di Nicodemo.

Bramard lo guarda, la pioggia ha ormai spento la Gitanes tra le sue dita.

– Cosa significa?

Corrado Dao sorride, abbassa gli occhi sulle scarpe. Sono pedule modeste. Probabilmente dello stesso tipo che portava quel giorno di ottobre del 1962. Solo che allora non pioveva, mentre adesso sono per metà sprofondate nell'acqua che comincia a ruscellare giú per il sentiero.

– Pensavo di essere intelligente, – dice, – e invece non lo ero abbastanza per credere a quello che avevo sotto gli occhi... Non faccia il mio stesso errore. Se ne vada.

Bramard lascia scivolare a terra la sigaretta che subito l'acqua trascina per qualche metro.

– Perché me ne devo andare? Dov'è Vera?

Dao sorride, il viso calmo.

– È troppo tardi.

Bramard si muove verso di lui.

– Dov'è la stanza della Sucho?

Corrado Dao scuote la testa, poi chiude gli occhi e solleva il viso verso il cielo, i palmi delle mani rivolti verso l'alto ad accogliere.

– Porti via la bambina, – dice. – È l'unica senza colpa.

Bramard fa un passo indietro, come se il piede malandato avesse ceduto nel fango, poi un altro, infine si volta e comincia a correre come può verso il paese.

58.

Arcadipane guarda gli alberi che costeggiano la strada alla loro sinistra, dove le foglie rimaste sui rami sono ormai pienamente autunnali: una tavolozza dal giallo al rosso che il sole appena nato fa vibrare di luce adamantina. Un momento di sollievo, prima di tornare a voltarsi verso il transatlantico di cemento armato alto nove piani e lungo un chilometro oltre il suo finestrino.

– Che posto è? – chiede.

La Pes guida veloce, ma non troppo, perché deve tenere d'occhio i numeri delle scale.

– È la «stecca» centrale del Corviale. Sai quando inviti qualcuno a cena e cerchi di fare qualcosa di speciale per impressionarlo, e invece ti viene una merda?

Arcadipane non riesce a staccare gli occhi da quel piroscafo grigio che sembra riportato in superficie dopo decenni trascorsi sotto una pressione incalcolabile che ha schiacciato uno sull'altro gli strati della torta, mantenendo miracolosamente intatti i vetri.

– No, – ammette, – non cucino mai.

– Non importa. Questo è il risultato. A metà degli anni Ottanta l'hanno finito e qualche settimana dopo già settecento famiglie lo avevano occupato abusivamente. Me lo ricordo perché erano gli ultimi anni di servizio e ci siamo venuti parecchie volte. Ecco, il blocco è quello!

– Ti fidi a lasciare la macchina qui fuori?

– Perché cazzo credi abbia comprato questa macchina? Nessuno ruba un Kangoo a Roma. A chi la rivendono che qui pure gli idraulici voglio il Mercedes!

Camminano rapidi verso uno degli ingressi. Qualcuno ha disegnato sul porfido un grande occhio. Siccome mancano alcuni cubetti sembra che li guardi da un televisore a cui sono saltati dei pixel. Sul cemento dei parapetti molte scritte senza ambizione grafica. Una dice: «Roma è bella ma tu un pò deppiú». Arrivati alla pulsantiera, la Pes suona. I campanelli a volte non hanno nome, a volte lo riportano su una striscia adesiva. Dal citofono un uomo chiede chi è.

– Franca Pes, – dice Franca Pes.

L'ascensore non funziona, ma devono andare solo al terzo. Le scale non sono cosí brutte, tenuto conto di quello che c'era fuori, se non fosse che al posto della ringhiera hanno delle griglie che le chiudono dai gradini al soffitto.

Quello che deve essere il pastore pentecostale li aspetta sul pianerottolo. Vedendoli arrivare affannati, fa una faccia che lascia intendere di darsi una calmata perché se pensano di estrarre e mettere la Lozano nello spremiagrumi, rischiano di andarsene via con il bicchiere vuoto. È un uomo basso, chiaramente sudamericano, con i capelli di un bell'argento sulla pelle scura. La calma con cui li saluta è un secondo tentativo di far passare il messaggio. È in abiti «civili» e semplici: una camicia blu, jeans, mocassini con le nappine.

L'appartamento potrebbe essere quello di tante periferie, modesto, ma ben tenuto. Mobili non nuovi, qualche pezzo di recupero. L'investimento maggiore è nei lampadari, di quelli con molta chincaglieria che pende, vetri e vetrini.

Il pastore li guida nel corridoio. «Piero e basta», cosí ha chiesto di essere chiamato, dopo che Arcadipane aveva azzardato un «don». Il nome Piero deve essere un compromesso trovato per rendere piú facile la vita ai suoi fedeli. Indica una porta oltre il cui vetro le serrande sono calate e fa segno di fare piano: – *Dos niños*, – dice.

Lupita Lozano li aspetta nel soggiorno che dà sul piccolo cucinino. C'è odore di fritto, ma malgrado l'ora antelucana non fastidioso. Indossa la divisa acquamarina di Villa Greppi. Da quel che ha detto la Pes tra non molto deve scappare per entrare in turno. Si vede che non ha dormito, che il pastore è lí da qualche ora, che sono entrambi stanchi e lei preoccupata. Infatti quando in quattro occupano quasi tutto il salotto, lei non si alza, limitandosi a salutare con un cenno del capo. Ci sono giocattoli in giro, ma ordinati su due mensole e un mobiletto. È chiaro che non navigano nell'oro, eppure non c'è segno di trascuratezza. Nemmeno nei rammendi al copritavolo verde.

– Vogliamo sederci un momento? – dice Piero.

Nessuno risponde né sí né no, ma tutti si siedono.

– Allora Lupita, i signori sono qui, penso che dobbiamo dirgli qualcosa, vero?

Il tono e il plurale testimoniano che Piero o qualunque sia il suo nome, ha fatto della pazienza e della tenacia le sue armi. Le mani sono contadine. Non troppo diverse da quelle dell'avvocato Alberto Spurio, come se le mani venissero proprio assegnate a cazzo.

– Voleva parlarci di Vera Ladich, immagino, – l'aiuta la Pes.

Lei annuisce. Sta cercando le parole.

– Quando a Villa Greppi le ho chiesto se conosceva Masimine Orusa, se aveva mai ricevuto una raccomandata da lei, lei mi ha risposto di no, – dice Arcadipane, – può darsi che in questi giorni ci abbia pensato meglio, che le sia venuto in mente qualcosa. Sono cose che succedono.

Lupita annuisce di nuovo. Pare cosí intimidita che Arcadipane non si stupirebbe, se aprisse bocca, di sentire che ha perso il suo italiano perfetto.

– Un paio di mesi prima della morte di Aldo, – dice invece lei nell'italiano ottimo dell'altra volta, – la signora Ladich mi ha chiesto di spedire una lettera.

– Ah! – fa Arcadipane.

– Era sola in camera, io sono entrata per prendere la pressione ad Aldo. Era allettato da parecchi mesi, l'esito della malattia ormai certo. La signora mi ha dato una busta che aveva già il francobollo. Mi ha chiesto di scrivere il mio indirizzo come mittente, metterla in tasca e spedirla quella sera.

– E lei l'ha fatto?

– Dopo tanti anni che seguivo Aldo avevo capito che la signora non godeva di molta libertà. Che non aveva amici. Non pensavo di fare una brutta cosa.

– Certo, era un semplice favore, – acconsente Arcadipane, – nessuno può rimproverarle niente. A chi era indirizzata la lettera? A Masimine Orusa?

Lei annuisce ancora, dopodiché beve un sorso d'acqua da un bicchiere che teneva prigioniero tra le ginocchia e che Arcadipane non aveva visto.

– La settimana dopo la signora mi ha ringraziato per aver spedito la lettera. Ha detto che la risposta della sua amica forse sarebbe stata recapitata al mio indirizzo. Le avrei fatto una cortesia se gliela avessi portata e consegnata senza farmi notare dal personale o dalla Brocani.

– La lettera di risposta quando è arrivata?

– Ci ha messo un po' di tempo. Forse dieci giorni. Era una raccomandata.

– Il mittente era Masimine Orusa? La persona a cui la signora Ladich aveva scritto la prima lettera?

– Sí.

– E lei l'ha consegnata alla signora.

– Sí, il giovedí dopo. L'ha letta subito, eravamo da sole nella camera. Mi è sembrata turbata. Ha pianto. Capitava da quando Aldo stava male, ma quel giorno era diverso. Le ho chiesto se potevo fare qualcosa, se voleva che spedissi una risposta. Lei ha detto di no, mi ha pregato di lasciarla sola. Poi però il giovedí dopo mi ha dato tre lettere.

Arcadipane guarda la Pes, poi torna a concentrarsi su Lupita Lozano che ha l'aria affaticata, ma anche sollevata, come se il difficile fosse stato cominciare.

– Tre lettere. Tutte per Masimine Orusa?

Lupita Lozano scuote la testa di no.

– Una soltanto.

– E le altre due?

– Prima di spedirle ho letto i nomi sulle buste, ero curiosa, ma a parte quello di Masimina…

– Masimine Orusa, – la corregge Pedrelli beccandosi un'occhiataccia da Arcadipane.

– Masimine Orusa, sí. A parte lei mi ricordo solo un nome perché a Stoccarda avevo un professore del corso di tedesco che si chiamava Ludwig.

– Ludwig Ubac.

– Sí, Ludwig. Il cognome non me lo ricordo.

– E la terza lettera?

– Non lo so, era un uomo. Con il cognome corto.

– Un cognome come Ubac?

– Corto cosí, ma non Ubac.

Arcadipane pensa, non gli viene in mente niente, guarda l'ora. Il tempo che si erano concessi sta per finire. Dall'appartamento a fianco arrivano i colpi di qualcuno che pulisce il filtro della caffettiera.

– Ha ricevuto e spedito altre lettere dopo quella volta?

– Qualcuna.

– Quante? E a chi?

– Sempre lettere tra la signora Ladich e la signora Orusa.

– Ho capito. Senta, noi dobbiamo scappare perché abbiamo un volo. Dobbiamo fare una cosa molto importante. Però lei ora telefona in clinica e dice che non sta bene, oggi non può andare al lavoro.

– Ma veramente....

– Telefona e glielo comunica, a giustificarla pensiamo noi. La signora Pes ci accompagna in aeroporto e passa a riprenderla per andare in centrale. Non si deve preoccupare, non ha fatto nulla di male, abbiamo solo bisogno di una sua deposizione firmata, va bene? In centrale. Adesso io la ringrazio... – e Arcadipane fa per alzarsi.

– Lupita, – dice il pastore, che fino a quel momento sembrava scomparso.

La donna abbassa lo sguardo.

– Devi dirgli anche l'altra cosa.

Il cellulare di Arcadipane squilla. Controlla. È Lavezzi. Probabilmente aggiornamenti burocratici su Ludwig. Lo staranno traducendo dal carcere di Cuneo a Clot. C'è tempo. Chiude la chiamata.

– Sentiamo quest'altra cosa, – dice, rimettendo le natiche sulla sedia.

59.

– Non risponde, – fa Lavezzi, – magari è già sul volo.

– Ha detto che partivano alle sette e quaranta. Riprova.

Lavezzi è scocciato. Non è mica un segretario! Di solito sbriga Botta queste seccature, ma ora sta dentro la stanza con Ubac e gli altri due colleghi di Cuneo. Arcadipane si è raccomandato: quando Ludwig Ubac sta a Clot voglio che con lui ci siete sempre o tu o Botta! Per il resto è responsabilità dei colleghi del territorio, ma a Clot... Potevano anche portarlo su un po' piú tardi dal carcere. Adesso cosí se lo devono sucare lí in municipio fino a che Arcadipane non arriva...

Bramard lo guarda mentre richiama con il vivavoce. Sente squillare. Poi dall'altra parte mettono giú.

– Niente da fare, – dice Lavezzi, che sta per infilare il cellulare in tasca, quando sente il *blin* di un messaggio. Apre e legge. Lo mostra a Bramard: «Dopo, cazzo!»

– Starà facendo qualcosa di importante, – conclude.

– Quello che ti sto chiedendo lo è di sicuro di piú.

– Immagino, però io questa responsabilità senza il via libera del commissario, non me la prendo.

Corso fa qualche passo verso la finestra del pianerottolo su cui stanno discutendo da una decina di minuti. L'avvocato d'ufficio di Ludwig è nella piazza che parla al cellulare. Per ripararsi dalla pioggia si è accucciato sotto l'orecchia del telefono pubblico. Probabilmente non ha letto le carte perché altrimenti non si metterebbe lí. Non che ci siano prove da inquinare, ma non lo farebbe comunque.

– Sta per succedere qualcosa, – dice Bramard.

Lavezzi non risponde, ma Corso sa che sta sorridendo.

– Hai sentito cosa ho detto?

– Ho sentito. Cosa deve succedere?

– Lo sa Ubac. È per questo che ci devo parlare.

Bramard si volta perché confida che la sua faccia, i capelli bagnati, gli occhi rossi e la smorfia per il dolore alla caviglia forse possano piú delle parole.

– Quando vedi che l'avvocato sta per rientrare, – dice, – bussi e io esco. Due minuti.

Lavezzi, dopo averlo fissato per un po', lo raggiunge alla finestra e guarda l'avvocato di sotto.

– Due minuti. E se la cosa salta fuori, io ero al bagno. Sei andato dentro di tua iniziativa.

Appena dentro il salone Bramard si rende conto di essere nel posto dove quella notte la gente di Clot ha deciso il destino di Aldo, di Anna, di Ludwig e forse, con una cinquantina di anni di anticipo, di Terenzio Fuci. Ha un'esitazione, poi pensa che in fondo è giusto cosí. Dove tutto è cominciato, tutto deve finire.

Ludwig Ubac siede spalle alla porta, indosso il suo smanicato di pecora. I capelli sono schiacciati sulla nuca. Quella notte a differenza di Corso deve aver dormito o per lo meno ha avuto la fermezza di stare disteso. Questo dice chiaro chi è in vantaggio.

Botta e i poliziotti in divisa fissano Bramard incerti, soprattutto i due che non lo conoscono. Non tanto perché non si è qualificato, ma per i vestiti bagnati, le scarpe piene di fango, il modo in cui è entrato zoppicando. La stufa è spenta, probabilmente fa freddo perché tutti tengono giacca e cappelli, eppure Corso da quando ha lasciato Dao non sente piú niente. Solo il pulsare della caviglia, ma come una notizia che arriva dall'estrema periferia dell'impero: attutita, da retrodatare, forse neanche vera.

Botta fa un cenno con la mano, a dire agli altri due: aspettate, vediamo.

Bramard ne approfitta e siede a lato di Ludwig che continua a guardare dritto davanti a sé. Si china sul tavolo per avvicinarsi. Non vuole che i tre sentano.

– Dov'è Vera? – sussurra.

Ludwig sposta lo sguardo su di lui.

– Lo saprai quando lo sapranno gli altri, – dice.

La sua voce adesso è quella dell'uomo che ha maneggiato vite, portandole nel buio oltre il confine in cambio di denaro. Dell'uomo che a ognuna di quelle vite ha dato del tu, come sta facendo ora con lui, sapendo che se qualcosa fosse andato storto sarebbe stato l'ultimo a pagare. Non c'è nessuno che fa il prete, per quanto sembri diverso, che in fondo non lo sia. E nessun criminale che sia abitato piú dalla bontà che dall'egoismo.

Corso ripensa a quello che Dao gli ha appena detto: «Conoscevo la storia, i documenti, la lingua, avevo analizzato ogni centimetro di quegli affreschi, eppure non ero abbastanza intelligente per credere. Nemmeno a quello che avevo davanti agli occhi». «Amilcare Fuci non era interessato ai soldi, ma a purgare il mondo. A portare il regno di Dio in Terra».

Chiude gli occhi, respira, prova a ritrovare una calma che non ha.

È come se ogni carta in quel gioco ne nascondesse un'altra da cui cerca di distrarre l'attenzione: la diga è la carta con cui Fuci voleva coprire la crociata; l'esplosione del tunnel quella che ha coperto l'omicidio dell'ingegnere e della moglie; la Sacra Famiglia l'espediente escogitato da Johannes per parlare alla donna amata; i versi di Folquet de Marselha i messaggi cifrati che Vera Ladich lasciava scivolare oltre la grata della sua cella. Un tavolo da gioco al quale anche i giocatori siedono mascherati: Vera Ladich era in verità Anna Mattalia; Mademoiselle le look, una prigioniera infelice; l'amorevole Terenzio Fuci, un aguzzino; il pio Amilcare, un fanatico; e l'uomo che ha di fronte? Il solitario e illuso Ludwig?

Corso guarda Ubac portare le mani chiuse dalle manette al viso e grattarsi la barba. Lo stesso gesto che ha fatto ieri quando Corso, in piedi sotto la pioggia, gli parlava attraverso il finestrino aperto della Giulietta che l'avrebbe condotto in carcere. Mani forti, dure, grosse, eppure eleganti come quelle di un prestigiatore che disegna volute nell'aria con la destra per attirare l'occhio del pubblico, mentre con la sinistra mette in atto il trucco.

– Ieri sera lei mi ha raccontato la storia di sua madre, – dice. – Io avevo capito che Vera Ladich era viva e lei lo sapeva, ma invece di cercare di convincermi di averla uccisa, mi ha spiegato perché si chiama Ludwig.

Ludwig Ubac distoglie lo sguardo. Corso sa che la strada è quella giusta. Solo non sa se avrà il tempo di percorrerla fino in fondo. Mette una mano a pugno sul tavolo e ci appoggia sopra il mento. La mano è sporca di fango, come la manica della giacca. Deve essere caduto mentre correva per il sentiero, ma non ne ha memoria.

– Un tempo mi chiedevano spesso perché mi chiamassi Corso, – dice. – Io avevo una bella storia per spiegarlo. Cosí bella che nessuno dopo averla sentita mi chiedeva il perché di Bramard. È per questo che mi ha raccontato perché si chiama Ludwig? Cosa significa Ubac?

Ludwig ora è concentrato sulla finestra oltre la quale la pioggia cade violenta, formando un muro grigio.

– Scusi!

Bramard si gira. Uno degli agenti ha fatto un formale passo avanti. È sui trentacinque, di quelli che gestiscono gli accompagnamenti, mansioni di base, o perché è entrato tardi in polizia o perché dà poco affidamento. La terza ipotesi è che sia sveglio il che lo ha portato a sbattere la testa contro i superiori, ma è piú probabile una delle prime due.

– Io sono della valle a fianco, – dice, – e da noi l'*ubac* indica il rovescio.

– In che senso il rovescio?

L'agente sta fissando un punto appena sotto il lampadario. Decisamente è una delle prime due ipotesi quella buona.

– Il fianco della valle che non prende il sole, – spiega, – il contrario dell'*adrech*, che invece è il versante ben esposto.

Bramard annuisce per dire grazie. Un movimento che nella poca luce della stanza probabilmente l'uomo non riesce a percepire, poi rimette il mento sul proprio pugno. Da quella posizione guarda Ludwig, gli occhi antichi e calmi, il volto austero di guerriero sacerdote.

– Sei stato tu l'ultimo Muret, – dice Corso.

Ludwig abbassa lo sguardo su di lui e sorride. Lo fa come i bambini che giocano a nascondino nell'istante in cui vengono scoperti, prima di spaventarsi, urlare, disperarsi, mentire, negare, gridare al tradimento e correre verso la tana, cercando di evitare di stare sotto il prossimo giro. Perché è sempre bello quando qualcuno ti scopre e quindi ti capisce. Anche se hai fatto di tutto per nasconderti. È umano. E Ludwig Ubac è umano piú di tanti altri. Solo che è il tipo di umano piú difficile per un poliziotto. Quello che dopo quel sorriso starà zitto. Bramard lo sa perché è della stessa razza anche lui.

– Dao mi ha detto di portare via la bambina, – dice Corso. – Dov'è la stanza della Sucho? Cosa volete fare?

Ludwig torna a guardare davanti a sé e tace.

Bramard prende una Gitanes dalla tasca interna della giacca dove l'acqua è arrivata, ma spera non tanto da passare il cartone e la stagnola del pacchetto. Si alza e si avvicina alla stufa. Su una mensola ci sono i cerini.

– Fumo, – dice ad alta voce, forse per avvertire gli agenti, come se fosse un detenuto, o forse perché quando la mente sta percorrendo le sue gallerie, la bocca si aggrappa alle cose piú semplici, al fatto presente, all'incontestabile. Si porta alla finestra, la socchiude. L'aria fredda cambia di posto con il fumo che butta fuori senza sollievo. Sulla piazza ci sono le auto della polizia, alcune «in borghese», le altre bianco-azzurre. I lampioni sono accesi, tanto la cappa di nuvole e la pioggia hanno fatto scuro. L'avvocato sotto l'orecchia del telefono pubblico non c'è piú. Spera sia andato a prendere un caffè, ma sa che non è andato a prendere un caffè.

– Corrado Dao dice di essere qui per scontare la sua colpa. La tua qual è?

– Ho ammazzato Fuci, ve l'ho detto.

– Parlo di quella che ti porti dietro da allora. Perché non l'hai sposata se vi amavate? Perché hai lasciato che andasse a Roma con Fuci? Eri il Muret, potevi prendere la donna che volevi. Te l'ha chiesto lei per Aldo e tu hai obbedito? È questa la colpa per cui sei qui adesso?

Ha pronunciato ogni parola come si recita una preghiera, tra le labbra, perché chi deve ascoltare è dentro e non altrove. Qualcuno in quel momento bussa. Bramard si prende il tempo di un tiro, prima dei quattro passi che gli servono per aprire.

– Non era me che amava, – lo ferma Ludwig al secondo di quei passi.

Bramard volta la testa quanto basta per mettere i propri occhi sulla linea di quelli di Ubac.

– Perché, chi am… – chiede, bloccandosi dove si è già risposto.

Bussano un'altra volta, piú forte, piú a lungo.

Ubac sta sorridendo, le lacrime che gli entrano in bocca.

– Ormai non importa, – dice, – non importa piú.

Bramard riprende a zoppicare verso la porta che Lavezzi sta aprendo.

60.

Il telefono vibra continuando a massaggiargli la coscia. Arcadipane lo prende e guarda, è sempre quel cazzone di Lavezzi: ma che non sa leggere i messaggi? Controlla l'ora, hanno sette minuti: Lavezzi dopo.

Anche perché Lupita sul divano s'è fatta pallida, segno che ci siamo, c'è qualcosa di piú grosso delle lettere alla Orusa e a Ubac e a quel terzo col cognome corto che ancora non sa. Arcadipane rimette il cellulare in tasca.

Il pastore s'è trasferito sul divano, vicino alla donna e le posa una mano sulle sue. Non fosse l'uomo trasudante onestà da ogni capello brizzolato, potrebbe persino sembrare un gesto sconveniente, ma nella sala tutti sono concentrati sulle labbra socchiuse di lei.

– Lupita... – dice Piero.

– Lo so, – annuisce lei. – È che avrei potuto perdere il lavoro... Ho due bambini... Il padre mi dà quello che può, ma è poco.

– Non abbiamo tempo, – interviene Arcadipane, – cosa ci deve dire? Che ha chiesto del denaro alla signora Ladich per spedire e ricevere quelle lettere? Non è reato, se è questo che crede... Io l'assolvo in termini di legge e il don l'assolve in confessione, va bene? – Fa per alzarsi, ma nota che la faccia di lei si è chiusa a prugna secca, quindi non è quello. O meglio, quello è solo il pezzetto di coda che la lucertola ha lasciato fuori dai sassi.

– Fagli vedere, – dice il pastore.

Lupita Lozano annuisce, ma non si muove.

– La signora non aveva mai denaro con sé, – dice. – Era la signorina Brocani che disponeva per tutto, quindi la signora non poteva… – e si interrompe di nuovo.

– Senta, comincio… – sta per partire Arcadipane, ma Franca Pes lo anticipa scostando la sedia, per poi fare qualche passo, mettendosi in ginocchio davanti alla donna. Il don o quello che è, vedendola arrivare, ha tolto le mani e ha fatto bene perché adesso è la Pes a prendere quelle di Lupita Lozano tra le sue e a stringerle, come si fa con i bambini per riportarli al qui e ora.

– Mi guardi, – le dice.

Lei lo fa e Arcadipane pensa che sono già a buon punto.

– Ho avuto due figli anch'io, da un uomo che un bel giorno ha scoperto che era troppo difficile fare il padre. Ero giovane, ero spaventata e con un lavoro pericoloso e malpagato. Mia madre abitava lontano, non avevo nessuno, proprio come lei. Ogni sera andavo a letto chiedendomi se ce l'avrei fatta ad alzarmi la mattina dopo. A crescerli, a dare loro tutto quello di cui avevano bisogno.

Arcadipane non la vede in faccia, ma è quasi sicuro che pianga.

– Quindi la capisco benissimo. E anche loro, – si gira di colpo, Arcadipane fa appena in tempo ad annuire, – in tutta questa storia, è l'unica innocente. Quindi non abbia paura. Io sono con lei e le darò una mano, va bene?

Lupita Lozano la guarda fissa come una rana davanti ai fari abbaglianti di un Defender gommato largo. Poi sfila con delicatezza le dita da quelle della Pes, che intanto continua il sí, sí con la testa per confermarle fino all'ultimo che quello che le ha detto è sincero e che lei sta facendo la cosa giusta. Si alza e raggiunge la cassettiera sopra cui sta la televisione, che è comunque un bel trentadue pollici piatto con decoder di Sky.

Apre un cassetto di mezzo, lo sfila per intero e lo appoggia a terra. Si china ed estrae una busta trasparente per documenti che aveva fissato con il nastro adesivo al fondo del cassetto di sopra. Appallottola le quattro strisce di nastro e sfila alcuni fogli dalla busta. Torna a sedersi tra il pastore e la Pes che adesso ha preso posto sul divano alla sua destra. Arcadipane guarda l'ora alla parete. Se perdono l'aereo sono fottuti!

– Cos'è? – domanda.

La Pes deve avere già visto l'intestazione del documento perché ha sgranato gli occhi.

– È una copia del testamento della signora Ladich, – dice Lupita.

– Come il testamento? – si risveglia persino Pedrelli.

– Ha detto che quelle lettere per lei valevano piú di ogni cosa e... siccome non poteva darmi del denaro...

– Lo passi un momento alla signora Pes per favore... Franca dàgli un'occhiata.

Franca lo afferra, niente a che vedere con i modi gentili di poco fa. Legge.

– Come gliel'ha fatto avere? – chiede intanto Arcadipane.

– Quando Aldo è morto ha chiesto alla signorina Brocani di restare sola con lui per qualche ora. Ne ha approfittato per fare venire un notaio. Hanno redatto il testamento in camera, c'eravamo solo noi tre, e alla fine abbiamo firmato.

– Cosa le ha lasciato?

– «... proprietà, denaro, titoli, – legge Franca Pes, – di cui nel frattempo la signora Ladich Vera, nata Anna Mattalia, fosse entrata eventualmente in possesso alla morte del marito Terenzio Fuci, avvenuta sia pure per morte violenta. Tali beni sopra indicati verranno in toto e non in parte, senza alcuna limitazione di legge, succeduti dalla signora Lozano Lupita, in aggiunta all'appartamento di via del Babuino 42 già intestato alla signora Ladich Vera e a ogni altro bene che non rientri nel portafoglio della società per azioni Veronica Film, – la Pes rallenta la lettura fino ad arrivare a scandire le ultime parole, – le sopradette disposizioni sono da intendere valide e non impugnabili in qualsivoglia circostanza dovesse avvenire il decesso della signora Ladich Vera, sia esso dovuto a cause naturali o violente».

Arcadipane ha un braccio appoggiato al tavolo, l'altro abbandonato lungo il corpo.

– Ma che cazzo vuol dire? Che aveva previsto...

– Scusate, – interrompe don Piero, – Lupita, digli cosa la signora ha chiesto quel giorno al notaio.

– Sí, – dice la donna, ma poi non lo dice mica.

– Allora? Che ha chiesto?

– Ha chiesto, – e si stropiccia le mani, – se si poteva inserire che il testamento era valido anche in caso di omicidio, strage, inondazione e disastro colposo.

– Inondazione e...

– Il notaio però le ha detto che quelle cose non si potevano mettere.

Arcadipane fissa la Pes che fissa Lupita. Una triangolazione che dura un miuto e anche piú, poi Pedrelli gli sfiora il gomito.

– Commissario?

Arcadipane scatta in piedi e va verso la porta senza dire, salutare o commentare niente. La Pes e Pedrelli gli si precipitano dietro, lei con il testamento in mano. Ad Arcadipane sembra che nel corridoio mentre transitano sia sbucato un bambino dalla porta della camera, una testa piccola, nero brillante, forse montata sopra un pigiama dei super eroi, ma non saprebbe dire perché un secondo dopo il suo mocassino sberciato, le scarpette di Pedrelli e le zeppe della Pes stanno già correndo giú per le scale. Arcadipane intanto compone il numero di Bramard. Non raggiungibile. Riprova. Non raggiungibile. Sono fuori dal palazzo adesso. Richiama Lavezzi.

– Commissario, è mezz'ora...

– Mezz'ora un cazzo, evacuate subito il paese. Io chiamo il dirigente generale e tutti i controcazzi, ma voi intanto portate via tutti, capito?

– Certo, commissario, abbiamo già cominciato.

– Come avete cominciato? – rallenta appena il passo. – Quando?

– Dieci minuti fa.

Ora stanno correndo sull'occhio pixelato del piazzaletto.

– E chi vi ha detto di farlo?

– Bramard.

– Ah! E come... non importa, dov'è ora? Non risponde.

Si buttano dentro il Kangoo.

– Non lo so, ha detto che doveva trovare la stanza. Che saliva alla chiesa.

– Alla chiesa a fare che?

– Non lo so, zoppicava...

– Perché zoppicava?

Franca Pes mette in moto con un ruggito e parte facendo fischiare le ruote, che non fanno mai il rumore dei film, ma una cosa piú triste, da palloncino che si sgonfia, da risucchio di catetere.

– Non lo so, commissario, qui c'è molta confusione, piove.

– Ubac gliel'ha detto?

– Che cosa?

– L'ha detto a Bramard dov'è l'esplosivo rubato dai cantieri?

Lavezzi tace.

– Gliel'ha detto o no?

– Non lo so, non ero presente. Botta dice che hanno parlato solo di una stanza.

– Che stanza?

– Non lo so, qui è davvero un casino. Ubac tra l'altro non vuole muoversi!

– In che senso?

Franca Pes prende la curva un po' larga, uno dei cerchioni urta il cordolo e lo vedono viaggiare dritto per il prato come lo scudo di Achille dopo la caduta dell'eroe.

– Non se ne vuole andare. Ci abbiamo provato in tutti i modi, ma non riusciamo a spostarlo. Peserà cento chili.

– E dategli una scossa, cazzo, non ce l'avete un taser?

– No.

– Vabbè, in qualche modo caricatelo in macchina, ma intanto tu continua a spremerlo, capito? Occupatene tu, non Botta, che è troppo di buon cuore. E intanto portate via da lí tutti gli altri.

– Anche quelli però...

– Che fanno?

– Si sono chiusi in casa. Noi siamo soltanto otto. E poi c'è pure l'avvocato di Ubac che rompe i coglioni!

– Ma chi è questo?

– Non lo so, commissario, ma lei dice che è vera 'sta cosa? Ci viene giú la diga?

– Ma secondo te io e Bramard ci siamo messi d'accordo per fare lo scherzetto? Evacuate, evacuate... Cazzo, Franca, guarda che ci dobbiamo salire vivi su quell'aereo!

– Va bene, commissario, noi procediamo. Anche se qui come fa notare il sindaco ci vorrebbe un'ordinanza!

– Se la metta nel culo lardoso, l'ordinanza. Taserate anche lui e caricatelo. Noi siamo quasi all'aereo. Adesso riattacco che devo chiamare quelli del piano di sopra, se ci fanno trovare un elicottero a Levaldigi tra due ore siamo lí. Tu intanto chiama quelli della diga, scopri se ci sono un piano di evacuazione o delle zone sicure. Se possono svuotare quel cazzo di lago. E gli artificieri o quello che è. Anzi, queste cose passale a Botta, capito? Non fatevi prendere dal panico. Metto giú per fare le altre chiamate, mentre siamo in volo sentite la torre di controllo che ci girino i messaggi.

Arcadipane riattacca, gronda sudore, e anche gli altri. Nell'auto ci deve essere una puzza da cetaceo spiaggiato.

– Commissario?

– Eh!

– Il dirigente generale… Dovrebbe sentirlo, siamo quasi in aeroporto.

– Sí, sí… – e compone il numero.

Mentre aspetta che qualcuno dall'altra parte risponda la Pes infila la corsia preferenziale dei taxi, strombettando. È sfatta, sudata, i nervi del collo tesi e le mani artigliate al volante.

Inchioda davanti all'entrata delle partenze.

– Non sapevo che avessi due figli, – dice Arcadipane aprendo la porta.

– Non ho nessun figlio! Muoviti, babbeo!

– Sí, – la bacia veloce sulla guancia, – grazie Franca.

61.

Chi entrasse in chiesa noterebbe un uomo seduto di spalle sulla prima panca a destra, a ridosso dell'altare. Probabilmente si accorgerebbe che ha i capelli bagnati, d'altronde fuori piove, ma resterebbe forse piú colpito dalla calma della sua postura nonostante l'allarme che risuona in tutta la chiesa. Un frastuono che spiega il portone forzato, le schegge di legno all'entrata, ma non le gocce di sangue che macchiano la soglia.

Solo avvicinandosi constaterebbe che i vestiti zuppi dell'uomo hanno formato una pozza sul pavimento di pietra; che la sua mano destra sanguina e che accanto a lui sulla panca c'è un pezzo di ferro lungo quanto un bastone da passeggio, ma arrugginito. Lo strumento dell'effrazione.

Spostandosi di fronte vedrebbe infine la sua faccia dai lineamenti complessi, resa bella dalla fatica e dal dolore fisico come accade solo ai giovani: un paradosso, visto che l'uomo sembra piú vecchio di quello che è. L'ultima cosa che potrebbe sospettare è che la sua mente, nonostante il marasma dell'allarme, stia lavorando nella maniera metodica, efficiente e immaginosa che, dove gli altri annaspano o cedono alle facili conclusioni, lo distingue.

Bramard si gratta una guancia, senza smettere di fissare l'animale sul petto della Madonna della Labreno. La luce dalla finestra è poca, il grigio fuori senza squarci, eppure la salamandra brilla ipnotica nel suo materico nero-giallo, come il centro di un gorgo che fa paura e attira.

«... penso che indicasse il luogo della Sucho...» si ripete Corso le parole di Dao la prima volta che si sono visti in quella chiesa: «... la sala dove si giocava».

Soppesa quell'affermazione in termini di pietra angolare e la posa a terra, dopo averla giudicata soddisfacente, quindi si alza e va verso l'altare. Il pensiero dell'allarme lo distrae: si chiede se e quanto si senta dal paese, poi si dice che se Lavezzi e gli altri stanno facendo quello che ha chiesto, quanto si senta conta assai poco. Avranno telefonato ad Arcadipane, lui forse non avrà capito il motivo dell'evacuazione, ma se lo conosce, sapendo che l'indicazione arriva da lui, non avrà dato ordine contrario.

Torna a concentrarsi sulla Madonna e sulla salamandra.

L'unico a sapere l'ubicazione della stanza della Sucho è sempre stato il Muret. Il padre di Ludwig è morto nel '58, Ludwig aveva diciotto anni, certamente avrà ricevuto il testimone e con esso il segreto. Ma Ludwig non parlerà. È il motivo per cui Bramard è lí in quella chiesa anziché nella sala consiliare a interrogarlo. Deve trovare la stanza della Sucho da solo. Deve trovare Vera Ladich da solo. E farlo prima che lei riesca a mettere in pratica ciò che probabilmente aspetta da una vita.

Ripensa alla seconda visita al container di Ubac. Quando gli ha chiesto che cosa fosse il Muret, Ludwig, facendo finta di non capire, gli ha risposto: «Nella nostra lingua è la marmotta».

Perché chi guida la Sucho è *lo muret*: la marmotta. Perché sta di vedetta? Parché avverte gli altri del pericolo? Che altro fanno le marmotte? Vivono in piccole comunità familiari, si cibano di fiori e radici, scavano gallerie e tane dentro cui in autunno si tappano per... E se la stanza della Sucho fosse sotto terra?

Torna a sedere sulla panca dov'era prima, lo stesso punto, i vestiti hanno smesso di gocciolare, la giacca canadese inzuppandosi s'è fatta di ghisa. Rigira quella seconda pietra tra le mani, la studia, prova a poggiarla su quella angolare: la salamandra indica la stanza della Sucho che si trova sotto terra.

Guarda la salamandra nell'affresco e poi il pavimento. Non lí: hanno usato il sonar, ci fossero stanze o gallerie le avrebbero trovate e lo stesso vale per il cimitero. Le cantine delle case di Clot sono state perquisite, ogni botola ispezionata. Eppure l'unica salamandra raffigurata a Clot è quella che ha davanti.

Deve pensare diverso, storto, che è quello che una volta faceva d'istinto, senza bisogno di chiederselo. «... l'*ubac* indica il rovescio, – ha detto l'agente, – il fianco della valle che non prende il sole, il contrario dell'*adrech...*», quindi la stanza della Sucho potrebbe trovarsi da qualche parte sul versante in ombra della valle. Durante le ricerche però hanno controllato ogni grotta, cavità, galleria naturale o condotto. Gli speleologi hanno studiato le carte ed esplorato ogni anfratto. No, la parola *ubac* deve riferirsi a qualcos'altro... All'ombra di qualcosa, forse? Oppure al «rovescio», al «contrario», ma di che?

Scarta questa pietra, senza gettarla lontano, potrebbe poi servirgli.

Si avvia lungo la navata, stavolta in direzione dell'ingresso. Tiene le mani in tasca, dove solo la stagnola ha mantenuto la sua consistenza mentre il pacchetto delle sigarette è ormai una poltiglia. Si ferma a cinque metri dal portone che pochi minuti prima ha forzato: non aveva tempo di chiedere le chiavi al sindaco o cercare Dao. La luce rossa dell'allarme pulsa sotto le travature del soffitto come un occhio che vuole vedere e poi non piú e poi di nuovo sí. Un ritmo che sembra accordarsi a quello con cui pulsano la caviglia e la ferita sulla mano, che poi è quello del suo cuore.

«... condurre li omini in luogo adatto a vedere, – scriveva Minico Curto, – ... la nostra arte tutta consisteva nel condurre li omini in luogo adatto a vedere».

Bramard prova ad appoggiare quella pietra sulle prime due: la salamandra indica la stanza della Sucho; la sala dove si giocava è sotterranea, c'è un luogo adatto a vedere. Smonta quella piccola torre e colloca le pietre in un altro ordine: la sala dove si giocava la Sucho è sotto terra, la salamandra indica dove si trova e c'è un luogo adatto a vederla.

Dalla luce rossa fa scendere lo sguardo sul grande affresco sopra il portale: gli uomini incappucciati, la corda che li lega, il Muret che li conduce verso l'alto della valle. La stanza della Sucho non è sotto o nel paese, ma nella parte alta della valle, questo l'aveva capito, ma dove? Qual è il luogo adatto a vedere la salamandra che la indica?

L'affresco mostra il fiume che all'epoca di Johannes attraversava la conca dove ora si trova il lago. Bramard guarda quella grande spianata. Accanto al corso d'acqua si riconosce la sagoma di una baita. Ripensa al verbale del primo interrogatorio di Ludwig Ubac, il Muret:

«Arcadipane: ... Lei vive in un container... come ce l'ha portato lassú?

Ludwig: L'hanno portato quelli della diga.

Arcadipane: Quando?

Ludwig: Casa nostra era accanto al fiume, nel tratto sopra lo sbarramento, quindi destinata a restare sotto il lago».

Quanto Ludwig ha dichiarato nel primo interrogatorio corrisponde a quanto detto da Dao: «Le leggende sulla Sucho parlano di Clot come di un paese nella piana del lago, ricostruito poi a valle dopo una frana. Solo la casa del Muret, che per qualche ragione non poteva essere spostata, era rimasta accanto al fiume».

Mentre cammina verso la panca dove era seduto, riconsidera le pietre che ha impilato: la stanza della Sucho è sotterranea; la salamandra è il segno che la indica; c'è un luogo adatto a vedere la salamandra; la casa del Muret si trovava nel pianoro da dove per qualche ragione non poteva essere spostata.

Toglie dalla tasca dei pantaloni un fazzoletto zuppo e lo avvolge attorno al taglio non profondo, ma lungo, quindi recupera il pezzo di ferro arrugginito con cui ha forzato il portone e torna all'uscita.

Lo attende la pioggia decisa e dritta che aveva lasciato fuori dall'uscio. Il cielo si è abbassato di un'altra spanna, mangiando la testa delle montagne che circondano la valle. Il sagrato ormai è una pozza.

Corso dà un breve sguardo alla piazza del paese senza trovarci né la confusione, né l'assenza di movimento che sperava. Tra la coltre della pioggia gli pare di riconoscere Lavezzi e qualche altra figura che si muove attorno a una manciata di auto. L'allarme copre ogni voce possa arrivare fin lí.

Potrebbe scendere, telefonare ad Arcadipane, dare una mano per l'evacuazione o cercare di strappare qualche altra parola a Ludwig, ammesso non l'abbiano già trasferito. Alla peggio salire sulla prima auto e riportare a casa da Elena, Martina, Ani e Matei la persona incomprensibile anche a sé stesso che è, per il tempo che può durare.

Questo è quello che potrebbe fare, oppure salire alla diga seguendo quell'intuizione.

Corso annuisce a non sa cosa e prende senza fretta il sentiero verso monte.

62.

L'edificio è fascista. Nella somma di rettangoli e quadrati inscritti uno nell'altro, nella verticalità della torre littoria, nella scritta déco e persino nella tinteggiatura grigio-verde che è stata dai tempi senz'altro rinnovata. Eppure basta il cartellone di un film d'animazione in programma per il week-end per mettere la sicura al vecchio fabbricato che ospita il cinema Alpi.

Isa ha parcheggiato di fronte. La strada è poco trafficata, qualche passante, dalle finestre di un palazzo accanto colpi di mazzuolo e nubi di polvere da ristrutturazione. Il cinema è chiuso.

Fa il numero, come le è stato detto di fare. Quando rispondono dice chi è.

– Va bene, – aggiunge, – sono qui davanti.

Siede su uno dei tre gradini che portano all'ingresso, pensato per quando quel cinema era tra i pochi della città, forse il piú importante. È stanca, nel senso piú esteso del termine, e le fa male un punto della schiena che non ricordava le avesse mai dato segno di esistere.

Nel dormiveglia della notte in auto si è chiesta piú volte cosa sarà di lei tra dieci mesi, un anno. Come potrà gestire gli eventi e incastrarli con quel lavoro, che non è un lavoro, e lei lo sa. Gli unici che ha visto maneggiare un'ossessione simile sono Bramard e Arcadipane che a suo modo le sono cari, ma non certo fulgidi esempi di gestione familiare. È incredibile quanto nel giro di pochi mesi ci si possa sentire estranei alla persona che eri mentre prendevi una decisione tanto definitiva.

– Signorina Mancini?

L'atrio è fascista anche piú dell'esterno, pensa Isa, guardando le grandi fotografie di attori in bianco e nero. Tra di loro c'è anche una Vera Ladich giovane, come nei film è sempre stata; che fuma e non sorride, come nei film spesso ha fumato e pochissimo sorriso.

Mentre raggiungono la biglietteria, Isa ascolta i propri anfibi echeggiare sul pavimento di marmo. Modesto Dovetta, molto simile a un setter mezza taglia dal viso puntuto, le sta parlando, ma sono quelle parole cuscinetto che si dicono perché è brutto andare subito al sodo. Isa non le ascolta: ha imparato a registrare la vibrazione delle conversazioni senza urgenza. A risparmiare tempo e gigabyte, per poi prestare attenzione solo quando la vibrazione cambia, cioè adesso.

– Ecco mio padre, – dice Modesto Dovetta, – il cinema l'aveva in gestione mio nonno quindi papà ha cominciato a lavorarci da ragazzino, subito dopo la guerra. Prima puliva e staccava i biglietti, poi è stato in cabina e dalla fine degli anni Cinquanta l'ha gestito lui. Sentirci non ci sente piú tanto, ma la memoria purtroppo ce l'ha ancora buona.

Il vecchio Dovetta potrebbe essere il figlio lasciato a essiccare sei settimane su una grata per il mais. Giallognolo, la pelle attaccata alle ossa, una grossa testa di capelli bianchi prudentemente tenuti indietro dalla piega.

– Papà? – richiama la sua attenzione il figlio. – Lei è la signorina Mancini. Te ne ho parlato. È qui per farti vedere la foto. Mettiti gli occhiali.

L'uomo fissa Isa, forse si sta interrogando sulla natura dell'animale in questione.

– Chi è? – chiede infatti.

– È la signorina Mancini. Te l'ho spiegato mentre venivamo in macchina. Vuole sapere quella cosa sui film di Vera Ladich. Ti ricordi?

– Le seghe, mi ricordo.

– Papà! Per favore! – Modesto Dovetta toglie gli occhiali dal taschino del padre e glieli infila. L'uomo per qualche momento non sembra capacitarsi della cosa. Se li tocca con il palmo della mano.

– È un maschio? – domanda.

– È la signorina Mancini. Guarda la foto. Gliela faccia vedere.

Isa tira fuori dalla tasca del suo bomber la foto che ha stampato dal fascicolo dei carabinieri. L'uomo che mostra al vecchio Dovetta è un Ludwig Ubac sui quarant'anni, capelli corti, non molto cambiato se non che la barba scura dava ai suoi occhi un taglio arabo.

Modesto Dovetta prende la foto e la posa sul banco della biglietteria a favore del padre. Il vecchio Dovetta allarga le mani sul piano di formica, come probabilmente ha fatto migliaia di volte per controllare una banconota, un documento, una tessera che dava diritto a qualche tipo di sconto. Sembra prendere la cosa molto sul serio.

– Non è Vera Ladich! – dice.

Isa mette le mani in tasca. Comincia a divertirsi. Nelle macchine potrebbero mettere vecchi del genere al posto dell'autoradio.

– No, papà, non è Mademoiselle le look…

– Altrimenti non mi facevo le seghe.

– Lascia perdere le… quella cosa. Ti ricordi questo signore? Veniva qui al cinema?

Il vecchio Dovetta alza appena la mano come per dire stai zitto, ci sto pensando, non farmi perdere tempo, ogni volta che apri bocca mi chiedo se non sarebbe stato meglio continuare a darmi piacere in proprio.

Il figlio lancia un'occhiata rapida a Isa, sospira: carattere di merda. Isa annuisce che ha presente.

– Veniva in moto, – dice il vecchio Dovetta, ma non è finita lí, lo si capisce perché ha i denti stretti come spingesse sul cesso, – una moto da cross, – tira fuori infatti.

Modesto Dovetta guarda Isa e annuisce. Nei suoi occhi c'è una filigrana di orgoglio figliale.

– I biglietti corrispondono a quando uscivano i film della Ladich? – domanda Isa. – Si ricorda se veniva a vedere proprio quei film? È possibile che li vedesse due volte.

Il vecchio Dovetta fissa la foto, le braccia sempre aperte, i denti sempre digrignati nello sforzo di riesumare il passato a mani nude. È chiaramente una dentiera quella che porta, ma di quelle vecchia maniera, con la gengiva finta molto finta.

– Veniva a vederli, – dice. – Spettacolo del pomeriggio. Una volta sola.

Isa tira fuori i biglietti che tiene in una busta, li allarga sul tavolo, sono ordinati per codice.

– Ci sono due biglietti per ogni spettacolo.

L'uomo la guarda.

– Chi sei tu?

– Perché ci sono due biglietti per ogni spettacolo? – non lo molla Isa.

Il vecchio Dovetta fischia attraverso i denti. Una manifestazione sonora tutta sua.

– Veniva con una donna, – è l'affermazione che ne deriva.

Silenzio.

– Veniva con una donnaaa! – batte il pugno il vecchio.

– Va bene papà, va bene! Calmati!

Isa cerca nello sguardo di Modesto Dovetta prove dell'attendibilità del padre. L'inclinazione della testa dell'uomo è minima, che vuol dire su queste cose l'ottantacinque per cento. Parecchio.

– Quindi i biglietti erano per due persone che venivano allo stesso spettacolo?

– Chi sei tu?

– Papà, senti cosa ti sta chiedendo la signorina, è importante.

Il vecchio annuisce compassato.

– Veniva con una donna, – ripete.

– Una fidanzata? – prova Isa.

L'uomo scuote la testa di no.

Isa pensa, fissando i biglietti. Poi prende il cellulare, apre la galleria, scorre le foto. Trova quella scattata nell'appartamento di Saluzzo: un vecchio documento di identità spuntato da un cassetto. Mostra la foto.

– È lei, – sentenzia il vecchio Dovetta, senza esitazioni, – me la ricordo perché quando usciva piangeva sempre e lui non la consolava. Sembrava che non erano nemmeno insieme. Certe cose non si dimenticano. Chi sei tu?

Isa tiene il cellulare sollevato, ma la sua testa è già altrove.

– Sei sicuro, papà?

– Sicuro come che te sei un coglione, – poi guarda Isa: – chi sei tu?

Uscita dal cinema chiama Arcadipane. Irraggiungibile, dice la voce. Probabilmente è in aereo. Prova con Bramard. Irraggiungibile anche lui.

Intanto che sale in auto, digita un messaggio e lo manda alla chat «Vecchi scroti e una figa, magari». Mette in moto.

Dovetta giovane sta chiudendo la porta del cinema. Dovetta vecchio aspetta lí accanto, le gambe piegate come fanno i vecchi che sembrano sempre sul punto di sedersi. Isa ha già la retro inserita, ma è ferma.

Dovetta giovane finisce con la chiave e la mette in tasca, si volta, il padre lo sta guardando con occhi che Isa non conosce. Modesto Dovetta gli posa una cara sulla nuca capelluta, poi sottobraccio cominciano a scendere le scale. Isa osserva quel fenomeno che può verificarsi a volte tra gli esseri umani e a cui fino a questo momento non ha avuto accesso. Sente che quello che porta nella pancia potrebbe cambiare le cose. Si gira e schiaccia la frizione, poi mette la prima, scappando via o correndo via, a seconda dei punti di vista.

63.

Avanza lungo il coronamento della diga appoggiandosi alla sbarra di ferro, la caviglia che ormai ha il peso imponderabile delle cose assenti.

Durante la salita ha aperto lo scarpone, l'ha richiuso e adesso i lacci sono allentati di nuovo. Un sistema efficiente drena la pioggia da quella striscia di asfalto larga un paio di metri, chiusa tra i due bassi muretti. Due chilometri piú giú, i tetti di Clot sono accordati al grigio che viene dal cielo, i comignoli terribilmente fumanti. Il lago sull'altro lato appare quieto sotto la pioggia che lo batte forte. Il suo scuro lugubre e convenzionale fa pensare a un funerale dove pochi noiosi salutano un defunto che dal canto suo non li ha mai rallegrati.

Alla fine del camminamento prende il sentiero che costeggia quel lato dell'invaso. Per terra carte di caramella, qualche filtro, il tappo di una bottiglietta, un fazzoletto appallottolato: detriti di domeniche estive abbandonati senza malevolenza.

Arrivato nel punto in cui poteva trovarsi il vecchio paese, ammesso l'affresco sia attendibile, si ferma e alza lo sguardo verso l'*ubac*, il versante in ombra della valle sull'altro lato del lago. Il pendio sale senza fretta attraverso una serie di balze fino a una prima linea di montagne sui duemila metri, che lascia poi posto alla corona dei tremila subito dietro.

Corso medita che gli uomini camminavano verso la Sucho ciechi, la mente annebbiata dalla paura, dal desiderio e dal liquore che porta ancora oggi il nome del rito. La stanza non doveva essere troppo lontana.

Trascura la seconda catena concentrando lo sguardo sulla parte che cala al lago. Lí cerca un segno che possa ricordare una salamandra, ma il bosco da quel lato è poco toccato dall'uomo: non ci sono muri a secco, piante giovani dove un tempo potevano aprirsi radure o pascoli, strade o sentieri abbastanza marcati da essere visibili a quella distanza.

Si sposta a monte, tenendo il sentiero. Dopo una decina di minuti si ferma di nuovo, osserva, tuttavia niente nel quadro attira la sua attenzione.

Sta sbagliando qualcosa. La pietra è quella giusta, ne è certo: «L'*ubac* è il versante contrario, inverso, in ombra», ma è come la stesse poggiando sul lato sbagliato. Avrebbe bisogno di fumare, l'aiuterebbe a pensare, a muovere quella pietra, ruotarla, presentarla, ma le sigarette sono ormai una pappa, i fiammiferi di legno inutile parlarne e piove, piove.

Il lato sbagliato... il rovescio.

Controlla la strada da cui viene, poi quella che gli resterebbe fino alla coda del lago. Valuta la piú breve e riprende la marcia in leggera salita. Ogni passo gli costa fatica, e il dolore alla caviglia comincia a risalire la gamba, ma stare fermo è peggio.

Quando raggiunge la fine dello specchio d'acqua, attraversare il torrente che lo alimenta gli richiede cinque minuti. Il problema non è la corrente, ammansita da un centinaio di metri di pianoro, ma appoggiare il piede guasto tra le rocce del greto. Procede cauto, puntellandosi con una mano quando la spranga di ferro non basta. Prima di approdare sul lato opposto, cade un paio di volte, percependo lo iato tra il gelo del torrente e quello della pioggia, quindi imbocca il sentiero a scendere verso la diga.

Il versante che adesso scruta è l'*andrech*, quello che prende il sole, ammesso che oggi lo si possa immaginare cosí.

Si ferma di nuovo nel punto dove ipotizza si trovassero, fino al riempimento dell'invaso, il vecchio paese e la casa del Muret e degli Ubac, che ormai sa essere state la stessa cosa. Studia il pendio, riconoscendo il sentiero da cui è calato qualche giorno prima, di ritorno da Gias Vej. È stato piú volte in quella radura: con la luce, di notte, con Arcadipane, solo e con Martina. Ha controllato con cura la pietra accanto a cui era ferma la Jaguar. Nessuna salamandra, nessuna iscrizione o segno che possa ricondurre alla mano dell'uomo. Lo stesso per le pietre sparse in quel pascolo ingiallito che a poco a poco il bosco riguadagna, mandando in avanscoperta i giovani pini d'un verde piú chiaro.

Corso porta il bastone davanti a sé e ci appoggia sopra anche l'altra mano. Con fatica si inginocchia, tenendo lo sguardo su Gias Vej. Si risolleva e comincia a scendere la riva che dal camminamento cala al lago. Il piede sano fatica a reggere il peso, ma piú ancora fatica la sua mente nel tentativo di cancellare dal disegno di Gias Vej gli alberi che cent'anni fa non c'erano.

Adesso che è sulla riva, che la sua mente e il suo occhio si sono abituati all'esercizio, vede.

Le pietre blu che costellano il pianoro, sotto la pioggia e da quella distanza sono di un nero brillante. E la chiazza d'erba ingiallita, sfrondata dal verde chiaro degli alberi piú recenti che ne alterano il contorno, ricorda quella sagoma che tiene in mente ormai da un paio di ore. L'*ubac*, il rovescio: il nero che diventa giallo, il giallo-nero. Come una foto in negativo della salamandra.

Risale la riva e si avvia questa volta a passo svelto, per quel che la caviglia, la stanchezza e il terreno colloso gli permettono. In tasca ha un'ultima pietra da sistemare, ma a questo punto gli pare esserci un solo posto dove poggiarla, come accade alla fine di un lavoro ben fatto.

Attorno alla Jaguar e in tutto il prato, quella notte non erano state rilevate orme.

La spranga di ferro che ha divelto e si trascina dietro può darsi non sia servita soltanto a scardinare la porta della chiesa e a reggersi fin lí. Fosse cosí sarebbe ancora un buon investigatore. Gli fa bene e poi malissimo pensare che crepare con questa certezza potrebbe bastargli.

64.

Appena l'aereo esaurisce la fase di rullaggio, Arcadipane e Pedrelli si alzano. Il personale, allertato, invita i passeggeri a restare seduti, per agevolare il loro spostamento verso l'uscita.

Mentre un mezzo avvicina e fissa la scaletta, Arcadipane accende il cellulare. Lavezzi non risponde. Chiama Botta.

– Commissario, mi fa piacere sentirla…

– Sí, sí, come vanno le cose? Dammi buone notizie.

– Le buone sono che abbiamo sentito la società, la Protezione civile e chi di dovere, dicono che vista la capienza ridotta dell'invaso i paesi piú a valle non dovrebbero subire conseguenze da un'eventuale tracimazione o crollo. Sono distanti e l'acqua perderebbe velocità. Sono calcoli fatti di fretta, c'è molta confusione anche da loro, quindi stiamo comunque facendo evacuare e abbiamo chiuso la strada in bassa valle per non far salire nessuno.

Un paio di agenti li aspettano ai piedi della scaletta, si stringono rapidamente la mano. Li accompagnano verso l'elicottero che attende nella pista a fianco. La pioggia alza piccoli sbuffi dall'asfalto.

– Con lo svuotamento del lago?

– Non è una soluzione rapida, commissario, e poi piove, in ogni caso stanno procedendo.

– Gli artificieri invece che dicono?

– Hanno cominciato dalla base della diga, ma cercare

alla cieca potrebbe essere rischioso perché non sappiamo molto del tipo di esplosivo e di innesco. Il furto per cui Ludwig è stato condannato era di mine per lo scavo dei tunnel. È una tecnica che si chiama «drill & blast». Frantuma la roccia e produce onde sismiche che si propagano nel terreno. In pratica genera una specie di piccolo terremoto. Comunque stiamo reperendo informazioni su tutti gli esplosivi spariti dai cantieri nei dintorni negli ultimi anni.

– E ovviamente quello stronzo non parla!

– Lo teniamo sotto sorveglianza, in modo che non possa attivare niente ma, se vuole il mio parere, credo l'avesse messo in conto. Anche Bramard sembra pensarla cosí.

– L'avete trovato?

– Lavezzi è salito alla chiesa, la porta era forzata, l'allarme suonava ma lui non c'era. Crediamo stia cercando quella stanza, probabilmente si è fatto l'idea che la Ladich sia lí.

Sono arrivati all'elicottero che ha le pale in movimento.

– È grande, – deve urlare Arcadipane, – se la sa cavare… Adesso dammi le cattive.

– Siamo riusciti a tirare fuori dalle case solo una decina di persone. Gli altri si sono barricati, non ne vogliono sapere. Che facciamo?

– Sono lí i pompieri?

– Sí.

– Fateli intervenire, allora, e buttate giú le porte.

– Io glielo dico sinceramente, commissario, pare che quasi tutti qui abbiano delle armi da caccia.

– Perché, vi hanno minacciato?

– No, ma hanno messo i mobili davanti alle porte e se ne stanno chiusi dentro senza dire una parola. Chiamiamo, bussiamo, ma quelli niente! Io la vedo male…

Arcadipane siede a fianco a Pedrelli sulla panchetta. Due uomini del servizio aereo li imbragano, gli mettono le cuffie. Arcadipane la scosta un momento per finire la conversazione.

– Insistete, ma non forzate la mano, ci mancherebbe ancora che uno di noi si prende una schioppettata per quei trenta rincoglioniti. Intanto continuate a spremere Ubac. Non dico di mettergli le mani addosso, ma non andate tanto per il sottile, capito? Se non te la senti lascia fare a Lavezzi. Se è arrivato Martinengo digli di affiancarlo. Tu stai dietro all'evacuazione, coordina, tieni i contatti con pompieri e Protezione, noi tra manco mezz'ora siamo su.

– Va bene commissario, buon viaggio.

Arcadipane riattacca. «Buon viaggio una sega, – pensa, – manco con una diga che gli cade in testa perde le buone maniere!»

Mentre l'elicottero stacca i pattini da terra, sente il *blin* di un messaggio. È nella chat «Vecchi scroti e una figa, magari». È di Isa, lo legge.

– Porca troia!

– Che c'è, commissario? – si premura Pedrelli.

Arcadipane non gli dà retta, chiama prima che siano troppo in alto per il segnale. Il telefono squilla, Isa risponde subito.

– Hai letto? – parla prima lei.

– Ho letto, sei sicura?

– Abbastanza. Mi è venuta in mente quella fotografia appesa al muro della sua casa di Saluzzo. Un panorama inglese o irlandese. Vi avevo detto che sembrava scattata negli anni Settanta, ti ricordi?

– Potrebbe averla fatta in Scozia?

– Sí, in quel posto… Gretna Green. Corso lo sa?

La linea comincia a vacillare.

– Non lo so. Lavezzi e Botta non lo trovano. Di sicuro ha capito che la Ladich è viva. Credo la stia cercando. E sa anche che… Mi senti?

– Male, comunque sto salendo a Clot. Appena arrivo vedo di trovarlo.

– No! Stiamo evacuando tutti. È possibile venga giú la diga.

Silenzio.

– Hai sentito? La diga sta per venire giú! Non andare!

– Perché deve venire giú?

– Adesso non te lo posso spiegare! Torna indietro, capito? Non fare la testa di cazzo come sempre! Non stavolta! Dimmi che hai capito!

Silenzio.

– Mi senti?

Pedrelli gli mostra il suo cellulare che non ha tacche. Niente segnale.

Arcadipane guarda l'ora, anche se che ora sia non conta proprio niente. Potrebbe succedere in questo istante, tra due ore, domani o mai. Dà un'occhiata fuori. A Levaldigi pioveva forte, ma adesso di piú.

Arcadipane è stato diverse volte in elicottero e in nessuna di quelle occasioni era un uomo contento. Del resto tutte le persone che ha conosciuto entusiaste di andare in elicottero o erano completamente matte o terribilmente frivole. Poi c'è Pedrelli, che fa sempre categoria a sé.

– Cuneo, – constata infatti Pedrelli, indicando la zona che stanno sorvolando, – da qui si capisce perché l'hanno chiamata cosí, eh?

Annuisce, perché magari è l'ultima cosa che fanno insieme, poi si prende la testa tra le mani e si concentra sul fondo in lamiera mandorlata di quell'aggeggio che li sta portando a Clot.

I suoi mocassini sono due pezzi di cuoio masticato. Il nastro americano invece tiene e brilla che è una bellezza.

65.

La pietra è un paio di metri per uno, vagamente rettangolare. Piatta e levigata dalle spinte telluriche che l'hanno portata in superficie, dalle fratture che ne hanno determinato le dimensioni irregolari, dalle intemperie che nei secoli hanno smussato quelle dimensioni, arrotondandone gli angoli nel rispetto della forma originaria.

Nonostante la pialla del tempo e della natura, tuttavia, la pioggia evidenzia piccole cavità trasformate in pozze in cui sembra brulicare la vita, quando invece sono solo le gocce a muoverle. Il suo blu bagnato adesso sembra velluto. Macchie grigie e marroni e metalliche i licheni.

Corso comincia dal lato a valle. Si inginocchia e prova a infilare le mani sotto la roccia, trovando però la terra compatta e rigorosa. Scorre di lato sempre sulle ginocchia, come un penitente che cerca la posizione migliore per contrirsi, e ripete il tentativo. Scava e intuisce del gioco, il che vuol dire che la pietra non è troppo spessa. Strappa un po' d'erba e prova a fare leva con il pezzo di ferro, ma non si muove. Per aumentare la pressione si alza in piedi. Niente.

Si passa una mano sulla faccia per togliere l'acqua dagli occhi. Intanto riprende fiato. Ha perso il fazzoletto e la ferita sanguina, ma la pioggia lava via subito il rosso.

Guarda la pietra.

È possibile che il Muret entrasse nella stanza da un altro accesso, aprendola per la Sucho dall'interno? Che gli

Ubac si siano tramandati nei secoli la conoscenza di quei due varchi? Una mappa di gallerie ancora piú complessa? L'unica certezza è che Ludwig Ubac, l'ultimo Muret a custodire quel segreto, non parlerà. A Corso restano solo quella pietra, una spranga di ferro, una caviglia scassata, la mano ferita e poco tempo.

Si sposta sul lato corto a monte. Si distende schiena a terra e tenta di spingerla con il piede sano. Non si muove di un millimetro.

Scivola di lato, si mette in ginocchio e fa leva con il ferro. Insiste fino a che non sente la spranga toccare altro ferro. Sembra una rotella. Bene, pensa: sotto la pietra c'è un binario, o comunque un meccanismo. Si corica di nuovo e, artigliando l'erba bagnata, spinge questa volta non verso valle, ma di lato. Il masso ha un leggero scostamento, come il coperchio di un portagioie che si apra a rotazione su un perno. Prova con le mani, a sollevare, a spingere. Sente nella schiena qualcosa sul punto di strapparsi, sa che sarebbe la fine, allora abbassa la tensione e cerca fluidità nello sforzo. Urla, digrigna i denti, la pioggia cancella il suono prima che gli arrivi alle orecchie, ma quando cala gli occhi tra la pietra e la terra si è aperta una fessura.

Una ventina di centimetri.

Avvicina la faccia. Il bordo del pozzo è di pietra. Lí è inciso il binario in cui scorre una sfera di vecchio metallo arrugginito. È questo il modo in cui si apre dall'interno, dove il buio però ora è totale.

Infila la mano, poi il braccio fino al gomito. Sta per ritirarla quando trova una superficie piatta e solida. La esplora con le dita, sentendola terminare in un taglio netto oltre il quale c'è il vuoto: un gradino.

Comincia a spingere per allargare la fessura quanto basta per calarsi all'interno.

Gli abeti giovani che l'hanno guidato fin lassú assistono dal limitare della radura. La pioggia ha reso il loro verde squillante e un vento debole ne inclina le teste in un gesto di assenso. Alle spalle i tronchi piú vecchi sorvegliano indifferenti, come genitori che quello spettacolo l'hanno visto anche troppe volte.

66.

Vede le luci rosse degli stop all'ultimo per via della velocità e della pioggia che ricopre il parabrezza non appena il tergicristalli è passato. Stringe le mani sul volante, frena e scala la marcia con un rilascio veloce della frizione. L'auto è recente, ottima meccanica, dischi di buona qualità, pinze efficienti, pastiglie appena cambiate, Angela ci tiene alla manutenzione. Il risultato è che si ritrova ferma a una decina di centimetri dal paraurti dell'Ibiza che chiude la coda.

Si gode un istante le braccia inchiodate al volante e l'adrenalina che da quando è incinta non può piú spontaneamente concedersi. La moto è in garage, i turni li fa alla scrivania e comunque alla stradale piú che incidenti, autisti di tir ubriachi, qualche tafferuglio sul retro degli autogrill tra marchettari e clienti con l'uccello lungo e il braccino corto, non puoi sperare. Il resto sono noia, verbali, buoni per la benzina, rimborsi, compilazione dei turni e colleghi che stanno a un poliziotto come un pechinese sterilizzato a un lupo.

Lascia andare le braccia, rilassa il collo. Un minuto per fare mente locale, poi apre la porta ed esce per vedere cosa succede e perché ha bisogno d'aria.

La pioggia sulla faccia la sente subito fredda e fastidiosa. La coda fino al posto di blocco è di sei auto. Un tizio della polizia locale, cappello con guaina e mantella impermeabile, risale la fila a spiegare che oltre non si può andare: strada interrotta, una frana, alberi caduti, un incidente, qualcosa si saranno inventati, non certo quel che succede davvero.

Il *bip* di un clacson toccato con discrezione la obbliga a richiudere la portiera e stringersi contro il Pathfinder, poi un'auto in borghese ma con il lampeggiante blu le sfila accanto con calma, niente sirena. Di sicuro colleghi. Arrivata alle transenne, uno dei cinque o sei tizi che le sorvegliano si avvicina alla macchina. Da dentro l'auto si qualificano o forse si conoscono già, perché il tizio fa un cenno e nei suoi gambali raggiunge a larghe falcate la transenna che sposta con l'aiuto di un collega. L'auto con il lampeggiante prosegue, la transenna viene richiusa.

Isa rientra dentro il Pathfinder. Prende dal sedile la maglietta appallottolata che ha indossato quella notte e se la passa sulla faccia, sui capelli, si asciuga il collo. Dà un sorso all'integratore, sa che sono solo cazzate: un po' di sali, zucchero, coloranti. Angela glielo dice sempre, comprati due bustine di magnesio, mangia una mela e coricati che ti lecco, starai molto meglio. Le poche volte che le ha dato retta, ha dovuto anche darle ragione. Mette la freccia ed esce dalla coda che nel frattempo si è allungata di un paio di macchine. Il riscaldamento e la ventola sono al massimo perché appena li abbassa il vetro si appanna.

Prima di fermarsi, tira fuori il distintivo. Cala il finestrino. L'uomo che si accosta ha gli occhi stanchi, le labbra livide, le guance afflosciate dalla tranquilla vita del vigile urbano.

– Buongiorno, – dice, – deve tornare indietro, purtroppo...

Isa gli mostra il tesserino e lui lo controlla. Ci vede poco perché lo avvicina. Probabilmente non può tenere gli occhiali per via della pioggia.

– C'è scritto che è della stradale. Che ci viene a fare qui da Vercelli?

– Collaboro con il commissario Arcadipane.

L'uomo non è convinto, sbircia sui sedili, poi il taglio di capelli, gli orecchini.

– È sicura di voler salire?

– Sí, e ho fretta.

L'uomo le restituisce il documento, ha un occhio di una tonalità di marrone piú chiara dell'altro.

– Sa cosa succede lassú?

– Sono informata, vado apposta.

L'agente della locale guarda verso i colleghi in cerca di consiglio, ma quelli stanno chiacchierando sotto gli ombrelli. Alcune auto in coda fanno manovra per ritornare a valle. Si sta creando un piccolo ingorgo. La strada è stretta. L'auto di Isa intralcia una retro.

– Va bene, – fa l'uomo, – ma stia attenta.

Isa riprende il distintivo.

– Perché?

– Non lo so, mia figlia ha un taglio di capelli come il suo. Stia attenta.

Isa sorride e lui anche. Mette la prima. I tizi con l'ombrello spostano le transenne.

Salendo incrocia qualche mezzo della Protezione, una camionetta della forestale, auto di gente che sgombera dai paesi sotto Clot. Infatti quando si trova ad attraversarli le luci nelle case sono spente, i negozi chiusi e chi è rimasto sta accodandosi alla piccola carovana. Ti rendi conto di quanta gente c'è in un posto quando la devi spostare. E in quei paesi non c'è tanta gente.

Lasciate le ultime case percorre un tratto pianeggiante che inganna, prima di trovare l'inizio dei tornanti. Li sale veloce, ma senza imprudenze. La forma della diga che compare dietro una svolta le fa scattare la testa all'indietro, come una schicchera sul naso. Sa che la vedrà per qualche secondo, poi i tornanti riprenderanno a coprirgliela e ora che la vedrà di nuovo sarà a Clot.

Il suo piede che si alza dall'acceleratore e le mani portano l'auto ad accostare.

Una volta ferma, Isa spegne la ventola del riscaldamento che d'improvviso le dà fastidio, restando ad ascoltare il battere e levare della pioggia sulle lamiere. Poi scende.

Si avvicina al muretto basso che divide la strada dalla scarpata. Non sente la pioggia. Sotto scorre il fiume, minimo e tutto sommato quieto: coda lunghissima e sottile di quell'animale imponente che è il lago.

Fissa il suo grigio azzurrato che si fa bianco nello schivare le rocce. Ha le mani lungo i fianchi, ma vorrebbe metterle nelle tasche del bomber. Non per quello che c'è dentro, ma per quello che c'è sotto. Se lo concede. Le posa sulla pancia, la tocca attraverso il tessuto sintetico della fodera. Tanto è sola. Se anche in quel momento passasse qualcuno, lei sarebbe una con i capelli strani e le mani nelle tasche del bomber che riflette guardando il fiume. Tutto qui.

Un viandante su un mare di merda, ridacchia. Ma intanto piange.

Poi batte un piede a terra, come per dirsi «si va!» Si volta, sale in auto e riparte. Al primo slargo rallenta, fa inversione e torna verso valle.

67.

Arcadipane nota il tizio in abiti catarifrangenti che fa segnali con le braccia quando sono ancora piuttosto lontani.

– Scendiamo lí? – chiede in cuffia.

È una delle cose stupide che si dicono quando provi un leggero sollievo e comunque stare zitti è peggio. Infatti l'agente del servizio aereo che ha viaggiato con loro fa di sí con la testa e basta.

Pedrelli come per tutto il viaggio, ha la faccia incollata al vetro.

– Certo che da qui sembra addirittura piú piccolo, – constata.

Arcadipane sbircia il paese, la piazza con qualche auto, figure che si muovono, i mezzi rossi dei pompieri, un paio di auto bianche della Protezione. Tutta gente che ormai non dovrebbe essere piú lí.

L'elicottero inizia la discesa nel prato che divide l'abitato dalla chiesa. Hanno calpestato quell'erba piú volte nei giorni precedenti, ma ora appare lucida e scura. Sono evidenti le zone dove l'acqua ha cominciato a ristagnare specchiando il cielo. È l'ultima cosa che Arcadipane vede, prima di cominciare a massaggiarsi la faccia e chiudere gli occhi.

Quando i pattini toccano terra in quella maniera incerta che ti conferma che forse te la sei cavata, li riapre. L'abitacolo continua a ondeggiare per qualche secondo, infine l'agente fa segno che possono sganciarsi e apre il portellone.

Una volta fuori guarda quelle quattro case di merda da cui Botta si sta allontanando per venire verso di loro, ovviamente con un ombrello. L'unico nel raggio di chilometri, sicuro, ma del resto se Noè fosse stato un boy-scout avrebbe usato il legno per accendere un falò e cantarci intorno.

– Commissario?

– Eh!

– Si sente bene?

– No, ma è l'elicottero. A che punto siamo qui?

– Gli artificieri hanno ispezionato la base della diga, – dice Botta invitando a seguirlo verso il paese, – per adesso non hanno trovato niente.

– Ubac non parla?

– No, Lavezzi lo sta mettendo sotto torchio in municipio.

«Sotto torchio», pensa Arcadipane, quando Botta dice queste cose lo ucciderebbe. Cammina al suo fianco, tenendosi a distanza dall'ombrello. Anche nella morte vorrebbe un po' di dignità. Pedrelli è dietro di loro. Sente lo scalpiccio da libro *Cuore* dei suoi scarponcini seguirlo sul selciato.

– L'evacuazione?

– Con le buone siamo riusciti a portare via qualcuno, ma una decina di persone sono ancora chiuse in casa, tra cui un tale che pare abbia fatto il maestro qui in passato. E poi c'è un problema grosso.

– Perché gli altri che abbiamo sono piccoli? – in fondo al viottolo si vede lo spazio aperto della piazza da cui arrivano le luci dei lampeggianti. – Che grosso problema?

– Non si trova la bambina.

Arcadipane si ferma a pochi centimetri dallo sbocco di una grondaia che gli sommerge i piedi.

– La bambina dell'albergo?

– Sí, la figlia dei Claro.

– E dove cazzo è?

– Non lo sappiamo. Pare avesse l'abitudine di portare il cane a spasso nel bosco.

– Che cane?

Botta abbassa lo sguardo.

– Il suo.

– Trepet? Stamattina? Con questa pioggia?

– Oggi non andava a scuola. È uscita presto. Il padre e qualche uomo della Protezione civile la stanno cercando. La madre è rimasta in albergo casomai tornasse. Se come sembra è nel bosco sopra la diga, comunque non dovrebbe essere in pericolo.

– E Bramard?

– Gli addetti che stanno svuotando l'invaso dicono di aver visto un tale che zoppicava intorno al lago, poi però è sparito di nuovo.

Arcadipane riprende a camminare e pensa veloce.

– Comunicate all'elicottero della bambina e mandate altri uomini a cercarla. Chi rimane in paese tira fuori gli ultimi vecchi e li trascina via. Se non vogliono scendere a valle convinceteli che li portiamo in alto, ma che si tolgano da qui. Caricate in macchina Ubac e fate lo stesso. Li voglio tutti sopra la diga.

Si arresta all'imbocco della piazza dove alcuni uomini della Protezione stanno facendo salire sulla furgonetta un vecchio e due vecchie per niente convinti.

– Tre in meno, – annuisce. – Adesso… tu, Botta, senti gli artificieri. Devono dire se ha senso continuare a cercare l'esplosivo oppure se è il caso di valutare un'altra strategia. Noi dobbiamo occuparci dei Claro e di quelli che sono rimasti.

– Certo commissario.

– Pedrelli, sei tu al comando. Parla con il dirigente.

– Ma commissario, dove…

– Io salgo alla diga, – dice Arcadipane riprendendo il viottolo da cui sono sbucati.

– Commissario! – prova Pedrelli.

Arcadipane non si volta.

Stanno a sentire il *cik ciak* dei suoi mocassini sbrindellati allontanarsi fino all'angolo, poi, una volta sparito Arcadipane, Pedrelli si sposta sotto l'ombrello che Botta continua a reggere e si avviano verso l'albergo a coordinare e a telefonare a chi di dovere.

68.

Arrivato all'ultimo scalino si ferma. Li ha contati, sedici. Ora però sono finiti, come la corda fissata alla parete che fin lí gli ha fatto da mancorrente, mentre il chiarore dall'apertura alleviava l'oscurità in cui scendeva.

Prende il cellulare e prova ad attivare la torcia, ma il telefono non si accende. L'acqua deve averlo rovinato. Ora è come fosse cieco. Per quel che ne sa, davanti a lui potrebbe esserci un sifone, uno scivolo, un muro oppure un pozzo.

Resta immobile a pensare, immerso nel buio, poi con i palmi aperti cerca le pareti. Il cunicolo in cui si trova è largo non piú di un metro e mezzo. Pareti di terra compattata e asciutta da cui spunta qualche roccia. Soffitto basso. Una spanna d'aria sopra la testa.

Si china e tasta il terreno con le mani. La pietra che fa da pavimento è levigata.

Muove qualche passo. Gli sembra che la galleria pieghi a destra e che il piano sia in lieve discesa. Asseconda quella percezione, spostando i piedi con cautela per cogliere un ostacolo o un improvviso sprofondo. Manda avanti il sinistro a esplorare. Il destro ormai lo trascina. Pensa a Michelle. Se per gran parte della vita non ha fatto che scendere agli inferi per ritrovarla, forse questa è davvero la fine del viaggio.

Dopo dieci, forse venti metri, sente una musica. Poca, lontana, ma la cosa piú viva a cui possa aggrapparsi lí sotto. La segue, ma quando è sul punto di darle un nome, il suono scompare.

Immagina che chi l'ha spenta ora stia ascoltando nel buio il suo respiro, i suoi passi.

Avanza cercando di non far rumore, ma il paletto di ferro che tiene in mano urta le pareti della galleria e dove trova roccia, risuona. Anche la suola che trascina, in quel silenzio, è un frastuono.

Dall'oscurità gli pare ora emergere un chiarore: uno sciame di insetti bioluminescenti che compongono una forma rettangolare. Qualche metro e quella forma diventa una porta, una piastra di ferro traforata oltre la quale c'è luce. Man mano che procede distingue una figura in piedi oltre quella soglia.

– Mi chiamo Corso Bramard, – dice. – Posso avvicinarmi?

Aspetta una risposta che non viene.

Adesso è abbastanza vicino da riconoscere dietro la grata una donna di settant'anni che prima di quei giorni probabilmente ne dimostrava meno. Neppure la giacca troppo grande, il berretto floscio e le ciocche biondo sporco che le escono dal cappello possono niente contro la bellezza che Anna Mattalia si è portata dietro come un fardello per tutta la vita.

Corso indugia su quegli occhi grandi, fluidi e sacerdotali che lo fissano. Quanto basta per comprendere l'infelicità delle persone che hanno temuto di perderli, di non essere piú visti da loro. Se c'è qualcosa per cui si potrebbe arrivare a fare cose ingiuste, persino crudeli, ammette Corso, forse quegli occhi… Valuta la barriera che lo separa da loro. Il ferro della porta è antico, spesso una decina di centimetri. I fori, larghi un mignolo. La vecchia serratura potrebbe anche non reggere, ma le catene che la chiudono sono nuove e fermate da due lucchetti, nuovi anche quelli.

– Non ci pensi nemmeno, – dice Anna Mattalia.

– A cosa?

– A usare quel ferro che ha in mano. La porta è robusta e a me bastano pochi secondi.

– Lo so. Non ci stavo pensando.

– Allora cosa è venuto a fare?

– A parlare con lei. A cercare di capire.

Lei sposta lo sguardo nel buio da cui Bramard è uscito. Lo stesso che lei deve aver percorso quella sera dopo avere ucciso o visto uccidere Terenzio Fuci.

– Non ho niente di cui parlare, – dice, – e poi, se è qui, ha già capito.

Corso annuisce che in parte è cosí. La sala alle spalle della donna è una cavità naturale grande quanto la piazzetta di un piccolo paese. Il soffitto deve essere alto perché non lo vede. Sulle pareti ci sono segni che potrebbero distrarlo e non ne ha il tempo.

– Masimine è lí con lei? – chiede.

Anna fa un passo di lato. Corso riconosce al centro della sala un letto matrimoniale su cui è disteso il corpo della donna, la coperta alzata fino al mento, il volto ormai minerale, i capelli a formare un'aureola grigia sul cuscino. Accanto al letto l'asta della flebo. La sacca del liquido è a metà. Il deflussore e il catetere arrotolati come succede quando non servono piú.

– Ha sofferto?

– Non lo so. Diceva che la morfina è un grande sollievo e che una volta persi i sensi non si sente piú niente. Ho pensato le avrebbe fatto piacere ci credessi. In fondo era una professionista del dolore, quindi anche della menzogna. Tutte e due, in un certo senso, lo siamo state.

La voce di Anna è come un bicchiere pieno fino all'orlo di miele scuro. Lo stesso senso di dolcezza, opacità e pericolo.

– Quando è successo?

– Non lo so, – ripete Anna. – Da qualche ora. Non ho guardato l'orologio, – poi capisce che la domanda ha un doppio fondo. – Prima di farlo volevo stare ancora un po' con lei, – aggiunge.

Nella sala oltre al letto ci sono il tavolo, due sedie e la cassapanca che Ludwig Ubac ha costruito negli ultimi mesi, mentre preparava la sala per accogliere Anna Mattalia e Masimine Orusa tutto il tempo che sarebbe servito, non molto, probabilmente. Adesso Corso sa cosa erano gli scarti di lavorazione sul retro del container.

Alle spalle della donna vede delle casse di plastica piene di cibo e scatolame. Un fornello, qualche pentola e molte taniche d'acqua. Ludwig sapeva che una volta scoperto il corpo di Fuci non sarebbe piú potuto venire nella stanza. Attirare i sospetti su di lui e poi confessare è stato un modo per distrarre l'attenzione da quel posto, per concedere alle due donne quegli ultimi giorni insieme. Sulla cassapanca è posata la borsa rettangolare con cui Masimine faceva visita ai pazienti. Corso si ritrova a sperare che le medicine siano state sufficienti a lasciare spazio almeno a un po' di gioia.

– È stato Ludwig a uccidere Terenzio? Oppure l'ha fatto lei?

Anna poggia le mani alla grata e ci accosta la fronte. I suoi occhi coincidono con due fori. Una porta in ferro costruita secoli prima eppure pensata per gli occhi di Mademoiselle le look.

– Io, – dice semplicemente, – Ludwig ha soltanto procurato il filo, preparato questo posto e spostato la pietra per farmi scendere qui sotto.

– E Masimine?

– Masimine era già qui. Faceva fatica a muoversi. E comunque quella era una cosa che dovevo fare io.

– Lo odiava ancora cosí tanto?

– Non sia ridicolo. Si fosse trattato di odio avrei potuto ucciderlo anni fa. L'odio è cosí facile da appagare. La cosa davvero difficile è recitare l'amore. Per questo dovevo farlo io. Doveva rendersi conto di aver vissuto come me in una finzione. La differenza era che io recitavo e lo sapevo, mentre lui no.

– Per questo ha usato la piattina?

– Sa da dove viene?

– Sí.

– Era il posto dove Masimine e io ci sedevamo la sera. Quello dove abbiamo capito chi eravamo e cosa volevamo. E quando l'abbiamo capito, abbiamo strappato il filo; una scusa per non accendere la luce che mio padre aveva messo su quel balcone. Solo al buio potevamo essere quello che eravamo, – si guarda attorno, una smorfia le tira fuori le fossette, – come vede le cose non sono cambiate molto. Ho chiesto io a Ludwig di prendere la piattina da casa nostra.

– E Ludwig l'ha fatto.

Lei non ha neanche bisogno di annuire.

– Dao mi ha raccontato di suo fratello e del falso incidente, ma Ludwig? Perché la sta aiutando? Cos'ha lui da farsi perdonare?

Vera sorride come si fa di quello che per te è ovvio e gli altri non sanno.

– Come crede che abbia saputo mio padre di me e Masimine? Era troppo all'antica per sospettare anche solo una cosa del genere.

Corso lascia scivolare la schiena contro la parete fino a sedersi a terra. Da quella posizione nota un'apertura nel muro in fondo alla sala: deve portare all'altro ingresso, quello da cui la sera del 24 ottobre Ludwig Ubac è entrato, ha raggiunto la sala della Sucho, percorso la galleria e spostato la pietra dall'interno per permettere a Vera di calarsi senza lasciare orme sul prato di Gias Vej. Tre cavi elettrici corrono sul pavimento scomparendo dentro quel passaggio, forse diretti a un generatore. La luce nella stanza è ferma, certamente artificiale, eppure non c'è odore di benzina. Nessun rumore o vibrazione. Se un generatore c'è, quel tunnel deve portare molto lontano.

– Perché Ludwig l'ha detto a suo padre?

– Perché voleva che lo sposassi. Mio padre era d'accordo e anch'io avrei dovuto esserlo. Diventare la moglie del Muret mi avrebbe dispensato dalla Sucho, peccato che io volessi bene a Ludwig come a un amico mentre...

– ... amava Masimine.

– Avevamo progettato di scappare in Francia. Pensavamo che Ludwig sarebbe stato contento di darci una mano, di saperci felici. In fondo eravamo cresciuti insieme. Anche Masimine era sua amica. Cosí ci siamo confidate.

– E Ludwig vi ha tradite.

– Forse non se ne sarebbe nemmeno pentito se Aldo non si fosse chiuso in quella stanza con l'ingegnere e la moglie. Invece poi... Prima che me ne andassi, mi chiese di perdonarlo. Io gli dissi che l'avrei fatto solo se a tempo debito mi avesse aiutato. Qualche mese fa quel tempo è arrivato.

Corso si mette in ginocchio, come dovesse dare sollievo alla schiena o pregare, ed entrambe le cose sono a loro modo vere, quindi si lascia cadere contro la parete opposta, da dove può vedere l'altro lato della sala. Ci sono casse di legno non grandi e di fattura industriale. Troppe se sono quello che pensa. Un cavo che parte da sotto il letto finisce proprio lí.

– Non può bastarle Fuci?

Anna si gira a seguire la traiettoria del suo sguardo, poi torna a fissarlo.

– Non è stato solo Terenzio. Sono stati tutti.

– Anche la bambina?

– Dao le ha detto di portarla via.

– E i suoi genitori? Erano appena nati quando è successo.

– Non sono i suoi genitori. Sono figli della Sucho e di questo posto come tutti gli altri. E poi se è qui immagino stiano evacuando il paese, no?

– Lo sa che è complicato.

Lei fa di sí, come avesse contato fin dall'inizio sul fatto che la gente di Clot non avrebbe voluto lasciare il paese. I suoi occhi magnifici in quel momento sono fermi e privi di dubbi. Corso capisce allora che la donna che ha di fronte non è piú Anna Mattalia da molto tempo. Non saprebbe dire se sia successo quando è salita su quella macchina per Roma, quando ha cambiato nome o quando ha smesso di comunicare con Masimine attraverso i film, ma Terenzio Fuci ce l'ha fatta. È riuscito a trasformare Anna Mattalia in Vera Ladich. A farne la donna che voleva.

– Come è arrivato qui? – domanda lei, quasi intuisse il suo pensiero e volesse disinnescarlo.

– Davvero vuole saperlo?

– È sceso quaggiú per questo, no? Prendere tempo e salvare qualche vita. Oppure pensa sul serio di farmi cambiare idea?

Corso vorrebbe fumare, sono ore che vorrebbe farlo. Sarebbero comunque fuoco e calore, adesso che tutto in lui è freddo.

– *L'histoire d'une jeune femme pas du tout désolée*, – dice. – Perché una persona che non si interessa di libri antichi dovrebbe spendere una cifra simile per un romanzo d'appendice dimenticato? L'ho letto, e quando nel finale Colette si vendica degli abitanti di Douai che le hanno rovinato la vita...

– E poi? Non credo che lei sia qui solo per un vecchio romanzo.

– Gli affreschi, i versi di Folquet de Marselha distribuiti nei film, l'esplosivo rubato da Ludwig, i tre giorni in cui era sparita...

– Vescovi! – sorride lei senza astio. – È ancora vivo, quel poveretto! La vita è proprio ingiusta: io avevo un talento che non volevo, mentre lui che desiderava essere un artista...

Li distrae un rumore basso e prolungato che arriva dal letto. Corso non riesce a decifrarlo o forse sí, ma rimuove l'idea.

– Non si imbarazzi, – sorride invece Vera. – Masimine mi ha avvertito che poteva succedere. Ha avuto anche questa premura. «L'ultima parola che sentirai da me, – ha detto, – probabilmente sarà del gas». Era simpatica, sa? Simpatica e attenta alle persone.

Corso annuisce che è stato un bel pensiero. Vera si volta a guardarla.

– La scuola infermiere era stata una sua idea per stare insieme, non ci interessava sul serio, ma credo che alla fine Masimine abbia realizzato una vocazione. Sono felice per lei: la sua vita ha avuto compimento anche senza di me. La mia senza di lei no.

– È stata una brava attrice.

Si volta, ha sulle labbra un sorriso scontento.

– La prego, non mi rovini gli ultimi istanti con la retorica dell'artista che regala emozioni al pubblico. Il cinema l'ho fatto soltanto per parlare con Masimine. Per il resto, sa cosa ho sperato per tutta la vita?

– Cosa?

– Che Terenzio morisse o, cosa anche peggiore, che morisse Aldo. Ecco cosa ho fatto nella mia vita: aspettato questi pochi giorni e desiderato quello che sto per fare. D'altro canto c'è gente che annacqua poca felicità in tanta vita, a me è capitato il contrario.

– È davvero sicura?

Vera annuisce, come fosse un saluto, poi si avvia verso il letto. Abbassa le coperte, scoprendo Masimine. Le raccoglie la mano forse per portarsela alle labbra, ma le membra già oppongono resistenza. Sorride e le accarezza il braccio come a dire «va bene cosí, non importa!» poi si piega a baciarla.

– Ha dieci minuti, – dice.

– Non è necessario che lo faccia.

– Concederle dieci minuti? Non creda che sia per bontà. Non mi frega niente di lei. È solo che non vogliamo un uomo con noi. È il motivo per cui Ludwig e Dao non sono qui. L'unico che avrei voluto era mio fratello, ma non è stato possibile.

– Quindi i tre lotti al cimitero...

– Dubito che qualche pezzo di noi finisca lí dentro, ma diciamo che simbolicamente uno è per Aldo e gli altri per noi. Meglio se va, ora. Questa conversazione sta diventando melodrammatica e lei ha... poco piú di nove minuti.

– Non è necessario che faccia questo, intendevo.

– Si sbaglia. È la seconda cosa veramente necessaria che faccio nella mia vita e anche l'ultima. La prima l'abbiamo pagata Masimine e io, questa la pagheranno gli altri. Mio padre ripeteva sempre che «la vita paga il sabato» per dire che anche se tardi la vita presenta il conto. Oggi per Clot è quel giorno.

– Anche per Ludwig e Dao?

Vera Ladich risolleva la coperta fino al mento di Masimine, come a proteggerla dal freddo che ormai ha dentro, poi fa il giro del letto e va a sederle accanto.

– Ho scritto loro cosa volevo fare e si sono offerti di aiutarmi. Se poi hanno deciso di restare a Clot è una loro scelta, – si china a prendere da terra una scatoletta nera da cui spunta un cavo. – Se la pensa cosí anche lei, esca e scenda verso il lago. Altrimenti le consiglio di correre a monte.

Puntellandosi con la sbarra, Corso si mette in piedi. Non ha bisogno di seguire quel filo con lo sguardo per capire dove termina.

– Vada, – si limita a dire lei, vedendolo ancora fermo. – Le ho detto che non voglio morire con un uomo, ma se non mi lascia scelta...

Corso dedica un secondo a quegli occhi, che sono comunque una malattia, poi si volta e inizia a zoppicare lungo il tunnel.

Cammina urtando le pareti, presto inghiottito da un buio e da un silenzio di nuovo intatti. A metà strada getta la sbarra e si affida alle mani fino a inciampare nel primo gradino. Mentre scala le sedici alzate, aggrappandosi alla corda fissata al muro, gli sembra di avvertire di nuovo quella melodia, ma è oramai troppo lontano e affannato per pensare di darle un nome.

Come un defunto, fa leva sulle braccia ed esce dal sepolcro. Una volta in piedi guarda verso la faglia da dove le vibrazioni dell'esplosione, se saranno abbastanza forti, staccheranno la frana. Sono trecento metri di terra fino al lago. Ha un orologio al polso, ma non è sicuro di riuscire a leggere l'ora e nemmeno che sia una buona idea farlo.

Comincia a trascinarsi verso monte. Si chiede se sentirà l'esplosione. Forse l'esplosione c'è già stata. Forse la montagna sta già franando, e lui con lei.

Raggiunge il punto in cui la salita si calma, trovando il colle. Si lascia cadere nell'erba e nel fango. Qualche secondo, poi si volta a cercare il lago. Tutto sembra immobile, a parte la pioggia. Lontanissima e piccola, all'imbocco del coronamento della diga, gli pare di riconoscere una sagoma troppo familiare.

69.

Arcadipane arriva alla diga fradicio e senza fiato, i piedi due blocchi di fango che, a vedere il buono, tengono insieme i mocassini.

Mentre usciva dal paese, saliva alla chiesa, alla targa dei due defunti e quindi alla diga, sempre piú chino e con la pioggia che gli entrava dappertutto, ha pensato ad Ariel e alle sue scarpe ortopediche, a Mariangela che vuole vendergli l'appartamento, a Loredana con i suoi esami sdruccioli, alla fidanzata di Giovanni che a Modena non mangia il crudo, a Isa con il suo fagiolo, ai calzini che Pedrelli ritrova da trent'anni stirati e mai spaiati nel secondo cassetto del comò. La felicità, insomma. Quella che gli sta intorno e che lui continua a schivare come merda di piccione.

Perché non prova per una volta a imbroccare la data dell'esame di Loredana? Perché non dice a Mariangela va bene, vendiamo la casa e tanti auguri? Perché con quei soldi non si compra un bilocale decente invece di vivere in una stamberga, sesto piano senza ascensore, che puzza di vedova e farina con le farfalle? Perché non parte una domenica mattina di buon'ora con la sua Alfa 33, che tante soddisfazioni gli ha dato, e non va a vedere una partita di Giovanni a Modena? Cazzeggia in centro, aspettando che apra lo stadio, compra un taccuino che non userà mai, si annoia, legge il giornale, chiama Ariel, Loredana o addirittura Bramard, ammesso riesca a tirarlo fuori intero da questa faccenda! Niente casi, prove o cadaveri con un buco che non rientra tra quelli con cui usciamo dalla fabbrica. Solo due chiacchiere, tanto per dirsi come va, parlare dei vecchi tempi, tenersi caldi uno con le scoregge dell'altro, cosa c'è di male? Perché non porta Ariel a Modena a vedere la partita anche lei? Al ritorno potrebbero fermarsi all'autogrill, bere un caffè disprezzando il panino troppo caro, troppo freddo e troppo piccolo, e intanto camminare tra le corsie fino allo scaffale dove lo scatolone da duecentosessanta pennarelli sembra un affare se non fosse che metà sono già scarichi e poi a chi regalarli? Ma alla fine comprarlo lo stesso.

Questo sta pensando Arcadipane mentre, mano a visiera per togliersi la pioggia dagli occhi, cerca la sagoma di Bramard attorno al lago. È abituato che faccia di testa sua, che tenga le carte per calarle solo alla chiusura e che i suoi incastri mentali restino cifrati ai piú, lui compreso, però se saltasse in aria adesso, gli girerebbero proprio i... È allora che la vede.

A quella distanza, con la pioggia e la stanchezza di mezzo, potrebbe trattarsi genericamente di qualcuno con una mantellina gialla e il cappuccio calato, se non fosse che la mantellina appena sbucata dal bosco è piccola e le caracolla vicino un cane bolso senza una zampa.

Arcadipane solleva un braccio e lo sventola.

La bambina non sembra vederlo. Scende un tratto scoperto, sparisce dietro la cabina di manutenzione e ricompare dove comincia il coronamento della diga, imboccandolo nella sua direzione. Ad Arcadipane a questo punto basterebbe aspettare che lei alzi lo sguardo, si accorga di lui e acceleri il passo per raggiungerlo, dopodiché la porterà in salvo. Invece proprio in quell'istante un rumore sordo e anomalo si propaga nel terreno e tutto lo impregna. Una vibrazione che attraversa i ceppi di fango, gli sale alle ginocchia, ai testicoli, alla cassa toracica, fermandosi come un grumo nella cervicale.

Dopo un istante di ottundimento, Arcadipane comincia a muoversi verso la bambina. Sa che sulla montagna di fronte sta succedendo qualcosa, ma tiene gli occhi fissi su di lei che, ferma al centro della carrozzabile, si è voltata a guardare proprio quello che lui non vuole vedere.

– Ester? – dice, con un volume che non può avere la meglio sul fragore di rami e tronchi che ha cominciato a saturare l'aria.

Mentre cammina, Arcadipane dà una sbirciatina al versante dove grosse pietre rotolano con il rumore di una manciata di ghiaia lungo una grondaia. L'impressione è che non cadano neppure troppo veloci, ma è un'impressione falsata dai tre ettari di montagna che, sotto quei sassi, stanno scivolando placidi nel lago in un ribollire di schiuma marrone.

– Ester! – grida. – Vieni via!

In quel momento dovrebbero correre verso la parte opposta della diga e salire il pendio aggrappandosi a tutto quello che trovano. Invece Ester è ferma nella sua mantellina gialla, Trepet a pochi centimetri dai suoi stivali, gialli anche loro.

Una volta arrivatole accanto Arcadipane afferra il cane e se lo mette sotto il braccio, ma quando sta per acchiappare la bambina e caricarla in spalla, lei si gira.

– Stai qui, – gli dice, prendendogli la mano. – Non aver paura.

Arcadipane si blocca, la dita piccole e calde di Ester tra le sue.

Guarda il punto in cui la montagna sta entrando nel lago come un serpente che si infila sotto una coperta calda sollevandola. Onde marroni si allargano sulla superficie in tutte le direzioni. Qualcuno alle sue spalle grida, piú di una voce, ma lontano. Immagina siano il padre di Ester e gli uomini che ha mandato a cercarla. Eppure non si volta, non chiama e soprattutto non scappa.

Si sporge in avanti e vede che il lago sta scalando il muro della diga. Stringe forte la mano della bambina e piú forte ancora Trepet che emette uno sfiato da zampogna, ma non si ribella. Chiude gli occhi.

Dai fori di drenaggio l'acqua prende a invadere il camminamento. Arcadipane la sente sciogliergli il fango attorno ai mocassini, entrare nelle scarpe, salire alle caviglie. Avverte un calore nella parte bassa del corpo: spera di essersi pisciato addosso e non peggio. Il cane, come lui, trema. Se ne accorge perché la mano di Ester invece è salda.

Un minuto, forse due e l'acqua comincia a defluire dalla carrozzabile con la stessa calma con cui l'aveva occupata.

Quando riapre gli occhi il lago è una macchia marrone di tronchi, rami e detriti che galleggiano. La montagna sembra aver perso un pezzo di pelle, niente di grave, una sbucciatura da cui qualche pietra continua a rotolare nell'acqua. E su tutto piove, esattamente come prima.

Si gira a guardare Ester che ha tolto il cappuccio. I capelli rossi bagnati e appiccicati alla testa.

– Adesso possiamo andare, – dice la bambina con la serietà di chi ha finito il proprio compito.

Arcadipane trascina i piedi per qualche metro, senza mollarle la mano. Ottavio Claro e altri uomini stanno correndo verso di loro.

– Lo sai che oggi Trepet non ha mangiato nemmeno una cacca? – dice Ester.

70.

Per tutto il viaggio non ha mai superato gli ottanta.

Certo per via della strada bagnata e dello sfinimento che sente attanagliargli anche gli organi interni; della scarsa fiducia nei suoi riflessi e nella presa dei mocassini sui pedali; della sonnolenza e delle gomme invernali che non ha ancora montato, ma soprattutto per darsi tempo di parlare, cosa che lui e Bramard a ogni buon conto per novantacinque chilometri hanno trovato la maniera di non fare.

Eppure di parole lui ne ha dette parecchie nelle ultime ore. Prima per restituire nei dettagli l'accaduto al dirigente generale; poi per aggiornare il presidente di Provincia e quello di Regione; quindi per rassicurare i sindaci della valle, infine per concordare le prossime mosse con il capo della Protezione civile e le autorità competenti. Si poteva ritenere fortunato quando erano a parte almeno di un pezzo della faccenda perché altrimenti gli toccava ogni volta spiegare tutto da capo: il piano architettato da Anna Mattalia e Masimine Orusa per eliminare Fuci e depistare le indagini con quelle macchie di sangue sui sedili, indirizzandole verso il rapimento; le due donne nascoste fin dall'inizio nella stanza sotterranea grazie alla complicità di Ludwig; il loro piano per trascorrere insieme, dopo una vita di separazione, almeno quegli ultimi giorni, visto lo stadio terminale della malattia di Masimine Orusa; l'esplosivo che Ubac aveva raccolto negli anni in quella galleria; l'intenzione di Anna Mattalia di farlo saltare per sommergere Clot, non appena Masimine Orusa fosse passata a miglior vita; l'esplosione che probabilmente non ha avuto l'effetto sperato; la frana imponente, ma non abbastanza, che si è staccata dalla montagna; il livello dell'invaso che da anni per fortuna veniva tenuto basso proprio per il pericolo rappresentato da quella faglia.

A seconda dell'interlocutore, Arcadipane aveva scelto cosa e quanto raccontare, tralasciando a ogni buon conto la questione della Sucho, troppo complicata, e quella della figlia dei Claro. Che doveva dire? Che una bambina che sembrava la discendente di Johannes Maestro di Clot aveva salvato il paese fermando le acque? Già il caso l'avevano risolto un pezzo lui, Bramard, Isa, Pedrelli e la Pes, e l'altra metà il destino, per non dire il culo! Pure il cappello del giullare, si doveva fare mettere?

E poi Lavezzi, Pedrelli, Botta e i colleghi di Cuneo e di Torino, vuoi lasciarli all'oscuro degli ultimi eventi? Vuoi non rendicontare per la decima volta tutto anche a loro che hanno pure rischiato di rimanerci, sotto quella diga, se il lago sversava?

A un certo punto si era ritrovato seduto al tavolo del ristorante, il dodicesimo orrido caffè davanti, a raccontare le stesse cose a un tizio che gli aveva chiesto che cazzo fosse successo. Arrivato alla stanza con l'esplosivo, però, si era bloccato e gli aveva chiesto: «Ma chi cazzo è lei?»

«Il tecnico degli allarmi, mi hanno detto che non riescono a spegnere quello della chiesa. Adesso salgo a vedere, ma prima finisca che è veramente appassionante!»

Con Bramard invece tutto quello che si erano detti era stato alla diga, dove Arcadipane l'aveva visto calare dal versante della frana, mentre lui, la bambina e gli altri, già stavano per prendere il sentiero verso Clot. Corso aveva riportato gli eventi nella sua maniera secca, come se tutto fosse ovvio e ineluttabile. Un dato di fatto. E quando gli aveva chiesto dove cazzo fosse quella stanza della Sucho, Bramard si era limitato a guardare verso la linea da cui la frana si era staccata, dividendo a metà la radura di Gias Vej. Il che voleva dire che ora quella stanza non c'era piú, come non c'erano piú Anna Mattalia, Vera Ladich, Masimine Orusa, la Sucho e il resto. Dopodiché si era chinato sulla bambina e le aveva posato un bacio sulla fronte.

Le ore a seguire, come detto, erano state dedicate a spiegare, scrivere rapporti, telefonare, mettere in sicurezza, tenere lontani i giornalisti, ma pensare a una dichiarazione da fare alla stampa. Bramard nel frattempo era sequestrato all'interno dell'ambulanza. Da una finestra del ristorante Arcadipane l'aveva visto uscirne con un cerotto sulla fronte, una mano fasciata e il fondo dei pantaloni tagliato, sotto il quale si notava un bendaggio. Il piede zoppo come prima. I vestiti bagnati e coperti di fango come prima. Si era fatto dare una sigaretta da qualcuno e si era sistemato al riparo sotto il municipio, dove era rimasto fino a quando Arcadipane non l'aveva mandato a chiamare per scrivere insieme il rapporto e parlare con qualche altro a cui dovevano rendere conto.

– Gira a destra lí, – dice Corso.

Arcadipane esegue come sta facendo da quando hanno lasciato la provinciale per prendere una serie di strade che conosce solo chi abita da quelle parti: comunali che usano i fianchi delle colline anziché aggirarli. Nel buio delle dieci di sera i piccoli paesi che attraversano sono vuoti, qualche luce accesa nelle case, i lampioni a illuminarne il cuore dove sono la piazza, la chiesa, il municipio e poi le piccole arterie che da lí diramano fino ai margini di quei corpi mai grandi anche se vecchi.

Entrano in un abitato come gli altri, che però anticipa di un paio di chilometri la casa di Corso.

– Vogliamo parlarne? – chiede Arcadipane.

– Ah sí?

– Era una domanda.

– Anche la mia.

Sorridono perché la cosa può concedere loro altri tre o quattro minuti di silenzio, che poi sono quelli che bastano per arrivare alla sterrata in cui Arcadipane dovrà svoltare. Ora non ha piú bisogno di indicazioni. È una strada che ha fatto molte volte, sempre per venire a chiedere una mano. Sempre ottenendola.

L'Alfa 33 sobbalza quando le ruote perdono l'asfalto per trovare la sterrata che sale alla cascina di Bramard. La pianta a L è quella delle case da quelle parti che non erano povere del tutto: la metratura ben spartita tra abitazione, stalla, tettoia e qualche locale di servizio. Il fienile è ora chiuso a vetro.

Arcadipane ferma nel cortile e spegne il motore. Chinando il mento, guarda verso la porta in cima alla scala esterna. Porta chiusa, finestre spente.

– Che aria dici che tira? – chiede.

Bramard ha già notato quel buio mentre salivano. E poi nel cortile non c'è la Yaris.

– Nessuna aria, – dice, – quindi la peggiore.

Adesso che il motore dell'Alfa si limita a piccoli scricchiolii di assestamento dovuti al calore, il russare di Trepet dal sedile di dietro arriva ritmato. Il cane dorme da quando sono partiti, incassato tra le due borse da viaggio, come un trolley sformato che ha perso una rotella. Arcadipane indica i pantaloni di Bramard.

– Potevi almeno cambiarli e fare una doccia.

Corso si passa una mano sulle cosce dove il fango si è seccato, qualche pezzo cade sul sedile, fa per raccoglierlo.

– Lascia stare, – allarga le braccia Arcadipane che è riuscito a lavarsi in albergo e a sostituire i pantaloni (non è il caso di spiegare nel dettaglio perché fosse necessario), ma le scarpe e il giaccone hanno comunque ridotto la macchina a uno schifo.

– Vuoi salire a mangiare qualcosa? – domanda Corso.

– No. Tu vuoi che andiamo a mangiare qualcosa di caldo da qualche parte?

– No.

Bramard apre la portiera e ruota in modo da appoggiare per primo a terra il piede sinistro. Aggrappandosi alla maniglia, si solleva. Alcuni balzelli di assestamento, poi si ferma a fissare verso casa. Arcadipane ha davanti il suo culo incrostato di fango come pure la giacca. Nelle ultime dieci ore quell'uomo ha fatto tutto ciò che non avrebbe dovuto: freddo, tensione, fatica, pioggia, paura, sforzi estremi, e Arcadipane sa che quello che Corso gli ha raccontato è soltanto una parte di ciò che è stato. Perché Corso Bramard è cosí e lo sarà fino alla fine.

– L'abbiamo scampata bella questa volta, eh? – dice.

– Bella? – fa Corso, abbassando un po' la testa a guardarlo.

– In effetti, – annuisce Arcadipane, – se tu non lo capivi e non davi l'ordine di evacuare…

– Lo capivi tu e l'ordine di evacuare lo davi due ore dopo.

– Tu l'hai capito prima però.

– Non è mai abbastanza prima.

– Se fosse troppo prima, noi non avremmo un lavoro.

Bramard ci pensa. Annuisce che è cosí. Dal taschino della sua giacca canadese escono le Gitanes mais che ha costretto Arcadipane a comprargli nel negozio di Clot fatto aprire apposta. Nello zaino che si allunga a prendere dal sedile ce ne sono altri cinque pacchetti. Prima di afferrare lo spallaccio, Corso deposita una carezza sulla testa di Trepet. Il cane apre gli occhi sospettoso, ma poi vede che non si tratta di Arcadipane e tira fuori la lingua riconoscente.

– Grazie per le sigarette, – dice Bramard sollevando lo zaino.

– Come paga per una settimana di lavoro non è granché, comunque cerca di non fumarle tutte stasera.

– Perché dovrei farlo?

– Perché io farei cosí. E comunque non c'era un prima in questa storia. La Ladich e la sua amica avevano già deciso. Non potevi farci niente.

Corso si gratta la barba sfatta che nel poco chiaro della luce di cortesia sembra laccata. Un gesto che Arcadipane gli ha visto fare non spesso e sempre alla fine di qualcosa.

– Per fortuna c'era la bambina, – dice infatti.

Arcadipane lo guarda. Non hanno parlato in auto per vecchia consuetudine, ma anche per non darsi tempo di arrivare a conclusioni a proposito di Ester e dei suoi capelli rossi. Conclusioni che non ci sono. E se ci sono abitano un terreno dove nessuno dei due vuole entrare.

– Ci dormiamo su e ne parliamo domani? – propone Arcadipane.

– Domani?

– Ti telefono. Adesso fatti una doccia, mangia qualcosa e riposati. Tanto ci saranno altre scartoffie da riempire e avremo bisogno di te.

Corso annuisce.

– Ciao.

Arcadipane lo vede avviarsi verso quella porta dietro cui, lo sanno entrambi, non troverà nessuno.

«Era comunque un amore», pensa Arcadipane, senza chiedersi se stia parlando di Anna Mattalia, Corso o di sé stesso. Fa manovra e riprende la sterrata. La vera amarezza è che domani non chiamerà Bramard e che Bramard non starà neppure un secondo a domandarsi perché.

71.

Entrato posa lo zaino a terra. Il riscaldamento è acceso, ma non c'è odore di cucina. Quello che rimane nell'aria è del giorno prima. La cosa piú recente è il caffè. Sono andati via stamattina dopo colazione.

Accende la luce. Tutto nel soggiorno è in ordine, troppo in ordine.

In cucina apre il rubinetto e si bagna la faccia con la mano che non è ferita, prestando attenzione al cerotto che ha in fronte.

Il telefono manda una vibrazione muta. Toglie dalla tasca il cellulare che, dopo tre o quattro ore dentro un barattolo di riso, Marta e Ottavio Claro gli hanno restituito funzionante. È un messaggio di Isa.

ISA
Sei vivo mi hanno detto.

BRAMARD
All'incirca. Ma tu hai fatto bene.

ISA
Da quando dare retta ad Arcadipane è fare bene?

BRAMARD
Vero, ma tu hai dato retta a qualcun altro.

ISA
Qualcun'altra.

Bramard fissa il telefono. Nelle linee del palmo ha ancora tracce di fango.

ISA
Piangi come un vecchio coglione?

BRAMARD
Non ancora.

ISA
Ok, sentiamoci quando hai finito.

ISA
Se non muori prima.

Bramard resta in attesa. Niente. Fine delle comunicazioni.

Si asciuga la faccia dall'acqua o quello che è nello strofinaccio, poi rimane qualche secondo con le mani appoggiate all'acquaio di pietra. Nella vasca c'è un coltello da cucina sporco di qualcosa di bianco.

Va al frigorifero: avanzi chiusi nei contenitori, il vassoio del formaggio, ma nel piano centrale un piatto preparato e coperto con la pellicola. Chiude il frigorifero e torna verso l'ingresso.

Attraversa il cortile. Non ha acceso la luce fuori, ma nei posti dove sei stato a lungo da bambino, per tutta la vita potresti muoverti anche al buio. Prima di salire la scala che conduce al vecchio fienile si ferma. Dalle tende che oscurano i finestroni filtra un po' di luce. Sale i gradini con lentezza. Quando non ti funziona una caviglia i gradini sono la cosa peggiore. Apre la porta ed entra.

Ani è seduta in fondo alla sala, nell'angolo tra le due librerie, dove c'è la poltrona con i braccioli di legno che preferisce alle altre e al divano. Tiene le gambe raccolte sotto il corpo. Alla luce della sola lampada a stelo che penzola sopra la sua seduta. Lo guarda.

– Mamma e Matei sono andati da Caterina, – dice.

– Immaginavo.

– Tu hai mangiato?

– No, ma ho visto i rotoli di bresaola. Grazie per averci pensato.

– Non c'era il Philadelphia, ci ho messo del mascarpone, – indica il tavolo piú vicino a Corso che a lei. – Ho fatto un po' di caffè americano con la tua macchina, se vuoi.

– Dicevi che non ti piaceva.

– Se ci metto tanto zucchero e il latte sí.

Bramard va al tavolo, prende una delle tre tazze capovolte sul vassoio. Le lava solo sotto il rubinetto, per questo la ceramica è macchiata. È una cosa che non gli importa. Una cosa che gli piace. Si versa il caffè e spegne la piastra.

– Non hai per niente un bell'aspetto, – dice Ani.

– Lo so. Cosa leggi?

– *Madame Bovary*. A scuola ne abbiamo fatto un capitolo, ma ho pensato che mi piaceva e che leggere un capitolo di una storia non ha senso. L'ho preso senza chiedertelo.

– Non hai bisogno di chiedere, – Bramard manda giú un sorso. È la prima cosa buona che gli sembra di bere da quella mattina. – Lo sai che puoi prendere tutti i libri che vuoi.

– Preferisco chiederteli. È solo che non c'eri… Mamma ha detto di dirti che vi sentite domani.

– Va bene.

– Era molto arrabbiata.

– Immagino.

– Non vuoi sederti?

– Nei film di solito lo dicono quando devono dare una brutta notizia.

– Te l'ho già data. È che mi sembri stanco. Cos'hai fatto?

Corso si sfiora la fronte.

– Qui alla testa?

– Alla testa, alla mano, dappertutto.

Bramard percorre i pochi metri che lo separano dalla poltrona. Zoppicare e trasportare una tazza piena di caffè non è la prova piú difficile che gli sia toccata nella giornata, tuttavia... Si siede, senza poter evitare un sospiro. Ora che è piú vicino alla luce, Ani lo fissa come chi constata il disastro di un appartamento alluvionato dopo averlo solo immaginato da fuori.

– In che modo l'ha saputo tua madre? – domanda Corso.

– Trasmettevano le immagini in televisione e ti abbiamo visto. Mamma si è messa a piangere di nascosto, sai come fa lei. E poi ci ha detto di fare le valigie. E in televisione eri anche meglio di cosí.

– A che ora?

– Verso le quattro.

– Quindi avete mangiato qui a casa?

– Sí, ma che c'entra?

Bramard scuote la testa che non importa, ma gli secca sbagliare su queste cose. Del resto essere attraversato ora da un pensiero simile è il motivo per cui si ritrova in questa situazione.

– Tu non sei andata con loro?

– Domani mi serve il computer per un lavoro della scuola e da Caterina non c'è la connessione veloce, ci metto mezza giornata a scaricare un video.

– È una scusa?

Lei fa segno cosí cosí con le mani. Ha il viso di Elena, ma meno pallido, gli occhi piú allungati.

– Tua madre non sarà stata d'accordo.

– No, ma ho sedici anni. E poi non mi andava che arrivassi e non c'era nessuno.

Bramard prende un altro sorso di caffè.

– È stato un bel pensiero. Però credo che tua madre abbia ragione.

– Su cosa?

– Un po' su tutto.

– Che per te è piú importante il tuo lavoro? Che non ne puoi fare a meno?

– Non è un lavoro, ma il concetto è quello.

Ani chiude il libro, lasciandoci un dito dentro per tenere il segno. È vestita con jeans e un maglioncino comprato all'usato. Un compendio degli anni Settanta. I capelli invece sono ancora da ragazzina e con un taglio che non vuole portare a nessuna conclusione. Questo perché ha gli anticorpi contro qualunque forma di cliché. È il motivo per cui stanno parlando a quell'ora, in quella maniera e proprio in quella stanza. È l'unica vera ragione per cui una biblioteca è utile.

– Tu come te lo spieghi? – chiede con una di quelle domande che saltano una decina di battute di dialogo.

Corso pensa sia utile fare altrettanto, cosí si alza, non prima di aver appoggiato la tazza per terra, e claudica fino allo scaffale degli autori francesi. Lo trova subito perché ne ricorda bene il dorso. Lo sfila e lo porta ad Ani, consegnandoglielo.

– *Cirano di Bergerac*, – legge lei. – Ho visto il film. Era noioso, però la storia d'amore è bella.

Corso torna a sedere. Beve un terzo sorso di caffè.

– «Voi mi strappate tutto, tutto: il lauro e la rosa! – dice. – Strappate pur! Malgrado vostro, c'è qualche cosa ch'io mi porto, ch'io porto meco, senza piega né macchia, a Dio, vostro malgrado...»

Ani lo guarda.
– Cos'è che porta?
– «Il mio pennacchio!» – recita Corso.
Resta il ronzio della vecchia lampada alogena. Una follia per i consumi, ma gli è sempre piaciuto quel tipo di luce. E anche l'odore che fanno gli insetti quando ci finiscono dentro.
– Che vuol dire?
– Vuol dire che in punto di morte potrebbe finalmente dichiarare il suo amore a Rossana, ma dovendo scegliere cosa portare con sé nell'aldilà, sceglie il suo pennacchio.
– Cos'è il pennacchio?
– La piuma che ha sul cappello.
– Preferisce il pennacchio a Rossana?
– Non credo che lo preferisca. È solo che è il suo pennacchio.
Ani apre il libro, lo sfoglia.
– Stai cercando di mettermi in guardia?
– Da cosa dovrei metterti in guardia?
– Dagli uomini che preferiscono il pennacchio?
– Non è questione di uomini o di donne, ma di persone.
Lei sfoglia qualche altra pagina.
– Io sono cosí?
– Cosí come?
– Una persona che preferisce il suo pennacchio?
– Non lo so. È troppo presto per dirlo, lo capirai da sola.
Ani picchietta con le dita sulla copertina rigida che sembra elegante, ma è di una collana comprata in edicola.
– Ma se dovessi dire, ce l'ho oppure no il pennacchio?
Bramard beve.
– Ce l'hai.
Lei sorride, ma poi no. Sta studiando le conseguenze e le sponde di quella faccenda.

– Non so se lo voglio leggere.

– Lascialo lí, poi lo rimetto a posto. Ora vado a farmi una doccia.

– Non te lo volevo dire, – si tappa il naso, ridacchiando, – ma ne hai bisogno. E chiama Martina. Lei e mamma si sono sentite.

– Sí, l'ho chiamata.

– Le medicine?

– Le prendo adesso.

– Prima devi mangiare.

– Ho i tuoi rotolini di bresaola.

– Ok. Io leggo ancora un po', tanto domani entro alla seconda.

Corso annuisce e si mette in piedi.

– Salutamela, – dice avviandosi.

– Chi?

– La signora Bovary.

72.

Alla fine si deve rassegnare a un posticino sacrificato tra un'Audi station wagon e un platano.

Non è la serata giusta per i numeri da contorsionista, ma sono venti minuti che cerca parcheggio in quel quartiere dove la gente compra auto da cinquantamila euro e le posteggia in strada perché i garage costano troppo. Venti minuti durante i quali comunque non gli è passato nemmeno per la testa che sotto casa sua avrebbe parcheggiato a botta sicura.

Apre la portiera, facendo attenzione alla vernice dell'Audi, ma neanche tanto, quindi sguscia fuori nella maniera umiliante a cui lo costringono le circostanze. Per fortuna è quasi mezzanotte e la gente della zona ha firmato un accordo per lasciare i marciapiedi a chi di notte vuole fottere, drogarsi o andarsene a spasso con un pensiero che ha bisogno di essere agitato prima dell'uso. Quindi in giro c'è poca gente e interessata ad altro.

Fa scendere Trepet, fresco dopo il lungo riposo.

Sono una cinquantina di metri fino al civico 66, distanza che il cane occupa con due minzioni e una defecazione sofferta che Arcadipane deve raccogliere con un fazzoletto perché i sacchetti chissà dove sono. Suona una volta. Ha avvertito del suo arrivo con un messaggio che ha avuto come risposta «Allora mi lavo da sotto».

La serratura scatta. Raggiunge l'ascensore. Tre piani

durante i quali Trepet fissa il pavimento, infastidito dalla vicinanza. La porta dell'appartamento è socchiusa, si spera non dall'ultima consegna pizza.

Appena dentro il cane trotterella verso la cucina dove sa le sue ciotole. Mentre Arcadipane si sfila il giaccone, sente il rumore dei croccantini grufolati, il *lap lap* nella scodella dell'acqua, poi un altro po' di croccantini. Appende la giacca alla corda e si affaccia nel soggiorno dove Ariel è seduta al tavolo e non sul divano, canottiera da uomo e pantaloncino in triacetato da podista, senza scarpe, piedi stupendi, gambe mingherline ed enigmatiche: le sue. Ha raccolto i capelli sopra la testa in una coda che sembra un fiocco. Come per tutte le donne belle, i capelli tirati su in maniera scombinata non fanno che peggiorare l'umiliazione di chi non lo è.

– Sono ancora scarpe o hai infilato i piedi in bocca a due marmotte? – lo guarda. – Sempre sperando sia la bocca.

Arcadipane sfila la sinistra al primo colpo, mentre per la destra deve fare forza con entrambe le mani. L'acqua e il fango hanno ristretto la poca pelle rimasta. Il nastro americano se lo trascina dietro dal pomeriggio come una striscia di carta moschicida natalizia.

– Farei una doccia, – dice.

– Va bene, – mordicchia una matita lei, riportando gli occhi sullo schermo del pc. – Io intanto mi leggo qualche altro pezzo su... «il commissario di origine lucana, cinquantacinque anni, la cui aria da uomo qualsiasi non deve ingannare». Lo sai che gira un sondaggio su: «Ha fatto bene o meno la Rai a programmare una retrospettiva su Vera Ladich?» Io ovviamente ho votato sí. A tuo nome. Confido che il polverone si calmi prima di domattina quando arrivi in ufficio.

– Ok, – dice Arcadipane.

– Uno sparring partner dovrebbe almeno alzare le braccia per guadagnarsi lo stipendio, lo sai?

– Tu non mi dài uno stipendio.

– È vero, quello che ti faccio lo detraggo dalla denuncia dei redditi come donazione. Vai a fare la doccia. Nel frattempo io tormento un po' il tuo tripode. Trepeeet? Ti ho comprato una protesi d'ossoooo! Vediamo quanto resiste alle tentazioni!

Il bagno sembra un bagno come gli altri, a parte la porta piú larga, un paio di corde e il maniglione accanto al cesso con su scritto «Tirare, ma nello stesso tempo spingere».

Butta la sacca da viaggio a terra, apre l'acqua della doccia e si spoglia. Il vapore prende ad appannare lo specchio, ma non abbastanza in fretta da evitargli la vista del suo corpo che quei giorni hanno smagrito solo nei posti sbagliati. I capelli sono cresciuti a zonzo, la barba una macchia nero fumo, gli occhi sprofondati chissà dove. Poi, grazie a Dio, la condensa fa il suo lavoro.

Entrato nella doccia se ne sta immobile sotto il getto, le braccia incrociate, la pelle che gli si arrossa per il calore. Pensa all'acqua gelida che poche ore prima gli mordeva le caviglie su quella diga, alla bambina con i suoi capelli nordici, alle due donne nella grotta, a tutti i giorni in cui hanno fatto ipotesi camminando proprio sopra la loro testa. A Corso che è sceso là dentro e che ora è in quella casa vuota a contare le pastiglie prima di andare a letto. E lui invece?

Si studia i piedi. Fino ai trent'anni sono stati bellissimi. Dalle caviglie in su no, sempre tozzo come un tronco di ulivo, ma i piedi di quando era giovane... forti, armonici, da statua greca. Poi un giorno li guardi e sono brutti anche loro. Non c'è niente da fare, invecchi e i piedi diventano brutti. Partono che sono la cosa piú bella che hai e finiscono per essere la peggiore. I piedi dei vecchi sono sempre orrendi, specie se cominciano a storcersi e screpolarsi come i suoi.

Si insapona con cura, non come al solito che sembra stia lavando una carriola, poi prende l'asciugamano grande che Ariel gli ha preparato e si asciuga. Una volta fuori siede sul water e orina, anche se l'ha già fatto nella doccia. Proprio sui piedi. Cosí imparano.

Intanto controlla il cellulare. Ci sono un paio di messaggi di Pedrelli: promemoria su cosa devono fare il giorno dopo appena entrano in ufficio. Il piemontese deve sempre sapere cosa fare l'indomani e soprattutto far sapere agli altri cosa devono fare loro, fosse anche stare in vacanza. Meglio comunque chiarirlo. Del resto ci hanno costruito l'Italia su questo martellare il chiodo già piantato, cazzo vuoi dirgli?

Passa agli altri messaggi. Mariangela: «Fai sapere come stai e se hai bisogno di qualcosa!» Loredana: «Trenta e lode, papà! Tvb». Giovanni: «Il solito mediano che non molla mai. Ti vogliamo bene».

Risponde a Mariangela: «Sto bene, ti chiamo domani, prepara le carte, vendiamo la casa». Copia parte del messaggio e invia. Incolla nella chat di Loredana «Sto bene, ti chiamo domani» e aggiunge «C'è una persona che ti voglio presentare». Copia il messaggio e invia. Incolla nella chat di Giovanni: «Sto bene, ti chiamo domani. C'è una persona che ti voglio presentare». E invia.

Si alza e cerca un paio di mutande pulite nella sacca. Mentre le indossa gli arrivano due messaggi. Loredana: «Va bene, papà, adesso riposati». Giovanni: «Sí, chiama, anche noi abbiamo una cosa da dirti». Rimugina a lungo il secondo messaggio, poi chiude la chat. Infila la canottiera ed esce dal bagno.

Ariel è seduta nel letto, la schiena poggiata al cuscino e il cuscino appoggiato alla parete. Fissa il tablet con gli occhiali da scienziato pazzo che mette per il tablet e il computer no, non si sa perché. Ha tolto la canottiera, il che fa pensare abbia levato anche il resto. I seni piccoli e sodi sbucano appena sopra il lenzuolo, illuminati dallo schermo. Arcadipane li guarda trovandoli come sempre commoventi e anche altro, poi alza la sua metà della coperta e si corica, braccia dietro la testa. Lei finisce di vedere un video, lui fissa il soffitto, lei spegne il tablet, lui si sfrega le mani sulla faccia, lei posa il tablet sul comodino dove c'è l'abat-jour che però lascia acceso.

– Hai già contattato un avvocato? – domanda.

– Sentiamo, – dice, – perché un avvocato?

– Avendo salvato quel paese sarai perseguito per crimini contro l'umanità. È sicuro. Ne conosco uno bravo. Puoi chiamarlo ora se vuoi, l'ho allertato.

Lui chiude gli occhi e non risponde. Sente che lei lo sta guardando.

– Non ho salvato nessun paese. La frana non era grande come speravano. Tutto qui.

– Bravo, buona linea di difesa: non crimine contro l'umanità, ma «tentato» crimine contro l'umanità. Se il giudice ci casca, ti impiccheranno una ventina di centimetri piú in basso. Vale comunque la pena di provarci, no? Vuoi quel numero?

– Domani, – bofonchia Arcadipane.

– Perché? Vorrai mica dormire? Io sono in fregola. Non sono mai stata a letto con un fuorilegge.

– Non è vero.

– Che sono in fregola? Vuoi mettermi una mano nel pannolone?

– Sei stata con quel tizio che clonava carte di credito. E con quell'altro che ha preso due anni per traffico di medicinali. L'hai raccontato tu.

– È vero, me n'ero dimenticata, allora diciamo che non sono mai stata a letto con un fuorilegge petulante che si ricorda tutto quel che dico.

Arcadipane si gira sul fianco e la guarda, senza staccare la testa dal cuscino. Lenzuola e federe hanno un paio di giorni. Il tempo giusto per sapere di lei, ma anche dell'amido di mais che la signora colombiana usa per stirarle. Sostiene che toglie il cattivo odore. Lo usa su tutto: asciugamani, piani del frigorifero, tappeti, cavoli bolliti, scarpe, Trepet.

– Se stai per dirlo sappi che sono a fare una lavatrice, – dice lei.

– Per dire cosa?

– Che l'esperienza che hai vissuto ti ha fatto capire quali sono le cose davvero importanti... Che un attimo prima ci sei e quello dopo... Ah, il destino! Ah, la vita! Ci facciamo il sangue amaro per tante sciocchezze quando invece quello che conta... Ma è proprio vero che bisogna passarci per rendersene conto... È di questo che stiamo parlando? Se è cosí sono in bagno che carico la lavatrice e ne stai parlando da solo. Se vuoi comunque concludi pure il discorso, io arrivo quando ha finito la centrifuga.

Arcadipane allunga una mano e gliela posa sulla pancia.

– Ma allora ho preso una cantonata! È desiderio di maternità il tuo! In effetti ti avevo visto un po' ingrassato, però sai com'è: l'ultima cosa a cui uno pensa quando ha per le mani un poliziotto di mezz'età basso e tozzo è la gravidanza isterica. Chissà perché, poi! Comunque se stiamo parlando di quello siamo a cavallo perché io metto sul piatto l'invidia del tuo pene. Scusa se ho detto «cavallo», non volevo suggerire niente che dovresti fare. Certe cose devono venire spontanee. Ah, scusa se ho detto «venire», non volevo suggerire niente che dovresti fare controvoglia.

Ah, scusa se ho detto «contro» e «voglia». In fondo hai ragione, dormiamoci sopra... Ah scusa se ho detto «sopr...»

– Mi sei mancata.

– Non parlare dalla camera quando sono in bagno con la lavatrice accesa. Te l'ho detto mille volte che non ti sento!

Arcadipane lascia scivolare la mano dalla pancia di Ariel fino alla sua guancia, sostando appena un po' piú a lungo su uno dei suoi seni.

Rimane cosí, le ossa bellissime di quella faccia sotto il suo palmo, poi ritira la mano e lascia andare la schiena contro il materasso.

– Adesso dormiamo, – dice, chiudendo gli occhi.

Per qualche secondo nella stanza rimane il russare bambino di Trepet. Una regolarità che culla Arcadipane verso quell'abbandono che cerca da giorni. Un Valhalla dove la stanchezza, i pensieri, la paura, l'appartamento di corso Brescia, il taccuino che non ha mai comprato a Modena, la malattia di Bramard, Ester, la stanza della Sucho, l'auto che porta via Ludwig Ubac, l'allarme della chiesa che continua a suonare, l'ecografia di Isa, i capelli in truciolato di Franca Pes, un poke in cui galleggia il corpo di un pittore olandese del Cinquecento, la merdosa Peugeot di Pedrelli... tutto ciò che ha visto, che è stato e che sarà sembra docilmente scollarsi dalla sua persona, come la carne dalle ossa dei santi messi a bollire per farne reliquia. Qualcuno spegne l'abat-jour. L'arancione che ha sotto le palpebre si fa blu, poi antracite, poi nero.

Mentre Ariel si arrampica su di lui, sente i capelli che ha sciolto sfiorargli il viso, le ossa sporgenti cercare l'incastro, la faccia infilarsi nello spazio tra spalla e collo, il suo respiro tiepido come una tazza di latte, i seni che hanno sempre una temperatura loro, il suo peso che ogni volta non è quello che pensava. Apre gli occhi. Dalla tapparella abbassata a metà entra luce dalla strada: lampioni, il lampeggiante di un semaforo, qualche finestra di fronte. Le due corde vicino alla portafinestra proiettano sul soffitto un'ombra svogliata.

– Dormi? – chiede lei, e piú che un suono è tepore sull'orecchio.

– No.

– Per fortuna! Cominciavo a pensare che quella roba là sotto fosse rigor mortis. Non che la cosa mi spaventi, ho un paio di giorni senza appuntamenti e parecchi Arbre Magique nel ripostiglio. Però alla fine dovrei chiamare qualcuno per scendere da qui sopra. È la seconda volta che salgo io, ma non farci l'abitudine. È solo perché con il capo d'accusa che ti pende sulla testa chissà quando ci si rivede.

Restano cosí un tempo che per ognuno dei due è diverso. Lei tiene un braccio aperto, largo, l'altro sulla spalla di Arcadipane.

– Ti ricordi quello che ti ho detto in quell'albergo al mare? – chiede Arcadipane.

– No.

– Non ti ricordi che ti ho detto che ti amavo?

– Ah, eri tu?

– È cosí terribile?

– Sí, – sussurra Ariel mentre infila meglio la testa tra il collo e la spalla di Arcadipane.

Lui chiude gli occhi, respira il suo odore di cosa difficile, di cosa che vuole.

– Però non scendere, – dice.

– Per andare dove? La lavatrice ormai l'ho messa su.

Nota al testo.

La citazione in epigrafe a p. 3 è tratta da A. Volodine, *Angeli minori*, L'Orma Editore, Roma 2016, p. 93.

La canzone citata a p. 8 è *La C.I.A.*, testo e musica di Eugenio G. Finardi © 1976 Suono Edizioni Musicali Srl in coedizione con Soul Trade Music Publishing Group Srl. Titolo amministrato per il 50 per cento da Suono Edizioni Musicali Srl e per il 50 per cento da Soul Trade Music Publishing Group Srl.

La canzone citata a p. 96 è *Moliendo Cafè*, testo e musica di José Perroni Manzo © 1961 Peermusic III Ltd. Tutti i diritti riservati per tutti i Paesi. Riprodotto su autorizzazione di Hal Leonard Europe Limited thru Hal Leonard Europe BV (Italy).

La citazione da internet a p. 315 è tratta dal sito www.orpha.net.

La citazione di Folquet de Marselha a p. 416, *Bona domna*, è tratta da U. Sesini, *Musiche trobadoriche*, Quaderni del R. Conservatorio di musica di Napoli, Napoli 1941, p. 20 (trad. di U. Sesini).

La citazione a p. 433 è tratta da R. Llull, *Doctrina pueril*, versione in occitano cit. in A. Collura, *«Sens e razos d'una escriptura». Edizione e studio della traduzione occitana dell'«Evangelium Nicodemi»*, tesi di dottorato, Università di Trento - Université Paul Valéry, Montpellier 3, 2012-2013, p.496. Si ringrazia il professor Alessio Collura per la sua disponibilità e gentilezza.

Le citazioni alle pp. 512 e 513 sono tratte da E. Rostand, *Cirano di Bergerac*, trad. di M. Giobbe, Mondadori, Milano 2018.

Questo libro è stampato su carta certificata FSC®
e con fibre provenienti da altre fonti controllate.

FSC
www.fsc.org
MISTO
Carta da fonti gestite
in maniera responsabile
FSC® C115118

Stampato per conto della Casa editrice Einaudi
presso ELCOGRAF S.p.A. - Stabilimento di Cles (Tn)

C.L. 25278

Edizione							Anno			
2	3	4	5	6	7	8	2022	2023	2024	2025